Andreas Schnurbusch

Mordkommission Köln

Schleusermord

Über das Buch:

Eine Polizeistreife findet am Kronenburger See in der Eifel die Leiche eines jungen Mannes im Auflieger eines verunglückten Sattelzuges. Der Fahrer ist flüchtig. Nach Auswertung der Tatortspuren und Obduktion der Leiche steht fest, dass der Mann erwürgt wurde. Die Beamten der Mordkommission „Mama" gehen jeder Spur akribisch nach und kommen der Identifizierung des Mörders Schritt für Schritt näher. Die Ermittlungen führen über das Kölner Rotlichtmilieu zu einer international agierenden Schleuserbande.

Es handelt sich um den ersten Fall des Ermittlerduos Hubert Makele und André Moritz, genannt Fisch und Kid.

Andreas Schnurbusch

wurde 1960 in Herzberg am Harz geboren. Nach dem Abitur ließ er sich zum Schutzpolizisten ausbilden und arbeitete bis 1986 im Streifendienst der Kölner Polizei. Nach seinem Fachhochschulstudium mit Schwerpunkt Kriminalistik und Kriminologie wechselte er zur Kriminalpolizei, arbeitete zehn Jahre als Rauschgiftfahnder und sporadisch in Mordkommissionen. Seit 1999 ist er Kommissionsleiter für den Bereich gewerbs- und bandenmäßige Schleusungsdelikte, Falschgeld, Glückspiel und Urkundsdelikte.

Andreas Schnurbusch

Mordkommission Köln

Schleusermord

EDITION
LEMPERTZ

Impressum

Math. Lempertz GmbH
Hauptstraße 354
53639 Königswinter
Tel.: 02223 / 90 00 36
Fax: 02223 / 90 00 38
info@edition-lempertz.de
www.edition-lempertz.de

3. Auflage – Mai 2014

Text: Andreas Schnurbusch

Titelbild, Umschlaggestaltung, Satz und Layout:
Ralph Handmann

Lektorat: Philipp Gierenstein, Laura Liebeskind

ISBN: 978-3-939284-88-8

Vorwort

Die Geschichte und die Namen der handelnden Personen sind frei erfunden. Ähnlichkeiten zu real existierenden Personen sind rein zufällig (sorry Tricksy, Fisch und People). Die Begebenheiten und Abläufe in der Geschichte haben sich so oder so ähnlich zugetragen. Einige Schauplätze der Geschichte, zum Beispiel die katalonische Kleinstadt El Paso, sind fiktiv.

Die kriminalpolizeiliche Arbeit der Mordkommission orientiert sich an der Wirklichkeit. Um die Spannung aufrecht zu halten, wurde jedoch auf einige Ermittlungsschritte der tatsächlichen Praxis verzichtet (ein Kriminalbeamter verbringt nämlich die meiste Zeit mit dem Schreiben von Vermerken).

Fehler im Buch stammen von mir und dürfen großzügig überlesen werden.

Es war einmal, schon lang ist's her,
da war so wenig so viel mehr.

unbekannter Autor

Prolog

Sechs Menschen hasteten durch den Wald. Der Boden war noch feucht und rutschig von den Regenschauern der letzten Stunden. Die dünne Wolkendecke und die dichten Baumkronen ließen das Mondlicht kaum bis zu den Personen durch. Der Antreiber dieser kleinen Gruppe hielt die kleine zierliche Frau an seiner Hand und zog sie hinter sich her. Vier weitere Männer folgten ihnen dicht hintereinander.

Er lief immer nachts diesen Weg und kannte jeden Baum und jeden Ast auf dieser Strecke durch den Wald. Seine Begleiter vertrauten ihm blindlings, sie hatten aber auch keine andere Wahl.

„Schneller, schneller, beeilt euch! Wir haben keine Zeit!", rief er immer wieder. Obwohl sie seine Worte nicht verstehen konnten, spürten sie, was er meinte, und beeilten sich. Das letzte Stück wurde immer steiler und sie rutschten unkontrolliert auf dem Hosenboden den Abhang hinunter. Hin und wieder hielten sie sich an Wurzeln und herabhängenden Ästen fest, um die Geschwindigkeit zu drosseln.

Am Ende des Gefälles durchdrangen sie dichtes Buschwerk und verließen den Wald. Vor ihnen stand der Sattelzug auf dem Parkplatz. Ein kräftiger, großer Mann lehnte an der geöffneten Hecktür und winkte ihnen aufgeregt zu. Sie stiegen in den Auflieger und nachdem der Mann eine Klappe im Boden geöffnet hatte, zwängten sie sich ohne ihren Anführer in das enge Versteck.

„Das ist meine letzte Fahrt, ich bleibe in Spanien."

„Erzähl nicht so eine Scheiße, du kannst nicht einfach so aussteigen!"

„Doch, ich kann! Ich habe mich entschieden."

„Du willst mich verarschen! Sag, dass du mich verarschen willst!"

„Nein, ich meine es ernst. Ich will ein neues Leben anfangen, vielleicht heiraten…"

Dem Fahrer stieg die Zornesröte ins Gesicht, als er sich zu seinem Beifahrer umdrehte und ihm ins Wort fiel:

„Hör mir mal zu, du kleiner…" Weiter kam er nicht. Sein Begleiter schrie plötzlich laut auf und der Fahrer wandte seinen Blick wieder nach vorne.

Er sah das Tier mitten auf der Fahrbahn und, obwohl er sofort das Bremspedal voll durchtrat, konnte er den Zusammenstoß nicht mehr vermeiden. Der Sattelschlepper geriet ins Schleudern und mit hektischen Lenkmanövern versuchte der Fahrer, wieder Kontrolle über sein Fahrzeug zu bekommen. Doch die Straße war eng und kurvig und das schwere Gefährt geriet auf den unbefestigten Seitenstreifen. In einer Linkskurve rutschte der Auflieger in die Böschung, so dass die Reifen auf der rechten Seite keinen Bodenkontakt mehr hatten. Das Gewicht des Aufliegers zog die Fahrerkabine mit in den Abhang. Gebremst durch die Bäume, kam der Sattelzug schließlich auf der Seite zum Liegen.

Geschockt, aber nur leicht verletzt, kletterten die beiden Männer auf der Fahrerseite aus dem Führerhaus. Der Beifahrer lief sofort zum Heck, öffnete die Tür, half den verängstigten und verletzten Personen aus dem Auflieger und wies sie wild mit den Händen gestikulierend an, wieder zurück in den Wald zu laufen. Es musste jetzt alles sehr schnell gehen – diese Menschen durften nicht gesehen werden.

Die Gruppe war gerade außer Sichtweite, als der Fahrer ebenfalls zum Heck kam und seinem Beifahrer schwere Vorwürfe machte.

Das laute Wortgefecht, welches sich nun entwickelte, fand ein jähes Ende, nachdem der Beifahrer sein Gegenüber als armseligen Zuhälter beschimpfte. In diesem Moment rastete der Fahrer völlig aus. Mit seinen kräftigen Pranken umfasste er den Hals seines Gesprächspartners, schüttelte ihn wutentbrannt und drückte gleichzeitig auf den Kehlkopf.

Der Beifahrer versuchte noch sein Messer aus der Gürteltasche zu ziehen, doch er hatte keine Chance mehr. Ihm schwanden die Sinne. Das letzte Bild vor seinem geistigen Auge war diese wunderschöne Thailänderin, die er eben noch mit den anderen zurück in den Wald geschickt hatte.

Freitag, 06.10.2006, 15:50 Uhr

Berndt Scheuser ging in seinem Büro auf und ab. Er fragte sich, wen er zur Mordkommission schicken konnte? Wen seiner Mitarbeiter könnte er im Notfall für mehrere Monate entbehren? Ihm war klar, dass an einem Freitag um diese Uhrzeit nur noch wenige Kollegen im Dienst waren.

Berndt Scheuser leitete das für Ausländerkriminalität zuständige Kriminalkommissariat 34 beim Polizeipräsidium Köln. Neben den klassischen Delikten, wie illegale Einreise und illegaler Aufenthalt, wurden auf dieser Dienststelle auch schwerwiegendere Vergehens- und Verbrechenstatbestände bearbeitet. Hierzu gehörten insbesondere das Fälschen von Dokumenten und Geld sowie das Einschleusen von Ausländern.

Soeben hatte ihn sein Kollege Arndt Siebert angerufen und um Unterstützung gebeten. Siebert war als Leiter des Kriminalkommissariats 11 für die Aufklärung von Mordfällen verantwortlich. Seine Ermittler bearbeiteten Tötungsdelikte, qualifizierte Körperverletzungsdelikte und führten Todesermittlungen durch. Der Anblick von Leichen gehörte zum Tagesgeschäft. Sobald ein Hausarzt bei einem verstorbenen Patienten nicht den natürlichen Tod bescheinigte, mussten die Beamten den Leichnam untersuchen. Sofern sich Hinweise – und sei es nur der kleinste Verdacht – auf ein Fremdeinwirken ergaben, wurden Mordkommissionen aus Beamten verschiedener Dienststellen unter Leitung eines Beamten des KK 11 gebildet.

Jeder Dienststellenleiter hatte mindestens einen Beamten in das so genannte Bereitschaftskader abzustellen, aus dem im Bedarfsfall angefordert wurde. Diesmal wurde das Fachwissen von Bernd Scheusers Dienststelle benötigt – und ausgerechnet heute konnte er wegen einer längerfristigen Krankheit nicht auf seinen Kaderbeamten zurückgreifen. Er musste Ersatz finden und zwar jemanden, der über langjährige Berufserfahrung verfügte, um beim KK 11 gute Arbeit leisten zu können.

Seine Entscheidung fiel ihm nicht schwer. Er würde Kid vorschlagen; der war für die Aufgabe geradezu prädestiniert. Seit sieben Jahren war er auf Scheusers Dienststelle und hatte sich zum Spezialisten für banden- und gewerbsmäßige Schleusungsdelikte entwickelt. Außerdem konnte Berndt Scheuser sich daran erinnern, dass Kid früher dem Bereitschaftskader angehörte und in Mordkommissionen einiges an Erfahrungen gesammelt hatte.

Kid hieß eigentlich André Moritz. Als er vor einigen Jahren während des Schießtrainings bei einer Hüftschussübung eine Trefferquote von 100 Prozent erreichte, erhielt er den Spitznamen Billy the Kid.

Kid war 41 Jahre alt und wohnte mit seiner Ehefrau und zwei Kindern in der Eifel.

Berndt Scheuser wusste, dass Kid noch in seinem Büro saß, da er ihn vor einer Stunde noch gebeten hatte, den Wochenbericht der Bundespolizei auszuwerten.

Er betrat ohne anzuklopfen das Büro seines Mitarbeiters und fiel sofort mit der Tür ins Haus:

„Hi Kid, du musst in einer aktuell eingerichteten Mordkommission mitarbeiten, die brauchen einen Spezialisten von unserer Dienststelle."

„Kannste vergessen, Chef. Ich bin schon lange nicht mehr im Bereitschaftskader. Außerdem wollte ich gleich mit meinem Wohnmobil nach Holland an die Nordsee fahren, hatte ich dir doch gestern erzählt. Wir wollten wenigstens für ein paar Tage diesem verregneten Herbstwetter entkommen. Senna würde mir die Hölle heiß machen, die hat das Wohnmobil bestimmt schon bepackt." Kid war sichtlich verärgert.

„Chris ist im Kader und der ist noch länger krank. Ich wollte einen erfahrenen Sachbearbeiter schicken. Außerdem ist der Tatort in der Eifel, nicht weit von deinem Wohnort." Berndt Scheuser ließ keinen Zweifel daran aufkommen, dass seine Entscheidung endgültig war.

„Was für ein Tatort? Worum geht es überhaupt?" Kid war sichtlich angekratzt; in Gedanken hörte er schon Sennas Wutausbrüche und Beschimpfungen.

„Sprich bitte direkt den Kollegen Siebert an, der erwartet dich schon und wird dich entsprechend einweisen." Damit war für Berndt Scheuser alles gesagt. Er ging wieder zurück zu seinem Büro.

Dieses Auftreten war typisch für Berndt Scheuser. Wenn er einmal eine Entscheidung getroffen hatte, ließen ihn private Planungen nicht umstimmen. Was hatte sich Kid gerade auf diesen Kurzurlaub gefreut! Radfahren, Strandspaziergänge, Relaxen – all diese Dinge liefen vor seinem geistigen Auge ab, als das Klingeln des Telefons ihn abrupt in die Realität zurückholte. Er sah seine eigene Festnetznummer auf dem Display und überlegte beim Abheben, wie er es ihr schonend beibringen könnte.

„Hallo Schatz, ich wollte dich gerade…“ Weiter kam er nicht.

„Du bist noch im Büro? Denk dran, wir wollten spätestens um sechs fahren. Kannst du vorher noch Ketchup einkaufen? Die Grillwürste sind schon in der Kühltasche.“

Typisch Senna – ruft im Büro an und fragt, ob ich noch im Büro bin. Sind eigentlich alle Frauen so? Kid atmete noch mal tief ein, bevor er antwortete.

„Senna, es gibt da ein Problem…“ Wieder wurde er unterbrochen.

„Jetzt sag nur nicht, du kommst später! Ich hab keine Lust, erst um acht zu fahren.“

„Das Problem ist etwas größer. Ich wurde gerade eben in eine Mordkommission einberufen. Ich hab alles versucht, aber mein Chef sah keine Alternative zu mir.“ Kid erwartete ihre Reaktion, doch am anderen Ende der Leitung hörte man nur ein lautes Ein- und Ausatmen.

„Bist du noch dran, Schatz?“, fragte Kid und ärgerte sich im gleichen Moment, weil er jetzt selbst so eine blöde Frage gestellt hatte. Schließlich konnte er ihr Atmen deutlich hören.

Nach gefühlten fünf Minuten räusperte sie sich und erwiderte klagend:

„Kannst du dir eigentlich vorstellen, wie ich mich auf dieses Wochenende gefreut habe? Ich hab mich hier im Haushalt überschlagen, das Wohnmobil bepackt, den Wassertank befüllt, die Bettwäsche aufgezogen und du, du kommst mir jetzt wieder mit so einer beschissenen Mordkommission! Ich bin es langsam satt, dass ich immer die zweite Geige bei dir spiele. Lange mach ich das nicht mehr mit, weißt du!?“

Damit war das Gespräch beendet. Sie hatte ihn nicht noch mal zu Wort kommen lassen.

Auf dem Weg zum KK 11, im gleichen Gebäude zwei Etagen höher, überschlugen sich Kids Gedanken. *Senna war schon immer sehr impulsiv! Sie wird sich auch schnell wieder beruhigen.* Mit ihren Gefühlsausbrüchen musste er leben. Auf der anderen Seite erlebte und genoss er ja auch die positiven Seiten ihrer leidenschaftlichen und manchmal ungestümen Art. Genau diese Frau liebte er und genau diese Frau hatte er geheiratet.

Aber daran durfte er jetzt nicht denken. Welchen Nutzen hatte er davon, dass der Tatort in der Nähe seines Wohnortes lag? Okay, er hatte gute Ortskenntnisse und kannte die Mentalität der Eifelbevölkerung, das könnte bei den Ermittlungen hilfreich sein. Aber seinen Dienst musste er schon wegen der täglichen Lagebesprechungen in Köln beginnen und daher hatte er noch nicht einmal einen kürzeren Anfahrtsweg. All dies ging ihm durch den Kopf, während er durch die Flure ging und entgegenkommenden Kollegen wehmütig ein schönes Wochenende wünschte.

***

Arndt Siebert leitete seit zwölf Jahren das KK 11 in Köln und war in diesem Amt Vorgesetzter von allen in Köln laufenden Mordkommissionen. Kid hatte vor Jahren in einer von ihm geführten Mordkommission mitgearbeitet und wusste daher, dass Siebert immer viel Engagement erwartete. Im Gegenzug gewährte er den Kollegen aber sehr großzügig dienstfrei oder Urlaub, wenn es die Dienstgeschäfte irgendwie zuließen.

Arndt Siebert drückte sofort die Stopptaste an seinem Diktiergerät, als Kid durch die offen stehende Bürotür sein Zimmer betrat. Freudig ging er um seinen Schreibtisch und gab Kid die Hand.

„Hi Kid! Freut mich, dass sie dich geschickt haben. Du bist genau der richtige Fahnder für diese Mordkommission. Ist noch eine ziemlich undurchsichtige Sache. Hast du schon davon gehört?“, sagte Arndt in seinem typisch kumpelhaften Ton.

„Ich weiß nur Tatort Eifel – sonst nichts!“ Kid wurde langsam neugierig.

„Heute Morgen rief mich der in Bonn für Tötungsdelikte zuständige Kommissariatsleiter an und teilte mir mit, dass sich in Kronenburg in der Eifel ein schwerer Verkehrsunfall ereignet hat. Ein Sattelzug sei von der Fahrbahn abgekommen und die Böschung zum Kronenburger See heruntergestürzt. Der Fahrer habe Fahrerflucht begangen. Bei der Verkehrsunfallaufnahme fanden die Streifenbeamten der Polizeiwache Schleiden im Laderaum des Sattelanhängers die Leiche eines jungen Mannes. Sowohl im Führerhaus der Sattelzugmaschine als auch im Laderaum des Trailers befanden sich jede Menge Blutspuren. Sofort informierten die Beamten die zuständigen Fachkommissariate in Euskirchen und als Kriminalhauptstelle eben auch dass KK 11 in Bonn.

Na ja, lange Rede kurzer Sinn, die Bonner Kollegen arbeiten mit kompletter Mannschaft an dem Anschlag auf den Abgeordneten Mayer und somit sind wir im Rennen und zuständig für diesen Unfall mit Fahrerflucht. Du wohnst doch in der Eifel! Kennst du dich aus in Kronenburg und Schleiden?"

„Das ist fast bei mir um die Ecke, die Unfallstelle ist vielleicht zehn Minuten von meinem Haus entfernt. Gibt es Hinweise auf ein Tötungsdelikt? Warum wird überhaupt für einen Verkehrsunfall mit einem Toten und Fahrerflucht eine Mordkommission eingerichtet?"

Arndt ging in seinem Büro auf und ab, kratzte sich am Kinn und sagte nachdenklich: „Wir vermuten viel mehr dahinter. Der Sattelanhänger hat einen doppelten Boden. Über eine getarnte Klappe kommt man in einen mit Matratzen ausgelegten, circa 40 Zentimeter hohen Zwischenraum. Anhand der im Auflieger gesicherten Blutspuren ist davon auszugehen, dass mehrere Personen auf der Ladefläche transportiert wurden. Die Blutspuren sind bereits mit Kurier zum Landeskriminalamt nach Düsseldorf unterwegs. Vielleicht ist über die DNA eine Identifizierung der Verletzten möglich.

Aber der Hammer kommt noch! Vor einer halben Stunde rief mich Kalle vom Tatort aus an. Kalle Jansen von meiner Dienststelle, ihr kennt euch doch? Er ist gemeinsam mit Sven Blodenberg vom Rauschgiftkommissariat und einem Team vom Erkennungsdienst zur Tatortaufnahme und Spurensicherung vor Ort. Kalle teilte mir mit, dass die Leiche Würgemale am Hals aufwies und er, vorbehaltlich einer gerichtsmedizinischen Untersuchung, davon ausgeht, dass nicht der Unfall, sondern Erwürgen zum Tode des Opfers führte."

Kid war überrascht. Vermutlich befanden sich mehrere Personen auf der Ladefläche. Alles deutete auf eine klassische Schleusung von Illegalen hin. Aber warum wurde der junge Mann ermordet? Seit sieben Jahren bearbeitete Kid gewerbs- und bandenmäßige Schleusungsdelikte, aber dass ein Geschleuster ermordet wurde, hatte er noch nie erlebt.

„Wann war denn der Unfall genau? Gibt es Zeugen?"

Arndt machte es sich an seinem Schreibtisch bequem und begann zu erzählen:

„Der Unfall ereignete sich in der vergangenen Nacht um 03:30 Uhr, wie man dem Fahrtenschreiber entnehmen konnte. Zeugen konnten bisher nicht ermittelt werden. Der Sattelzug wurde gegen 06:00 Uhr von einem Berufspendler entdeckt, der auf dem Weg zu seiner Arbeitsstelle war. Er hat sofort über Notruf die Polizeiwache in Schleiden verständigt. Den Rest kennst du jetzt im Groben. Ich musste eure Dienststelle um Unterstützung ersuchen, da alles auf eine Schleusung hindeutet und wir in diesem Milieu auch ermitteln müssen. Ich habe neben dir noch zwei Beamte meiner Dienststelle und drei weitere Beamte anderer Dienststellen in diese Mordkommission beordert. Kalle und Sven machen gerade die Tatortarbeit, Judith Winckler vom Betrug ist Aktenführerin und Hubert Makele wird diese Kommission leiten. Ab Montag kommt Sarah Heimbüschen aus dem Urlaub, die wird euch dann ebenfalls unterstützen. Die kommt ursprünglich vom Kriminalkommissariat 57, das sich um jugendliche Intensivtäter kümmert. So, ich bring dich jetzt mal zu Makele, der müsste wieder zurück sein. Du kennst ihn ja, er raucht wie'n Schlot und hat ständig Rückenprobleme, ist aber nicht klein zu kriegen. Der würde auch noch mit einer Lungenentzündung zum Dienst kommen. Aber freitags geht er neuerdings nachmittags immer zur Rückenschule ins Sportstudio Yilmaz gegenüber vom Präsidium."

***

Natürlich kannte Kid Hubert Makele. Seit ihn vor Jahren ein Praktikant bei einer Dienstbesprechung versehentlich mit „Herr Makrele" ansprach, wurde er nur noch Fisch genannt. Fisch war 47 Jahre alt und seit über zwei Jahrzehnten Todesermittler, wirklich ein alter Haudegen. Obwohl er die größte Erfahrung in seinem Kommissariat vorweisen konnte, war er von seiner Art eher humorvoll und besonnen.

Um 16:20 Uhr betraten Kid und Arndt Siebert das Büro von Fisch. Dieser saß zurückgelehnt in seinem Bürostuhl, zog genüsslich an seiner Zigarette und telefonierte über Freisprecheinrichtung mit einem Chemiker vom Landeskriminalamt in Düsseldorf.

„Ich brauche die Ergebnisse bis morgen, Montag ist zu spät. Ich weiß, dass morgen Samstag ist. Mir ist auch klar, dass wir übermorgen Sonntag haben. Wenn Sie nicht in der Lage sind, am Wochenende zu arbeiten, müssen Sie ihre Reagenzgläschen in der freien Wirtschaft schütteln und nicht bei einer Polizeibehörde. Noch irgendwelche Fragen?", sagte Fisch ruhig und emotionslos in Richtung Freisprechanlage.

Als Antwort hörte man nur noch „Ich werde sehen, was ich …" Fisch legte den Hörer auf die Gabel und drehte sich schmunzelnd zu seinen Besuchern um.

„Na Kid, hast du auch ein Freizeitproblem und willst lieber mit mir Dienst machen?"

„Du weißt doch, ich hasse freie Wochenenden. Freizeit mit der Familie, Ausflüge und Ausschlafen werden eh überwertet."

Arndt Siebert mischte sich ein. „Ich habe leider nicht viel Zeit und muss deshalb euren Smalltalk unterbrechen. Kid wurde vom KK 34 geschickt, er wird dich als Kommissionsleiter vertreten. Ich habe ihn schon in die Lage eingewiesen. Gibt es was Neues seit den letzten zwei Stunden?"

„Nee, ich komme ja gerade erst von der Rückenschule und habe erstmal dem Chemiker vom Landeskriminalamt den Marsch geblasen. Kalle und Sven sind mit der Tatortarbeit fertig und werden gleich zurück sein."

„Okay, dann lasse ich euch jetzt allein. Ich bin bestimmt noch zwei Stunden in meinem Büro. Informiert mich, wenn sich was ergeben hat."

Arndt war gerade aus der Tür, da kam Judith Winkler herein und legte Fisch einen Stapel Papiere hin. Anschließend begrüßte sie kurz Kid und verschwand wieder.

Judith war 29 Jahre alt und stellte an sich und ihre Mitarbeiter hohe Ansprüche. Speziell wenn es um ihre Akten ging, war sie eine Erbsenzählerin; Vermerke mit Grammatik- oder kleinsten Kommafehlern gab sie an Kollegen zurück, mit der Bitte, die Fehler zu korrigieren. Mit dieser Art schaffte sie sich natürlich keine Freunde unter den Kollegen. Man akzeptierte sie, ging ihr aber auch gerne aus dem Weg. Fisch schätze sie aber als gute und ausgesprochen fleißige Aktenführerin.

Judith lebte schon seit vielen Jahren mit einer Frau zusammen.

„Hat es uns nach all den Jahren mal wieder zusammengeführt! Ich freue mich schon auf unsere Zusammenarbeit" sagte Fisch zu Kid, nachdem sie nun alleine im Büro waren.

„Meine Freude hält sich noch in Grenzen, ich wäre jetzt eigentlich auf dem Weg nach Holland. Senna ist stinksauer."

„Die beruhigt sich schon wieder. Meine Frau sieht mich oft die ganze Woche nicht! Wir wären wahrscheinlich schon lange getrennt, wenn wir uns täglich sehen würden. So, jetzt trinken wir erstmal einen Kaffee, quatschen was und warten auf die Kollegen vom Tatort."

„Apropos Kollegen, wer ist eigentlich diese Sarah Heimbüschen?"

„Sarah ist Ende zwanzig, hübsch und unheimlich sympathisch. Eine richtige Frohnatur, hat fast wöchentlich eine andere Frisur. Sie ist erst seit zwei Jahren mit ihrem Studium fertig und daher noch relativ unerfahren. Aber sie ist intelligent und begreift schnell. In der letzten Mordkommission habe ich auch schon mit ihr zusammengearbeitet."

***

Senna war sauer. Am liebsten hätte sie das Telefon an die Wand geknallt. Sie hatte sich so beeilt – und wofür? In diesem Moment hasste sie die unvorhersehbaren Dienstzeiten ihres Ehemannes. Es war ihr auch kein Trost, dass sie nur aufgrund seiner vielen Überstunden überhaupt mehrmals im Jahr mit dem Wohnmobil wegfahren konnten.

Kid hätte sich heute Abend nur ins Wohnmobil setzen und abfahren müssen. Lebensmittel, Kleidung usw. – alles wäre gepackt gewesen! Sie lief aufgewühlt von einer in die andere Ecke des Wohnzimmers und überlegte, ob sie das Wohnmobil sofort wieder ausräumen sollte, entschied sich dann aber dagegen und legte sich trotzig auf die Couch. *Soll er doch das Wohnmobil ausräumen!*

***

Um 17:30 Uhr kamen Kalle und Sven vom Tatort zurück. Fisch beorderte die Kommissionsmitglieder in den Konferenzraum und bat Kalle, die Erkenntnisse vom Tatort vorzutragen. Analog zu Kalles Vortrag zeigte Sven per Powerpointpräsentation die vom Tatort gefertigten Fotos.

„Ihr seid ja alle in die Lage eingewiesen, ich muss also nicht weit ausholen. Der Verkehrsunfall ereignete sich heute Morgen gegen 03.30 Uhr auf der Bundesstraße 421 in Höhe des Kronenburger Sees im Naturpark Nordeifel. Ein Sattelzug mit spanischen Kennzeichen befuhr die Bundesstraße aus Hallschlag kommend in Richtung Stadtkyll. Es handelte sich eindeutig um einen Wildunfall. Das verendete Reh wurde auf Veranlassung der Schleidener Verkehrspolizisten vor Eintreffen der Mordkommission vom Jagdaufseher abtransportiert."

Auf einer Leinwand sah man eine circa 20 Meter lange Bremsspur, an deren Ende sich eine Blutlache befand.

„Nach Angaben der Unfallsachverständigen fuhr der Sattelzug mit einer Geschwindigkeit von 53 km/h in eine leichte Linkskurve, als der Fahrer wegen dem plötzlich vor ihm auftauchenden Reh eine Vollbremsung vollzog. Der Bremsweg reichte bei weitem nicht aus und so kam es zu dem Zusammenstoß. Gleichzeitig geriet das 30 t schwere Kraftfahrzeug ins Schlingern und rutschte auf der regennassen Straße über den unbefestigten Seitenstreifen die Böschung rechts herunter. Durch den starken Baum- und Buschbewuchs im Uferbereich kam der Sattelzug nach 20 Metern auf der Beifahrerseite zum Liegen. Auf den Bildern hier sieht man das Fahrzeug auf dem Abhang einer Böschung liegen. Leider kann man nicht so gut erkennen, wie steil die Böschung zum See abfällt. Im Führerhaus der Zugmaschine müssen zwei Personen gewesen sein. Entsprechende Finger- und Blutspuren konnte der Erkennungsdienst am Lenker, an den Türgriffen und an den Scheiben sichern. Die Personen im Führerhaus müssten über die Fahrertüre ausgestiegen sein. Die Blutmenge im Inneren des Sattelanhängers und verschiedene Fingerspuren lassen den Schluss zu, dass sich dort mehrere Personen verletzt haben."

Sven zeigte Detaillaufnahmen der Blutspuren.

„Bei unserer am Unfallort durchgeführten Leichenschau haben wir nur leichte äußere Verletzungen an den Armen und Beinen festgestellt, die auf keinen Fall zum Tod hatten führen können. Die deutlich ausgeprägten Totenflecke waren noch wegdrückbar und die Druckstellen verfärbten sich weiß, der Todeszeitpunkt konnte also nur wenige Stunden zurückliegen. Der Notarzt schätzte den Todeszeitpunkt auf 03:00 bis 04:00 Uhr, also ungefähr zum Unfallzeitpunkt.

Am Hals des Toten konnten wir eindeutige Würgemale entdecken und auch einen Bruch im Kehlkopf ertasten. Alles deutet auf einen gewaltsamen Tod durch Erwürgen hin. Ein genaues, gerichtsverwertbares Ergebnis wird natürlich erst nach Obduk-tion des Leichnams vorliegen."

Auf der Leinwand sah man eine auf dem Rücken liegende männliche

Leiche in einer großen Blutlache. Die Unterschenkel und Füße baumelten über die Ladefläche hinaus, außerhalb der geöffneten rechten Hecktür. Die linke, nunmehr obere Hecktür war geschlossen. Auf einer Nahaufnahme vom Hals des Toten waren eindeutig Würgemerkmale zu sehen. Sonstige Verletzungen waren auf diesem und den weiteren Bildern der Leiche nicht zu erkennen.

„Die Fingerabdrücke von der Leiche wurden beim Erkennungsdienst schon ausgewertet. Bei der Leiche handelt es sich um

Heinz-Peter Basterowski
geboren 29.12.1971 in Hamburg
ohne festen Wohnsitz.

In den Fahndungssystemen der Polizei war Basterowski in der Vergangenheit aufgrund diverser Vergehen, unter anderem Eigentumsdelikte, Körperverletzungen und Betäubungsmittel-Verstößen, kriminalpolizeilich vermerkt. Letztmalig wurde er vor vier Jahren wegen Besitz von 20 Gramm Amphetaminen und 10 Ecstasy-Tabletten in Köln erkennungsdienstlich behandelt. Daher konnte er auch so schnell identifiziert werden. Kommen wir jetzt zu dem Schlupfwinkel im Boden des Hängers, in dem vermutlich Personen versteckt wurden."

Sven zeigte jetzt Aufnahmen vom Boden des Sattelanhängers. Überall befanden sich gleichlange Planken, nur in der hintersten Ecke auf der Fahrerseite waren die Plankenstücke kürzer. Auf dem nächsten Bild wurde deutlich, dass sich hier eine gut getarnte Luke befand. Die Luke war circa 50 mal 50 Zentimeter groß und in ihrer Mitte ein versenkter Griff.

Auf weiteren Fotos sah man durch die geöffnete Luke einen darunter liegenden, mit dünnen Matratzen ausgelegten Hohlraum, circa 40 Zentimeter hoch.

„Ich denke, die Fotos sprechen für sich. Hier wurden Menschen transportiert."

Kid nickte zustimmend und warf zynisch ein: „Der Fachmann spricht von Schleusen."

„Was sagt der Fachmann denn zu dem Bowiemesser auf dem nächsten Foto?", konterte Kalle.

Das nächste Foto war vom Erdboden aus aufgenommen und zwar unterhalb der baumelnden Füße des Toten. Am oberen Bildrand sah man die Füße, am unteren Rand lag in einem Gestrüpp ein Bowiemesser.

„Sorry, Kalle, das sollte nicht so arrogant rüberkommen."

„Entschuldigung angenommen. Ich weiß von einem Bowiemesser auch nur soviel: Es kann aufgrund seiner Form und Bauweise sowohl als Arbeitsmesser als auch als Kampfmesser eingesetzt werden. Das müssen in diesem Fall die weiteren Ermittlungen ergeben. Auf den nächsten Bildern sehen wir Gegenstände, die für das Verfahren von Bedeutung sind oder werden könnten."

Es folgten Aufnahmen aus der unmittelbaren Umgebung des Sattelzuges. Abgebildet waren zwei Zigarettenkippen, ein Einwegfeuerzeug, ein Taschentuch, ein Nokia-Handy, ein 100-Euro-Schein und zahlreiche Fußspuren auf weichem Untergrund.

Fisch ergriff als erster wieder das Wort:

„Danke, es reicht mir, wenn ich einen ausführlichen Tatortbefundbericht bis Montag, sagen wir Dienstagvormittag bekomme. Judith, da sich deine Arbeit mit der Aktenführung noch in Grenzen hält, bitte ich dich, die Obduktion der Leiche zu veranlassen. Kid, kümmerst du dich bitte um die Auswertung des sichergestellten Nokia-Handys und den richterlichen Beschluss für die Verbindungsdaten? Ich versuche, den Halter in Spanien zu ermitteln. Irgendwelche Fragen oder Unklarheiten?"

Allgemeines Kopfschütteln.

***

Sennas Gemütsverfassung war wieder auf einem normalen Level. Sie war sich durchaus ihrer impulsiven Art bewusst und konnte nun nach einem zweistündigen Schlaf ruhiger über die Sache denken. Kid machte wirklich viele Überstunden im Jahr, aber genau diese nutzten sie für ihre vielen Reisen. Ihre Freundinnen beneideten sie darum. Trotzdem hätte er früher anrufen können! Wahrscheinlich hätte sie es noch später erfahren, wenn sie nicht selbst bei ihm angerufen hätte. Senna schmiedete einen Plan, wie sie es ihm heimzahlen würde.

Gegen 23:00 Uhr kam Kid nach Hause. Um diese Zeit waren die beiden Söhne, 16 und 18 Jahre alt, immer in irgendwelchen Eifeler Hardrockschuppen. Senna hätte aber eigentlich zuhause sein sollen. Er wunderte sich, weil er auf der Rückfahrt mehrfach vergeblich versucht hatte, sie zu erreichen. Er betrat das Haus, schaltete die Beleuchtung ein und rief vorsichtig "Hallo?". Nichts. Er ging in die Küche. Auf dem Tisch lag eine Nachricht. *Wahrscheinlich ist sie bei einer Freundin oder Nachbarin, nur um mich zu ärgern. Das würde ihr zu Gesicht stehen! Ich soll mir nur unnötig Sorgen machen.* Dann las Kid die Zeilen.

Hallo Schatz,
ich bin jetzt mit den Kindern mit dem Wohnmobil
nach Holland gefahren. Lass es dir gut gehen!
Der Kühlschrank ist übrigens leer, du kannst ja
in Köln frühstücken und Mittag essen.
Küsschen, Senna

Diesmal flippte er aus. „Verdammte Scheiße!", schrie er aus Frust heraus. „Lässt die blöde Zicke mich hier alleine zurück und sagt kein Wort!"

„Blöde Zicke nennst du mich?" Senna kam in die Küche geschlichen und konnte ihre Schadenfreude nicht verbergen, als Kid sich total erschrocken zu ihr herumdrehte.

„Ich bin extra nicht ans Telefon gegangen. Ich finde, du hast diesen Schreck verdient. Warum hast du mich nicht früher angerufen?"

Kid brauchte eine kurze Pause, um sich zu fassen.

„Ich habe das wirklich unmittelbar vorher erfahren und musste meine Gedanken selbst erstmal neu sortieren. Du weißt, wie gerne ich gefahren wäre. Wie kannst du mich so erschrecken? Ich hätte tot umfallen können!"

„Wie kannst du mich blöde Zicke nennen?"

„Weil du eine bist und..." Weiter kam er nicht. Sie lief ihm mit drohenden Fäusten hinterher.

Samstag / Sonntag, 07./08.10.2006

Das Wochenende verging wie im Fluge, ohne das die Ermittler wirklich einen Schritt voran kamen. Kalle und Sven arbeiteten bis Sonntagabend an dem vorläufigen Tatortbefundbericht und der Bildmappe. Zu diesem Bericht war später noch der subjektive Tatortbefund – die Aussagen möglicher Tatzeugen – hinzuzufügen.

Judith hatte die Akten auf Stand gebracht und den ganzen Schriftkram für die Obduktionsanordnung erledigt.

Ein Fingerabdruck am Griff der Beifahrertür stammte von dem getöteten Heinz-Peter Basterowski, er war offensichtlich Beifahrer in der Zugmaschine. Auf der Fahrerseite konnten nur fragmentarische Abdrücke gesichert werden. Die anderen gesicherten Fingerabdrücke im Führerhaus der Zugmaschine und im Auflieger waren in den Datenbanken beim BKA nicht erfasst.

***

Kid kam Sonntagabend gegen 20:00 Uhr völlig erschöpft und müde nach Hause.

„Musst du künftig jedes Wochenende arbeiten?“, fragte Senna und stellte ihm mürrisch das aufgewärmte Essen auf den Tisch. Sie konnte ihre Enttäuschung nicht für sich behalten. Ausgerechnet an diesem Wochenende, wo sie eigentlich in Holland sein wollten, war das schönste Wetter.

„Warum bist du so bockig? Ich muss bei der Kripo halt auch hin und wieder am Wochenende arbeiten. Außerdem ist es bei Mordermittlungen besonders wichtig, am Anfang soviel Informationen wie möglich zu sammeln und zu bewerten.“

„Und, habt ihr den Mörder?“

„Nein, wir stehen noch am Anfang unserer Ermittlungen.“

„Dann wird das dieses Jahr wohl nix mehr mit dem Wohnmobil. Im November und Dezember brauchen wir nicht fahren, da werden wir nicht mehr so schönes Wetter haben.“

„Ach, deswegen bist du so schlecht drauf. Warte doch erstmal ab, ich kann doch noch nicht sagen, was nächste Woche ist. So, ich möchte jetzt in Ruhe essen, ich hatte einen anstrengenden Tag.“

„Ich hatte auch einen anstrengenden Tag“ erwiderte Senna gereizt und ging trotzig ins Wohnzimmer.

Montag, 09.10.2006

Kid begann wie gewöhnlich um 06:30 Uhr seinen Dienst. Als er in sein neues Büro kam, saß Fisch schon an seinem Schreibtisch vor dem sperrangelweit geöffneten Fenster. Im Zimmer kämpfte die frische Luft verzweifelt gegen den Zigarettendunst, hatte aber gegen den Kettenraucher Fisch nicht den Hauch einer Chance.

„Morgen Fisch, du altes Räucherstäbchen!“, begrüßte Kid seinen MK-Leiter. „Wolltest du nicht mit dem Rauchen aufhören?“

„Mich kotzt diese Qualmerei selbst an, aber ich bin absolut abhängig von den Glimmstängeln. Wenn ich 30 Minuten keine geraucht habe, bekomme ich das Zittern und kann mich nicht mehr konzentrieren. Ich hab es schon mal mit diesen blöden Pflastern und Kaugummis versucht – alles sinnlos! Nach dieser Kommission werde ich aber noch mal versuchen, aufzuhören.“

„Da hilft nur äußerste Disziplin und der Wille, den inneren Schweinehund zu überwinden. Ich habe ja selbst jahrelang stark geraucht. Wenn du es Ernst meinst, kann ich dir ein paar Tipps geben.“

Ich brauche deine Tipps nicht, dachte Fisch. Er nahm sich fest vor, das Ende der Kommission als Nichtraucher zu verkünden.

Bis 07:30 Uhr waren alle Kommissionsmitglieder eingetroffen und versammelten sich zur Besprechung im Konferenzraum. Sarah Heimbüschen kam als Letzte. Als sie den Raum betrat, dachte man unweigerlich an Pippi Langstrumpf. Sie hatte ihre blonden langen Haare zu zwei Zöpfen gebunden, strahlte wie ein Honigkuchenpferd und begrüßte jeden persönlich mit Handschlag.

Fisch gab noch mal einen kompletten Überblick über den Stand der bisherigen Ermittlungen, damit Sarah direkt einsteigen konnte. Anschließend verteilte er die aktuellen Aufgaben.

„Kid und Kalle, ihr fahrt noch mal zum Tatort, vielleicht fällt euch noch irgendwas auf. Kid war ja noch nicht dort. Anschließend fahrt ihr zur Polizeiwache in Schleiden und sprecht mit den Kollegen, die zuerst am Unfallort waren, und mit den Unfallsachverständigen.

Sven, heute um 10:00 Uhr wird die Leiche obduziert. Du fährst zur Gerichtsmedizin und schreibst einen Bericht dazu.

Judith, du nimmst bitte Kontakt zu den Kollegen vom Erkennungsdienst auf. Wir brauchen noch deren Auswertungsberichte für die Akten.

Sarah, du wertest die Kriminalakte von Heinz-Peter Basterowski aus.

Ich werde mich nochmals um die Halterfeststellung in Spanien kümmern. Habt ihr noch irgendwelche Fragen?"

Die Frage war rhetorisch, denn er erwartete keine Antwort und wünschte auch keine. Fisch wollte den Konferenzraum schnell verlassen, um sich in seinem Büro eine Kippe anstecken zu können.

***

Kid nahm sich einen Dienstwagen und fuhr mit seinem Kollegen in Richtung Kronenburg. Je näher sie zum Tatort kamen, umso spärlicher war die Besiedlung und umso dichter wurden die Laub- und Nadelwälder. Kid fuhr extra einen kleinen Umweg, um Kalle über Landstraßen zum Kronenburger See zu führen. Er schwärmte lautstark von der tollen Natur und der himmlischen Ruhe, als Kalle genervt fragte: „Ey, Kid, wen interessiert das?"

Kid war enttäuscht, dass sein Vortrag über die Schönheiten der Eifel nicht auf große Begeisterung stieß. Aber was hätte er von Kalle auch erwarten sollen? Kalle war ein typischer Großstadtmensch, in Köln geboren und ohne Pläne, von dort jemals wegzuziehen. Trotz seiner 35 Jahre war er überzeugter Single. Mit seinem durchtrainierten, muskulösen Körper und seinem trendigen Kurzhaarschnitt wirkte er auf Frauen besonders sexy. Er prahlte gerne mit seinen One-Night-Stands und in seinem Dienstkalender waren immer wieder diverse Frauennamen zu bestimmten Uhrzeiten für entsprechende Dates vermerkt.

„Und in dieser Wildnis wohnst du also?", fragte er Kid jetzt.

„Ja, im Kreis Hellenthal. Du musst mich mal besuchen kommen."

Kid sah Bremsspur sowie Blutlache auf der Fahrbahn und wusste, hier genau an dieser Stelle hatte sich der Unfall ereignet. Am Abhang zum See sah man die stark beschädigte Uferbepflanzung; kleinere Bäume waren durch den Sattelzug regelrecht umgeknickt worden. Leitplanken gab es an diesem unbefestigten Fahrbandrand nicht.

Kalle erklärte Kid die genaue Lage des Sattelschleppers am Ende der Spuren, die der Lastkran beim Herausziehen des großen Fahrzeugs aus der Böschung hinterlassen hatte.

Kid ging am Fahrbahnrand in Höhe der Bremsspur auf und ab und rief sich die Tatortfotos noch mal ins Gedächtnis. *Der Sattelzug fuhr also aus Hallschlag kommend hier entlang in Richtung Stadtkyll. Er fuhr 53 km/h, aber warum kam er zum Schlingern? Der Aufprall eines Rehs bedeutet für ein 30 Tonnen-Fahrzeug nicht mehr, als wenn eine Mücke auf einen Motorradhelm klatscht. Okay, die Fahrbahn war nass und durch die Vollbremsung ließe sich das Schlingern erklären. Aber ein geübter LKW-Fahrer hätte das Gefährt unter Kontrolle bringen müssen. Vielleicht waren die Reifen abgefahren? Diesen Punkt muss ich unbedingt mit den Unfallsachverständigen abklären.*

Er ging dann den Abhang ein Stück hinunter. Kalle zeigte ihm die Stellen, an denen das Handy, das Messer und die Zigarettenkippen gefunden wurden. Messer und Kippen hatten in einem Umkreis von einem Meter am Ende des Sattelzuges, das Handy in Höhe der Zugmaschine gelegen. Kid ging den Unfall in Gedanken durch. *Der Sattelzug geriet ins Schleudern und rutschte dann den Abhang hinunter. Nach wenigen Metern blieb das Fahrzeug auf der Seite liegen. Die Blutspuren deuten darauf hin, dass sich Fahrer und Beifahrer bei dem Unfall verletzt hatten. Sie stiegen dann über die Beifahrertüre aus, wobei einer sein Handy verlor. So könnte es gewesen sein.*

Anhand der Fußspuren konnte man erkennen, dass zwei Personen vom Führerhaus zum Ende des Sattelaufliegers gegangen waren. *Was passierte dann? Der Tote war der Beifahrer und als deutscher Staatsangehöriger sollte er mit Sicherheit nicht geschleust werden. Waren zum Zeitpunkt des Mordes überhaupt Geschleuste auf dem Anhänger? Warum durchwühlte der Mörder die Taschen des Toten, ließ aber das Bowie-Messer am Tatort liegen? Viele Fragen, da haben wir noch viel Arbeit.*

Kalle hatte sich wohl ähnliche Gedanken gemacht: „Ich gehe davon aus, der Tote wurde vom Fahrer ermordet. Möglicherweise hatten sie sich über die Ladung gestritten, die nach dem Unfall vor Eintreffen der Polizei geborgen werden musste. Vielleicht war das kein Versteck für

Geschleuste, sondern für Hehlerware oder Drogen. Der Tote hatte doch mal mit Drogen zu tun. Genau, das waren Drogenkuriere und der Fahrer war bekifft oder hatte sich zuvor 'ne Nase gezogen. Deswegen hat er das Reh zu spät bemerkt und erst im letzten Moment auf die Bremse getreten. Als sie dann das Rauschgift bergen wollten, kam es zum Streit. Kann doch sein – oder?"

„Glaub ich nicht. Das war eindeutig ein Schleuserversteck, denk an die Matratzen. Aber warum befand sich soviel Blut auf dem Anhänger?"

„Das Blut in der großen Lache kann nur von diesem Heinz-Peter Basterowski stammen."

„Alles Spekulation. Lass uns mal zum Campingplatz auf der anderen Seite des Sees fahren, eventuell hat der Besitzer was beobachtet."

Der Platz war aufgrund des überraschend warmen Wetters Mitte Oktober noch gut besucht. Ungefähr 50 Wohnwagen, überwiegend von Dauercampern, standen auf dem Areal.

Der Besitzer, ein kräftig gebauter Mann um die fünfzig, hatte einen starken bayrischen Akzent. Natürlich wusste er von dem Unfall; die Geschichte stand ja in allen Zeitungen und war Gesprächsthema Nummer eins. Er habe sich schon immer über den Schwerlastverkehr am Kronenburger See beschwert, schließlich sei das hier ein Erholungsgebiet, ereiferte er sich. In der letzten Woche habe er mindestens zwei dieser dicken Brummer gesehen. Im Übrigen gingen auch hin und wieder asiatisch aussehende Typen um den See spazieren, das sei ihm schon immer suspekt gewesen. Erst gestern habe er zwei Chinesen oder Japaner am See gesehen. Die Frage, ob es auch Inder, Thailänder, Koreaner oder Vietnamesen gewesen sein könnten, bejahte er. Schließlich würden die Asiaten doch alle gleich aussehen.

Kalle, der nicht im Blickfeld des Besitzers stand, verdrehte die Augen und schüttelte den Kopf.

Im weiteren Verlauf der Unterhaltung mutmaßte der Bayer, mit Sicherheit steckten die Mafia oder Terroristen hinter dem Mord. Die Beamten sollten auf jeden Fall an einen Auftragsmord denken.

Als Kid und Kalle sich verabschiedeten, hinterließen sie einen sichtlich zufriedenen Bürger, der glaubte, der Polizei den entscheidenden Tipp in einem Mordfall gegeben zu haben.

Kaum war die Tür des Dienstwagens geschlossen, sagte Kalle: „Mafia, Terroristen, Auftragsmord - ich glaube, der hat einen Krimi zuviel gesehen. Der hat doch bestimmt zehn Minuten ununterbrochen nur Unsinn erzählt. Warum bist du nicht vorher dazwischen gefahren?"

„Erstens wohne ich in der Nähe und laufe diesem Bayern bestimmt noch mal über den Weg und zweitens musst du lernen, zwischen den Zeilen zu hören. Einige Informationen haben wir doch bekommen."

„Welche Informationen waren denn für uns interessant? Auf dem Platz sind 45 Dauercamper, für die er die Hand ins Feuer legen würde. Ansonsten hat der doch nur rumgesponnen. Der hielt doch fast jeden Ausländer für einen Kriminellen."

„Wir wissen jetzt, nur wenige LKW benutzen die Landstraße, weil er ja nur zwei in einer Woche wahrgenommen hat. Das erhöht unsere Chance, im Rahmen von Fahndungsplakaten Hinweise aus der Bevölkerung zu bekommen. So ein Sattelzug ist bestimmt irgendeinem aufgefallen. Zudem glaube ich ihm, dass er asiatisch aussehende Personen am See gesehen hat. Warum sollte er das erfinden? Das ist grundsätzlich nichts Ungewöhnliches, aber ich komme aus der Gegend und sehe hier gelegentlich Osteuropäer, auch den einen oder anderen Südländer aus der Mittelmeerregion, aber auf Asiaten treffe ich hier selten. Die findet man als Touristen in Köln, die wollen den Kölner Dom sehen. Ich denke, diese Information könnte für die Ermittlungen von Bedeutung werden."

Kid und Kalle hatten Glück, dass die Polizeibeamten, die den Unfall aufgenommen hatten, heute auch im Dienst waren. Das Gespräch mit den beiden Kollegen brachte aber keine neuen Erkenntnisse. Bisher hatten sich keine Zeugen zu dem Unfall gemeldet. Der Unfallmelder wurde am Samstag noch vernommen, ihm war jedoch am Freitagmorgen bezüglich des Unfalls weiter nichts Ungewöhnliches aufgefallen. Er war sich sicher, keine Fußgänger gesehen zu haben. An andere Fahrzeuge konnte er sich auch nicht erinnern.

Anschließend gingen die beiden Mordermittler zu den Verkehrssachverständigen. Hier hörten sie sich viele technische Details an, erfuhren aber nur wenige interessante Neuigkeiten. Es war definitiv kein anderes Fahrzeug an dem Unfall beteiligt. Aufgrund der Auswertung der Tachoscheibe in Verbindung mit der Überprüfung der Tachojustierung musste die Geschwindigkeitsangabe zum Zeitpunkt des Unfalles korrigiert werden. Demnach war der Sattelzug mit einer Geschwindigkeit von 49 km/h gefahren. Zum Zeitpunkt des Zusammenstoßes mit dem Reh betrug die Geschwindigkeit nur noch 32 km/h.

Kid fragte nach dem Reifenzustand und ein Sachverständiger las aus seinen Unterlagen ab, dass alle Reifen eine Profiltiefe von mindestens sieben Millimetern aufwiesen.

Beide Sachverständige waren sich einig, dass der Sattelzug auf der Fahrbahn zum Stehen hätte kommen müssen. Demnach musste auf jeden Fall letztendlich ein Fahrfehler für das Abrutschen auf den Hang verantwortlich gewesen sein.

***

Als sie beim KK 11 ankamen, ließ Fisch alle Kommissionsmitglieder im Konferenzraum zusammenkommen.

„So, lasst uns mal die Fakten zusammentragen, damit wir Feierabend machen können. Der Beschluss über die Verpflichtung zur Herausgabe der rückwirkenden Verbindungsdaten ist an den Netzbetreiber des Nokia-Handys übermittelt worden. Ich habe in der Sache zahlreiche Telefonate geführt, aber die Daten können uns frühestens nächste Woche zur Verfügung gestellt werden.

Weiter habe ich herausbekommen, dass als Halter des Sattelzugs eine Spedition in der Nähe von Barcelona angegeben ist. Über den BKA-Verbindungsbeamten habe ich die spanischen Kollegen vor Ort den Laden überprüfen lassen. Und was glaubt ihr, kam dabei heraus?"

„Der Sattelzug wurde als gestohlen gemeldet", warf Sarah in die Runde.

„Falsch. Die Firma existiert gar nicht. Wenn ich die Kollegen richtig verstanden habe, dann wurde bei der Firmenanmeldung einfach ein brachliegendes Gelände in einem Gewerbegebiet als Adresse genannt. Mit diesen Daten wurde dann der Sattelzug zugelassen und nach ein paar Monaten die Firma wieder abgemeldet."

„Und wofür dieser Aufwand?", fragte Judith.

„Bei einer Überprüfung der Kennzeichen würde der Zoll oder die Polizei ein legales Firmenfahrzeug vermuten, ist halt eine gute Tarnung für die Schleuser. Sven, gibt es Erkenntnisse aus der Obduktion?"

Sven Blodenberg schrak regelrecht auf, als sein Name fiel. Auf den ersten Blick ähnelte die Bewegung einer Kobra, die sich aus einem Korb schlängelt. Mit seinen 38 Jahren und seinen 198 cm Körpergröße hatte er entspannt, tief nach unten gerutscht in seinem Stuhl gesessen. Sven hätte niemand für einen Kriminalbeamten gehalten. Sein langes rötliches Haar hatte er zu einem Zopf gebunden. Eine große Nase ließ sein schmales, langes Gesicht sehr markant erscheinen. Er trug im linken Ohr einen kleinen Ohrring (den er manchmal gegen einen Ohrstecker austauschte). In der kalten Jahreszeit lief er draußen mit einer schwarzen Wollmütze herum und zog ausschließlich bequeme Trekkinghosen und -jacken an. Aufgrund seines äußeren Erscheinungsbildes wurde er häufig unterschätzt. Daher hatte er früher mit großem Erfolg *undercover* in der Drogenszene ermittelt. Obwohl er von seiner Art her lethargisch wirkte, arbeitete er äußerst intelligent und scharfsinnig.

„Die Obduktion bestätigt unsere Vermutung. Ich will mich kurz fassen, die festgestellten Hämatome und Platzwunden an den Armen, Beinen und zum Teil auch am Brustkorb waren nicht todesursächlich und rührten eindeutig von dem Unfall her. Dr. Elmer teilte mir mit, der Körper sei noch lebend aus der Bewegung heraus auf einen stumpfen, ruhenden Gegenstand getroffen. Hierdurch seien die Hämatome und Platzwunden entstanden. In den tiefer liegenden Gewebeschichten fand er Gewebebrücken, also Fasern und kleine Gefäße, die nicht durchtrennt wurden. Dadurch konnte er Stich- oder Schnittverletzungen ausschließen. Damit können wir festhalten: Das Opfer wurde nicht durch das Bowie-Messer verletzt. Dann hat der Mediziner den von uns bereits ertasteten Bruch des Kehlkopfes bestätigt. Ansonsten war die Leiche unauffällig: altersbedingte Entwicklung, keine inneren Krankheiten und so.

Eine Besonderheit hatten Kalle und ich bei der Leichenschau allerdings übersehen. Ihr erinnert euch, auf dem einen Foto lag die linke Hand der Leiche halb in dieser Blutlache. Genau auf dem Ringfinger dieser Hand waren oben zwischen dem ersten und zweiten Gelenk die Buchstaben MAMA tätowiert. Ich würde mich schon wundern, wenn damit seine Mutter gemeint wäre."

„Da kann ich gleich was zu sagen", warf Sarah euphorisch in die Runde, wurde aber direkt wieder von Sven unterbrochen.

„Ach ja, ich habe noch Faserspuren unter den Fingernägeln der Leiche entnommen. Die könnten von der Täterkleidung stammen. Dr. Elmer will uns seinen Bericht innerhalb einer Woche zuschicken. Er hat sich aber festgelegt: Der Tod ist durch Erwürgen eingetreten."

„Danke, Sven!", warf Fisch ein. „Jetzt brauchen wir nur noch Kleidungsstücke von einem mutmaßlichen Täter, um die Gewebespuren vergleichen zu können. Apropos Gewebespuren, hast du veranlasst, den Hals des Opfers wegen möglicher DNA-Spuren abzukleben? Es ist ja gut möglich, dass der Täter keine Handschuhe trug und beim Würgen Schweißspuren hinterlassen hat."

„Ach ja, das hatte Dr. Elmer bereits veranlasst. Ehrlich gesagt, wäre ich selbst gar nicht auf die Idee gekommen, dass man beim Würgen DNA-Spuren hinterlässt."

„Als Rauschgiftfahnder hast du ja auch selten mit Würgern zu tun. Es deutet jetzt jedenfalls alles darauf hin, dass dieser Basterowski Beifahrer war und sich bei dem Unfall im Führerhaus verletzte. Anschließend ist er gemeinsam mit dem Fahrer zum Fahrzeugheck gegangen, wo er dann aus irgendeinem Grund erwürgt wurde. Das korrespondiert auch mit dem Spurenbericht des Erkennungsdienstes, wonach weitere Fingerabdrücke und Blutspuren von ihm rechts im Führerhaus gesichert werden konnten.

Sarah, du hast dich den ganzen Tag mit seiner Kriminalakte beschäftigt. Was hast du herausgefunden?"

Sarah antwortete frisch und frech mit ihrer hohen Stimme:

„Basterowski hatte sich die letzten vier Jahre nichts mehr zu Schulden kommen lassen. Der letzte Eintrag war die Sache mit dem Amphetamin- und Ecstasybesitz im Jahr 2002. Dann gab's da noch einen Feststellungsbericht von der Polizeiwache in Bad Neuenahr/Ahrweiler vom 23.06.2003, wonach Basterowski und ein Norbert Stupp nachts um 03:00 Uhr stark alkoholisiert um ein Lagerfeuer sitzend an der Ahr angetroffen wurden.

Erst einmal aber hier ein kurzer Lebenslauf unseres Opfers:

Basterowski wurde 1971 in Hamburg geboren und blieb Einzelkind. Sein Vater, ein polnischer Staatsangehöriger, verstarb 1999. Seine Mutter war Alkoholikerin und verstarb 2003 an Leberkrebs. Er selbst besuchte eine Sonderschule bis zur 9. Klasse und begann anschließend eine Lehre als Gerüstbauer, die er bereits 1987 nach anderthalb Jahren ohne Abschluss abbrach. Folgende Straftaten konnte ich Basterowskis Kriminalakte entnehmen:

- 1986: 3x Ladendiebstahl
- 1987: 4 x Ladendiebstahl, 1 x Körperverletzung,
  4 x Fahrgeldhinterziehung
- 1988: 2 x Handtaschendiebstahl, 1 x Raub,
  2 x Haschischbesitz, 3 x Körperverletzung
- 1989: 3 x Raub, 1 x gefährliche Körperverletzung,
  3 x Haschischbesitz, 1 x Fahren ohne Fahrerlaubnis

Nachdem er wegen der ersten Ladendiebstähle und Körperverletzungen lediglich Sozialstunden in einem Altersheim als Strafe ableisten musste, bekam er 1989 eine Freiheitsstrafe von zehn Monaten, die auf drei Jahre Bewährung ausgesetzt wurde. Von 1990 bis 2002 hatte er sich nichts mehr zu schulden kommen lassen, zumindest wurde er nicht mehr erwischt.

Bei den Raub- und Körperverletzungsdelikten hatte er immer Mittäter. Anhand der einzelnen Beschuldigtenvernehmungen konnte man sich ein gutes Bild von den Beweggründen dieser Taten machen.

Mit 16 Jahren trat Basterowski einer Jugendbande bei, die sich zunächst MAD nannte. Hierbei handelte es sich um Jugendliche und Heranwachsende aus Hamburg, die nicht zur Schule gingen und auch nicht erwerbstätig waren. Sie verdienten ihren Lebensunterhalt durch Laden- und Handtaschendiebstähle, sowie Raubüberfälle auf Senioren und Jugendliche. Der Bandenname stand für Mädels, Alkohol und Drogen, was den Hauptinteressen der Gruppe entsprach. Als die ersten Bandenmitglieder ihren Führerschein wegen Alkohol- und Drogenkonsum abgaben und wegen Dealerei auch Freiheitsstrafen verbüßten, wandten sich die Heranwachsenden immer mehr vom Haschisch- und Marihuanakonsum ab. Der Schwerpunkt ihrer Interessen richtete sich nun mehr auf Motorräder und Autos.

Aus der Jugendbande wurde eine Rockergang, die sich ab 1989 MAMA nannte. Dieser Name setzte sich zusammen aus: Mädels, Alkohol, Motorräder und Autos. Alle Gangmitglieder mussten sich diese Buchstaben auf ihren Ringfinger tätowieren lassen."

„Es tut mir leid, aber jetzt brauche ich mal fünf Minuten Pause, ich leide langsam unter Nikotinmangel", unterbrach Fisch sie und verschwand in sein Büro.

Nach ca. zehn Minuten kam er zurück und sagte: „Wenn wir den Täter haben, werde ich mit dem Rauchen aufhören, das verspreche ich. So, und jetzt weiter im Geschäft."

„Zu den Körperverletzungen ein paar Details. Es waren fast immer nur kleinere Schlägereien, meistens in Discos oder Kneipen. Die wurden auch nicht weiter rechtlich verfolgt, weil die Opfer keinen Strafantrag stellten. Nur bei der gefährlichen Körperverletzung 1989 benutzte Basterowski ein Messer. Damals hatte er wegen eines Mädchens Streit mit dem Leader der Gang, der dann bei einem Messerkampf tiefe Stichwunden im Unterbauch erlitt, wobei jedoch keine lebenswichtigen Organe verletzt wurden. Basterowski verließ dann die Gang.

Und jetzt aufgepasst, er benutzte ein australisches Bowie-Messer, welches der Beschreibung nach dem am Tatort sichergestellten Messer entsprach."

Fisch übernahm wieder das Wort: „Danke Sarah, ich denke, jetzt sind wir etwas schlauer, obwohl sich auch wieder neue Fragen ergeben haben. Was machte Basterowski zwischen 1990 und 2002? Ich kann mir nicht vorstellen, dass er plötzlich ein ehrliches, spießiges Leben führte. Hören wir uns noch Judith und Kid an."

Judith zitierte aus dem Spurenbericht des Erkennungsdienstes und führte aus, welche Spuren ausgewertet werden konnten. Demnach war beim Bundeskriminalamt nur die Fingerspur von Basterowski erfasst; vier weitere, auswertbare Fingerspuren konnten keiner Person zugeordnet werden. Auf dem Nokia-Handy befand sich ebenfalls ein Fingerabdruck des Opfers.

Auch die Fußspuren am unbefestigten Fahrbahnrand konnten ausgewertet werden. Es handelte sich um Spuren von Springerstiefeln, die definitiv nicht vom Schuhwerk des Toten stammten. Den Abdrücken nach hatte der Spurenleger die Schuhgröße 47 und war zwischen 100 und 110 kg schwer.

Im Anschluss berichtete Kid von seinen Ermittlungen in der Eifel. Nachdem er seinen Vortrag beendet hatte, schlug Fisch mit der flachen Hand auf den Tisch:

„So, meine Damen und Herren, wir brauchen noch einen Namen für diese Mordkommission!"

„Darf ich einen Vorschlag machen? Was haltet ihr denn von MK Mama?", fragte Sarah in die Runde.

Alle nickten. Kurz, knapp, präzise – der Kommissionsname „MK Mama“ stand.

Fisch entließ seine Beamten und gab ihnen mit auf den Weg, sie müssten morgen erst um 10:00 Uhr kommen. Er bräuchte ausgeschlafene Kollegen. Dann ging er in sein Büro, steckte sich eine Zigarette an und begann, seinen Bericht zu schreiben. Als er anfing, musste er lächeln; was würde sein Chef denken, wenn er den Briefkopf las? MK Mama…

***

Kid konnte seine Frau gut verstehen. In den letzten Wochen war er selten pünktlich zu Hause gewesen. Die Zahl seiner Überstunden war mittlerweile vierstellig. Als er absehen konnte, dass es wieder etwas später werden würde, hatte er Senna angerufen und sie abends zum Essen eingeladen. Damit konnte er die Wogen etwas glätten.

Kid kam abends um 21:00 Uhr zu Hause an und rief Senna schon aus dem Flur zu:

„Bist du fertig? Ich hab einen Riesenhunger.“

„Um diese Uhrzeit noch?“

„Warum nicht?“

„Ich habe eigentlich früher mit dir gerechnet.“

„Ich auch, komm, lass uns fahren!“

„Um diese Uhrzeit esse ich aber nur noch einen Salatteller.“

Kid bestellte sich zu seinem Wildgericht eine Karaffe Rotwein und erzählte seiner Frau kurz von seinen Ermittlungen hier in der Eifel. Er wusste, Senna interessierte sich weniger für die eigentliche kriminalpolizeiliche Arbeit, sondern mehr für die menschlichen und sozialen Aspekte eines Falles. Sie war regelrecht erschüttert, als er die zerrütteten Familienverhältnisse und die kriminelle Vergangenheit des Opfers erwähnte.

Der Wirt brachte seinen beiden Stammgästen mit der Rechnung einen Bärlauch-Schnaps auf Kosten des Hauses und setzte sich zu ihnen.

„Du bist doch bei der Kripo, Kid! Ich hätte da mal eine Frage. Vorhin kamen zwei Thailänder zu mir und boten mir Forellen und Wildhasen zum Kauf an. Ich habe denen erklärt, ich hätte eine eigene Forellenzucht und mein Wild beziehe ich über einen anderen Händler. Sie haben mir dann einen wirklich niedrigen Preis genannt, doch ich habe sie mit dem Hinweis auf kontrolliertes Fleisch von Fachhändlern und so weggeschickt. Irgendwie taten mir die Beiden leid. Sie sahen so abgemagert und traurig aus und sprachen kein deutsch, nur etwas englisch. Meinst du, es waren Wilderer und ich muss die bei der Polizei anzeigen?“

Kid war sofort hellhörig:

„Bist du dir sicher, dass es Thailänder waren?“

„Da bin ich mir ganz sicher. Ich fahr ja jedes Jahr nach Phuket.“

„Bitte notiere dir mal in Ruhe eine Beschreibung der beiden und faxe sie an diese Nummer.“ Kid reichte ihm seine Visitenkarte.

„Hast du diese Personen schon mal hier gesehen und weißt du, wo sie anschließend hingegangen sind?“

„Ich habe hier noch nie Thailänder gesehen. Soweit ich weiß, sind die beiden Männer gestern anschließend den Waldweg in Richtung Kronenburg gegangen.“

Dienstag, 10.10.2006

Fünf Stunden Schlaf sind auf jeden Fall zu wenig, dachte Kid, als er völlig übermüdet zum Dienst erschien.

Judith hatte angerufen, sie brauche wegen eines Wasserrohrbruches einen Tag dienstfrei und so wurde die Besprechung mit insgesamt fünf Ermittlern in Fischs Büro abgehalten.

Als Kid von den beiden Thailändern in Hallschlag erzählte, zog Fisch das Fax mit der Beschreibung von einem Stapel. Demnach beschrieb der Wirt die Thailänder wie folgt:

- zwischen 25 und 30 Jahre alt
- kurze schwarze Haare
- dürre Gestalt
- ca. 170 und 180cm groß
- Beide bekleidet mit stark verschmutzten schwarzen Leinenhosen und -jacken
- der Größere von Beiden sprach etwas englisch

Anschließend wurden im Rahmen eines Brainstormings die nächsten Schritte erarbeitet und die Aufgaben verteilt.

***

Sarah und Sven versuchten, so viele Informationen wie möglich über Norbert Stupp vom Büro aus zu ermitteln. Aus dem Bericht in der Kriminalakte von Basterowski ging hervor, dass Stupp 2003 noch in Bad Neuenahr-Ahrweiler wohnte. Laut Eintrag im Melderegister der Stadt war er zwischenzeitlich nach Bonn verzogen. Über die Meldedateien der Stadt Bonn erhielten die Ermittler die aktuelle Adresse.

Keine 40 Minuten später standen sie vor einem achtstöckigen Hochhaus und gingen die Namen auf der Klingelleiste durch. „8. Stock, Wohnung 804. Wieso wohnen unsere Kunden eigentlich immer oben?“, moserte Sven.

Auf Klingeln und Klopfen an der Wohnungstür wurde den Beamten nicht geöffnet. Als am Ende des Flures ein älterer Mann seine Wohnung verließ, schritt Sarah auf ihn zu und hielt ihm ihren Dienstausweis unter die Nase.

„Wir wollen zu Herrn Stupp. Können Sie uns sagen, wann er normalerweise zu Hause ist oder wo wir ihn jetzt erreichen können?“

Der Mann sah sie mit großen Augen an und antwortete: „Ich nix kenne Stupp, gar nix, weißt du.“ Sarah winkte ab und verabschiedete sich. Im Erdgeschoss warfen sie einen Blick in den Briefkasten der Familie Stupp. Wäre der überfüllt, könnte die Familie möglicherweise im Urlaub sein. Gerade als Sven seine Hand in den Briefkastenschlitz steckte, ertönte vom Hauseingang her eine laute grimmige Frauenstimme:

„Was machen Sie da? Ich rufe die Polizei, wenn Sie nicht sofort verschwinden!“

Diesmal wies Sven sich aus und übernahm das Wort: „Entschuldigen Sie bitte, wir ermitteln in einer wichtigen Angelegenheit und müssen Herrn Stupp aus der achten Etage als Zeuge befragen.“

Die ältere Dame wechselte sofort die Tonlage, als sie die Dienstmarke sah.

„Das tut mir leid, aber es wird heutzutage ja andauernd selbst am helllichten Tag in den Häusern eingebrochen. Ich wohne in der siebten Etage, Wohnung 704, genau unter den Stupps, und ich kann ihnen sagen, in der Achten wohnt nur Pack. Die Familie Stupp ist da eine Ausnahme. Er schleppt mir sogar die schweren Einkaufstaschen bis vor die Wohnungstür. Frau Stupp ist immer gut gekleidet und grüßt mich regelmäßig. Ich kann wirklich nichts Schlechtes über die beiden sagen, obwohl sie in der letzten Woche die Kellertreppe schlecht gekehrt haben..."

„Entschuldigung, wenn ich Sie unterbreche, wir müssen leider dringend ins Polizeipräsidium. Wissen Sie, wie man Herrn Stupp erreichen kann oder wann er normalerweise nach Hause kommt?"

„Klar, der hat einen Kiosk hier gleich um die Ecke in der Kornstraße. Der ist auch da, ich war gerade noch bei ihm und habe mir eine Zeitschrift gekauft."

Wenige Augenblicke später standen die beiden Ermittler vor Stupp, der in seinem schwarzen Anzug wie ein Banker aussah. Sven zeigte ihm seine Kriminalmarke und erzählte, dass ein Herr Basterowski bei einem Verkehrsunfall ums Leben gekommen sei. Man würde gern Angehörige ermitteln. Aus einem polizeilichen Bericht hätten sie erfahren, dass er gemeinsam mit Heinz-Peter Basterowski 2003 mal kontrolliert worden sei.

„Das ist ja ein Ding, tot? Den Heinz habe ich bestimmt drei Jahre nicht mehr gesehen. Das tut mir wirklich leid! Er war zwar ein Spinner, aber im Grunde genommen ein lieber Kerl."

„Können Sie uns mehr zu ihm sagen? Wann haben Sie ihn kennen gelernt, wo hat er gewohnt, welche Hobbys hatte er, war er verheiratet und so weiter?", hakte Sarah nach.

„Also, den Heinz habe ich im Jahr 2000 auf Gran Canaria kennen gelernt. In meinem Urlaub. Er war Animateur im Hotel Palace in Playa del Inglés. Wenn er abends frei hatte, das war regelmäßig nach Mitternacht, haben wir anschließend noch einen drauf gemacht."

„Der muss ja eine ordentliche Kondition gehabt haben, wenn der quasi tage- und nächtelang durchgemacht hat" unterbrach Sven.

„Ach was, der hat sich jede Menge Zeug eingeschmissen, wenn Sie wissen, was ich meine. Ohne ging gar nichts. Dann stand er plötzlich im Sommer 2003 vor meiner Tür. Richtig abgerissen sah der aus. Vielleicht lag das auch an seiner Drogentherapie, keine Ahnung, aber ich nehm das mal an. Als wir dann mal wieder einen saufen waren, sind wir von der Schmier kontrolliert worden. Seitdem habe ich ihn nicht mehr gesehen. Ab und zu kam mal ne Ansichtskarte aus Prag."

„Wissen Sie wo Heinz Basterowski in Deutschland gewohnt hat?“, fragte Sarah.
„Irgendwo in der Eifel an der belgischen Grenze, der Ort hieß Uhlebred oder so ähnlich. Ich sollte ihn mal dort besuchen kommen, was ich aber nie gemacht habe. Die Adresse habe ich nicht mehr.“
„Kennen Sie den Namen der Einrichtung, wo er in Drogentherapie war?“
„Das ging über den Verein Kedro in Bad Neuenahr, das stand für keine Drogen.“
„Wovon hat Heinz Basterowski denn gelebt?“
„Er machte mal so Andeutungen, er habe wichtige Leute aus Tschechien kennen gelernt und mit denen wolle er ein paar Geschäfte in Deutschland machen. Wie gesagt, so'n Spinnerkram. Ernst genommen habe ich das nie. Wenn der tatsächlich so viel Kohle gehabt hätte, hätt' der nicht so ausgesehen.“
Sven ließ seine Visitenkarte bei Stupp und schärfte ihm ein, dass er sich sofort melden solle, falls ihm doch noch was einfiel.

***

Kid und Kalle bekamen den Auftrag, den Wohnort des Opfers in der Eifel zu untersuchen. Kurz vor der belgischen Grenze gab es den Ort Udenbreth, der zur Gemeinde Hellenthal gehörte. Es konnte nur diese Ortschaft gemeint sein. Kid rief bei der Gemeinde Hellenthal an und ließ den Namen Heinz-Peter Basterowski in der Einwohnermeldedatei überprüfen. Man wurde im historischen Bestand der Datei fündig. Basterowski war vom 06.02.2003 bis zum 14.04.2006 hier gemeldet gewesen. Ein Vermerk vom 14.04.06 besagte den Fortzug nach unbekannt.

Das Einfamilienhaus mit Einliegerwohnung lag am Ortsrand in der Nähe des Friedhofes. Auf dem Klingelschild stand der Name Jelliges. Die Hauseigentümerin, die aufs Kids Klingeln öffnete, war eine ältere Dame, die sichtlich erfreut schien, die Kriminalbeamten in ihr Haus bitten zu können.
„Selbstverständlich kann ich mich an den jungen Mann erinnern, der hat bei mir gut drei Jahre gewohnt. Mittlerweile wohnt wieder ein junger Mann in meiner Einliegerwohnung. Ich bin Witwe und hier am

Ortsrand fühlt man sich als allein stehende Frau sicherer, wenn ein Mann im Haus ist. Aber wie unhöflich, kann ich Ihnen eine Tasse Kaffee anbieten?"

„Nein, danke", antwortete Kid, „wir haben nur ein paar Fragen."

„Hat Herr Basterowski was ausgefressen?"

„Sie haben sicher von dem Unfall in Kronenburg gehört?"

„Ja, ganz schrecklich, dabei ist doch ein junger Mann ums Leben gekommen."

Kid und Kalle nickten verstohlen, als Frau Jelliges sie fragend ansah.

„Nein, sie wollen doch nicht sagen, der junge Mann war... Nein, das kann ich nicht glauben!"

Frau Jelliges war sichtlich geschockt. Minutenlang saß sie betroffen in ihrem Sessel und murmelte leise vor sich hin. *So ein lieber Kerl, unfassbar...*

Als sie sich wieder gefangen hatte, warf Kid ein: „Wir müssen alles über ihn wissen. Nur so können wir den Täter finden."

„Ich habe Herrn Basterowski seit seinem Auszug nicht mehr gesehen. Er hat jahrelang in Spanien auf einer Insel gelebt und in der Zeit, als er bei mir gewohnt hat, war er als Waldarbeiter beim Förster Kessler in Hollerath im Staatsforst beschäftigt. Hin und wieder habe ich ihn zum Kaffee eingeladen, um ein wenig Gesellschaft zu haben. Mir fällt noch ein, dass er in Hamburg geboren wurde und mit seinen Eltern Probleme hatte. Aber was genau, keine Ahnung. Er erzählte immer von einem eigenen Boot. Als er auszog, um in Belgien mehr Geld als Reiseleiter zu verdienen, war ich richtig traurig. "

„Hat er hier auch mal Besuch empfangen?"

„Nein, nie, ich habe das jedenfalls nie mitbekommen. An den Wochenenden war er fast nie zu Hause, hing ständig in Bütgenbach oder Büllenbach rum. Wie die jungen Leute halt so sind."

„Hat er mal Namen von Bekannten oder Freunden genannt?"

„Kann ich mich nicht dran erinnern, tut mir leid."

„Ist Ihnen sonst noch irgendetwas an seinem Verhalten aufgefallen?"

„Ja, in dem Jahr bevor er auszog, ist er häufig in Urlaub gefahren. Das hat mich gewundert."

„Was hat Sie daran gewundert?"

„Weil er mehrmals hintereinander in Prag war. Einmal hat er mir sogar eine Karte geschrieben. Und mich wunderte das auch nur, weil er perfekt spanisch sprach. Da wäre ich doch nach Spanien in den Urlaub gefahren, oder?“

„Da haben Sie Recht. Aber woher wussten Sie, dass er perfekt spanisch sprach?“

„Er hat es mir gesagt. Außerdem müssen Sie wissen, die Wände hier im Haus sind nicht so dick und wenn ich in meiner Wohnung ganz ruhig bin und den Fernseher ausschalte, dann kann ich alles hören. Herr Basterowski hat im letzten Jahr oft telefoniert und dabei laut spanisch gesprochen. Da ist ja ein ganz anderes Temperament in dieser Sprache. Das kenne ich noch von meinen Mallorcaurlauben.“

Anschließend fuhren Kid und Kalle zum Forsthaus in Hollerath und trafen Herrn Kessler in seinem Büro an. Auch von ihm hörten sie nur Positives über Heinz-Peter Basterowski. Er war zuverlässig und fleißig, wurde nie krank und war besonders talentiert im Umgang mit allen Werkzeugen und im Führen von forstlichen Maschinen, die bei der Waldarbeit benötigt wurden. Er beschrieb ihn als typischen Einzelgänger, der zwar höflich war, aber kaum Kontakte zu den anderen Waldarbeitern pflegte.

***

Sarah und Sven standen vor einem fünfstöckigen, freistehenden Gebäudekomplex in Bad Neuenahr. An der Eingangstür war der Hinweis auf verschiedene Arztpraxen, unter anderem auf das Therapiezentrum Kedro im 2.OG. Im Vorzimmer der Praxis erfuhren sie von einer Arzthelferin den Namen des behandelnden Arztes von Heinz-Peter Basterowski.

„Ich unterliege der Schweigepflicht“, sagte Dr. Sörensen, als er die Beamten in sein Büro bat.

Sarah erklärte die Gründe für ihr Kommen und betonte, wie wichtig die Informationen für die Aufklärung des Mordes wären. Normalerweise würden sie die Auskünfte mit richterlichem Beschluss einholen, aber es wäre ja hier im Interesse aller, dass schnell gehandelt würde. Sarah ließ ihren Charme spielen.

„Okay, ich denke, ich kann Ihnen ein paar Informationen geben. Aus der Patientenakte kann ich entnehmen, dass Herr Basterowski vom 01.06. bis zum 15.07.2003 in unserer Klinik zur Entgiftung und anschließenden Therapie war. Ich kann mich sogar an ihn erinnern, weil er in meiner Gruppe war. Er war regelrecht versessen darauf, ein drogenfreies Leben zu führen."

„Welche Drogen hatte er denn genommen?"

„Überwiegend Amphetamin und Ecstasy. Beim Konsum solcher chemischer Drogen tritt eine starke psychische Abhängigkeit ein. Die Bekämpfung dieser Abhängigkeit erfordert einen willensstarken Charakter. Den hatte Herr Basterowski ohne Zweifel."

Sarah und Sven bedankten sich und fuhren wieder zum Polizeipräsidium.

Mittwoch, 11.10.2006

Es regnete in Strömen. Verheerende Stürme fegten über das Land. Kid kam zwei Stunden später zum Dienst und war entsprechend schlecht gelaunt.

„Bei diesem Wetter kriegt mich keine Sau mehr auf die Straße, ich hab die Schnauze voll."

„Wir sind alle später gekommen. Die Bahnen fuhren auch nicht!", sagte Sarah.

„Schluss mit dem Gejammer! Wir bleiben heute alle im Präsidium, es gibt genug aufzuarbeiten. Heute Nachmittag lade ich euch dann zu einem Kaltgetränk ein, muss auch mal sein."

Fisch wusste, wie man die Mitarbeiter bei Laune hielt.

Um 16:00 Uhr war heute offiziell Feierabend. Danach saßen sie noch alle im Konferenzraum, tranken Bier oder Cola und debattierten über den Fall. Gegen 18:00 Uhr verabschiedeten sich Kid und Sven, aber Judith, die selten solchen Spontanveranstaltungen beiwohnte, blieb ausnahmsweise. Sie erzählte von dem Wasserrohrbruch und der entsprechenden Sauerei in ihrer Wohnung. Ihre Lebensgefährtin sei deswegen total genervt und zurzeit unerträglich.

„Wenn du schon mal dabei bist, dann ‚drink doch eine met'", sagte Kalle und reichte ihr eine Flasche Kölsch.

„Nee, Bier find ich ekelhaft."

„Trinkst du Sekt?"
„Schon eher."
„Sag bloß, du hast Sekt! Ich würde ein Glas mittrinken", sagte Sarah.
„Die hab ich noch von meinem Geburtstag in meinem Schreibtisch, allerdings nicht kalt."
In heiterer Runde wurde dann Bier und lauwarmer Sekt getrunken. Um 20:00 Uhr – die erste Flasche Sekt war mittlerweile leer – verabschiedeten sich Sarah und Fisch.
Judith und Kalle, beide mittlerweile angeheitert, unterhielten sich angeregt weiter. Eigentlich mochten die beiden sich nicht. Sie war ihm viel zu bieder und er war in ihren Augen der typische Macho, auf den gerade Lesben überhaupt nicht stehen. Dieses Thema diskutierten sie und Judith nahm kein Blatt vor den Mund. Er sei ein Prolet, der Frauen nur benutze, um sein Ego zu stärken. Er wisse doch gar nicht, was Liebe bedeute. Kalle fand mittlerweile Spaß an dieser provokativen Auseinandersetzung und überlegte, wie er sie aus der Reserve locken konnte. Er öffnete die zweite Flasche Sekt.
„Du hast Recht, für mich ist in meiner jetzigen Lebensphase Liebe gleich Sex. Ich kann damit gut leben. Und du? Hast du überhaupt schon mal einen richtigen Kerl im Bett gehabt?"
„Liebe hat nichts mit dem Geschlecht zu tun, Liebe ist ein Gefühl, aber was soll ich einem wie dir das erklären? Sex wird von den Männern sowieso überbewertet."
„Du hattest noch nie guten Sex mit einem Mann, hab ich Recht?"
„Was weißt du schon von gutem Sex?"
„Ich bekomme jedenfalls regelmäßig gute Kritiken."
Während Kalle ihr wieder Sekt nachschenkte, musterte er sie mit seinen bereits glasigen Augen. *'Ne gute Figur hat sie ja. Dieser Jeansrock, die Netzstrumpfhose und der grobmaschig gestrickte Pullover… irgendwie geil! Die Titten könnten größer sein, aber ansonsten…*
„Was starrst du mich so an?" Judith war keinen Alkohol gewohnt und lallte schon stark.
„Sag schon, hattest du mal guten Sex mit einem Mann?"
Dieses Arschloch, dachte Judith, musste er ausgerechnet auf diesem Thema herumreiten! Natürlich hatte sie schon Sex mit Männern. Ihre Eltern waren bodenständige, altmodische Leute, nach denen Frauen erst nach der Verlobung mit ihrem Freund schlafen durften. Ihren ersten

Freund hatte Judith mit 19 Jahren. Sie hatte ihn in einer Phase kennen gelernt, in der sie begann, sich gegen ihre Eltern aufzulehnen. Als ihr Freund sie verführte, hatte er leichtes Spiel. Sie ließ es zu, um anders zu sein, als ihre Mutter, aber schön war es nicht und eine Woche später waren sie auch kein Paar mehr. Ihr zweiter Freund wollte nur in der Missionarsstellung mit ihr schlafen; er kam nur so zum Höhepunkt, doch sie blieb jedes Mal frustriert.

Ihren ersten Orgasmus hatte sie mit ihrer jetzigen Freundin; seitdem wollte sie nichts mehr von Männern wissen. Dennoch hatte auch sie Kalle bereits gemustert. Die breiten Schultern, der knackige Arsch – klar, dass die Frauen ihm nachliefen. Er war der typische Mann fürs Bett und mehr nicht.

„Hallo, hallo? Ich hab dich was gefragt!"

Judith leerte ihr Glas auf Ex, stand auf und schenkte sich wieder ein. Ihr war schummrig vom Alkohol, als sie sich auf die Schreibtischkante unmittelbar vor Kalle setzte und ihm herausfordernd entgegnete:

„Große Klappe, nichts dahinter! Wahrscheinlich bist du auch nur so ein Langweiler im Bett!"

Jetzt fühlte Kalle sich in seiner Ehre gekränkt. Er sprang vom Stuhl hoch und baute sich vor ihr auf. Seine Augen funkelten wütend.

„Ich hab also eine große Klappe! Wenn du keine Lesbe wärst, würde ich es dir hier auf der Stelle besorgen."

Eine knisternde Spannung lag in der Luft. Judith fand die Situation ungewohnt erregend. Bei dem Gedanken, mit Kalle jetzt hier zu vögeln, lief ihr ein Schauer durch den Körper. Sie stellte sich aufreizend vor ihn; ihre Gesichter trennten nun nur wenige Zentimeter.

„Sprücheklopfer."

Das konnte Kalle nicht auf sich sitzen lassen. Er zog Judith an den Hüften zu sich heran.

Donnerstag, 12.10.2006

„Habt ihr alle den gestrigen Sturm gut überstanden?", fragte Fisch, während er am Fenster stand und die vorbeiziehenden dunklen Wolken beobachtete.

Judith konnte sich bei dieser Frage ein Grinsen nicht verkneifen. Sie bereute nichts. Es war purer Sex und hatte nichts mit Zuneigung zu tun. Sie konnte Liebe und Sex gut trennen. Liebe empfand sie für ihre Freundin und um diese Beziehung nicht zu gefährden, würde sie ihr von diesem Abenteuer nichts erzählen. Sie hoffte inständig, Kalle würde auch die Klappe halten.

„Wo ist eigentlich Kalle?“, fragte Fisch.

„Der hat sich krankgemeldet, will morgen aber wieder kommen. Wer weiß, was der gestern noch alles angestellt hat!“, antwortete Kid kopfschüttelnd.

Judith musste schon wieder grinsen.

„Okay, zum Tagesgeschäft. Die Fahndungsplakate mit den Bildern vom Sattelzug und vom Opfer sind gedruckt, ihr könnt sie heute Mittag aus der Druckerei holen und morgen am Kronenburger See und in der näheren Umgebung verteilen. Ich möchte, dass ihr auch auf die Bevölkerung zugeht und Fragen stellt. Viele Leute melden sich nicht bei der Polizei, weil sie sich aus allem raushalten wollen oder weil sie denken, ihre Beobachtungen seien nicht so wichtig. Geht auf die Geschäftsleute zu und fragt Passanten! Wenn dort Geschleuste in dem Sattelzug waren, dann müssen die doch jetzt irgendwo sein. Wenn mir bis 14:00 Uhr alle eure schriftlichen Arbeiten vorliegen, habt ihr danach frei. So, ihr müsst mich ein paar Minuten entschuldigen, ich muss jetzt runter in den Innenhof. Dieser verdammte Nichtraucherschutz bringt mich noch um. Ich muss mittlerweile fünfzig Mal am Tag zum Rauchen nach unten rennen. Irgendwann bekomme ich noch einen Herzinfarkt.“

„Hör doch einfach auf mit der Qualmerei!“, sagte Sarah.

„Um Gottes Willen, dann bewege ich mich ja gar nicht mehr!“, antwortete Fisch und verschwand aus seinem Büro, bevor er weiter belehrt werden konnte.

Freitag, 13.10.2006

Kid teilte die Leute vor Ort ein. „Judith, Sarah und Sven, ihr fahrt bitte nach Stadtkyll, unmittelbar hinter der Auffahrt zur Bundesstraße 51. Da habt ihr zu dritt mit den Plakaten länger zu tun. Kalle und ich werden uns um Kronenburg und Hallschlag kümmern. Anschließend treffen wir uns unten am Parkplatz zum Kronenburger See und gehen dann im Seerestaurant auf Fahndungskosten essen. Schließlich müssen wir in dem Restaurant auch noch Plakate aufhängen."

Kalle war froh, heute nicht mit Judith in einem Team zu sein. Er fühlte sich in ihrer Nähe unbehaglich und ging ihr möglichst aus dem Weg. Gestern war ihm kotzübel und das nicht nur alkoholbedingt. Er hatte seine eigene Regel gebrochen, nie etwas mit einer Kollegin anzufangen. So gern er mit seinen Liebesabenteuern prahlte – wenn diese Geschichte herauskäme, würde er zum Gespött der Kollegen.

Die Fahndungsplakate waren wie immer auffällig rot umrandet. Das Plakat selbst zeigte einen baugleichen Sattelzug mit dem spanischen Kennzeichen und dazu ein Bild des Opfers. Man bediente sich eines Lichtbildes aus der Kriminalakte von Basterowski. Es stammte aus dem Jahre 2003, doch er hatte sich seitdem nicht sehr verändert.

MORD

In den Morgenstunden des 06.10.2006 wurde der 34-jährige Heinz-Peter Basterowski am Ufer des Kronenburger Sees ermordet. Seine Leiche befand sich im Auflieger eines Sattelzuges, welcher nach einem Wildunfall in die Uferböschung rutschte und dort beschädigt liegen blieb.

- Wer kann Angaben zum Opfer und / oder Begleitpersonen machen?
- Wer hat verdächtige Beobachtungen in der Nähe des Kronenburger Sees gemacht?
- Wer kann Angaben zu dem abgebildeten Sattelzug machen?

Für sachdienliche Hinweise, die zur Ergreifung des Täters führen, ist eine Belohnung in Höhe von insgesamt 5000 Euro ausgesetzt. Hinweise, die gegebenenfalls vertraulich behandelt werden können, bitte an die Kripo Köln, KK 1, MK Mama oder jede andere Polizeidienststelle.

Kid und Kalle waren innerhalb von einer Stunde in Kronenburg fertig. Anschließend fuhren sie nach Hallschlag und hängten gerade ein Plakat an der dortigen Bushaltestelle auf, als ein Taxifahrer anhielt und die Beamten ansprach:

„Ist dat weijen dem Sattelzuch vun letzter Woch'?" Sein Versuch, hochdeutsch zu sprechen, gelang ihm nur ansatzweise.

Kid nickte.

„Ich weeß nit, ob dat für Sie vun Intresse is'. Ich hat in der Naach ene Mann nach Belgien jefahren. Ming Frau Marlis säät noch, jangk zur Polezei und ich han jesaat, die müsse doch richtije Verbrecher jagen un' han kein Zick für sujet un'..."

Kid fiel ihm ins Wort, während er Kugelschreiber und Schreibblock aus seiner Jackentasche holte: „Bitte noch mal langsam von vorne. Wann hatten sie in dieser Nacht einen Mann wo aufgenommen und wohin gefahren?"

„Dat wohr an der Haupstrooß und zwar dahinge jejenüber der Kirsch'. Ich kohm jrad vun ener Naaksfahrt zerück. Ich kumm zwor uss Kölle, ävver ich wohn' hier in Hallschlaach un'..."

„Bitte beantworten sie nur meine Fragen. Wann war das genau und wohin haben sie den Mann gefahren?"

„Dat war morjens um Veedel noh vier. Er wullt noh Bütjenbach. Noch vüür däm Ort moot ich haale und ihn eruss losse."

„Hat er gesagt, warum?"

„Er hät jesaat, er brööt noch jet Frischluff."

„Beschreiben Sie mir den Mann! Ich will wissen, wie er aussah. Was hatte er an, wie hat er gesprochen? Versuchen Sie, sich auch an Details zu erinnern."

„Ich tät ens saare, der wohr su 40 bess 50 Johr, unjefähr 190 cm jroß und jet en dr Mau; koote Hohr en Schwatz un ene dreckelije Jeans, ne jrööne Parka und Springerstiffel. Ach, un op der Stirn wohr ene jrößere Schramm, ävver kein Bloot, wenn ich misch nit verdunn..."

„Sprach er deutsch?"

„Er hät deutsch mit su 'nem komische Akzent jesproche. Ich daach, dä kütt uss Russland oder irjendwo do ussem Osten."

„Hat der Mann irgendwas dabei gehabt?"

„Ja, en Aktetäsch."

Bei dieser Antwort fiel Kid ein, dass in dem Sattelzug keinerlei Fahrzeug- und Frachtpapiere gefunden wurden. Das Handschuhfach war leer gewesen.

„Würden Sie den Mann auf einem Lichtbild wiedererkennen?"

„Dat Jeseesch verjess ich nit."

„Sie müssen zur Vernehmung ins Polizeipräsidium Köln kommen. Dort werden Ihnen dann Fotos gezeigt, außerdem muss anhand ihrer Beschreibung ein Fahndungsfoto erstellt werden. Können Sie heute noch bis 16:00 Uhr nach Köln fahren?"

„Klar dat!"

„Ich gebe Ihnen hier die Adresse vom KK 11 in Köln und die Telefonnummer vom Leiter der Mordkommission."

***

Um 12:30 Uhr waren beide Teams mit dem Plakatieren fertig. Fünf Kilometer um den Tatort hingen an allen öffentlichen Plätzen und in Geschäften die Fahndungsplakate.

Um 13:45 Uhr waren Kalle und Kid im Präsidium. Im Foyer trafen sie auf den Taxifahrer, den sie gleich mitnahmen und zu den Räumlichkeiten der Lichtbildvorzeigekartei führten.

Um 15:00 Uhr saßen alle Kommissionsmitglieder im Konferenzraum und fassten die Ereignisse der letzten beiden Tage zusammen. Fisch teilte die Ergebnisse der Blutuntersuchungen mit. Sie hatten jetzt die Blutgruppen und die DNA von vier unterschiedlichen Personen; ein entsprechender Abgleich beim Bundeskriminalamt erbrachte jedoch keine Erkenntnisse.

Um 16:00 Uhr rief die Beamtin aus der Lichtbildvorzeigekartei an und sagte, sie würde den Zeugen jetzt herüberschicken. Er habe keine Person wiedererkannt.

Während Kid und Sarah den Zeugen vernahmen, ordnete Fisch die Erstellung eines Phantombildes an. Fisch war kein Freund der modernen visuellen Fahndungshilfe durch Computer-Software; er griff lieber auf traditionelle Phantombildzeichner zurück.

Gegen 18:15 Uhr stand das Phantombild.

Fisch kam aufgebracht in den Raum und rief laut in die Runde: „Warum hat mich heute keiner an mein Rückentraining erinnert? Wenn ich Montag krank bin, seid ihr das Schuld. Für die Zukunft gilt, keine Termine an einem Freitag zwischen 15:00 Uhr und 16:00 Uhr, ist das klar?“

Alle grinsten und antworteten unisono: „Jawohl, Chef!“

„Und jetzt ab nach Hause, das Wochenende ist frei. Bleibt aber über Handy erreichbar.“

Und wieder unisono: „Jawohl, Chef.“

„In diesem Sinne – ab in die Rinne.“

Irgendeinen blöden Spruch musste Fisch meistens noch bringen.

Samstag/Sonntag, 14./15.10.2006

An diesem Wochenende gingen die ersten Hinweise aufgrund der Plakataktion bei der Kriminalwache in Köln ein.

Eine Kellnerin vom Cafe Bootshaus am Kronenburger See teilte telefonisch mit, sie habe diesen Mann vor ca. zwei Wochen bedient. Sie konnte sich aber nicht mehr an den genauen Tag oder an die Uhrzeit erinnern. Der Mann habe alleine an einem Tisch gesessen und Milchkaffee getrunken.

Ein Herr Wilms aus Stadtkyll berichtete, er habe der Person auf dem Plakat vor zwei Jahren eine Angel verkauft. Die anderen Hinweise bezogen sich ausnahmslos auf den abgebildeten Sattelzug. Die Anrufer gaben an, ein solches Fahrzeug in den späten Abendstunden auf der Fahrt durch den Ort Kronenburg gesehen zu haben. An ein spanisches Kennzeichen konnte sich jedoch keiner erinnern.

Montag, 16.10.2006

Kid führte zahlreiche Telefonate und versandte etliche Mails, bis er über den Weg des Rechtshilfeersuchens einen Ansprechpartner vom Polizeirevier in Bütgenbach bekommen hatte.

Kalle war indessen noch immer nicht auf der Höhe. So ging es nicht weiter; er musste sich mit Judith aussprechen. Auf ewig konnte er ihr nicht aus dem Weg gehen. Er entschloss sich, sie in ihrem Büro aufzusuchen. Umgeben von Aktenstößen saß sie an ihrem Schreibtisch und heftete gerade Dokumente ab. Sie unterbrach ihre Arbeit und wandte sich ihm freundlich zu. Kalle strich sich verlegen über sein Kinn und sah zu Boden.

„Judith, wegen neulich, äh… Es tut mir leid, also ich meine, vielleicht hätte ich…“ Er machte eine Pause und atmete tief durch.

Es war zum Schmunzeln; so unsicher hatte sie ihn noch nie erlebt.

„…du weißt schon, äh, wenn die Sache vielleicht unter uns bliebe…“

„Zu spät, ich hab's schon allen erzählt!“

„Was?“ Die Farbe wich aus seinem Gesicht.

„Bleib mal entspannt, ich bin doch nicht blöd. Ich hab auch keinen Bock, hier ins Gerede zu kommen.“

Normalerweise hätte man die Steine hören müssen, die in diesem Moment Kalle vom Herzen fielen. Er konnte sogar wieder lächeln.

Gegen Mittag bat Fisch wieder alle zusammen.

„Das neue Fahndungsplakat mit dem Phantombild unseres mutmaßlichen Mörders ist fertig und kann in der Druckerei abgeholt werden. Kid, du fährst mit Sarah, Kalle und Sven wie besprochen nach Belgien, um dort die Plakate aufzuhängen. Denkt auch daran, diese neuen Plakate im Bereich des Tatortes am Kronenburger See aufzuhängen. Im Dienstreiseantrag wurde euch ja genehmigt, in Belgien zu übernachten, wenn es dienstlich erforderlich ist.“

„Es wird dienstlich erforderlich sein.“

Fisch sah Kid erstaunt an und fragte nach:

„Wie kannst du das jetzt schon wissen?“

„Deine Mitarbeiter können sich doch auf keinen Fall ein Abendessen auf Kosten des Staates entgehen lassen! Der gemeinsame Abend dient der Förderung von sozialen Kontakten unter den Kommissionsmitgliedern.“

„Beim nächsten Mal verdonnere ich dich zu einem Bürojob hier im Präsidium! So, jetzt fahrt endlich los!“, erwiderte Fisch und konnte sich ein Grinsen nicht verkneifen.

***

Auf dem neuen Fahndungsplakat stand nicht, dass es sich hier um den mutmaßlichen Mörder vom Kronenburger See handelte. Dazu hätten die Indizien auch noch nicht ausgereicht. Man hatte ihn bewusst lediglich als "möglichen Zeugen" im Rahmen dieses Tötungsdeliktes zur Fahndung ausgeschrieben.

Die Ermittlungsteams der MK Mama trafen sich mit einem Karton voller Plakate im Büro des Revierbeamten Albert van Woyten und sprachen über den Fall. Van Woyten war ein noch junger und engagierter Polizeibeamter, der sehr interessiert zuhörte und seine Unterstützung auch über seine offizielle Dienstzeit hinaus anbot. Er sagte, er sei froh, endlich mal in einem richtigen Kriminalfall ermitteln zu können, da er es sonst nur mit den üblichen Streitereien, allenfalls mal mit einem Viehdiebstahl zu tun habe. Schnell bot er den deutschen Kollegen das Du an.

In seiner ersten Amtshandlung als "Mordermittler" verpflichtete er einen belgischen Kollegen der Verkehrspolizei, Kalle und Sven in die Nachbarstadt Büllingen zu begleiten und zu unterstützen.

Als sie nur noch zu dritt in seinem Büro waren, sagte Albert: „Wir vermuten also: Die Person auf dem Phantombild hat hier gewohnt und der Sattelzug war in unserem Bezirk abgestellt. Die Gegend hier ist sehr ländlich und überschaubar. Seit 1977 bilden wir hier mit fünf weiteren Orten die Großgemeinde Bütgenbach. Ich denke, wir sollten die Plakate in allen diesen Orten aufhängen, weil ich mir vorstellen kann, dass der Sattelzug entweder in einer der vielen Scheunen oder in einer der Hallen im Industriegebiet untergestellt wurde."

Kid erwiderte: „Erfahrungsgemäß bekommt man mehr Informationen, wenn man auf die Leute direkt zugeht. Wir müssten gezielt die Leute ansprechen, die diese Scheunen und Industriehallen nutzen, um Informationen zu erhalten. Wo würde es denn Sinn machen, Leute zu befragen?"

„Hier auf der Hauptverbindungsstrecke zwischen Malmedy und Deutschland fahren andauernd LKW und Sattelzüge entlang. Ich denke, an der Hauptstraße reicht es aus, wenn wir die Plakate in den Schaufenstern aufhängen. Wir könnten uns im Gewerbegebiet umhören und speziell die Bauern auf ihren Gehöften befragen."

Als sie zu dritt im Zivilfahrzeug des Revierbeamten die Hauptstraße entlangfuhren, konnten Sarah und Kid sich ein Bild davon machen, was Albert meinte. Hier fuhren ständig kleinere und größere LKW in beide Richtungen. Sogar ein Sattelzug fuhr in den ersten Minuten an ihnen vorbei. Ihr mutmaßlicher Mörder wäre hier mit seinem Gefährt überhaupt nicht aufgefallen.

Nachdem sie im Zentrum der Stadt zahlreiche Plakate aufgehängt hatten, fuhren sie verschiedene Gehöfte der Großgemeinde an und unterhielten sich mit den Bauern. Man antwortete ihnen, hier würde jeder jeden kennen und ein Sattelzug in einer Scheune wäre ihnen aufgefallen.

Es war mittlerweile 19:00 Uhr, als Kalle bei Kid anrief und sagte: „Wir sind hier fast fertig. Es gibt bisher noch keine neuen Erkenntnisse. Wir müssten nur noch ins Gewerbegebiet von Büllingen, aber das hat heute keinen Sinn mehr. Es ist schon dunkel und außerdem würden wir jetzt keinen mehr antreffen. Wie sieht es bei euch aus?"

„Wir sind auch noch keinen Schritt weitergekommen. Ins Gewerbegebiet von Bütgenbach fahren wir auch erst morgen. Lasst uns für heute Feierabend machen! Wir treffen uns gleich im Hotel Büllinger Hof."

***

Es wurde ein gemütlicher Abend, an dem auch Albert teilnahm. Nach einem gutbürgerlichen Essen – natürlich mit belgischen Fritten aus frischen Kartoffeln – saß man zusammen und redete über besonders interessante Mordfälle und andere Kapitalverbrechen, die man in der Vergangenheit gelöst hatte. Kalle hatte am meisten zu erzählen, da er als Angehöriger des KK 11 ständig in Mordkommissionen gearbeitet hatte. Besonders interessant waren die Geschichten, die er zu seinen zahlreichen Leichenuntersuchungen zum Besten gab.

Wasserleichen fand er am schlimmsten, weil die so ekelhaft stinken, wenn sie aus dem Wasser, gezogen werden und anschließend immer an irgendeiner Stelle aufplatzen. Er konnte sich auch noch gut an seine erste Bahnleiche erinnern. Damals sei ein junger Mann bei dem Aufprall mit der Lokomotive regelrecht halbiert worden und die beiden Körperhälften waren nur noch durch den Darm miteinander verbunden. Kalle hatte seinerzeit die Länge des Darms nachmessen müssen: Die oberen und unteren Körperhälften lagen über elf Meter auseinander. Als er von einer so genannten Stromleiche sprach, erzählte er die Geschichte von seinem Praktikanten, dem in dem Moment, als er den Föhn aus der Badewanne fischte, das Diensthandy in das Wasser mit der Leiche fiel.

Kalle war in seinem Element. Er fing gerade an, über Schussleichen zu sprechen, als Kid ihn höflich unterbrach und zu Albert gewandt fragte, ob er nicht über interessante Fälle in Belgien berichten könne.

Albert lachte und antwortete: „Ich kann mit solchen Geschichten nicht aufwarten. Das erzählenswerteste Ereignis, was ich bei der belgischen Kriminalpolizei erlebt habe, trug sich vor ungefähr zwei Jahren zu: Wir wurden zu einer Pferdekoppel gerufen, weil dort ein halbnackter Mann verletzt liegen sollte. Wir kamen dort an, und tatsächlich: Am Zaun innerhalb der Koppel lag jammernd ein Mann mit heruntergezogener Hose und starken Verletzungen im Kniebereich. Der Mann hielt sich die Rippen und war aufgrund seiner Schmerzen nicht ansprechbar. Im Krankenhaus stellte sich heraus, dass er sich mehrere Rippen und die rechte Kniescheibe gebrochen hatte. Er wollte partout keine Angaben machen, wie er sich die Verletzungen zugezogen hatte. Eine Zeugin gab später an, sie sei mit ihrem Hund im Wald spazieren gegangen und habe aus der Ferne beobachtet, wie dieser Mann ein Pony von der Weide mit einem Lasso einfing und am Zaun anband. Dann sei der Mann von hinten an das Pony herangetreten und habe seine Hose heruntergelassen. Als sie näher kam, habe sie gesehen, wie er sich am Pferdeschwanz festhielt und offensichtlich das Tier begatten wollte. Die Vernehmung war ihr peinlich, weil sie gar nicht wusste, welche Wörter sie für dieses unfassbare Ereignis verwenden sollte. Auf jeden Fall schrie sie den Mann an und gleichzeitig bellte ihr Hund, bis das Pony wild und nervös zur Seite sprang, um sich loszureißen. Dabei wurde der Mann an den Zaun geschleudert und brach sich die Rippen. Das Pony ist dann beim Weglaufen auf sein Knie getreten. Der Mann ist übrigens nicht wegen Sodomie, sondern wegen eines Verstoßes gegen das Tierschutzgesetz zu einer Geldstrafe verurteilt worden."

„Das ist ja ekelhaft!", sagte Sarah. „Das soll sich wirklich so zugetragen haben?"

„Das Lasso war noch am Hals des Ponys und die Auffindesituation des Verletzten war recht eindeutig."

Im weiteren Verlauf des Abends wurden die Themen immer polizeifremder und man erfuhr, dass Albert mit 30 Jahren immer noch Junggeselle war und er gerne deutsche Diskotheken besuchte. Aachen würde ihm am besten gefallen. Anschließend diskutierten sie darüber, ob man in Köln oder Aachen besser ausgehen könne. Letztendlich überredete Sarah Albert, demnächst mit ihr in Köln tanzen zu gehen.

Dienstag, 17.10.2006

Um 08:00 Uhr fuhren Kid, Sarah und Albert in das Gewerbegebiet von Bütgenbach. Kid war enttäuscht, dass keine Anrufe aufgrund der Plakataktion eingegangen waren und hoffte um so mehr auf neue Erkenntnisse durch die Gespräche mit den Gewerbetreibenden.

Schon beim Verteilen der ersten Fahndungsplakate erfuhren sie, dass nur die Spedition Holzek am Ende des Gewerbegebietes Hallen besäße, in denen LKW oder Sattelzüge geparkt werden könnten.

Sie begaben sich direkt zu dieser Spedition und landeten tatsächlich einen Volltreffer. Herr Zeus, der Geschäftsführer, sah sich das Fahndungsplakat mit dem Phantombild an und äußerte völlig emotionslos:

„Das ist Herr Barek, der hat bei uns eine Halle für seinen Sattelzug gemietet."

Sie sahen sich überrascht an. Mit so einem schnellen Erfolg hatten sie nicht gerechnet.

„Zeigen sie uns bitte den Mietvertrag!", sagte Kid und nickte den beiden anderen triumphierend zu. Herr Zeus holte den Vertrag und verkündete ganz stolz, er habe auch den tschechischen Pass des Herrn Barek kopiert. Kid war mehr als zufrieden, zumal in dem Vertrag auch eine Handynummer vermerkt war. Er informierte das Team in Büllingen, sie sollten ebenfalls zu dieser Spedition kommen. Anschließend benachrichtigte er Fisch und ließ den Namen Barek in den deutschen Fahndungsdateien überprüfen. Albert versuchte währenddessen, über seine Dienststelle einen Wohnort zu diesen Personalien zu ermitteln.

Kalle und Sven erschienen mit dem belgischen Kollegen just in dem Moment, als Kid die Befragung des Zeugen beendet hatte.

„Lasst mich euch kurz einweisen. Unser Mann heißt laut vorgelegtem tschechischen Pass Miroslav Barek und ist am 17.04.1958 in Prag geboren. Am 02.01.2005 hat er die Halle angemietet. Da er schlecht deutsch sprach, hat ihm ein jüngerer Mann beim Übersetzen des Mietvertrages geholfen. Ich habe unserem Zeugen natürlich ein Bild von Basterowski vorgelegt, er konnte ihn aber nicht eindeutig wiedererkennen. Angeblich wollte Barek die Halle für einen Sattelzug mieten, mit dem er wertvolle Hightech-Geräte innerhalb Europas transportieren müsse. Aus Versicherungsgründen dürfe der Zug mit der teuren Ladung nicht ungesichert abgeparkt werden und deshalb bräuchte er eine große Halle. Die Miete hat er bar und immer ein Jahr im Voraus bezahlt. Mit dem Sattelzug fuhr er nur an den Wochenenden oder nachts los. Barek kam immer mit einem roten Fiesta mit belgischem Kennzeichen auf das Firmengelände."

„Hat sich einer das Kennzeichen gemerkt?", fragte Kalle.

„Leider nicht."

Herr Zeus führte die Beamten durch die Halle und wies auf einen Raum hinten rechts hin, der als Büro genutzt wurde. Sven öffnete die Tür: „Von wegen Büro, hier sieht es aus wie in einer Schreinerei."

Der Geruch von Holzspänen und Sägemehl lag in der Luft. Der Raum war voll mit Spanplatten, Brettern und Dachlatten. Der Boden war zentimeterdick mit Holzmehl bedeckt. In den Regalen befanden sich Sägen, Fräsen, Hobel und eine Bohrmaschine. Herr Zeus erwähnte erstaunt, er habe die ganzen Maschinen und Werkzeuge vorher noch nie gesehen.

„Hier hat man also das Schleusungsversteck gebaut!", sagte Kid.

„Aber warum haben sie das Fahrzeug nicht außerhalb der EU präpariert und die Leute in dem Versteck direkt eingeschleust?", fragte Sven.

„An den EU-Außengrenzen wird im Gegensatz zu einer Binnengrenze ständig kontrolliert. Die Ladung wird dort oft durchleuchtet und zum Teil werden auch die Außen- und Innenmaße verglichen. Die Grenzfahnder sind darauf spezialisiert, solche Verstecke zu finden. Es kann daher schon sein, dass es den Schleusern zu gefährlich war, einen präparierten Sattelzug über die EU-Außengrenze zu bringen."

Miroslav Barek hatte weder in Bütgenbach oder Büllingen noch in den angrenzenden Gemeinden einen Wohnsitz angemeldet. Kid überflog die handschriftlich aufgenommenen Hinweise und rief Fisch an.

„Fisch, wir haben hier dreizehn telefonische Hinweise, die zwar nicht konkret sind, aber darauf hindeuten, dass dieser Barek in Büllingen gewohnt haben dürfte. Da er hier keinen Wohnsitz angemeldet hat, sehe ich keine andere Möglichkeit, als die Hinweisgeber detailliert zu befragen. Der Dienstreiseantrag müsste um einen weiteren Tag verlängert werden."

„Geht in Ordnung, aber bringt mir diesen Barek. Übrigens, die Handynummer wurde einer Prepaid-Karte zugeordnet. Ich konnte keinen Anschlussinhaber ermitteln, da als Personalien der Fantasiename Peter Pan erfasst wurde. Dieses Problem kennen wir ja. Die Anbieter haben kein Interesse an den Käuferdaten und verlangen beim Kauf der Prepaid-Karte oft keinen Ausweis."

***

Abends trafen sie sich alle wieder im Restaurant des Hotels Büllinger Hof. Sarah erschien als letzte und erregte mal wieder die Aufmerksamkeit der anderen Kommissionsmitglieder. Diesmal hatte sie eine Garderobe aus ihrem Koffer geholt, die insbesondere den etwas schüchternen Albert zum Staunen brachte. Sie erschien in einem dunkelgrünen Minirock, einer weißen Bluse und einer cremefarbenen Corsage. Aber der eigentliche Blickfang war ihre Frisur. Kid hatte sie bisher nur mit den Pipi-Langstrumpf-Zöpfen oder mit offenem Haar gesehen. Diesmal hatte sie ihre blonde Mähne mit verschiedenfarbigen verzierten Haarsteckern raffiniert hochgesteckt. Sie hatte sich nur dezent geschminkt und kam in elegantem Gang zum Tisch, ihrer Wirkung auf die Männer sich völlig bewusst.

„Na," sagte sie mit einem verschmitzten Lächeln, „musstet ihr lange auf mich warten?"

„Egal!", sagte Sven und begutachtete sie von oben bis unten. „Es hat sich auf jeden Fall gelohnt."

Nachdem jeder ihr entsprechende Komplimente gemacht hatte, nahmen sie ihr Abendessen ein und sprachen kurz über die eingegangenen Hinweise. Anschließend verabschiedete sich Kid, der heute bei seiner Familie übernachten wollte.

Gegen 22:00 Uhr gingen Kalle und Sven auf ihr Doppelzimmer, um sich im Fernsehen die Champions-League anzusehen. Sarah und Albert unterhielten sich bei einer Flasche Rotwein angeregt weiter. Sie waren, jetzt wo sie alleine an dem großen Tisch saßen, näher zusammengerückt. In diesem Gespräch kristallisierten sich viele gemeinsame Interessen heraus: Beide hörten bevorzugt Soulmusik und Blues, gingen gerne tanzen und reisten am liebsten in asiatische Länder.

Dann erzählte Sarah noch viele Anekdoten aus ihrer Zeit bei der Schutzpolizei und Albert hörte ihr gespannt und geduldig zu. Immer wenn Sarah ihn aufforderte, auch mal Geschichten zu erzählen, winkte er mit dem Hinweis ab, hier in Belgien sei der Hund begraben. Außerdem sei sie eine phantastische Unterhalterin, er könne ihr stundenlang zuhören.

Um 00:45 Uhr – die Flasche Rotwein war mittlerweile leer – bezahlte Albert den noch offenen Betrag der Rechnung und brachte Sarah bis an ihre Zimmertür. Dort gab er ihr zur Verabschiedung charmant einen Handkuss.

Mittwoch, 18.10.2006

Am nächsten Morgen wurden die Hinweise auf die Teams verteilt. Es waren allesamt Informationen von Privatpersonen und Geschäftsleuten, die angaben, die auf dem Phantombild abgebildete Person schon einmal gesehen zu haben. Kid ging mit seinem Team zuerst die Geschäfte an der Hauptstraße ab und befragte die jeweiligen Hinweisgeber. Es deutete alles daraufhin, dass Barek tatsächlich auch in diesem Ort wohnte. Der entscheidende Hinweis kam von einer Kundin in einem Gemüseladen, die das Gespräch zwischen Kid und der Inhaberin mitverfolgte und sich einmischte.

„Das könnte der Mieter von der alten Frau Kolwiz sein."

Kid wandte sich verwundert der Dame zu. „Können Sie uns das näher erläutern?"

„Ich arbeite für einen ambulanten Pflegedienst und fahre jeden Tag zur Frau Kolwiz. Sie müssen wissen, die Frau ist 89 Jahre alt und pflegebedürftig. Sie hat ihre Souterrainwohnung an einen Herrn vermietet. Einmal habe ich ihn gesehen."

„Wann war das?"

„Ich glaube, das war am vorletzten Wochenende. Den genauen Tag kann ich nicht mehr sagen."

„Ist Ihnen irgendetwas an dem Mann aufgefallen?"

„Ja, der schien in Eile gewesen zu sein. Er trug zwei große Reisetaschen und ging hektisch an mir vorbei."

„Wissen Sie, ob der Mann einen PKW hatte?", fragte Sarah, die nicht einfach teilnahmslos neben Kid stehen wollte.

„Nein, das weiß ich nicht, ich habe ihn ja nur einmal gesehen."

„Haben Sie vor dem Haus jemals einen roten Ford Fiesta geparkt gesehen?"

„Jetzt, wo Sie es sagen, da stand tatsächlich häufig ein roter Fiesta. Man hat mir vom Pflegedienst auch einen roten Ford Fiesta zur Verfügung gestellt und deshalb fand ich das immer so witzig, wenn zwei rote Fiesta hintereinander geparkt vor dem Haus standen."

***

Der Rest war polizeiliche Routine. Kid verständigte das andere Team, das die Hinweisabarbeitung gerade beendet hatte und Albert forderte eine Spezialeinheit der belgischen Polizei an. Bei der Voraufklärung konnte der Fiesta nicht vor dem Haus entdeckt werden. Die Rollladen an den Fenstern der Souterrainwohnung waren heruntergezogen. Am Klingelschild war lediglich der Name Kolwiz verzeichnet.

Die Spezialkräfte der belgischen Polizei umstellten und stürmten anschließend das Haus. Sie traten die Tür zur Souterrainwohnung ein und fanden ein verlassenes Appartement vor.

Danach betraten Kid und sein Team mit einem Beamten des belgischen Erkennungsdienstes die Wohnung. Es war ein spärlich möbliertes Zimmer mit einer Kochnische. Schon beim Betreten des Appartements schlug den Beamten ein säuerlicher Fäulnisgeruch, vermischt mit kaltem Zigarettenrauch, entgegen. Auf der Arbeitsplatte in der Küchenzeile entdeckten sie eine Schale mit faulendem Obst. Im Kühlschrank befanden sich ebenfalls verdorbene Lebensmittel, die auf eine längere Abwesenheit des Mieters hindeuteten. Der Aschenbecher auf dem Wohnzimmertisch quoll über vor lauter Kippen. Neben dem Kühlschrank standen mehrere leere Wodkaflaschen. Die Teams durchsuchten sämtliche Schränke, Schubladen und Regale. Der Kleiderschrank war komplett leer. Im Badezimmer befand sich nicht ein Hygieneartikel. Unter dem Bettsofa fanden sie ein älteres, tschechisches Automagazin.

Ansonsten wurden in der Wohnung keinerlei persönliche Gegenstände gefunden.

Kid ging ins Badezimmer und entnahm dem Abfluss Haare, die sich dort verfangen hatten. Er steckte sie in eine Pergamenttüte und erklärte Sarah, dass sie jetzt auf jeden Fall die DNA von Barek hätten. Barek wohnte nicht mehr hier und würde auch nicht mehr hierhin zurückkommen, da waren sich alle sicher.

Über den Sohn der Vermieterin erfuhren sie, dass er Herrn Barek nur beim ersten Vorstellungsgespräch im März 2005 gesehen habe und daher keine weitere Beschreibung abgeben könne. Die Miete wäre regelmäßig in einem Umschlag im Briefkasten seiner Mutter hinterlegt worden.

Kid ging die Situation gedanklich durch. *Anonymer kann man nicht wohnen. Eine bettlägerige alte Hausbesitzerin, die man nie zu Gesicht bekommt, eine Mietzahlung in bar über einen Briefkasten, keine unmittelbaren Nachbarn...*

Bei der Verabschiedung von den belgischen Kollegen fiel Kid auf, dass Sarah und Albert sich umarmten, als ob sie sich schon länger kennen würden.

Donnerstag, 19.10.2006

Die in Büllingen und im Sattelzug gesicherten Fingerspuren wurden verglichen und konnten dem Mordopfer und dem Fahrer zugeordnet werden. Heinz-Peter Basterowski war also in Bareks Wohnung gewesen. Das deckte sich mit den Angaben von Frau Jelliges aus Udenbreth, wonach ihr Untermieter an den Wochenenden Freunde in Belgien besucht habe.

Fisch überreichte Kid die neuen Hinweise aus Kronenburg und Hallschlag. Viele Anrufer hatten angegeben, sie hätten das Opfer mal am Kronenburger See gesehen. Ein Mann aus Hallschlag meinte sogar, den Sattelzug in der Tatnacht gegen 02:00 Uhr auf dem großen Parkplatz am Kronenburger See gesehen zu haben. „Kid, wenn du diesem Hinweis nachgehst, kannst du auch die Phantombilder von diesem Barek in Tatortnähe verteilen. Nimm Sven mit!"

„Okay, vorher wollte ich noch die Passkopie bei den Dokumentenprüfern durchchecken lassen. Manchmal erkennen die auch auf Kopien Fälschungsmerkmale."

Kid gab die Passkopie Heribert, dem dienstältesten Dokumentenprüfer seiner Dienststelle und hatte dreißig Minuten später das Ergebnis.

„Da wurde ein verfälschtes Dokument kopiert. Hier, ich zeige dir mal die Fälschungsmerkmale und, bitte, nichts davon in die Akte schreiben. Die Rechtsanwälte sollen doch später nicht erfahren, wie wir Dokumente prüfen."

Enttäuscht ging Kid zurück und erzählte Fisch und den anderen von dieser Hiobsbotschaft.

***

Anschließend fuhren Kid und Sven nach Kronenburg, Stadtkyll und Hallschlag, um die Plakate mit dem Phantombild von Barek neben den bereits aufgehängten Fahndungsplakaten zu platzieren. Als sie das letzte Phantombild im Schaufenster einer Metzgerei aufgehängt hatten, rief Kid die Nummer des Hinweisgebers aus Hallschlag an. Dieser war bereit, die beiden Ermittler sofort zu empfangen. Als sie seine Wohnung verließen, wussten sie, dass der Hinweisgeber am Unfalltag um 02:15 Uhr einen Sattelzug auf dem Parkplatz des Kronenburger Sees gesehen hatte. Er war auf dem Weg zum Frankfurter Flughafen, Personen hatte er beim Vorbeifahren nicht erkennen können.

Freitag, 20.10.2006

Fisch fasste die Ergebnisse der letzten Tage zusammen. Um dem Phantom einen Namen zu geben, wurde der flüchtige Fahrer und mutmaßliche Mörder weiterhin Barek genannt. Unter Berücksichtigung aller bisherigen Ermittlungsergebnisse konnte man festhalten, dass der Tatverdacht gegen Barek immer konkreter wurde. Theoretisch kamen auch die im Auflieger transportierten Personen als Täter in Frage. Aber warum sollten diese Leute einen von zwei Schleusern ermorden? Wenn man sie gegen ihren Willen transportiert hätte, wären sie nach dem Unfall zur

Polizei gegangen. Eine weitere Frage beschäftigte die Ermittler. Was hatte der Sattelzug kurz vor dem Unfall auf diesem Parkplatz gemacht? Die Vermutung lag nahe, dass in dieser Zeit Personen in den Auflieger stiegen. Sven meldete sich zu Wort: „Ich denke, die Geschleusten wurden in der Nähe des Parkplatzes irgendwo untergebracht, ansonsten hätte man sie spätestens nach dem Unfall hier herumirren sehen."

Kid nahm diesen Einwand auf. „Alles spricht für ein solches Versteck. Ich kann mir aber nicht vorstellen, dass die hiesigen Dorfbewohner Illegale beherbergen. Anderseits sind wir hier von Wäldern umgeben und dort gibt es viele Verstecke. Wir sollten auf jeden Fall die zuständigen Förster und auch die Waldarbeiter und Jäger befragen."

Fisch hob die Hand zum Zeichen, die Diskussion an dieser Stelle zu beenden.

„Ich teile eure Meinung hinsichtlich des Versteckes, möchte jetzt aber noch ein paar andere Dinge ansprechen. Kid, du übernimmst die Befragung des zuständigen Försters, möglichst noch jetzt am Wochenende. Die Verbindungsdaten von dem Nokia-Handy wurden endlich geschickt. Kalle und Sven, ihr werdet die Auswertung vornehmen. Basterowski hat mit Sicherheit unseren Barek oder auch andere Schleuser angerufen. Vorsichtshalber werde ich die Überwachung von Bareks Handynummer veranlassen, auch wenn es eher unwahrscheinlich ist, dass er den Anschluss noch mal benutzt. Dann sind da noch weitere Hinweise ohne konkrete Angaben eingegangen. Kid und Sarah, ihr werdet am Montag die Leute zu den Hinweisen befragen. Ich denke, wir haben jetzt alle erstmal ein freies Wochenende verdient."

„Oh, oh!", sagte Kid zu Fisch, während er schmunzelnd den Raum verließ. „Wir haben ja schon 16:00 Uhr! Hast du etwa schon wieder deine Rückengymnastik verpasst?"

Fisch erwiderte mit einem breiten Lächeln: „So was passiert mir nicht zweimal. Ich alter Fuchs habe den Termin auf 17:00 Uhr verlegt, weil dann die Chance größer ist, euch nicht mehr auf der Dienststelle zu sehen. Außerdem habe ich mit dem Studio-Inhaber vereinbart, er soll mich freitags um 16:30 Uhr auf meinem Handy anrufen und an den Termin erinnern. Darüber hinaus habe ich mein Rückentraining im Computer als Termin eingetragen und erhalte ab 16:00 Uhr alle zehn Minuten eine Erinnerungs-Mail."

Fisch hatte die Lacher auf seiner Seite.

Montag, 23.10.2006

Am Montag war Fisch schon um 06:00 Uhr in seinem Büro und ging die neuesten Hinweise durch. Die Polizeiwache in Prüm teilte der Kölner Kriminalwache mit, es sei ein Hinweis eingegangen, wonach zwei verwahrlost aussehende Thailänder, ein Mann und eine Frau, dem Wirt des Ausflugslokals "Eifelblick" an der Bundesstraße 51 frische Forellen zum Kauf angeboten hätten. Der Kollege aus Prüm hatte die Kriminalwache in Köln angerufen, weil bei ihnen in der Polizeistation das Fahndungsplakat aus Kronenburg hing.

Clever von Kid, auch die benachbarten Polizeidienststellen in Rheinland-Pfalz zu informieren, dachte Fisch. Aber woran erinnerte ihn diese Geschichte? Hatte Kid nicht schon mal von Thailändern erzählt? Genau, da war doch dieses Fax von dem Wirt in Hallschlag.

Im Besprechungsraum zog Sarah wieder die Blicke der anderen auf sich, weil sie diesmal rötliche Strähnchen in ihrem lockigen, blonden Haar darbot. Sie genoss diesen Moment der Aufmerksamkeit mit zufriedenem, selbstsicherem Lächeln. Ihre Grübchen wurden sichtbar und mit gekonnten dezenten Handbewegungen unterstrich sie diese kleine Show, indem sie sich durch die Haare fuhr und ihren Kopf dabei etwas zurückwarf. Nachdem fast alle irgendeinen Spruch über ihren ständigen Frisurenwechsel gemacht hatten, bat Fisch wieder um Ruhe und fragte Kid: „Hast du den Förster am Wochenende erreichen können?“

„Ja, der ist aber nur für den Staatsforst am Kronenburger See zuständig. Er erzählte mir, viele angrenzende Flurstücke mit großen Waldbeständen seien in privater Hand. Zu den Eigentümern oder Pächtern konnte er keine konkreten Angaben machen. Ich habe den Förster trotzdem entsprechend unserer Suchkriterien sensibilisiert. Er wird mit seinen Waldarbeitern und mit den Jägern sprechen, damit sie auf mögliche Spuren und Verstecke achten.“

„Danke, Kid, vielleicht kommt aus dieser Richtung irgendwann der entscheidende Hinweis. Kalle, was hat die Auswertung der Verbindungsdaten von dem Opferhandy ergeben?“

„Das sind über 200 Verbindungsdaten. Wir haben noch nicht alle Anschlussinhaber ermittelt. Aber wir können jetzt schon sagen, von dem

Nokia-Handy wurde mehrfach die Rufnummer von Barek angewählt."

Fisch rieb sich nachdenklich das Kinn und erwiderte: „Okay, die Verbindungsdaten zu Bareks Rufnummer werden auch bald kommen. Kid, du fährst mit Sarah zu diesem Wirt vom "Eifelblick". Ich möchte über den Hinweis mit den Thailändern mehr wissen."

***

„Warst du schon mal in der Eifel?"

„Ja, drei Mal!", antwortete Sarah. „In der 9. Klasse sind wir in Mayen auf Klassenfahrt gewesen und als Kleinkind war ich mal in so einem Freizeitpark bei Prüm."

Nach einer kurzen Pause: „Ja und? Das waren erst zweimal."

„Dieses Wochenende war ich auch wieder in der Eifel."

„Jetzt rede nicht so um den Brei rum, wo warst du denn?"

„Ich war in Rocherath in einer Disco."

„Aha, Rocherath liegt in Belgien, in der Nähe von Bütgenbach. Mir schwant da was."

Sarah wurde rot.

„Ich habe es mir direkt gedacht", sagte er schmunzelnd.

„Was hast du dir gedacht?"

„Mir ist aufgefallen, wie innig du dich von Albert zuletzt verabschiedet hast. Da habe ich mich schon gefragt, ob zwischen euch nicht was läuft. Du warst mit ihm in der Disco?"

„Ja, aber bitte sag den anderen nichts. Es ist nicht so, wie du denkst. Ich mag Albert, der ist ein total netter Kerl. Aber ich bin nicht richtig verliebt in ihn. Ich möchte auch nicht, dass da blöde Gerüchte aufkommen. Ich bin mit ihm nur gut befreundet, mehr ist da wirklich nicht."

***

Der Wirt des Ausfluglokals berichtete den Ermittlern über zwei Thailänder, die am Samstagabend in seine Gaststätte kamen und ihn in schlechtem Englisch und mit den Händen gestikulierend fragten, ob er Interesse an frischen Forellen hätte. Er habe aber abgelehnt und die beiden aus seinem Lokal verwiesen.

Kid ließ sich eine Beschreibung von dem Mann und der Frau geben.

Die Beschreibung des Mannes war nicht identisch mit derjenigen, die der Wirt aus Hallschlag abgegeben hatte. Dieser Mann wurde beschrieben als ca. 40 Jahre alt, mit normaler Figur, schwarzem, mittellangen Haar und kurzem, lichten Bart. Bekleidet war er mit einer schwarzen Stoffhose und einer dunklen Leinenjacke. Zudem sei er schmutzig und ungewaschen gewesen. Zur Frau machte der Wirt folgende Angaben: Sie sei ungefähr 20, schlank, habe schwarzes langes Haar und ein kleines Muttermal auf der linken Wange. Ihr Gesicht war auffallend hübsch, sie trug eine verschmutzte Jeans und eine schwarze Wolljacke und schien im Ganzen ebenfalls verwahrlost

Auf der Fahrt zum nächsten Hinweisgeber hielt Kid an einer Tankstelle und kaufte eine Wanderkarte der Gegend. Mit dem Zeigefinger kreiste er ein kuchentellergroßes Gebiet ein. „Jetzt haben wir schon vier verschiedene Thailänder in diesem Bereich, die Forellen verkaufen wollen. Ich gehe jede Wette ein, unsere Geschleusten wurden an einem Forellenteich untergebracht."

„Gibt es denn im Kronenburger See keine Forellen?"

„Doch, aber ich glaube nicht, dass unsere Thailänder dort hätten angeln können, ohne aufzufallen. Andere Angler hätten diese Personen spätestens nach der Plakataktion den Behörden gemeldet. Ich glaube, der Teich liegt irgendwo in einem Radius von, sagen wir, drei bis vier Kilometern um den Kronenburger See. Weiter weg würde keinen Sinn machen, dann hätte der Sattelzug woanders die Geschleusten aufgenommen."

Sarah zeigte auf einen Bereich der Wanderkarte und sagte: „Schau mal, am wenigsten besiedelt ist der Bereich nördlich des Sees, da würden die Thailänder nicht auffallen. Hier im Süden, Osten und Westen sind zu viele kleine Ortschaften."

„Wir müssten also alle Forellenteiche in einem Umkreis von circa zehn Quadratkilometern suchen und überprüfen. Wenn wir die restlichen Hinweise abgearbeitet haben, fragen wir beim zuständigen Förster oder bei den Gemeinden nach. Vielleicht gibt es ja genaue Karten, auf denen Forellenteiche und Hütten abgebildet sind."

***

Viele Hinweisgeber erwähnten, den Sattelzug wahrscheinlich gesehen zu haben. Sarah und Kid notierten sich fleißig die Angaben, die nicht bereits im Hinweis standen und ermutigten die Leute, insbesondere dann anzurufen, wenn sie verdächtige, asiatische Personen sehen würden.

Sarah zog den letzten Hinweis aus ihrer Aktentasche, las ihn und schlug sich mit der Hand vor die Stirn. „Verdammt, diesen älteren Hinweis hatte ich ganz vergessen. Ein Herr Wilms aus Stadtkyll gab an, er habe unserem Opfer vor zwei Jahren eine Angel verkauft. Vielleicht hat Basterowski ihm ja von seinem Angelrevier erzählt."

„Vor zwei Jahren eine Angel verkauft? Ha, ha, als ob der uns was sagen könnte!"

„Wir sind von der Kriminalpolizei in Köln und wollen Herrn Wilms sprechen."

Kid und Sarah standen einem circa 75-jährigen, grauhaarigen Mann mit Schnäuzer gegenüber. Bei seinem Anblick dachte Kid zunächst an Charles Bronson aus „Spiel mir das Lied vom Tod" – bis er von einer hohen piepsigen Stimme begrüßt wurde.

„Ich bin Otto Wilms. Sie kommen aber spät, ich hatte sie vor über einer Woche angerufen."

„Wir arbeiten die Hinweise der Reihe und Wichtigkeit nach ab."

„Dass ich dem Mann einen Angelteich verkauft habe, war also nicht so wichtig?"

Sarah und Kid sahen sich verwundert an.

„Dürfen wir mal reinkommen? Ich glaube, hier liegt ein Missverständnis vor. Nach unseren Informationen haben sie dem Mann auf dem Fahndungsplakat eine Angel verkauft."

Herr Wilms bat die Beamten in sein Haus und führte sie in seine Wohnküche. Süßer Tabakgeruch lag in der Luft, die Heizung lief auf Hochtouren. Sarah und Kid nahmen das Angebot, die Jacken im Flur aufzuhängen, dankend an. Während sie sich an den runden Holztisch setzten, sah Kid sich im Raum um. Schließlich kam Herr Wilms zu ihnen an den Tisch: „Was erzählen sie da für einen Quatsch von Angel verkaufen? Ich hatte dem Polizisten am Telefon bestimmt fünfmal erklärt, ich habe dem Mann auf dem Plakat einen Forellenteich verkauft. Weil der mich nicht richtig verstanden hatte, habe ich ihm noch mal deutlich gesagt, einen Teich zum Angeln."

Kid sah seinen Gastgeber an. Er konnte dem Kollegen keinen Vorwurf machen. Am Telefon hätte er bestimmt auch erhebliche Probleme gehabt, diese nuschelnde Aussprache zu verstehen. Er zeigte ihm nochmals das Phantombild. „Sie haben also diesem Mann einen Forellenteich verkauft? Können wir den Kaufvertrag sehen?"

Herr Wilms zog seine Lesebrille aus der Brusttasche, sah sich das Bild an und nickte.

„Ja, das war der Mann. Ich weiß aber nicht, ob ich den Kaufvertrag so schnell finde."

„Das wäre für uns aber außerordentlich wichtig! Sie sind der erste Zeuge, der uns bei unseren Ermittlungen entscheidend weiterhelfen könnte!", sagte Sarah und zeigte dazu ihr charmantestes Lächeln. Es entfaltete umgehend die gewünschte Wirkung. Herr Wilms ging mit ihnen in die Stube und öffnete die Türen des Wohnzimmerschrankes. Sarah und Kid staunten über die zahlreichen mit Hand beschrifteten Aktenordner, die in Reih und Glied auf den Ablageböden standen. Herr Wilms nahm sich hin und wieder einen Ordner heraus, blätterte darin herum und stellte ihn wieder zurück. Nach zehn Minuten rief er: „Ich glaube, ich habe ihn! Hier steht was von *Vermietung und Verpachtung Forellenteich.*" Er zog ein Schriftstück aus einer Klarsichtfolie:

„Hier ist der Kaufvertrag. Der Teich wurde an einen Heinz-Peter Basterowski verkauft. Da steht kein Wohnort, weil er auf Wohnungssuche war."

Sarah und Kid konnten ihr Glück kaum fassen, als sie den Kaufvertrag studierten. Heinz-Peter Basterowski erwarb am 01.01.2005 ein vier Hektar großes Flurstück im Wald nördlich des Kronenburger Sees, inklusive einem 200 Quadratmeter großen Fischteich und einer dazugehörigen Hütte.

Herr Wilms übergab den Polizeibeamten bereitwillig eine Kopie des Kaufvertrages. Anschließend ließ Kid sich auf seiner Wanderkarte das Flurstück zeigen.

„Das müsste ungefähr hier sein!", sagte Herr Wilms. „Ich zeichne Ihnen mal auf Ihrer Karte ein, über welchen Waldweg man die Zufahrt zum Grundstück erreicht."

„Was können Sie uns denn sonst zu der Hütte sagen?", fragte Kid.

„Wie Sie dem Kaufvertrag entnehmen können, hat der Käufer das Grundstück und die Hütte samt Inventar erworben. Die Hütte ist bestimmt 100 Quadratmeter groß und hat drei Räume; einen großen Wohn- und Küchenraum, einen Schlafraum und einen kleinen Raum, der als Bad genutzt wird. Es gibt zwar keinen Strom in der Hütte, aber im Wohnraum steht ein Gasofen und im Küchenbereich ein Gasherd. In dem kleinen Bad ist sogar eine Dusche. Das Regenwasser wird in einer am Dach montierten Tonne gesammelt und dann durch Schläuche über das Flachdach des angrenzenden Schuppens zurück ins Badezimmer geleitet."

„Wie viele Übernachtungsplätze gibt es in der Hütte?"

„Der Schlafraum ist recht groß. Da stehen insgesamt sechs Etagenbetten. Die Matratzen sind einen Meter fünfzig breit, da ist in jedem Bett Platz für zwei Personen. Allein in den Betten könnten also 24 Personen schlafen."

„Gibt es verschiedene Etagen, einen Dachboden oder einen Kellerraum?" fragte Kid weiter.

„Nein, die Hütte hat zwar ein Satteldach, innen sind die Räume nach oben aber offen. Die Hütte liegt oberhalb des Forellenteiches auf einer Anhöhe, so ein bisschen in den Hang hineingebaut. Dort gibt es keinen Keller. Vor dem Eingangsbereich der Hütte befindet sich ein halbüberdachter Vorplatz. Nach hinten grenzt ein Schuppen an das Flachdach an."

„Gibt es einen Durchgang vom Schuppen zur Hütte?"

„Nein, falls der neue Eigentümer nichts verändert hat."

***

Der Forellenteich lag in Rheinland Pfalz und Sarah und Kid überlegten, welche Gemeindeverwaltung ihnen Auskunft über einen verantwortlichen Förster der Umgebung geben könnte. Laut ihrer Wanderkarte war Prüm die nächstgelegene größere Stadt. Der Pförtner der Gemeindeverwaltung verwies sie an den Förster der Landesforstverwaltung. Dieser zeigte den Kriminalbeamten eine große Karte, auf der überwiegend in Flurstücke aufgeteilte Waldflächen zu sehen waren.

„Die Wälder im Eigentum von Rheinland-Pfalz entstammen großteils landesherrlichen Besitztümern, die im Zuge der Aufklärung aus dem Besitz der früheren Herrscherfamilien in Staatseigentum übergingen. Was wir hier auf der Karte sehen, ist fast ausschließlich privater Wald. Ich schaue mal nach, wo die von Ihnen eingezeichnete Parzelle genau liegt, dann brauche ich keinen Ordner aufzuschlagen."

„Wir brauchen aber vom Liegenschaftsamt einen Flurplan bzw. einen Grundriss von dem Gelände, damit wir die genaue Lage der Hütte haben."

„Eine Etage tiefer, Zimmer 108."

***

Um 16:00 Uhr trafen sich Kid und Sarah mit Kalle und Sven an dem Parkplatz vom Kronenburger See, an dem auch der Sattelzug abgestellt gewesen war. Kid hatte mit Fisch telefonisch vereinbart, die Dienstfahrzeuge abseits vom Forellenteich zu parken und dann zu Fuß in den Wald zu gehen. Sie sollten ausschließlich Aufklärung betreiben und auf keinen Fall eigenmächtig die Hütte aufsuchen. Wenn in der Hütte Personen waren, dann wäre zum jetzigen Zeitpunkt nicht auszuschließen, dass sich auch bewaffnete Schleuser dort aufhielten. Theoretisch hätte selbst Barek dort sein können.

Sie parkten die zivilen Dienstfahrzeuge an einer Stelle am Waldrand, von der sie annahmen, den kürzesten Weg zum Forellenteich zu haben. Es fing langsam an zu dämmern, als sie über einen Forstweg in den Wald hineingingen. Der Boden war aufgeweicht und mit Pfützen übersät. Schon nach wenigen Metern trat Kalle mit seinen schwarzen Lederslippern in ein Matschloch. Der klebrige Schlick schwappte in seine Halbschuhe.

„So eine verdammte Scheiße!" Er musterte neidisch das feste Schuhwerk der anderen.

Kid grinste leise vor sich hin.

„Hab ich eigentlich schon erwähnt, wie schön kuschelig warm und wasserdicht meine Trekkingschuhe sind?", fragte Sven.

„Verarschen kann ich mich selbst!", entgegnete Kalle und trottete schnurstracks durch den knöcheltiefen Matsch weiter. Durch den klebrigen Schlamm hatte er mittlerweile Schuhgröße 49.

Nach zwanzig Minuten ermahnte Kid alle zur Ruhe, weil sie gleich die Parzelle erreichen würden. Der Laubwald wurde immer dichter. Man konnte gerade mal 20 bis 30 Meter weit sehen.

Kid fragte leise in die Runde: „Hat außer mir noch jemand eine Taschenlampe dabei?"

„Ich hab immer eine dabei", gab Sven zur Antwort.

Die anderen schüttelten den Kopf.

„Okay", sagte Kid, „dann lassen wir die Teams wie gehabt, so dass jeder Licht hat, falls wir uns trennen müssen."

Während sie schweigend weitergingen, dachte Kid über Senna nach. Gestern hatte er sich wieder mit ihr gestritten. Hatte sie denn wirklich geglaubt, er würde auf ihren Vorschlag eingehen und an seinem freien Wochenende mit Luzie und Jockel an die Mosel fahren? Sie wusste doch genau, er konnte den neuen Lebensgefährten ihrer besten Freundin nicht ausstehen. Jockel war ein eingebildeter, humorloser Schwätzer, der auch noch jedem erzählte, dass er mit Kid eng befreundet sei. Bei diesem Gedanken wäre Kid am liebsten vor Scham im Boden versunken. Dabei hatte er sich bei den vier oder fünf Begegnungen nur aus Höflichkeit mit ihm oberflächlich unterhalten. Luzie war ja wirklich eine patente und sympathische Frau, aber warum musste sie sich ausgerechnet auf diesen arroganten Zahnarzt einlassen?

Senna wollte ihn zu diesem gemeinsamen Ausflug überreden, weil sie ihre Freundin in letzter Zeit so selten gesehen hatte. Kid musste wieder an ihre schnippischen Worte denken. Er solle sich nicht so anstellen, Jockel sei eigentlich ein netter Kerl, man dürfe nur nicht jedes seiner Worte auf die Goldwaage legen. Sie hatte gut reden! Letztendlich hätte *er* sich das Geschwafel dieses Angebers anhören müssen, während sie sich mit Luzie unterhalten hätte. Dafür war ihm seine Freizeit aber zu schade. Senna war richtig sauer, als er gereizt geantwortet hatte, sie könne alleine zur Mosel fahren, er würde zuhause bleiben. Ihm war natürlich klar, seine Frau würde dann auch nicht fahren. Sie hatte auch nicht mehr versucht, ihn zu überreden. Ganz im Gegenteil, sie hatte den restlichen Sonntag kaum noch mit ihm gesprochen. Wir sind halt beide etwas dickköpfig, dachte er.

Nach 25 Minuten Fußmarsch auf dem Forstweg ließ Kid, der mit der Karte vorausging, alle anhalten.

„Vor uns ist ein Drahtzaun; ich gehe davon aus, dass wir an der gesuchten Parzelle sind. Der Eingang müsste gleich kommen. Wir werden jetzt so leise wie möglich den Zaun entlang gehen, bis wir die Hütte sehen. Achtet auf Äste und Zweige, die machen einen Höllenlärm, wenn man drauf tritt."

Sie gingen hintereinander am Zaun entlang und trauten sich nicht, die Taschenlampen einzuschalten. Nach weiteren fünf Minuten hielt Kid sich den Zeigefinger an die Lippen und sagte flüsternd, er würde etwas hören. Alle blieben mucksmäuschenstill stehen und lauschten in den Wald hinein.

„Sollen wir nicht besser zurückgehen und Verstärkung holen?“, fragte Sarah, die, ohne es zugeben zu wollen, ziemlich starkes Herzklopfen hatte.

„Nein“, entschied Kid, „wir brauchen mehr Informationen. Ich werde mit Sven noch ein Stück weitergehen und ihr wartet hier. Zu zweit machen wir weniger Lärm. Sarah, ich gebe dir solange meine Taschenlampe. Wir bleiben auf jeden Fall in Rufweite. Falls irgendwer die Hütte verlässt und hier lang gehen sollte, dann versteckt euch im Wald. Alles klar?“

Sarah und Kalle nickten.

Kid und Sven gingen so lautlos wie möglich in kleinen Schritten weiter am Zaun entlang, bis sie rechts ein Stimmengewirr hörten. Sven nickte nur und gab Kid damit zu verstehen, auch er sah den Rauch aufsteigen. Man konnte jedoch durch das dichte Unterholz kein Gebäude erkennen. Sie schlichen weiter und kamen an ein Tor, das lediglich mit einem dicken Draht am Zaun festgebunden war. Vom Tor führte ein Weg tiefer in den Wald hinein in Richtung des aufsteigenden Qualmes. Trotz des diffusen Lichtes konnte man durch das Geäst die Umrisse der Hütte und einen Lichtschein erkennen.

Kid flüsterte Sven ins Ohr: „Lass uns noch näher an die Hütte rangehen, damit wir wissen, mit wie vielen Personen wir es ungefähr zu tun haben. Wir könnten uns ja jederzeit rechts und links im Wald verstecken, falls uns einer entgegenkommt.“

„Ich bin dabei!“, sagte Sven.

Kid band das Drahtgeflecht los und öffnete das Tor einen Spalt, um durchschlüpfen zu können. Anschließend verschloss er es provisorisch, so dass es nicht auffallen würde, wenn noch jemand käme oder ging. Sie waren etwa 40 Meter gegangen, als sie auf der Lichtung den Forellenteich sahen. Das Licht der Dämmerung spiegelte sich auf der klaren Wasseroberfläche. Hinter dem Teich stieg das Gelände stark an und oben konnte man die beleuchtete Hütte erkennen. Der Weg führte zur Mitte des Teiches und dann weiter über eine kleine Brücke auf die andere Uferseite. Dann schlängelte sich ein Fußpfad zur Hütte hoch. Durch ein geöffnetes Fenster konnten sie schemenhaft Menschen erkennen. Der Eingang der Hütte wurde von einer Öllampe beleuchtet.

„Wie viele Personen sind in der Hütte?“, flüsterte Kid seinem Partner zu.

„Ich schätze, so um die fünf.“

In dem Moment öffnete sich die Eingangstür und zwei Männer traten heraus. Sie setzten sich auf die Bank direkt neben der Tür. Durch das Licht der Öllampe konnte man die Gesichter der Männer trotz Dämmerung gut erkennen. Es waren offensichtlich zwei Thailänder. Einer war ungefähr 25 Jahre alt und sehr dürr, der andere hatte einen Vollbart und sah wesentlich älter aus. Er drehte sich eine Zigarette und sprach beruhigend auf den Jüngeren ein. Kid und Sven konnten nichts verstehen, weil die beiden sich in ihrer Landessprache unterhielten. Der jüngere Mann gestikulierte stark mit seinen Händen und schien über irgendetwas sehr aufgebracht zu sein. Nach zehn Minuten gingen beide wieder in die Hütte zurück.

Kid und Sven blieben noch weitere zehn Minuten hinter ihrem Gebüsch, bis Kid ein Zeichen zum Rückzug gab. Es war mittlerweile so dunkel, dass sie auf dem Rückweg besonders vorsichtig auftreten mussten, um nicht versehentlich Lärm zu machen. Kurz vor dem Tor hörte Kid von vorne ein Geräusch. Sofort zog er Sven in ein Gebüsch. War es ein Tier? Das Geräusch kam direkt vom Tor, als ob jemand das Drahtgeflecht öffnen wollte. Von hinten hörte man noch leise das Stimmengewirr der Hüttenbewohner. Beide hatten ihre Dienstwaffen gezogen und verharrten noch fünf Minuten an der gleichen Stelle, bis Kid entschied, langsam weiterzugehen.

Am Eingangstor bemerkte Kid sofort, dass sein provisorisches Drahtgeflecht aufgedreht worden war – das Tor stand einen Spalt offen. Wenn jemand die Parzelle betreten hätte, wäre dieser an ihnen vorbeigekommen. Vielleicht hatte der Wind gegen das Tor geschlagen, bis sich die in sich verdrehten Drähte auseinander bogen.

Kid sah sich gerade das Drahtgeflecht genauer an, als er ein leises Pfeifen vernahm. Er sah Kalle hinter einem dicken Laubbaum hervortreten.

„Hast du das Tor geöffnet?“, fragte Kid flüsternd.

„Ja, wir haben uns Sorgen gemacht, weil ihr nicht zurückgekommen seid. Wir wollten gerade das Grundstück betreten, als wir aus Richtung Hütte Geräusche vernahmen. Wir wussten ja nicht, wer da 'rumschleicht und haben uns deshalb versteckt. Das Tor konnte ich so schnell nicht mehr verschließen."

Als Sarah aus ihrem Versteck dazukam, gab Kid ein unmissverständliches Zeichen zum Rückzug.

Nachdem sie außer Hörweite waren, fasste Kid die Beobachtungen kurz zusammen.

„Wir haben mindestens vier Personen in der Hütte erkennen können. Zwei Männer, offensichtlich Thailänder, haben wir vor der Hütte gesehen, das könnten zwei der Männer sein, die den Wirten Forellen zum Kauf angeboten haben. Der eine war jung und dürr und der andere älter mit Vollbart. Eine Frau konnten wir nicht ausmachen. Wahrscheinlich ist die Frau, die ebenfalls Forellen angeboten hat, auch in der Hütte. Man konnte leider nicht erkennen, ob sich auch die Schleuser dort aufhalten. Ich werde mich um Verstärkung kümmern – vielleicht bekommen wir kurzfristig das Sondereinsatzkommando. Kalle und Sven, ihr bleibt hier und beobachtet die Parzelle. Keine Alleingänge, nur Aufklärung."

„Und wenn eine einzelne Person das Gelände verlässt?", fragte Kalle.

„Kein Zugriff, habe ich mich klar ausgedrückt?" Kid wusste, wie Polizeibeamte ticken, wenn sie die Möglichkeit einer Festnahme hatten.

Auf dem Rückweg zum Parkplatz informierte er Fisch. Anschließend hoffte er, nicht allzu lang auf die erforderlichen Unterstützungskräfte warten zu müssen.

Kids Gedanken schweiften wieder zu Senna. *Soll ich mich bei ihr entschuldigen? Wenn, dann aber nur, weil ich sie nicht hätte anschreien sollen. In der Sache hatte ich Recht.* Der Vibrationsalarm an seinem lautlos gestellten Handy kündigte eine SMS an und riss ihn aus seinen Gedanken. In großen Buchstaben las er auf dem Display das Wort SORRY, dahinter blinkten drei kleine Herzen. Umsonst gegrübelt, dachte er lächelnd und rief direkt seine Frau an. Sie entschuldigte sich für ihre aufbrausende Art bei ihrem letzten Streit. Im Grunde genommen teilte sie seine Meinung über Jockel und wollte auch zukünftig keine Treffen mehr in dieser Konstellation arrangieren. Stattdessen hatte sie sich fest vorgenommen, mit Luzie mal unter vier Augen darüber zu reden. Dann wechselte sie abrupt das Thema. Freudig erzählte sie von ihren Erlebnissen an diesem

Montag, von den Kindern, von Einkäufen, vom Abendessen. Sie hatte für sich und die Jungs einen Chicoree-Auflauf mit Schinken und einer Käsesauce aus frisch geriebenem Parmesan gekocht. Zum Dessert gab es Kaiserschmarren mit Vanillesauce.

Während Kid seiner Frau zuhörte, lief ihm das Wasser im Mund zusammen. Er liebte Chicoree-Auflauf und war froh, als er hörte, dass es für ihn noch Reste gab, egal, wie spät es werden würde. Er verabschiedete sich von Senna mit dem guten Gefühl, einen besonders liebenswürdigen, verständnisvollen Menschen an seiner Seite zu haben.

***

Um 18:30 Uhr rief Fisch an. Er hatte es geschafft, das Kölner Sondereinsatzkommando und einen Zug der Einsatzhundertschaft aus Brühl zu bekommen.

Der Leiter des Sondereinsatzkommandos, Erster Polizeihauptkommissar Schwarz, ließ sich von Kid in die Lage einweisen, bekam eine Kopie des Flurplanes und eine genaue Beschreibung der Hütte. Kid stellte ihm auch noch seine Wanderkarte zur Verfügung.

Ohne sich zu bedanken, übernahm Schwarz sofort das Kommando.

„Ihr wartet hier! Ich melde mich, wenn wir die Hütte eingenommen haben. Vorher möchte ich keinen von euch auch nur in der Nähe der Hütte sehen, verstanden?"

„Jawohl, Sir!", salutierte Kid und dachte im Stillen, was für ein arroganter Fatzke Schwarz war.

Schwarz hatte sich inzwischen den Zug- und Gruppenführern der Einsatzhundertschaft zugewandt und ihnen den Befehl zur Umstellung erteilt. Anschließend ging er zu den Kräften seines Sondereinsatzkommandos, die abseits an den Fahrzeugen standen und ihre Waffen und Einsatzmittel routinemäßig überprüften. Er beabsichtigte, mit zwölf Beamten die Hütte zu stürmen. Auf der Anfahrt hatte er bereits vier Dreierteams eingeteilt. Jeder einzelne Beamte des Kommandos war entsprechend ausgebildet und bewaffnet, um gegebenenfalls mehrere Angreifer zu überwältigen.

Schwarz breitete die Skizze der Hütte auf der Motorhaube seiner Limousine aus und gab den Teamführern die letzten Instruktionen.

„Team 2, ihr stürmt gleichzeitig die Hütte durch das Fenster an der

Südseite. Team 3, ihr werdet das Nordfenster lediglich sichern, da ein schnelles Eindringen aufgrund der steilen Hanglage hier nicht möglich ist. Es kann aber nicht ausgeschlossen werden, dass jemand versuchen wird, hierdurch abzuhauen. Team 4, ihr nehmt den Schuppen ein! Es ist durchaus möglich, dass es von dort eine Verbindungstür zur Hütte gibt. Die Fensterscheiben werden mit Vorschlaghammern eingeschlagen und die Eingangstür aufgerammt oder aufgehebelt. Der Einsatz von Blendgranaten und Irritationskörpern ist freigegeben. Ich selbst leite das Team 1. Wartet auf mein Kommando *Bangkok*."

In ihren grün-braunen Einsatzanzügen und den getarnten Helmen waren die SEK-Beamten derart unauffällig, dass sie aus der Entfernung im dichten Laubwald nicht zu erkennen waren. Sie gingen behutsam durch das Unterholz in vier Gruppen von je drei Personen in Richtung Hütte. Schwarz hatte sein Team 1 dafür eingeteilt, über den Eingangsbereich auf der Ostseite in die Hütte einzudringen. Ungefähr 20 Meter vor der Hütte blieb er mit seinen beiden Beamten verdeckt in der Hocke und wartete, bis die anderen Teams ebenfalls in gleicher Entfernung zum Objekt waren. Als die anderen Teams ihre Position eingenommen hatten, gab Schwarz das Zeichen, sich unmittelbar an die Hütte anzunähern.

Lautlos und noch immer unentdeckt gelangten die einzelnen Teams bis unmittelbar vor die Hütte. Schwarz ließ alle noch einmal verschnaufen und sagte dann klar und deutlich „Bangkok" in sein Mikrofon.

Der Zugriff passierte schnell. Ein Beamter aus Team 1 hebelte mit einem Brecheisen die Eingangstür auf und unmittelbar im Anschluss liefen Schwarz und ein weiterer Beamter mit gezogenen Schusswaffen in der einen und Granaten in der anderen Hand in die Hütte. Blitzschnell sahen sie, der Raum war leer. Sie liefen sofort weiter, um in den hinteren Schlafraum einzudringen. Zur gleichen Zeit stand ein Beamter aus Team 2 auf einer ausgeklappten Plastikbank, die er unmittelbar unter dem Südfenster aufgestellt hatte. Er schlug mit einem Vorschlaghammer das Fensterglas ein und gab seinen beiden Kollegen ein Zeichen, zu springen. Mit einem kurzen Anlauf sprangen sie über diese Klappbank direkt in den Raum hinein. Auch sie hielten in ihren Händen Schusswaffen und Granaten. Als sie mit ihren Springerstiefeln in den Scherben landeten, nahmen sie im Augenwinkel war, wie rechts von ihnen ihr Einsatzführer und ein weiterer Kollege in den Raum stürmten.

Ein Beamter aus Team 3 legte sein Brecheisen beiseite und gab den anderen beiden Kollegen zu verstehen, dass die Schuppentür nicht verschlossen war. Als er das Stichwort „Bangkok“ im Helmfunk hörte, riss er die Tür auf und seine Kollegen stürmten fast gleichzeitig in den Schuppen. Im Scheinwerferlicht ihrer starken Taschenlampen konnten sie direkt erkennen, dass sich in dem Schuppen keine Personen aufhielten. Der Raum war auf der linken Seite mit Regalen voller Lebensmittelkonserven zugestellt, eine Dose Ravioli neben der anderen. Geradeaus standen mehrere Gasflaschen in unterschiedlichen Größen. Rechts stand eine Werkbank und an den Wänden hingen diverse Werkzeuge. Während dieser Beobachtungen hörten sie lautes Krachen und Geschrei aus den Räumen der angrenzenden Hütte.

Team 4 stand am Hang zum Forellenteich. Die Beamten hielten sich in unmittelbarer Nähe des Nordfensters auf und waren jederzeit bereit, eine durch das Fenster flüchtende Person zu empfangen. Auch sie waren auf den durch die Irritationssprengkörper verursachten Lärm in der Hütte vorbereitet. Vergeblich warteten sie darauf, dass ihnen jemand durchs Fenster entgegenspringen würde. Stattdessen hörten sie nach wenigen Minuten ihren Chef im Helmfunk, der durchgab, in der Hütte sei alles unter Kontrolle. Das war das Zeichen für Team 4, seinen Posten zu verlassen.

***

Während Schwarz durch den Raum lief, nahm er links das Splittern von Fensterglas wahr und musste kurz nach rechts ausweichen, da ihm seine Kollegen im gleichen Moment fast vor die Füße sprangen. Vor ihnen befanden sich zwei Türen, die nach ihren Erkenntnissen zum Schlafraum und Sanitärraum führen mussten. Team 1 stürmte auf die rechte und Team 2 auf die linke Tür zu. Sie traten beide Türen ein und warfen eine Lärm- und eine Blendgranate in die Räume.

Die Irritationskörper explodierten gleichzeitig in einem lauten Knall und sehr hellem Licht. Sollten sich Personen in den Räumen ohne Hör- und Sichtschutz aufhalten, so würden sie kurzfristig orientierungslos sein. Mit ihren Waffen im Anschlag sahen die Beamten von Team 1 auf der gegenüberliegenden Wand sechs hintereinander stehende Etagenbetten. In vier der oberen Betten schraken Menschen auf, die sich die Ohren zuhielten und mit weit aufgerissenen Augen laut zu schreien begannen. Alles passierte rasend schnell. Schwarz schrie in den Raum:

„Polizei, legen Sie sich sofort mit nach vorne gestreckten Armen auf den Bauch!"

Blitzschnell erfasste er, dass nur diese vier Betten belegt waren. Die asiatisch aussehenden Männer, vermutlich Thailänder, hielten unaufgefordert ihre Arme verschränkt hinter den Köpfen. Schwarz gab ihnen nun mit einer kippenden Handbewegung zu verstehen, sich auf den Bauch zu legen. Zitternd kamen sie dieser Aufforderung nach. Die anderen Betten waren unbenutzt.

Team 2 hatte ein improvisiertes Badezimmer erwischt. Als sich der Granaten-Nebel etwas lichtete, konnten die Beamten vor einer Wand eine chemische Toilette und direkt gegenüber eine selbstgebaute Dusche erkennen. Ein Duschschlauch kam aus der Deckenwand und am gefliesten Boden befand sich eine Art Abfluss. Der Raum war leer und so rannten die Beamten sofort wieder zurück, um die Kollegen im Nachbarzimmer unterstützen zu können.

Die Beamten von Team 1 fesselten gerade die vier Thailänder, als die anderen Teammitglieder ebenfalls in den Raum stürmten. Nachdem Schwarz über Helmfunk erfuhr, dass Team 3 und 4 keine Festnahmen hatten, beorderte er sie ebenfalls in die Hütte. Höchstens eine Minute nach Bekanntgabe des Einsatzstichwortes lagen alle Thailänder gefesselt bäuchlings auf dem Boden.

Schwarz funkte Kid an, teilte ihm die Lage mit und bat um Übernahme der Gefangenen.

Kid sah die Angst in ihren Augen und wusste sofort, er hatte hier nur einfache, illegal eingeschleuste Personen vor sich. Er war enttäuscht, hatte er doch insgeheim gehofft, den Mörder oder zumindest einen der Hintermänner in der Hütte anzutreffen.

Zum Abtransport der Gefangenen hatte Kid den Zugführer gebeten, ein Fahrzeug über den Forst- und Waldweg zum Eingang der Parzelle vorfahren zu lassen. Sarah, Kalle und Sven durchsuchten die spärlich eingerichtete Hütte. Es gab kaum Schränke oder andere Behältnisse, in denen man Hinweise auf die Täter hätte finden können. Die Beamten suchten auch nach Verstecken im Boden, den Wänden und Decken. Sie fanden nichts.

Anschließend versiegelte Kid die Hütte. Der Erkennungsdienst konnte morgen mit der Spurensuche beginnen.

***

Um 22:15 Uhr standen Kid, Sarah, Kalle und Sven an ihren Dienstfahrzeugen und beobachteten, wie die letzten Einsatzfahrzeuge den Parkplatz verließen. Kid hatte seit seinem Frühstück außer einem Schokoriegel nichts mehr gegessen. Während der Stürmung der Hütte und den anschließenden Festnahmen der Thailänder war er derart angespannt gewesen, dass er keinerlei Hunger verspürte. Jetzt aber meldete sich sein Magen durch knurrende Geräusche zu Wort. Am Gesichtsausdruck seiner Kollegen konnte er erkennen, dass sie ebenfalls erschöpft und hungrig waren. Fisch war verständnisvoll und verzichtete auf eine Abschlussbesprechung im Polizeipräsidium.

***

Auf der Rückfahrt dachte Kid an sein warmes Bett, in das er sich nach einem kurzen Abendessen und einer heißen Dusche an seine Senna kuscheln würde. Er stellte sich vor, wie sie sich berühren würden, wie er ihren warmen weichen Körper mit seinen Händen und seinem Mund erforschen, ihren Duft in sich aufnehmen würde…

Dienstag, 24.10.2006

Der Erkennungsdienst begann um 06:00 Uhr mit der Spurensicherung. Auf dem Fensterglas, den Tellern und Gläsern und auf den Gasflaschen wurden Fingerspuren gesichert. Die meisten anderen Flächen waren aus Holz und zu rau, um sich als Spurenträger zu eignen. In einer Ecke des Wohnraumes wurden auf dem Boden Tropfspuren, vermutlich Blut, festgestellt und gesichert. Im Schuppen wurden keine weiteren Spuren gefunden. Im Bereich des Eingangstores innerhalb der

Parzelle entdeckten sie unter einem großen Eichenbaum eine Reifenspur und zwei unterschiedliche Fußabdruckspuren, die sich offensichtlich schon länger an dieser regengeschützten Stelle befanden.

Fisch teilte Judith und Kalle sowie Sarah und Sven als Vernehmungsteams ein. Kid sollte als Verbindungsmann für beide Teams zur Verfügung stehen, damit Widersprüche unmittelbar aufgeklärt werden konnten. Sarah und Sven gingen gemeinsam mit der Dolmetscherin ins Kellergeschoss des Präsidiums in Köln, wo sich eines der modernsten Polizeigewahrsame Nordrhein-Westfalens befand. Im Gegensatz zu den komfortabler ausgestatteten Zellen in Justizvollzugsanstalten, wo Untersuchungs- und Strafhäftlinge länger einsaßen, waren die 66 Zellen in Köln sehr karg mit je einer Holzpritsche und einer einfache Toilette aus Metall eingerichtet. In polizeilichem Gewahrsam durften die Beschuldigten maximal 48 Stunden festgehalten werden.

Sarah und Sven betraten den mit zahlreichen Bildschirmen ausgestatteten Überwachungsraum im Gewahrsamstrakt und gaben dem diensthabenden Beamten die Personalien des Thailänders an, den sie zur Vernehmung abholen wollten. Nachdem er die Daten im PC protokolliert hatte, schickte er einen Kollegen zur entsprechenden Einzelzelle, um den ältesten der festgenommenen Thailänder zu holen.

Sie betraten das Büro. Sven bat die Dolmetscherin und den Beschuldigten, auf den Stühlen an dem kleinen, quadratischen Tisch vor dem Schreibtisch Platz zu nehmen, während er selbst stehen blieb und sich an die Schreibtischkante lehnte. Sarah hängte ein Schild mit der Aufschrift „Vernehmung – bitte nicht stören!“ an die Bürotür, setzte sich an den Schreibtisch und nahm sich die Tastatur.

Der Thailänder saß mit gesenktem Kopf nach vorne gebeugt auf seinem Stuhl. Seine Hände hatte er im Schoß gefaltet. Sekundenlang sagte keiner ein Wort. Nur der Lärm von der verkehrsreichen Straße vor dem Polizeipräsidium war zu hören. Sven gab Sarah ein Zeichen, das gekippte Fenster zu schließen. Bei diesem Geräusch blickte der Thailänder auf und sah Sven verängstigt an. Sven zog den Augenblick bewusst in die Länge, um die Unsicherheit des Thailänders noch zu verstärken. Eine Vernehmung über einen Sprachmittler war ohnehin schwieriger, weil der Vernehmungsbeamte hierbei nicht mit unmittelbaren Emotionen arbeiten konnte. Was nutzte es, wenn er Vorhalte mit bestimmter Mimik und Stimmlage machte und der Dolmetscher die Sätze sachlich neutral übersetzte? Trotz dieser Nachteile hatten Sven und Sarah eine Vernehmungsstrategie nach dem Motto „guter Bulle, böser Bulle“ abgesprochen. Sven sollte kalt und verschlagen auftreten und Sarah die freundliche, gutgläubige Beamtin abgeben.

Sven wandte sich an die Dolmetscherin, erklärte ihr die Rechte eines Beschuldigten und forderte sie auf, den Thailänder zu belehren. Anschließend musste der Beschuldigte ausführlich zu seinen Personalien aussagen, bevor mit der eigentlichen Vernehmung zur Sache begonnen wurde. Sven stellte die Fragen, Sarah dokumentierte diese.

„Wann sind Sie wie und aus welchem Grund in die Bundesrepublik eingereist?“

„Ich möchte keine Aussage machen! Ich will in Deutschland Asyl beantragen!“, übersetzte die Dolmetscherin.

Sven und Sarah hielten es für besser, zunächst nichts von den Mordermittlungen zu sagen. Sven antwortete daher:

„Ihre genauen Asylgründe müssen Sie sowieso der Ausländerbehörde mitteilen, ansonsten haben Sie keine Chance auf ein Bleiberecht.“

„Ich möchte Asyl, weil ich in meinem Land politisch verfolgt werde. Mehr sage ich bei der Polizei nicht!“, wiederholte die Dolmetscherin monoton.

Es klopfte an der Bürotür und Kid kam herein. Er beugte sich über Svens Schulter und las das bisherige Vernehmungsprotokoll. Dann flüsterte er ihm zu, der Thailänder, der gleichzeitig im anderen Büro vernommen wurde, habe ebenfalls nur sein Asylbegehren vorgebracht.

Sie überlegten, wie sie weiter vorgehen konnten, um doch noch an Informationen zu kommen. Sarah nutzte die Unterbrechung und durchsuchte das Gepäck des Beschuldigten. Als sie die Versteifung vom Boden des Rucksackes herausnahm und umdrehte, bemerkte sie einen kleinen Schlitz. Es sah aus, als habe man absichtlich mit dem Messer den Kunststoff eingeritzt. Sie betastete den mit Kunststoff überzogenen Pappboden und fühlte eine Unebenheit in der Nähe des Schlitzes. Kid sah, wie der Beschuldigte unruhig auf seinem Stuhl hin und her rutschte und gebannt auf Sarah schaute. Sie fischte mit ihren schmalen langen Fingern einen zusammengefalteten Zettel aus der Öffnung. Auf dem Papier stand etwas in thailändischer Sprache. Lediglich eine Handynummer konnte sie in der vorletzten Zeile lesen.

Sie reichte den Zettel an die Dolmetscherin weiter, die sachlich übersetzte:

- Personalien von Ihrem neuen Pass bei der Polizei angeben
- Keine weiteren Angaben, nur Asyl sagen
- Bei der Ausländerbehörde sagen, Sie würden von der Regierung politisch verfolgt
- 0154/4496071 anrufen, wir holen Sie dann ab

Der Beschuldigte vergrub sein Gesicht in den Händen und murmelte etwas, dass die Dolmetscherin mit „Scheiße!“ übersetzte.

Während Kid das Büro wieder verließ, setzte Sven die Vernehmung fort.

„Ich glaube, Ihnen wird unter diesen Umständen keiner glauben, dass sie politisch verfolgt werden. Entweder sagen Sie jetzt aus oder man wird Sie zurück nach Thailand abschieben.“

Der Beschuldigte sackte regelrecht auf seinem Stuhl zusammen. Als er die Hände aus dem Gesicht nahm, um sich die feuchten Handinnenflächen an den schmutzigen Hosenbeinen trocken zu reiben, sah man Schweißperlen auf seiner Stirn. Er vermied den Augenkontakt zu den Vernehmungsbeamten und schaute stattdessen beschämt auf den Boden.

Sarah betrachtete den Thailänder eindringlich. Eigentlich machte er einen intelligenten Eindruck. Sie fragte sich, ob er verheiratet war, vielleicht sogar Kinder hatte und welchem Beruf er wohl in seinem Heimatland nachgegangen war. Dann stand sie auf und reichte dem Beschuldigten ein Papiertaschentuch, damit er sich Hände und Stirn trocken reiben konnte. Er nahm das Tuch, wischte sich damit über das Gesicht und nickte ihr dankbar zu. Jetzt sah Sarah den Moment gekommen, die „nette, verständnisvolle“ Vernehmungsbeamtin abzugeben.

„Ich kann mir gut vorstellen, dass Sie Angst haben. Ich hätte auch Angst, wenn ich in Ihrem Land festgenommen worden wäre und bei der Polizei aussagen sollte.“

Sarah ging wieder zum Schreibtisch zurück und fuhr nach einer kurzen Pause fort:

„Kann ich Ihnen etwas zu trinken oder essen anbieten?“

Der Thailänder sah abwechselnd Sarah und Sven an, bevor er mit leiser Stimme antwortete:

„Nein, danke! Ich bekam vorhin einen Teller Suppe und eine Scheibe Brot".

„Haben Sie eine Ehefrau oder Kinder, die wir über Ihre Festnahme informieren sollen?"

„Ich bin verwitwet. Meine Frau verstarb vor zwei Jahren bei einem Verkehrsunfall, keine Kinder." Selbst die Dolmetscherin klang nun berührt.

„Das tut mir leid."

„Wir sollten den Zettel vernichten, ich kann mir aber keine Zahlen merken. Sie dürfen mich aber nicht nach Thailand zurückschicken. Bitte glauben Sie mir doch, ich werde in meinem Heimatland verfolgt."

Nachdem nun das Eis gebrochen und der Beschuldigte offensichtlich zu weiteren Angaben bereit war, übernahm Sven wieder die Befragung:

„Fürchten Sie sich vor den Leuten, die Sie nach Deutschland geschleust haben? Hat man Ihnen gedroht?"

Mit zittriger Stimme ließ der Thailänder seine Antwort übersetzen:

„Man hat mir gedroht, meinen Eltern in Thailand etwas anzutun. Ein Schleuser hat mir direkt am Anfang meiner Flucht gesagt, ich dürfe niemals gegen ihn oder seine Kollegen aussagen, ansonsten würden sie meinen Eltern einen Besuch abstatten. Er nannte mir die genaue Adresse meiner Eltern und machte so." Der Thailänder ahmte mit seinem Daumen und Zeigefinger einen Pistolenschuss an seinem Kopf nach.

„Kennen sie denn die Schleuser?"

„Nein, ich bin mit deren Hilfe Ende September nach Moskau geflogen und wurde von dort mit einem LKW nach Prag gebracht. In Prag blieb ich mit vielen anderen Thailändern über eine Woche in einem Lager in den Bergen. Dann wurden wir zu fünft in einem Kleinbus in diesen Wald gebracht. Wir wollten alle nach Spanien."

„Erzählen sie mal von Anfang an, wie sich ihre Schleusung zugetragen hat!"

„Ich besaß in Bangkok ein Hotel, in dem regelmäßig auch Regierungsmitglieder verkehrten. Ich selbst war ein Anhänger der Regierungspartei, bis es am 19. September 2006 zum Putsch kam. Polizei und Militärkräfte besetzten Bangkok und erklärten die Amtszeit unseres Premierministers für beendet. Meine Verbindungen zur Regierung waren den Oppositionsparteien ein Dorn im Auge und so hat man versucht, mich wirtschaftlich zu vernichten. Es gab keine Pressefreiheit mehr und dadurch konnte man gezielt falsche Informationen über mein Hotel an die Öffentlichkeit steuern. Außerdem fanden unmittelbar nach dem Putsch täglich Razzien in meinem Hotel statt und die Gäste blieben aus. Ich wurde auch bedroht und entschloss mich daher, mein Hotel zu verkaufen und das Land zu verlassen. Wissen Sie, in Bangkok gibt es hunderte Schleuser. Jeder kennt die Telefonnummer oder einen Namen von einer Person, die einem helfen kann, das Land zu verlassen. Als es zum Putsch kam, wollten viele Geschäftsleute und auch andere regierungstreue Leute aus Thailand verschwinden. Für 10.000 Euro kann man sich in Europa ein Land seiner Wahl aussuchen. Hierbei handelt es sich um eine so genannte Garantieschleusung. Für die 10.000 Euro bekommt man die Garantie, irgendwann im Zielland abgesetzt zu werden.

Ich habe mich mit einem thailändischen Schleuser in einem Restaurant in Bangkok getroffen und mit ihm die Details meiner Reise abgesprochen. Anschließend musste ich ihm 5000 Euro als Anzahlung geben. Die restlichen 5000 Euro hätte er vereinbarungsgemäß von meinem Neffen nach meiner Ankunft in Spanien erhalten. Das Geld hatte ich noch aus den wirtschaftlich besseren Zeiten, eigentlich wollte ich damit mein Hotel renovieren lassen. Bei unserem zweiten Treffen Anfang Oktober musste ich ihm ein Foto für einen Pass geben."

„Warum haben Sie nicht ihren eigenen Pass benutzt und ein Schengenvisum beantragt?"

„Erstens war zu befürchten, dass mein Name registriert war und ich kein Visum erhalten würde und zweitens hatte ich Angst um meine Familie. Für die Oppositionellen bin ich eine Art Staatsfeind, der im Ausland schlechte Propaganda machen könnte. Wenn die von meiner Ausreise erfahren hätten, würden sie meine Familie bedrohen, um mich zu einer Rückkehr zu bewegen. Wenige Tage später hat der Schleuser mir also einen Pass mit einem anderen Namen ausgehändigt. Bei dieser Gelegenheit gab er mir auch den kleinen Zettel, wo draufstand, wie ich mich bei einer Festnahme zu verhalten habe. Am gleichen Tag hat er mich in ein Flugzeug nach Moskau gesetzt. Auf dem Flughafen von Moskau wurde ich von einem Russen in Empfang genommen. Der brachte mich in eine Wohnung und nahm mir meinen gefälschten Pass wieder ab. Zwei Tage später wurde ich, zusammen mit vier Thailänderinnen, auf der Ladefläche eines geschlossenen LKW in die Nähe von Prag gebracht.

Man fuhr uns zu einer Art Gehöft mit vielen Gebäuden auf einem alten Weinberg. Abends konnten wir die Lichter von Prag sehen. Ich war mit sechs weiteren Thailändern in einem heruntergekommenen kleinen Haus untergebracht. Die Frauen waren in anderen Gebäuden. Ich schätze, insgesamt wurden bis zu zwanzig, dreißig Thailänderinnen auf dem Gelände beherbergt. Ich kam mir vor wie in einem militärischen Lager, weil überall Russen und Tschechen wie Aufpasser rumliefen und Kommandos schrieen. Manchmal kamen auch uniformierte Polizisten. Die haben sich aber um uns nicht gekümmert.

Nach ungefähr zwei Wochen wurden ich und vier weitere Thailänder über die Grenze gebracht und mit einem Kleinbus nach Köln gefahren. In der nächsten Nacht sind wir in der Hütte angekommen, in der Sie uns heute Morgen festgenommen haben".

Sven schlug vor, an dieser Stelle eine kurze Pause zu machen und die Vernehmung nach einem kleinen Imbiss fortzusetzen. Dem Beschuldigten wurden Mineralwasser und Snacks aus der Kantine angeboten, die er dankbar annahm.

***

Zum ersten Mal nach ihrem One-Night-Stand wurden Judith und Kalle heute als Team eingeteilt. Sie hatten nach ihrer kurzen Aussprache das Thema nicht wieder angeschnitten. Kalle versuchte immer noch, ihr so gut wie möglich aus dem Weg zu gehen. Nun saßen sie schweigend mit dem Beschuldigten im Vernehmungszimmer und warteten auf den Dolmetscher. Judith war überrascht: Ausgerechnet der sonst große Töne spuckende Kalle saß ihr jetzt verklemmt gegenüber. Ihr war die Situation nicht peinlich, sie konnte Dienst und Privatleben gut voneinander trennen. Kalle dagegen wirkte in ihrer Gegenwart unsicher und gehemmt. Er war sichtlich erleichtert, als nach kurzer Zeit der Dolmetscher ins Büro kam und er mit der Befragung des Thailänders beginnen konnte.

Kid kam gerade ins Vernehmungszimmer und verfolgte die Vernehmung des jüngsten Festgenommenen, der laut eigenen Angaben Takin Sheery hieß.

„Ihr Freund sitzt nebenan und hat anfangs auch immer nur Asyl gesagt". Der eingeschüchterte Thailänder mied den Blickkontakt und schaute immer nur den Dolmetscher an.

„Ihr Freund erzählt mittlerweile, auf welche Art und Weise ihr alle eingeschleust wurdet."

Das war alles zuviel für den 22-jährigen. Er fing an zu weinen und stammelte immer wieder den Namen Suzi vor sich hin. Judith setzte sich direkt neben ihn, legte ihre Hand auf seine Schulter und sprach beruhigend auf ihn ein. Es dauerte nicht lange, bis der Bann gebrochen war und der junge Thailänder alle Details über seine Einschleusung aussagte. Seine Schwester Suzi und er wurden auf die gleiche Art und Weise wie der ältere Thailänder nach Deutschland geschleust. Ihr Vater war regierungstreuer Kommunalpolitiker in einer thailändischen Provinz und kam bei einem Verkehrsunfall ums Leben. Seine Schwester und er vermuteten einen Sabotageakt der Oppositionellen und verteilten Handzettel mit der Aufschrift „Ihr Putschisten seid Mörder". Daraufhin wurden sie eine Woche inhaftiert und anschließend bedroht. Mit dem Erbe ihres Vaters finanzierten sie die Schleusung, weil sie unter der jetzigen Regierungsform nicht mehr sicher in Thailand leben konnten.

***

Sarah übernahm nach der Pause die weitere Befragung.

„Uns interessiert jetzt vorrangig, was sich im Bundesgebiet abspielte."

„Wir wurden zuerst mit einem größeren PKW über die Grenze nach Deutschland gebracht. Dann stiegen wir um in den Kleinbus."

„Was für ein Kleinbus? Haben Sie sich vielleicht den Fahrzeugtyp und das Kennzeichen gemerkt? Wie sah der Fahrer aus?"

„Ein älterer Tscheche hat uns bis hinter die Grenze gefahren, wo ein Deutscher mit einem blauen Minibus auf uns wartete. Die Marke und das Kennzeichen habe ich leider vergessen, aber dieser Deutsche brachte uns in eine große Stadt mit dem Namen Köln, wie ich später erfuhr."

Während der Beschuldigte diesen Deutschen beschrieb, holte Sven ein Lichtbild aus der Kriminalakte ihres Mordopfers. Er zeigte ihm das Foto von Heinz-Peter Basterowski und fragte ihn, ob er diese Person erkennen würde.

„Das ist der Deutsche, der uns später zur Hütte gebracht hat, der nannte sich Peter. Nach Köln hat uns ein anderer Deutscher gefahren. Der

Mann war sehr groß, ich schätze ihn auf zwei Meter. Es war so gegen Mitternacht, als wir in Köln in so einer Hochhaussiedlung ankamen. Da waren mehrere Hochhäuser und wir fuhren im höchsten Haus mit einem Aufzug in die 22. Etage."

„Sind Sie sich sicher, 22. Etage?"

„Ja, mir war etwas mulmig in dem Aufzug und ich habe auf die Anzeigetafel gestarrt und bei jeder Etage gehofft, er würde anhalten. Ich bin mir sicher, die Zahl 22 wurde angezeigt, als wir ausstiegen.

Wir blieben dann bis zum nächsten Abend in einem Appartement und konnten auf zwei großen Matratzen zu fünft schlafen. Als es dunkel wurde, kam dieser Peter und fuhr mich und zwei weitere Männer zu dieser Hütte. Die beiden Geschwister Suzi und Takin blieben noch in dem Appartement und wurden in der nächsten Nacht zu der Hütte gebracht."

„Mit was für einem Fahrzeug hat euch Peter zu dieser Hütte gefahren?"

„Das war ein roter Kleinwagen, ein Ford. Peter sprach zwar auch nicht unsere Sprache, aber wir konnten uns wenigstens mit ein paar Worten in Englisch verständigen. Er zeigte uns die Hütte, gab uns einige Lebensmittelkonserven und sagte, dass wir so schnell wie möglich nach Spanien gebracht werden würden. Wir sollten uns ein paar Tage unauffällig verhalten und das Gelände nicht verlassen. Peter schlief auch nachts bei uns und war nur tagsüber unterwegs. In der zweiten Nacht erhielt er einen Anruf und wir mussten uns schnell fertigmachen. Anschließend brachte er uns zu Fuß durch den Wald bis zu einem Parkplatz. Dort stand ein großer LKW und Peter unterhielt sich mit dem Fahrer. Das war eine sehr hitzige Unterhaltung, eher ein Streit."

Sven kramte aus seinen Unterlagen das Phantombild von Barek heraus und legte es dem Thailänder vor.

„Ja, das war der Fahrer. Ein großer, sehr kräftiger Mann. Er öffnete die Türen des Anhängers und zeigte uns ein Geheimversteck im Boden. Wir mussten durch eine Luke in das Versteck kriechen und uns auf Matratzen legen. Nach kurzer Fahrt bremste der LKW stark ab, kam ins Schlingern und kippte zur Seite. Wir wurden in unserem Schlupfwinkel hin und her geschleudert und zogen uns dabei Prellungen und Schnittwunden zu, einige bluteten an den Händen, Armen und Beinen. Zum Glück wurde aber keiner ernsthaft verletzt. Nachdem das Fahrzeug zum

Stillstand gekommen war, trat ich die Klappe an der Luke auf und wir kletterten heraus. Peter hatte uns die eine Tür vom Hänger geöffnet und gestikuliert, wir sollten zur Hütte zurücklaufen. Wir sind voller Panik vom Unfallort geflüchtet."

„Was haben denn der Fahrer und Peter gemacht?"

„Wir waren alle in heller Aufregung und sind direkt in den Wald zurückgelaufen. Ich war der Letzte unserer Gruppe und habe nur gehört, wie die beiden am LKW laut stritten. Wir dachten, Peter würde ebenfalls zur Hütte zurückkommen, aber er kam nicht."

***

Mittlerweile hatte Judith die Befragung des jungen Thailänders übernommen. Seine bisherigen Angaben deckten sich im Wesentlichen mit der Aussage des parallel vernommenen Beschuldigten.

„Sie sind also den Rest der Nacht und den nächsten Tag mit Ihrer Schwester in diesem Appartement geblieben. Warum sind Sie nicht mit den anderen in dieser Nacht weggefahren worden?"

„Es konnten nur drei oder vier Personen transportiert werden. Ich sollte auch mitfahren, habe aber meine Schwester festgehalten und denen mit Gesten erklärt, wir beide würden nur zusammen weiterfahren."

„Was ist dann weiter passiert?"

„Am nächsten Tag sind zwei andere Deutsche zum Frühstück gekommen. Die hatten beide lange Mäntel an und trugen viel Schmuck an den Fingern und am Hals. Sie saßen zu dritt am Tisch, diskutierten und lachten viel. Nach dem Frühstück wollte einer der Männer meine Schwester begrapschen. Er kam zu uns, beugte sich zu meiner Schwester und fasste ihr durch die Haare. Als sie ihn wegstieß, lachte er und zog sie an den Haaren hoch. Ich habe mich auf ihn gestürzt, doch er war viel kräftiger. Mit einer Hand schlug er mir ins Gesicht und ich fiel wieder auf die Matratze. Er setzte nach, drückte mir mit seinem Schuh die Kehle zu und lachte höhnisch, so zum Zeichen, er könne mit uns machen, was er wollte. Hier hätten wir keine Rechte. Zum Glück sind die beiden Männer dann gegangen. Abends hat uns dann Peter abgeholt und zu der Hütte gebracht."

***

Sven vernahm wieder den älteren Thailänder.

„Hatten sie in den drei Wochen in dieser Hütte Kontakt zu den Schleusern oder anderen Personen?“

„Ja, schon in der nächsten Nacht kam der LKW-Fahrer gegen Mitternacht zur Hütte. Er gab uns eine Kiste mit Lebensmitteln und erklärte, wir müssten ein paar Tage hier bleiben, weil viel Polizei in der Gegend sei. Suzi wollte unbedingt wissen, wo Peter war und fragte in Englisch und mit entsprechenden Gesten nach ihm. Der Mann antwortete ihr in Deutsch und erwähnte dabei das Wort Spanien; wir entnahmen seinen Worten, dass Peter bereits dort wäre.“

Mit sichtlichem Interesse hakte Sarah nach.

„Warum wollte sie unbedingt wissen, wo Peter war?“

„Sie unterhielten sich häufig, manchmal gingen sie auch im Wald spazieren. Peter hatte ihr ein paar spanische Vokabeln und Redewendungen beigebracht. Es war nicht zu übersehen, dass sie sich mochten.“

***

Ähnlich lautende Fragen hatte Judith dem beschuldigten Takin gestellt.

„Peter war der netteste Mensch, den wir seit unserer Flucht aus Thailand kennengelernt haben. Meine Schwester sagte mir, Peter wolle vielleicht mit uns in Spanien bleiben. Sie wurde Samstagnacht abgeholt und ich mache mir große Sorgen um sie. Sie wollten uns nicht zusammen mitnehmen und haben uns gegen unseren Willen getrennt. Die Leute, die sie geholt hatten, sind so grob mit ihr und mir umgegangen, ich befürchte das Schlimmste. Haben Sie etwas von meiner Schwester gehört?

„Nein, wir brauchen für die Fahndung aber noch eine Beschreibung von ihr.“

„Sie ist 25 Jahre alt, sieht aber jünger aus. Ungefähr so groß.“ Takin deutete eine Höhe von 1,60m an. „Sie hat schwarze, mittellange Haare und dunkle, große Augen.“

„Die Beschreibung passt wahrscheinlich auf jede zweite Thailänderin. Gibt es ansonsten eine Auffälligkeit an Ihrer Schwester?“

„Da wäre noch das Muttermal in ihrem Gesicht.“ Takin zeigte mit seinem Zeigefinger auf seine linke Wange.

Kid schrieb mit und gab anschließend über die Einsatzleitstelle eine

Personenfahndung an alle Streifenwagen in Köln und den angrenzenden Städten heraus.

„Sie wurden also mit Lebensmitteln versorgt?"

„Ja, aber nach ein paar Tagen wurde unser Lebensmittelvorrat immer kleiner, es gab nur noch Dosen mit Ravioli und die hingen uns zum Hals heraus. Wir überlegten deshalb, wie wir an Geld für weitere Lebensmittel kommen könnten. Als Peter nicht mehr zurückkam, hatte ich dann die Idee, die Forellen aus dem Teich zu verkaufen. Wir haben ein paar Forellen in einem Eimer transportiert und in einigen kleineren Geschäften gegen Lebensmittel eingetauscht. Eigentlich wollten wir die Forellen in Gastronomiebetrieben verkaufen, die Wirte haben uns aber jedes Mal weggeschickt."

„Warum haben Sie die Handynummer für den Notfall nicht angerufen?"

„Wir durften diese Nummer nur anrufen, wenn die Polizei uns festgenommen hätte."

„Sie sagten, Samstagnacht wurde ihre Schwester abgeholt?"

„Ja, an diesem Abend erschienen gegen Mitternacht die beiden Deutschen, die meine Schwester in dem Kölner Appartement begrapschen wollten, und brachten neue Lebensmittel. Sie gaben uns zu verstehen, dass wir innerhalb der nächsten Tage nach Spanien gebracht werden würden. Suzi sollte direkt mitkommen. Ich habe auf Suzi und mich gezeigt, und ihnen gesagt, wir würden nur gemeinsam ausreisen. Das hat die gar nicht interessiert, einer packte sich meine Schwester und zog sie zum Ausgang der Hütte. Ich lief hinterher, da hielt mich der zweite Deutsche auf. Er packte mich am Hals, drückte mich an die Wand und sagte etwas, was ich nicht verstand. Dabei rutschte ihm der lange Mantel ein Stück zur Seite und ich konnte den Griff einer Pistole in seinem Hosenbund erkennen. Ich bekam kaum Luft, als er mich zu Boden schleuderte. Meine Schwester schrie, aber ich konnte ihr nicht helfen. Ich bin zwar noch hinterhergelaufen, konnte aber nur sehen, wie sie in einem silbernen Mercedes-Geländewagen wegfuhren."

„Beschreiben Sie mal die beiden Männer."

„Sie waren beide gut gekleidet, trugen Jacketts und moderne Designer-Jeans. Beide waren kräftig gebaut und hatten in ihre dunklen kurzen Haare Gel geschmiert. Dadurch sahen sie sich sehr ähnlich. Der mit der Pistole war sehr groß, bestimmt so 1,90 Meter und der andere etwas kleiner. Den Größeren schätze ich auf 35 bis 45 Jahre, der Kleinere war älter."

„Konnten Sie das Kennzeichen an dem Mercedes-Geländewagen erkennen?"

„Nein, das ging alles viel zu schnell. Mir fällt gerade aber noch etwas ein. Wenn der Kleinere den anderen Mann ansprach, klang der Name wie ‚Günni'."

***

Um 19:00 Uhr saßen alle MK-Mitglieder im Büro von Fisch und besprachen die Vernehmungsergebnisse.

„Unter Berücksichtigung aller bisher gewonnenen Erkenntnisse müssen wir davon ausgehen, dass diese Suzi nicht nach Spanien geschleust wurde. Alles spricht für einen Fall von Menschenhandel. Höchstwahrscheinlich muss sie jetzt gegen ihren Willen in einem Bordell anschaffen. Die Chance, dass eine Streifenwagenbesatzung sie im Rahmen einer Personenkontrolle antreffen wird, ist somit äußerst gering. Wir suchen jetzt nicht nur unseren Mörder, sondern auch diese Menschenhändler. Morgen werden wir die Öffentlichkeit mit in die Fahndung einbinden.

Kid, lass ein Phantombild von dieser Suzi anfertigen. Ich kann euch nicht ersparen, mit diesem Bild einige Bordelle aufzusuchen."

„Da bin ich dabei!", meinte Sarah, ein leises Gähnen unterdrückend. „Ich war noch nie in einem Bordell. Vielleicht trifft man ja den einen oder anderen Kollegen dort."

„Was heißt vielleicht, ich treffe da immer Kollegen!", erwiderte Sven vielsagend.

„Also ich gehe meistens mittwochs, wegen der Rabattaktion, zwei zum Preis von einer." Kid genoss Sarahs verdutzten Gesichtsausdruck.

„Ich gehe montags, da bekomme ich einen Seniorenrabatt!", fügte Fisch hinzu.

Die lockere Atmosphäre innerhalb der MK tat gut. Mittlerweile waren alle total matt und wollten nur noch Feierabend haben.

Auf der Heimfahrt spürte Kid die Müdigkeit noch stärker. Es war wohl etwas heftig letzte Nacht, dachte er schmunzelnd, während er gleichzeitig das Bild von Senna, bekleidet mit einem seiner T-Shirts vor Augen hatte. Er liebte es, wenn sie seine T-Shirts als Nachthemden nutzte und er liebte es noch mehr, wenn sie darunter nackt war. Gestern Abend ließ sie ihm gerade mal so viel Zeit, dass er seine Portion Chicoree-Auflauf essen konnte, bevor sie ihn dann in diesem Outfit ins Schlafzimmer führte. *Das Dessert bin ich* hatte sie gesagt und ihn dann mit geschickten Fingern ausgezogen. Kid überlegte, wie viele Stunden er überhaupt geschlafen hatte. Er kam auf höchstens drei. Für diese Art von Desserts würde er jede Nacht auf Schlaf verzichten.

Mittwoch, 25.10.2006

Kid hatte sich die Vernehmungsprotokolle noch mal durchgelesen. Seine Gedanken kreisten um zwei Namen: Miroslav Barek und Suzi Sheery.

Die Personen, die Suzi Sheery verschleppt haben, kennen den Mann, der sich hinter dem Namen Miroslav Barek verbirgt. Um weitere Hinweise auf den Mörder zu bekommen, müssen wir unsere Aufmerksamkeit also jetzt auf die Menschenhändler richten.

Während er noch grübelte, betrat Kalle das Büro.

„Wir haben die Verbindungsdaten zu den Handynummern ausgewertet. Basterowski hat mehrfach das Hotel Palace in Playa del Inglés in Spanien angerufen. Wahrscheinlich hat er dort noch von früher Freunde. In den letzten beiden Wochen vor seinem Tod hat er zwanzig Mal die Rufnummer von Barek angewählt oder wurde von dieser Nummer angerufen. Die Telefonnummer, die auf dem Zettel des älteren Thailänders stand, hat er auch zweimal angerufen. Natürlich gibt es zu dieser Nummer keinen Anschlussinhaber. Zu Bareks Handynummer gibt es nur wenige Verbindungsdaten, alle vor dem Unfall. Er hat wie gesagt mit Basterowski telefoniert und wurde viermal von der Rufnummer auf dem Zettel aus angerufen. Für private Gespräche benutzt er wohl ein anderes Handy."

„Was ist eigentlich mit Kalle los?", fragte Sven anschließend. „Kommt rein, berichtet über seine Ermittlungen und geht wortlos wieder. Man vermisst regelrecht seine Macho-Sprüche."

„Ist mir auch schon aufgefallen. Er wirkt in letzter Zeit irgendwie nachdenklicher." Kid nahm sich vor, Kalle bei der nächsten Gelegenheit darauf anzusprechen.

Gegen 15:00 Uhr trafen sie sich, um noch mal über die Ereignisse der letzten beiden Tage zu sprechen. Die vier Thailänder wurden am Vorabend aus dem Polizeigewahrsam entlassen und für die Dauer ihres Asylverfahrens in einem Wohnheim untergebracht.

Anschließend stimmte Fisch seine Kollegen auf die nächsten Aufgaben ein.

„Die Fahndung nach Suzi Sheery läuft auf Hochtouren. Morgen haben wir die Beschlüsse und können Bareks Handynummer und die Rufnummer auf dem Zettel überwachen. Vielleicht werden diese Anschlüsse irgendwann ja doch noch mal benutzt. Sven und Kalle, das wird euer Auftrag sein. Kid, du und Sarah, ihr kümmert euch um die Wohnungsbordelle. Die sind beim KK 26 registriert, vielleicht können euch die Kollegen ja unterstützen, im entsprechenden Umfeld die Fahndungsplakate aufzuhängen."

Donnerstag, 26.10.2006

„Was? Das darf doch nicht wahr sein!" Kid war völlig erstaunt. „332 Wohnungsbordelle soll es hier in Köln geben?"

Hermann Deusenberg, Leiter des Kriminalkommissariates 26, nickte zustimmend und erwiderte lächelnd: „Zu den 332 Wohnungsbordellen kommen übrigens noch die beiden großen Laufhäuser „Konsul" und „Paradies", der Straßenstrich mit den Verrichtungsboxen und die zahlreichen Wohnwagen und Wohnmobile. In Köln bieten einige tausend Prostituierte ihre Dienste an. An Messetagen oder bei großen Veranstaltungen wie der Fußballweltmeisterschaft dieses Jahr erhöht sich diese Zahl natürlich drastisch."

„Könntet ihr recherchieren, ob eine Thailänderin, von der ich die Personalien habe, in einem dieser Bordelle arbeitet?"

„Nein, unsere Daten sind nicht aktuell, sie sind teilweise bis zu zwei Jahre alt. Außerdem wechseln diese Damen häufig ihren Arbeitsplatz und geben auch nicht immer ihren richtigen Namen an. Wir haben nur die Personalien des Betreibers und die Künstlernamen der Mädels erfasst."

„Wie sieht es im „Konsul" und „Paradies" aus? Könnten sich dort illegale Prostituierte aufhalten?"

„Die Pässe der Damen werden kontrolliert und kopiert, bevor sie sich in diesen Häusern einmieten können. Die Kopien können bei der Security eingesehen werden. Das ist dort viel strenger als früher. Aber selbstverständlich werden immer noch gefälschte Ausweise vorgelegt. Meistens sind es die Minderjährigen, die ihre Geburtsdaten in den Pässen fälschen lassen. Ich denke schon, dass die eine oder andere Illegale auf diese Weise ein Zimmer gemietet hat."

„Habt ihr Unterlagen von den Häusern?"

„Solche Durchführungspläne haben wir in der Schublade, wir machen dort regelmäßig Kontrollen. Da brauchst du dich nicht drum kümmern, ich werde einen Kollegen damit beauftragen."

***

Kid kam in sein Büro. Fisch, Judith und Sarah, die sich heute mit brünettem Pferdeschwanz und einer schwarzen Baseballkappe präsentierte, saßen bei einer Tasse Kaffee zusammen. Fisch berichtete, dass die am Tor des Forellenteiches gesicherten Reifen- und Fußabdruckspuren sich mit den Aussagen der vier Thailänder deckten. Nach Beschreibung der Geschleusten waren die beiden Männer mit einem Mercedes Pickup der ML Klasse gekommen. Die Reifenspur würde zu so einem Fahrzeugtyp passen. Die Telefonüberwachungen liefen. Seit 16:25 Uhr wurden alle ein- und ausgehenden Gespräche aufgezeichnet.

„Ich geb noch einen aus!", sagte Kid und holte die Getränke aus dem Kühlschrank. Während alle nach den Flaschen griffen, lehnte Kalle dankend ab.

„Mensch, die halbe Stunde wirst du doch noch Zeit haben."

„Vielleicht ein andermal, ich hau jetzt ab!", antwortete Kalle und ging.

Kid sah fragend in die Runde. „Weiß einer, was mit ihm los ist?"

Allseitiges Kopfschütteln.

Freitag, 27.10.2006

Sie sprachen gerade über das Verteilen der Fahndungsplakate im Bereich der Wohnungsbordelle, als Arndt Siebert plötzlich in den Besprechungsraum gestürzt kam:

„Da läuft gerade eine große Schleusung aus Tschechien nach Köln. Fisch, einer vom BKA will dringend von dir zurückgerufen werden, weil in wenigen Stunden die Geschleusten in Köln eintreffen würden. Er berief sich auf die kriminalpolizeiliche Meldung zu eurem Fall."

Fisch ging sofort in sein Büro und setzte sich ans Telefon:

„BKA Wiesbaden, Grubenhofer."

„Makele vom KK 11 im Polizeipräsidium Köln. Ich sollte Sie zurückrufen."

„Ich habe ihre Meldung über die fünf geschleusten Thailänder an unseren Verbindungsbeamten in Tschechien weitergeleitet und der rief mich vor zwanzig Minuten an und teilte mir mit, die tschechische Polizei würde bereits seit acht Monaten gegen eine international agierende Schleuserbande aus Prag ermitteln. Vor wenigen Wochen haben sie einen verdeckten Ermittler im Umfeld der Bande positioniert und erfuhren über ihn einige Details zu Schleusungsfahrten. Heute sollen drei Thailänderinnen in einem blauen Nissan Serena nach Köln gebracht werden. Weitere Details wurden nicht bekannt. Die Bundespolizeidienststellen sind ebenfalls informiert und stehen für die Observation des Fahrzeuges bereit. Sollte das Fahrzeug an der Grenze auffallen, wird es nicht kontrolliert werden, damit wir die Möglichkeit zur Identifizierung der Auftraggeber haben. Leider können wir nicht alle Grenzübergänge überwachen. Dafür ist die Grenze zu Tschechien zu lang. Wir müssen jetzt hoffen, dass die Schleuser die von uns überwachten Übergänge oder Autobahnkreuze passieren. Ich werde mich bei Ihnen melden, sobald ich neue Informationen habe."

Fisch ging zurück in den Besprechungsraum und informierte seine Mitarbeiter.

„Wir wissen nicht, wann dieser Serena-Bus über die Grenze nach Deutschland fährt und ob die Überfahrt an der Grenze bemerkt wird. Wir müssen aber darauf vorbereitet sein, dass er von der Polizei unbemerkt nach Köln kommt."

„Sagtest du Serena-Bus?“, fragte Sarah.

„Ja, der Nissan Serena ist so ein kleines Raumwunder. Der ist kleiner als ein Mittelklasse-Pkw und hat trotzdem Platz für sieben Personen. Wieso fragst du?“

„Ich erinnerte mich nur gerade an die Vernehmungen der Thailänder. Der lange Deutsche brachte sie nachts in einem Minibus nach Köln in ein Hochhaus. Einer wusste auch noch die Etage, ich glaube, es war der 24. Stock.“

Judith hatte die Akte vor sich liegen, blätterte darin und zitierte aus den Vernehmungen:

„Es war die 22. Etage, die Thailänder haben die Anzahl der Etagen auf 35 bis 45 geschätzt. Neben dem Hochhaus haben kleinere Hochhäuser gestanden. Von dort waren es nur wenige Minuten bis zur Autobahn. Mehr steht hier nicht im Zusammenhang mit den Hochhäusern.“

„Das kann nur die Hochhaussiedlung auf dem Kölnberg sein!“, rief Kid. „Die Häuser vier und fünf haben bestimmt über 40 Etagen. Auf dem Gelände stehen bestimmt noch zehn andere kleinere Hochhäuser. Die Hochhäuser liegen in Köln-Meschenich in unmittelbarer Nähe zur Stadtgrenze nach Brühl. Dort beginnt auch die Autobahn in Richtung Eifel.“

***

Um 13:00 Uhr saßen die Mitglieder der MK Mama sowie vier weitere Beamte im Konferenzraum. Fisch brachte seine Leute auf den neuesten Stand.

„Darf ich euch vorstellen: Björn, Lutz, Frank und Lothar vom Einsatztrupp der Polizeiinspektion Südwest. Ich habe diese Kollegen angefordert und bin froh, dass sie so kurzfristig zur Verfügung stehen. Die Hochhaussiedlung am Kölnberg liegt in ihrem örtlichen Zuständigkeitsbereich, sie kennen sich dort bestens aus. Ich fasse die Lage noch mal für alle kurz zusammen. Bislang wissen wir nur, dass heute drei Thailänderinnen aus Tschechien in einem blauen Nissan Serena nach Köln gebracht werden sollen. Bis jetzt konnte dieses Fahrzeug an der Grenze nicht aufgenommen werden. Die thailändischen Geschleusten sagten aus, sie seien nachts mit einem Kleinbus nach Köln in eine Wohnung eines Hochhauses gebracht worden. Aufgrund ihrer detaillierten Angaben gehen wir davon aus, dass sie im Haus 4 oder 5 der Siedlung auf dem Kölnberg untergebracht wurden. Die beiden Häuser sind miteinander verbunden, haben aber zwei separate Eingänge.

Ihr werdet mit vier Teams den Kölnberg observieren. Da wir nicht wissen, ob der Serena-Bus bereits unbemerkt die Grenze passiert hat, werden wir ab 16:00 Uhr beginnen. Sollte der Bus auftauchen, versucht bitte, die Zielwohnung zu identifizieren, bevor ihr das Fahrzeug kontrolliert. Kid leitet den Einsatz vor Ort."

***

Kid hatte entschieden, dass Kalle mit Sven, Sarah mit Björn und Frank mit Lothar jeweils ein Team bildeten. Diese drei Teams bekamen den Auftrag, die Zufahrtswege zum Kölnberg zu observieren. Er selbst bildete zusammen mit Judith und Lutz ein Team und stellte sein Zivilfahrzeug zunächst vor dem größten Hochhauskomplex 4 und 5 ab. Während die anderen Teams den Fahrzeug- und Personenverkehr beobachteten, ging er mit seinem Team in die 22. Etage. An den Wohnungstüren waren nur Nummern und keine Namen angebracht und auch sonst fand sich kein Hinweis auf eine verdächtige Wohnung.

Sie fuhren mit dem Aufzug wieder ins Erdgeschoss und konnten im Eingangsbereich anhand der Klingelleiste und der Briefkastenbeschriftung zumindest die Hälfte der auf der 22. Etage befindlichen Wohnungen mit Namen in Verbindung bringen. Während Kid diese Namen durch Fisch überprüfen ließ, beauftragte er Judith und Lutz, auf den Parkplätzen und Tiefgaragenflächen nach einem blauen Nissan Serena Ausschau zu halten.

Fisch war im Stress. Während er die von Kid durchgegebenen Namen in den Fahndungssystemen der Polizei durchlaufen ließ, klingelte ständig das Telefon. Die Pressestelle, sein Chef, Albert aus Belgien, Deusenberg vom KK 26, jeder wollte von ihm etwas wissen oder ihm etwas mitteilen. Fisch hatte den Hörer noch in der Hand, als es erneut klingelte.

„BKA Wiesbaden, Grubenhofer. Ich habe vorhin von unseren tschechischen Kollegen erfahren, dass der Schleuser mit den drei Thailänderinnen um 16:00 Uhr in Richtung Grenze fuhr. Wir haben jetzt 18:30 Uhr, wahrscheinlich ist der Kleinbus schon irgendwo in Deutschland. Ich hätte Sie ja früher informiert, aber bei ihnen war immer besetzt."

***

Noch hatte die Dämmerung nicht eingesetzt und die Sicht war gut. Trotz starker Bewölkung regnete es zum Glück nicht und den Observanten blieben ständig beschlagene Autoscheiben erspart. Sarah und Björn kannten sich noch aus der Zeit der gemeinsamen Polizeiausbildung. Björn war bekannt als Charmeur und auch bei Sarah versuchte er, mit althergebrachten Komplimenten zu punkten. Zumindest, bis Sarah auf ihrem Handy einen Anruf erhielt.

„Ich bin es, Albert! Wie geht es dir?"

„Albert, schön das du anrufst! Ich habe leider nicht viel Zeit, wir sind in einer Observation."

„Okay, dann ganz kurz. Ich habe zwei Flugtickets von Brüssel nach Barcelona geschenkt bekommen. Ein Kollege hat diese Tickets günstig im Internet gekauft und kann den Flug nicht antreten, weil seine Frau krank geworden ist. Ich dachte, wir könnten uns da eine Pension suchen und ein paar Tage verbringen. Das wäre von Freitag bis Sonntag."

„Wow, tolle Idee. Hoffentlich bekomme ich frei. Ich werde mich bei dir melden."

Sarah war in Gedanken versunken. Sie hatte sich über das Angebot von Albert wirklich gefreut, wusste aber nicht, ob es richtig war, direkt zuzusagen. Sie kannte Albert jetzt zwei Wochen und war insgesamt zweimal mit ihm ausgegangen. Sie mochte seine humorvolle und charmante Art. Er sah gut aus und war immer höflich. Andere Männer, die sie in den letzten Monaten kennen gelernt hatte, waren beinahe ausnahmslos aufdringlich und machohaft. Albert war irgendwie anders. Er machte ihr hin und wieder kleine Komplimente, hatte sie aber noch nie angebaggert. Je mehr sie darüber nachdachte, umso mehr kam sie ins Grübeln. Aus welchem Grund rief er sie fast täglich an? Was wollte er von ihr? Sie war sich gar nicht sicher, was sie selbst wollte. Sie hatte seit acht Monaten mit keinem Mann mehr geschlafen und das letzte Mal war es ein One-Night-Stand an Karneval. Damals hatte sie sich am nächsten Morgen geschämt und sich geschworen, diese Intimitäten und diese Nähe nur noch in einer echten Beziehung zuzulassen. Albert reizte sie, doch er hatte noch nie Anstalten gemacht, sie zu küssen oder sie irgendwie zärtlich zu berühren. Vielleicht war sie doch etwas verliebt in ihn, warum sollte sie sich sonst darüber Gedanken machen? Warum berührte er sie nicht heimlich oder zufällig am Arm oder an der Hüfte? Nicht, dass er nur auf Freundschaft aus war. Irgendwie störte sie dieser Gedanke.

Sie dachte an Barcelona. Die Idee war wirklich klasse. Sie war noch nie dort gewesen. Die letzten Wochen waren stressig – so ein Wochenende täte ihr mal gut. Was Albert anging, würde sie alles auf sich zukommen lassen.

***

Die Überprüfung der von Kid durchgegebenen Personalien von der Briefkastenbeschriftung und Klingelleiste ergaben keinen Hinweis auf eine möglicherweise konspirativ genutzte Wohnung eines Schleusers. Es war mittlerweile 22.30 Uhr und Fisch hoffte, der Nissan Serena würde bald am Kölnberg auftauchen. Während des laufenden Einsatzes konnte er natürlich sein Büro nicht verlassen und so qualmte er heimlich am Fenster. Nach jedem Lungenzug schwor er sich, spätestens nach Beendigung des Falles diesem Laster abzusagen. Da es im Moment still war, schlenderte er zu dem Büro, in dem die Computer für die Telefonüberwachungen standen. Überrascht stellte er fest, dass auf dem Anschluss dieses vermeintlichen Herrn Barek ein Datensatz aufgezeichnet wurde. Es war eine SMS und der Text wurde in der untersten Zeile angezeigt: „Melde dich unter Caesar, Alois und Berthold gibt es nicht mehr."

Fisch druckte sich den Datensatz aus und nahm ihn mit in sein Büro. Was hatte das zu bedeuten? Unabhängig vom Inhalt der SMS wussten sie jetzt zumindest, dass Bareks Handy noch aktiv war. Außerdem wurde die Handynummer des Absenders aufgezeichnet und man hatte somit einen neuen Ermittlungsansatz. Aus dem Inhalt der SMS wurde Fisch nicht schlau. Die Namen sagten ihm nichts. Die Hintergründe müssten später geklärt werden, damit wollte er jetzt während der Observation seine Leute nicht belästigen.

***

Kalle hatte die Augen geschlossen und dachte wieder einmal an Judith. Steckten da zwei Seelen in dieser Bürokratin? Diese Leidenschaft hatte er noch bei keiner anderen Frau erlebt. Irgendwie wurde er aber das

Gefühl nicht los, dass sie ihn benutzt hatte und nicht umgekehrt. Es war ein Scheißgefühl. Seit über zwei Wochen hatte er nun mit keiner Frau mehr geschlafen, für ihn eine ewige Zeit. Wie sagte Judith noch? Er wisse nicht, was Liebe bedeute. Recht hatte sie. Er holte sich eine Frau ins Bett, verlor anschließend sofort das Interesse und begab sich auf die Suche nach dem nächsten Abenteuer. Was wollte er eigentlich? Ewig Single bleiben und im Alter einsam dahinvegetieren? Oder spürte er nicht doch tief im Herzen die Sehnsucht nach einer festen Beziehung? Wenn das heimlich ginge, würde er sich einen fachmännischen Rat holen. Ob Psychologen ihre Rechnungen wohl diskret behandelten?

„Wach auf, Kalle, da vorne an der Ampel steht ein blauer Nissan Serena. Der will hier auf den Kölnberg einbiegen.“ Sven informierte sofort die anderen über Funk.

Es war 00:35 Uhr, als der Bus an Kalle und Sven vorbeifuhr. Sie erkannten einen männlichen Fahrer und drei Personen auf der Rücksitzbank. Das könnten die Zielpersonen sein! Kalle notierte sich das Kennzeichen und gab es über Handy an Fisch durch.

Lutz und Judith bezogen zwischen den beiden Eingängen von Haus 4 und 5 Position. Während der Nissan Serena vor dem Hochhaus offensichtlich einen Parkplatz suchte, orderte Kid die beiden anderen Teams auch in seine Richtung. Kid duckte sich, als der Bus an seinem Zivilwagen langsam vorbeifuhr. Ungefähr 30 Meter dahinter erkannte er das Fahrzeug von Kalle und Sven. Nun konnten die Zielpersonen ihnen kaum noch durch die Lappen gehen. Der Nissanfahrer passierte langsam die parkenden Autos. Merkwürdigerweise schien er selbst gar nicht auf der Suche nach einem Parkplatz zu sein. Was hatte er vor? Als er rechts zur Tiefgarage abbog, merkte Kid, dass er einen Fehler gemacht hatte. Die Zielperson kurbelte sein Fenster herunter und zog eine Karte durch ein Lesegerät. *Verdammt, das Rolltor!* Kid fiel aus allen Wolken. Als seine Leute die Tiefgarage abgesucht hatten, stand das Tor die ganze Zeit offen. Er hatte überhaupt keinen Gedanken daran verschwendet, dass es jetzt geschlossen sein könnte. Langsam rollte der Nissan die Abfahrt herunter, als Kalle und Sven in Höhe von Kids Standort vorbeifuhren. Sie hatten die Situation offensichtlich noch nicht erkannt und hielten Abstand, um nicht gesehen zu werden. Kid gab ihnen mit einem Handzeichen zu verstehen, sie sollten Gas geben, um in die Tiefgarage zu kommen, bevor das Rolltor sich wieder schloss. Sven stieg auf die Bremse. Hatte er Kids Zeichen missverstanden? Kid sprang aus seinem Wagen und rief, sie sollten hinterherfahren.

Obwohl Sven jetzt sofort schaltete und mit quietschenden Reifen losfuhr, kamen sie zu spät: Als sie die Einfahrt herunterfuhren, war das Tor bereits zur Hälfte geschlossen. Kid sah, wie die beiden nun wieder rückwärts die Ausfahrt herausfuhren und ihr Fahrzeug am Gehweg parkten. Er gab ihnen ein Zeichen, zum Eingang des Hauses 4 zu laufen. Im Lauf rief er Judith zu, sie solle mit den anderen so schnell wie möglich in die 22. Etage fahren. An Lutz gewandt sagte Kid: „Komm, zeig mir den Weg über das Treppenhaus in die Tiefgarage, vielleicht erwischen wir die noch, bevor sie hochfahren."

Judith, Kalle und Sven liefen gemeinsam in den Eingangsbereich. Als sie das Hochhausgebäude betraten, schlug ihnen ein penetranter, unangenehmer Geruch nach Müll und anderen undefinierbaren Ausdünstungen entgegen.

„Scheiße!", fluchte Kalle. „Die beiden Aufzüge stehen in der 39. und 31. Etage."

Sven, der sich normalerweise etwas lethargisch gab, reagierte zuerst und rannte Richtung Treppe.

Judith lief ihm sofort hinterher. Kalle aber wartete weiterhin auf den Fahrstuhl. *Vielleicht war das doch die schnellere Lösung – 22 Etagen sind auch für trainierte Polizeibeamte kein Pappenstiel.*

Als die beiden anderen Teams ebenfalls in der Eingangshalle von Haus 4 ankamen, schickte Kalle Frank und Lothar zusätzlich in die Tiefgarage. In der Zwischenzeit wartete er weiter gemeinsam mit Sarah und Björn auf den nächsten Aufzug. Im Display oberhalb der Aufzugstüren ließ sich nun erkennen, dass zumindest ein Fahrstuhl langsam Richtung Erdgeschoß fuhr.

Kid lief hinter Lutz her, der sie auf direktem Weg zum Parkdeck führte. Die Tiefebene war total verwinkelt. Nach wenigen Metern wusste Kid gar nicht mehr, in welche Richtung sie sich bewegten. Lutz sagte beim Laufen: „Wenn die den Aufzug von Haus 4 benutzen wollen, dann würden sie uns entgegenkommen. Ich denke aber, die haben bei den Aufzügen von Haus 5 geparkt. Das ist da vorne, hinter der nächsten Ecke."

Als sie an der Ecke ankamen, sah Kid zuerst den blauen Nissan Serena, der unmittelbar neben den Aufzügen auf einem der Frauenparkplätze stand. Dann konnte er sehen, wie sich die Fahrstuhltür schloss. Durch den Schlitz erkannte er noch mehrere weibliche Personen in der Kabine. Waren es Thailänderinnen? Sie waren zu spät, der Fahrstuhl fuhr langsam nach oben und hielt noch nicht einmal im Erdgeschoss. Kid sah zur Uhr: Viertel vor eins! Es mussten ihre Zielpersonen sein. Er überlegte kurz und entschied dann, auf den nächsten Aufzug zu warten, der von der achten Etage langsam in Richtung Tiefgarage fuhr. *Hoffentlich haben die Kollegen in Haus 4 direkt einen Fahrstuhl bekommen. Um die Thailänderinnen nicht zu gefährden, müssen wir den Mann festnehmen, bevor er sich in seiner Wohnung einschließt. Es darf auf keinen Fall zu einer Geiselnahme kommen.*

Ungefähr zur gleichen Zeit bestiegen Sarah, Kalle und Björn den Fahrstuhl im Erdgeschoss von Haus 4.

Judith und Sven nahmen mehrere Treppenstufen gleichzeitig, um möglichst schnell nach oben zu gelangen. Hier war Svens Größe von Vorteil. Im Gegensatz zu Judith konnte er locker bis zu drei Stufen gleichzeitig überspringen. Als er schon die Hälfte der Strecke zurückgelegt hatte, befand sich Judith noch zwei Etagen hinter ihm.

***

Thorsten Kleinmann bestieg gut gelaunt den Fahrstuhl. Wieder hatte alles reibungslos funktioniert. Die Mädels hatten sich während der Fahrt von der bayrisch-tschechischen Grenze ruhig verhalten und die meiste Zeit geschlafen. Mit den Prostituierten gab es nie Probleme; sie wussten, worauf sie sich einließen und wollten nur Geld verdienen. Das wollte er mit den Schleusungen auch, allerdings brauchte er es im Gegensatz zu den Thailänderinnen nicht, um seine Familie zu ernähren. Seine monatlichen 4000 bis 5000 Euro gingen für seinen Kokainkonsum drauf. Früher war er in der Kölner Türsteherszene im Rotlichtmilieu tätig. Aus dieser Zeit kannte er die einflussreichsten Zuhälter der Stadt. Die Kontakte hatten sich bezahlt gemacht. Seit einem Jahr hatte er diesen Job, für den er drei- bis viermal im Monat Leute von der tschechischen Grenze nach

Köln fahren musste. Jede Fahrt ergab 2000 Euro. Das war schnell verdientes Geld. Er bezahlte lediglich den Sprit und musste ab und zu seine Wohnung für eine Nacht zur Verfügung stellen. Er fuhr immer abends oder nachts, weil dann auf den Autobahnen fast nie kontrolliert wurde. Diesmal war er besonders froh, dass alles so reibungslos gelaufen war. Seit Heinz-Peter in der Eifel ermordet wurde, waren seine Auftraggeber nervös. Bis sich die Lage beruhigt hatte, sollten keine Schleusungen ins Ausland mehr unternommen werden. Er sollte vorerst nur noch Nutten für den deutschen Markt nach Köln bringen. In der 22. Etage angekommen, verließen er und seine drei Begleiterinnen den Fahrstuhl und gingen durch den Flur des Hauses 5 bis zu der Verbindungstür, durch die sie in Haus 4 gelangten. Kleinmanns Appartement befand sich unmittelbar hinter dieser Tür rechts. Er schloss gerade seine Wohnungstür auf, als er hörte, wie die Tür zum Treppenhaus am anderen Ende des Ganges laut aufgestoßen wurde und ein Mann in den Flur stürzte.

Judith machte in der 15. Etage eine kurze Pause, weil sie keine Luft mehr bekam. Wie konnte Sven nur so schnell da hoch rennen? Sie befand sich gerade in der 17. Etage, als sie hörte, wie weiter oben die Tür zum Hausflur aufgerissen wurde. Sven war also angekommen.

Sarah, Kalle und Björn wurden fast wahnsinnig. Fast auf jeder Etage hielt der Aufzug! Wie viele Hausbewohner wollten denn noch nach unten fahren?

Kid und Lutz traten aus dem Fahrstuhl heraus und sahen am Ende des rechten Flures eine schwere Brandschutztür, offensichtlich eine Verbindung zu Haus 4. Instinktiv rannten sie in diese Richtung.

Obwohl er als regelmäßiger Jogger kaum Konditionsprobleme hatte, musste Sven kurz verschnaufen, als er die Tür zum Hausflur aufriss. Er sah noch, wie der Mann am Ende des Flures mehrere Personen links in die Wohnung stieß und anschließend erstaunt in seine Richtung sah. Verdammt, zu spät! Sven ging kurz in die Hocke, um sich von dem Treppensprint zu erholen.

In diesem Moment öffneten Kid und Lutz die Verbindungstür, sahen ihn nach Luft schnappen und fragten, was passiert sei. Während Sven erklärte, erschien Judith keuchend aus dem Treppenhaus und fluchte vor sich hin, sie bräuchte ein Sauerstoffzelt. In diesem Moment öffnete sich eine Fahrstuhltür. Sarah, Kalle und Björn stürmten mit gezogenen Waffen aus der Kabine. Frank und Lothar kamen im zweiten Aufzug als Letzte in der 22. Etage an.

Kid fasste kurz für alle noch mal die aktuelle Lage zusammen.

„Wir müssen schnell handeln. Der Typ hat Sven hechelnd in den Flur kommen sehen und wird jetzt die Polizei vor seiner Wohnung vermuten. So in die Enge gedrängt, besteht die Gefahr, dass er den Thailänderinnen oder sich was antut. Um diese Zeit würden wir frühestens in einer Stunde einen Schlüsseldienst hierhin bekommen. Das dauert zu lange. Wir müssen die Wohnungstür eintreten!"

***

Kleinmann schlug die Wohnungstür hinter sich zu und lehnte sich von innen dagegen. *Scheiße, das war ein Bulle!* Er war sich vollkommen sicher. *Wie sind die auf mich aufmerksam geworden? Und was wollen die?* Er lauschte an seiner Tür und hörte, wie draußen die schwere Verbindungstür aufgerissen wurde und Leute über den Flur rannten. Die drei Thailänderinnen setzten sich auf am Boden liegende Matratzen und beobachteten ihren Fahrer. Der ging zu einem Regal, auf dem seine Konsumutensilien bereit lagen. Er wickelte ein kleines Pack auf und streute das weiße Pulver auf ein Brett. Mit einer Rasierklinge zog er das Pulver zu einer aufgehäuften Linie. Anschließend nahm er ein Röhrchen und zog das Pulver kräftig in beide Nasenöffnungen. Er fühlte sich direkt besser – die Müdigkeit von der langen Fahrt war wie verflogen. Er hatte sofort eine Idee, wie er der Polizei entwischen könnte. Auf der 21. Etage, in der Wohnung unmittelbar unter seinem Appartement, wohnte eine junge Studentin, mit der er schon öfter im Fahrstuhl geflirtet hatte. Die war um diese Uhrzeit immer zu Hause. Wenn es ihm gelänge, auf ihren Balkon zu kommen, würde sie ihn bestimmt hereinlassen.

Wie konnte er sich aber gefahrlos abseilen? Hektisch sah er sich in seinem Appartement nach einem Seil oder Kabel um. Die Thailänderinnen saßen im Schneidersitz auf den Matratzen und starrten ihn ungläubig an. Plötzlich kam ihm der Gedanke, Bettlaken zusammenzuknoten. Im

Fernsehen sah das immer einfach aus. Er schrie die drei Thais an, sie sollten sich verpissen. Diese sprangen verängstigt auf. Er entfernte die Bettlaken von den beiden Matratzen, verknotete die Laken an den Ecken und zog daran, um den Halt zu prüfen. Danach rannte er auf seinen Balkon, befestigte das eine Ende der verbundenen Laken am Geländer und warf das andere Ende über die Brüstung. Die Laken waren lang genug; sie reichten fast bis zum Boden des darunter liegenden Nachbarbalkons.

Anschließend kletterte er über das Geländer und wickelte das Laken einmal über seine rechte Hand. Dann seilte er sich wie ein Bergsteiger etappenweise ab. Als er mit seinen Händen an der Verknotung der Laken ankam, befand er sich mit seinem Gesicht in Höhe seines Balkonbodens. Seine Beine baumelten ohne Halt 22 Etagen über dem Erdboden. Jetzt musste er nur noch diesen Knoten überwinden, um dann einen halben Meter tiefer mit Schwung auf den Balkon seiner Nachbarin springen zu können. Er hielt sich mit seiner linken Hand an dem Knoten fest und löste die Umwicklung um seine rechte Hand. Danach versuchte er unterhalb des Knotens, das Laken erneut um seine rechte Hand zu wickeln. Seine Kraft schwand bereits rapide, als es ihm endlich gelang.

Kid lauschte eine Zeit lang an der Tür und glaubte, die Stimmen eines Mannes und mehrerer Frauen gehört zu haben. Es sah so aus, als ob keine weiteren Komplizen in der Wohnung waren. Nachdem er gehört hatte, wie der Mann geschrieen hatte, die Frauen sollten sich verpissen, war es nun völlig ruhig. Frank hatte sich mit seinem Rücken an die gegenüberliegende Tür gelehnt, um auf Kids Zeichen mit kurzem Anlauf die Tür eintreten zu können. Die anderen standen mit gezogenen Waffen im Flur neben der Wohnungstür. Es war nicht bekannt, ob der Mann in der Wohnung im Besitz einer Schusswaffe war. Kid hielt es jedoch für denkbar und mahnte deshalb seine Kollegen zu äußerster Vorsicht.

Sven und Kalle sollten zuerst in die Wohnung stürmen und schnell den Schleuser außer Gefecht setzen. Kid bemaß gedanklich den geringen Abstand zwischen den Wohnungstüren und tippte auf eine kleine Wohnung mit höchstens zwei hintereinander liegenden Wohnräumen. Er hielt die nachfolgenden Kollegen deshalb an, jeden Raum möglichst mit zwei Beamten zu sichern.

Seit ihrem Eintreffen auf der 22. Etage waren erst wenige Minuten vergangen. Kid hoffte, dass die Tür direkt nachgeben würde, als er Frank das Zeichen zum Eintreten gab.

Frank stieß sich von der Wand ab, holte kurz mit seinem rechten Bein aus und legte dann seine gesamten 100 Kilo Gewicht in den Tritt. Er traf die Tür unterhalb der Klinke in Höhe des Schlosses. Mit einem lauten Krachen brach die Tür aus dem Rahmen und schlug zur Seite auf.

Mit gezogenen Waffen liefen Sven und Kalle an Frank vorbei. Sie durchquerten einen kleinen Flur und kamen durch eine offen stehende Glastür in einen Wohn-Schlafraum. Blitzschnell sahen sie die rechts auf dem Boden kauernden, ängstlich schreienden Thailänderinnen und die offen stehende Balkontür. Sie liefen weiter durch auf den Balkon und entdeckten das am Geländer befestigte Laken. Sven beugte sich als erster über die Brüstung und sah den Schleuser, am Laken hängend, in Richtung des tiefer gelegenen Balkons schwingen.

Während er Schwung holte, hörte Kleinmann das laute Krachen in seiner Wohnung. Die Bullen hatten seine Tür eingetreten. Noch ein Schwung und er konnte auf den Balkon seiner Nachbarin springen. Bevor er das Laken losließ, nahm er die Geräusche über sich wahr. Instinktiv sah er kurz nach oben und erschrak. Zuerst sah er die Hand mit einer Schusswaffe und dann schaute er in die Augen des Mannes, den er im Flur bereits gesehen hatte. Er war für einen kurzen Moment abgelenkt und ließ infolgedessen das Laken erst los, als er bereits wieder zurück schwang.

Als er mit den Füßen auf dem Balkongeländer seiner Nachbarin aufkam, wusste er, er würde es nicht schaffen. Im Rückwärtsfallen versuchte er noch krampfhaft, nach dem vor ihm baumelnden Laken zu greifen. Er verpasste es um Zentimeter. Das letzte, was er sah, war der Mann auf seinem Balkon, der ihm mit aufgerissenen Augen hinterher starrte, während Kleinmann sich mit zunehmender Geschwindigkeit dem Erdboden näherte.

***

In dem kleinen Appartement gingen die Bereitschaftsbeamten der Spurensicherung ihrer Arbeit nach. Die drei Thailänderinnen wurden wegen illegaler Einreise und illegalem Aufenthalt im Bundesgebiet vorläufig festgenommen und zum Polizeigewahrsam gebracht. Auch wenn eindeutig ein Unglücksfall vorlag, so wurde der Balkonsturz ähnlich akribisch wie ein Tötungsdelikt untersucht. Beamte des Erkennungsdienstes sicherten die Spuren am Erdboden. Der Körper von Thorsten Kleinmann schlug inmitten von Büschen und Sträuchern auf. Normalerweise war bei einem Sturz aus ungefähr 50 Metern Höhe von einem menschlichen Leib nichts mehr zu erkennen. Dem dichten Buschwerk war es jedoch zu verdanken, dass die Beamten einen kaum entstellten Leichnam vorfanden. Die Leiche wurde zur Gerichtsmedizin transportiert.

***

Es war 04:00 Uhr, als Kid in seinem Büro ankam und Fisch den Einsatzablauf im Detail schilderte. Fisch bat anschließend noch mal alle in den Konferenzraum. Die Beamten vom Einsatztrupp der Polizeiinspektion Südwest waren bereits aus dem Einsatz entlassen worden.

„Ich brauche zwei Freiwillige, die heute Nachmittag die drei Thailänderinnen vernehmen. Die anderen haben das Wochenende frei."

Zehn müde Augen sahen sich gegenseitig an. Wer würde zuerst die Nerven verlieren? Auf einmal meldete sich Sarah zu Wort.

„Ich melde mich freiwillig, hätte aber eine Bitte. Kann ich das nächste Wochenende frei haben?"

„Einverstanden. Wer ist der Zweite oder soll ich einen bestimmen?"

Kid sah dezent zur Seite. *Ich will einfach mal relaxen. Soll sich ein anderer melden!*

Fisch sah sich die Kollegen der Reihe nach an und wollte gerade einen bestimmen, als sich Sven freiwillig meldete.

Um 06:00 Uhr war dann endlich Feierabend.

Samstag, 28.10.2006

Ausschlafen und faul sein, so hatte Kid sich sein Wochenende vorgestellt. Seine und Sennas Meinungen lagen in diesem Punkt aber weit auseinander. Sie hatte sich in den Kopf gesetzt, an diesem Samstag den Garten in Ordnung zu bringen. Sie weckte ihn daher um 14:00 Uhr und äußerte freudestrahlend, wie froh sie sei, dass er nicht arbeiten müsse. Während er sich schlaftrunken die Augen rieb, erteilte sie ihm sofort ein paar Arbeitsaufträge. Er fand keine vernünftigen Gegenargumente, zumal sie Müdigkeit und Lustlosigkeit nicht akzeptierte. Widerwillig stand er auf und begab sich nach einem kurzen Frühstück in den Garten. *Hätte ich mich doch lieber freiwillig zum Dienst gemeldet!*

Gegen 18:00 Uhr konnte Kid die Punkte „Rasen mähen“, „Laub kehren“ sowie „Hecke und Obstbäume schneiden“ von seiner Auftragsliste abhaken.

***

Sarah und Sven hatten am späten Nachmittag die drei Thailänderinnen vernommen, hierbei aber keine neuen Erkenntnisse gewonnen. Sie waren ohne Pass und ohne Geld eingeschleust worden. Alle gaben an, freiwillig nach Deutschland gekommen zu sein. Zum Grund ihres Aufenthaltes wollten sie keine Angaben machen. Ihnen konnte nur die illegale Einreise und ein Tag illegaler Aufenthalt im Bundesgebiet vorgeworfen werden. Die Ausländerbehörde hatte bis zu sechs Monaten Zeit, über die thailändischen Behörden Passersatzpapiere für die Ausreise der drei Frauen zu besorgen.

Sonntag, 29.10.2006

Am Sonntag waren Senna und Kid nach einem ausgiebigen Frühstück zum Burgfest nach Reifferscheid gewandert. Diese Veranstaltung wurde sowohl von Einheimischen als auch von Touristen gerne besucht. Kid genoss es, mit seiner Frau durch die engen Gassen mit den vielen mittelalterlichen Buden zu schlendern. Es roch an jeder Ecke nach leckeren Grill- oder Pfannengerichten und Kid fiel es schwer, an den Delikatessen vorbeizugehen. Beim Anblick eines Spanferkels am Spieß wurde er dann schwach und wollte sich gerade in die Reihe anstellen, als er nebenan Luzie und Jockel entdeckte. Er zog Senna zu sich heran und lenkte sie in eine Seitengasse, die vom Burghof wegführte.

„Ich habe Luzie mit ihrem Zahnarzt gesehen. Da vergeht mir der Appetit auf Spanferkel.“

„Eigentlich wollte ich letzte Woche mal mit Luzie sprechen, aber irgendwie habe ich noch nicht den richtigen Moment gefunden."
„Lass uns abhauen! Ich habe keinen Bock auf diesen Typen."
„Ja, nichts wie weg!"

Montag, 30.10.2006

Fisch stand vor seiner Mannschaft und fasste die Ergebnisse zusammen. Der Erkennungsdienst hatte in der Wohnung nur Fingerspuren von Thorsten Kleinmann und den drei Thailänderinnen sichern können. Das Auslesen der Daten aus Thorsten Kleinmanns Handy brachte eine interessante Information. Die von Kleinmann zuletzt gewählte Rufnummer war identisch mit dem Absender der seltsamen SMS von Freitag. Obwohl sich natürlich kein Anschlussinhaber zu dieser Telefonnummer ermitteln ließ, musste dieser Anschluss schnellstmöglich überwacht werden, da waren sich alle einig. Anschließend schickte Fisch seine Leute auf die Straße; die Fahndungsplakate von Suzi sollten endlich im Bereich der Wohnungsbordelle verteilt werden. Seine Kollegen waren gerade durch die Tür, als er einen stechenden Schmerz im Rücken verspürte. Hoffentlich war das kein Hexenschuss! Er versuchte vorsichtig, seine Lendenwirbel zu lockern. Glück gehabt, der Schmerz hielt sich in Grenzen. Letzten Freitag hatte er keine Zeit für seine Rückengymnastik gehabt, stattdessen hatte er stundenlang auf seinem Bürostuhl gesessen. Jetzt schrie sein Rücken regelrecht nach Bewegung und Wärme. Sofort rief er in seinem Studio an und fragte, ob eine Sonnenbank frei sei.

Dienstag, 31.10.2006

Am Nachmittag trommelte Fisch seine Leute zusammen, um vor dem morgigen Feiertag die aktuellsten Informationen auszutauschen. Sven erklärte, auf der Telefonüberwachung würde absolute Funkstille herrschen; es seien keine neuen Datensätze aufgelaufen. Judith teilte mit, sie habe die Kriminalakte von Kleinmann ausgewertet; sie beschrieb ihn als einen typischen Kleinkriminellen, der in der Vergangenheit wegen Haschisch- und Kokainbesitz und wegen diverser Eigentumsdelikte immer wieder erwischt wurde. Offensichtlich hatte er vor seinem Balkonsturz auch Kokain konsumiert; geringe Mengen dieser Droge und entsprechende Utensilien hatte man in seiner Wohnung gefunden.

Zum Schluss gab Kid den kommenden Donnerstagabend als Termin für die Razzien in den beiden Laufhäusern bekannt.

Bis auf Kalle hatten es aufgrund des Feiertages alle eilig, Feierabend zu machen. Kid entschloss sich, diese Gelegenheit zu nutzen, um mit Kalle unter vier Augen zu sprechen.

„Hast du gerade mal ein paar Minuten Zeit?

„Klar, komm rein."

„Ich wollte mal hören, wie es dir geht."

„Gut, warum fragst du?"

„Du bist in letzter Zeit so reserviert, so nachdenklich. Fisch und ich machen uns Gedanken. Gibt es Probleme? Können wir irgendwie helfen?"

„Quatsch, ich hab keine Probleme."

„Wir vermissen deine Macho-Sprüche."

„Ich hab keinen Bock mehr auf diese Macho-Scheiße."

„Oh, ist da einer verliebt?"

„Wie kommst du denn auf so einen Unsinn? "

„Das liegt doch nahe, wenn einer ständig Frauen abschleppt und plötzlich anders sein will."

„Ich bin nicht verliebt. Kann man sein Verhalten nicht einfach ändern, ohne gleich verliebt sein zu müssen? Ich bin jetzt Mitte dreißig, da wird's langsam Zeit, das Macho-Image loszuwerden. Basta."

„Wer' s glaubt!", sagte Kid im Weggehen und hob die Hand zum Abschiedsgruß.

Mittwoch, 01.11.2006

Seit zwei Wochen hielt sich Suzi ausschließlich in diesem Zimmer auf. Einen Tag, nachdem sie hier eingesperrt worden war, kam dieser Mann mit einer Augenmaske und sprach sie auf Englisch an. Es dauerte einige Zeit, bis sie verstand, was er von ihr wollte. Sie sollte eine Woche mit fremden Männern schlafen und dürfte erst dann zu ihrem Bruder zurück. Danach würde man sie nach Spanien bringen. Als sie begriff, was er von ihr wollte, schrie sie den Mann auf Thailändisch an, er solle sie in Ruhe lassen. Doch der ließ sich nicht im Geringsten davon beeindrucken, ganz im Gegenteil! Er schlug ihr mehrfach ins Gesicht und fesselte sie ans Bett. Die anschließenden Stunden waren die reinste Hölle. Was er ihr antat, hatte ihren Lebenswillen gebrochen. Eine Woche lang hatte sie nur überlegt, wie sie sich umbringen könnte. Mit dieser Schande konnte und wollte sie nicht leben.

Erst, nachdem sie etwas Abstand von diesem schrecklichen Erlebnis gewonnen hatte, dachte sie an ihren Bruder und an diesen netten Heinz-Peter, der ihr so viele Komplimente gemacht hatte. Ob sie ihn jemals wiedersehen würde? Könnte sie sich nach diesem Vorfall nochmals verlieben? Während dieser Gedanken schwanden ihre Selbstmordabsichten zunehmend. Stattdessen machte sich ein anderes Bedürfnis in ihr breit: Rache! Bevor sie starb, wollte sie an diesem Mann Rache nehmen. Sie würde ihn auf der Stelle töten, wenn sie die Möglichkeit dazu hätte. Obwohl der Mann eine Maske trug, hatte sie sich jedes Detail, das sie sah, hörte, roch oder spürte, genau eingeprägt. Wenn sie ihm gegenüberstand, würde sie ihn wieder erkennen, da war sie sich sicher.

Sie betete zu Gott, dass dieser Moment bald kommen möge. Unweigerlich wurde sie an die schrecklichsten und demütigendsten Stunden ihres Lebens erinnert.

Als sie den Mann angeschrieen hatte, holte der aus einer Kommode Handschellen und Fesselwerkzeug. Die Handschellen befestigte er an ihren Handgelenken und an speziellen Haken, die an der Kopfwand des Bettes eingelassen waren. Ihre Füße fesselte er mit einem Strick am Bettgestell. Ihre Augen weiteten sich vor Angst. Sie schrie immer lauter, doch niemand kam ihr zu Hilfe. Der Mann nahm ein Taschentuch, verknotete es in der Mitte und knebelte sie damit. Der Knoten lag auf ihrer Zunge und sie hatte das Gefühl, sich übergeben zu müssen. Anschließend beugte er sich zu ihr herab und öffnete ihr die Gürtelschnalle. Sie wandte sich hin und her, doch der Mann legte sich auf ihre Beine, öffnete den Knopf, zog am Reißverschluss und versuchte, ihre Hose herunterzuziehen. Da sie mit stark gespreizten Beinen auf dem Bett gefesselt war, gelang ihm das nur bis zu ihrer Schambehaarung. Um die Hose tiefer ziehen zu können, löste er die Fesselung leicht. In dem Moment, wo sie ein Bein frei bewegen konnte, trat sie ihm in den Bauch, so fest sie konnte. Jetzt wurde der Mann richtig wütend. Er fesselte ihr Fußgelenk wieder und schlug sie danach solange ins Gesicht, bis sie blutete. Dann verließ er das Zimmer. Hatte sie nun das Schlimmste überstanden?

Sie war immer noch geknebelt am Bett gefesselt, das Blut mittlerweile auf ihrem Gesicht getrocknet, als der Mann mit der Maske wieder ins Zimmer kam und sich bis auf die Unterhose auszog. In seiner Hand hielt er eine große Schere, mit der er ihre Stoffhose aufschnitt. Er lächelte, als er die Angst in ihren Augen sah und zerschnitt langsam ihren Pullover und ihr Unterhemd. Suzi wusste, was jetzt kommen würde und der Hass überwog die Angst. Sie schloss die Augen, als sie sah, wie er seine eigene Unterhose herunterzog. Mit einem Ruck riss er ihr den BH und anschließend das Höschen vom Körper.

An diesem Tag hatte der Mann sie dreimal vergewaltigt.

Daraufhin verweigerte Suzi zwei Tage lang die Nahrungsaufnahme. Erst, als man ihr zwangsweise Wasser einflößte und sie erneut schlug, begann sie wieder, zu essen und zu trinken.

Am dritten Tag nach diesem schrecklichen Erlebnis spürte sie im Gesicht und auf ihrem Dekolleté einen starken Hautausschlag, offensichtlich eine Reaktion ihres Körpers auf den Ekel.

Sie befand sich in einem Zimmer in einer der oberen Etagen eines Hochhauses. Die Haken und Ketten an den Wänden deuteten auf häufige sexuelle Fesselspiele in diesem Zimmer hin. Die circa drei Meter lange Kette war an einem Wandhaken und an ihrem rechten Handgelenk befestigt. Hiermit konnte sie jedoch weder das Fenster noch die Zimmertür erreichen. An eine Flucht war in dieser Lage nicht zu denken. Aber sie musste fliehen – sie musste sich rächen!

Donnerstag, 02.11.2006

Sie saßen in ihrer Stammkneipe am Kölner Ring und spielten Black Jack. Hier wurde um hohe Beträge gespielt und jeder am Tisch wusste, man musste sich wegen illegalen Glücksspiels verantworten, wenn die Polizei hier plötzlich auftauchen würde. Das Risiko einer unerwarteten

Polizeikontrolle war aber sehr gering. In der gesamten Straße befanden sich zahlreiche Gaststätten, in denen illegal gespielt wurde. Es gab ein gut funktionierendes Frühwarnsystem. In jedem Lokal gab es einen Türsteher, der, sobald er einen zivilen Polizisten oder ein ziviles Einsatzfahrzeug entdeckte und eine bevorstehende Razzia vermutete, eine Telefonkette in Gang setzte. Keine zwei Minuten später würde dann an sämtlichen Spieltischen auf einmal Skat gespielt.

Es war 03:00 Uhr, als Ferdinand Keiler aufhörte, weil er genug gewonnen hatte. Er liebte das Spiel. Fast täglich spielte er mit seinen Freunden oder Geschäftspartnern Black Jack. Aufgrund seiner Spielleidenschaft erhielt er den Spitznamen Jacky. Er war 49 Jahre alt und seit 30 Jahren im Kölner Rotlichtmilieu eine feste Größe. In den 70er Jahren fing er als Türsteher auf den Ringen an und hatte schnell Kontakte zu den einflussreichsten Zuhältern geknüpft. Er war noch keine 24 Jahre alt, als bereits fünf Prostituierte für ihn anschaffen gingen. Die Zahl konnte er im Laufe der Jahre verdreifachen. Damals war das Rotlichtgeschäft gänzlich in deutschen Händen. Mittlerweile kamen die Türsteher und Zuhälter aus Albanien oder der Türkei. Das Geschäft wurde zunehmend brutaler und gefährlicher. Mit Waffengewalt hatten sich ausländische Banden in die Szene gedrängt.

Jacky hatte die Zeichen der Zeit erkannt und die Vormachtstellung der Albaner und Türken akzeptiert. Daher hatte er sich aus dem eigentlichen Zuhältergeschäft weitgehend zurückgezogen und sich stattdessen seit sechs Jahren darauf spezialisiert, Thailänderinnen auf den europäischen Markt zu bringen. Er arbeitete sehr eng mit russischen und tschechischen Schleusern zusammen, die ihm willige Thailänderinnen verkauften; Jacky konnte diese dann mit bis zu 500 Prozent Aufschlag weiter veräußern. Die Albaner und Türken in Köln schätzten ihn mittlerweile als guten Geschäftspartner.

Irgendwann war der Markt gesättigt und der Bedarf an thailändischen Prostituierten in den deutschen Bordellen ließ langsam nach. Als pfiffiger Geschäftsmann hatte Jacky rechtzeitig seine guten Kontakte nach Madrid, Barcelona und zu den zahlreichen Touristenhochburgen an der spanischen Mittelmeerküste genutzt, um auch den dortigen Markt mit seinen Thailänderinnen zu versorgen. Und schließlich, vor ein paar Monaten, hatte man ihn gebeten, nicht nur Prostituierte, sondern auch Geschäftsleute und andere finanzkräftige Thailänder ins europäische

Ausland zu schleusen. Natürlich konnte er seinen russischen und tschechischen Hintermännern diese Bitte nicht abschlagen. Insgesamt war es für alle Beteiligten ein lukratives Geschäft. Im Laufe der Jahre hatte Jacky soviel Geld verdient, dass er sich sein heutiges Luxusleben leisten konnte. Zu seinem Fahrzeugpark gehörten ein Porsche 944 Turbo Targa von 1986, ein Land Rover-Freelander und ein Mercedes SLK 200. Im Hafen von Marbella an der spanischen Mittelmeerküste lag seine 15 Meter lange Motorjacht.

Gegen Jacky wurden schon einige Strafverfahren wegen Körperverletzung und Förderung der Prostitution geführt. Doch mit seinem Geld konnte er immer die besten und teuersten Rechtsanwälte mit seiner Verteidigung vor Gericht beauftragen. Auf seiner Gehaltsliste standen zudem zwei Bodyguards, die den Prostituierten oder anderen Zeugen unmissverständlich davon abrieten, gegen Jacky auszusagen. Die meisten gegen ihn geführten Strafverfahren wurden schließlich aus Mangel an Beweisen oder gegen Zahlung einer Geldbuße eingestellt.

Bis vor circa vier Wochen lief alles reibungslos in Jackys Welt. Er verließ sein Stammlokal und dachte nochmals über die Geschehnisse nach. Wäre dieser Unfall in der Eifel nicht passiert! Wäre Boris nicht durchgedreht und hätte diesen Heinz-Peter nicht umgebracht, dann wäre sein Wohlstand auch weiterhin nicht in Gefahr. Nun musste er sich mehr Gedanken über seine Geschäfte und seine Geschäftspartner machen, als ihm recht war.

Boris war gebürtiger Tscheche, der mit gefälschten Personaldokumenten unter dem Namen Miroslav Barek in Belgien und Barcelona lebte. Mit ihm machte Jacky schon seit Jahren Geschäfte. Boris hatte in Köln als Türsteher, Bodyguard und Geldeintreiber angefangen und später in Barcelona Mädels auf den Strich geschickt. Boris war ein zuverlässiger Geschäftspartner, der ab und zu seinen Jähzorn nicht kontrollieren konnte. Als Jacky sich vor sechs Jahren entschloss, parallel einen Geschäftszweig in Spanien aufzubauen, hatte er Boris wegen seiner Kontakte im Rotlichtmilieu von Barcelona mit ins Boot genommen. Seitdem versorgten Boris und er die Bordelle an der spanischen Mittelmeerküste und in Madrid mit deutschen und thailändischen Prostituierten. Es hatte alles perfekt begonnen. Sie beide lernten bei einem Urlaub auf Gran Canaria 2001 Heinz-Peter kennen, der sie in die besten Nachtclubs einführte und wusste, wie man anständig feierte. Man freundete sich an und hielt

Kontakt. Heinz-Peter kam 2003 nach Deutschland zurück, als Jacky und Boris gerade einen spanisch sprechenden Fahrer für ihren Sattelschlepper suchten. Heinz-Peter, der das Geld gut gebrauchen konnte, nahm den Job sofort an.

Boris hatte Jacky unmittelbar nach dem Unfall mit dem Sattelzug sofort angerufen und mitgeteilt, er würde erstmal in Spanien untertauchen. In den letzten Tagen erreichten Jacky dann andauernd neue Hiobsbotschaften. Seine tschechischen Geschäftspartner drängten ihn, sich um einen neuen Sattelschlepper zu kümmern, sonst wäre er aus dem Geschäft raus. Sie hatten ihm mitgeteilt, ihr Lager in Prag sei immer noch voll mit Schleusungswilligen und die anderen Schleusungswege über Frankfurt, München und Hamburg seien in den letzten drei Wochen übermäßig strapaziert worden. Die Kölner Route müsse dringend wieder benutzt werden. Jacky wollte im Geschäft bleiben und diesen Job nicht auch an die Albaner oder Türken verlieren. Er brauchte aber Zeit, bis Gras über die Sache gewachsen war. Jetzt verunglückte auch noch sein Fahrer Thorsten Kleinmann tödlich und die von ihm geholten Thailänder wurden in der Eifelhütte festgenommen. Es lief wirklich alles schief.

Er musste jetzt zum zweiten Mal seine SIM-Karte wechseln, da die Polizei mit Sicherheit seine neue Rufnummer aus dem Handy von Kleinmann auslesen würde.

Als Jacky auf dem Weg zu einem anderen Nachtclub das Fahndungsplakat der Thailänderin sah, die er vor knapp zwei Wochen aus dieser Eifelhütte hatte holen lassen, wurden seine Gedanken auf sein dringlichstes Problem gelenkt. In Köln war Messe und die Albaner suchten für diese Zeit dringend eine Thailänderin. Er hatte sich nichts dabei gedacht, diese Suzi als Prostituierte einzusetzen. Er ging davon aus, dass sie in Spanien sowieso früher oder später in einem Bordell gelandet wäre.

Mit einer so heftigen Gegenwehr hatte er aber nicht gerechnet. Er hatte sie fast ohnmächtig schlagen müssen, bevor er sie einreiten konnte. Mit den Schlägen hatte er es wohl allerdings übertrieben, da ihr Gesicht anschließend extrem angeschwollen war. So konnte er sie den Albanern nicht mehr als Prostituierte anbieten. Und jetzt, wo auch noch nach ihr gefahndet wurde, musste er sie so schnell wie möglich loswerden.

Gott sei Dank hatte er vorsorglich immer eine Gesichtsmaske getragen, wenn er zu ihr ging. Sie würde ihn nicht identifizieren können. Er hatte sich entschlossen, sie mit dem nächsten Transport nach Spanien bringen zu lassen und Boris diesbezüglich eine SMS geschickt, Boris' Antwort ließ noch auf sich warten.

***

Die beiden Razzien waren von Beamten des KK 26 genau vorbereitet worden. Sarah und Kid saßen am Donnerstagabend in der Einsatzbesprechung und hörten, wie Hermann Deusenberg die Kollegen in ihre Aufgaben einwies. Die beiden Laufhäuser „Konsul" und „Paradies" waren nur durch eine Straße voneinander getrennt. Auf einer großen Leinwand sahen die Beamten die Grundrisse. Deusenberg zeigte auf die jeweiligen Treppenaufgänge und teilte die Beamten der inneren Absperrung ein. Für jede Etage wurde ein Objektführer eingeteilt, der für die Überprüfung und Durchsuchung der einzelnen Verrichtungszimmer verantwortlich war. Um 21:00 Uhr waren insgesamt 165 Beamte für diesen Einsatz eingeteilt.

Sarah und Kid bekamen absprachegemäß keine konkreten Aufträge. Sie sollten die Einsatzführer vor Ort in die Objekte begleiten, um mit den Verantwortlichen über die auf den Fahndungsplakaten abgebildete Suzi zu sprechen. Die Durchsuchungskräfte erhielten Flyer mit dem Fahndungsfoto, das sie den Prostituierten zeigen sollten.

***

Die Einsatzfahrzeuge fuhren vor die Objekte und es dauerte genau sieben Minuten, bis die Kräfte der Einsatzhundertschaft die inneren und äußeren Absperrungen eingenommen hatten. Anschließend gingen die Objektführer mit ihren Durchsuchungskräften auf die einzelnen Etagen. Sarah suchte mit den Kollegen vom KK 26 den Betreiber des Bordells auf. Sie trafen ihn im Büro des Sicherheitsdienstes im Erdgeschoss. Er händigte den Beamten unaufgefordert die Kopien der Personaldokumente aller bei ihm arbeitenden Prostituierten aus. Jede Frau, die sich hier einmieten wollte, musste ihren Ausweis hinterlegen und ihre Volljährigkeit nachweisen. Letztendlich konnte aber auch das Sicherheitspersonal nicht verhindern, dass mitunter gefälschte Personaldokumente vorgelegt wurden.

Sarah zeigte das Fahndungsfoto von Suzi und fragte, ob er diese Person schon einmal gesehen hätte. Der Betreiber gab an, in seinem Haus würden vier deutlich anders aussehende Thailänderinnen arbeiten. Die vorgelegten Passkopien bestätigten seine Angaben.

Anschließend begab sich Sarah in die Tabledance-Bar, die sich im hinteren Teil des Erdgeschosses befand. An den Tischen saßen ungefähr zehn Gäste, die von Kriminalbeamten kontrolliert wurden. Sarah gesellte sich zu den Beamten und erfuhr näheres über das Personal. Die meisten der Frauen waren Tänzerinnen, einige arbeiteten als Bardamen und zwei Männer am Eingang kontrollierten die Gäste. Sarah fand alles unheimlich interessant. Sie sah die Bühne mit den beiden Edelstahlstangen und stellte sich vor, wie die Frauen sich halbnackt darum schlängelten. Außerdem bemerkte sie, dass an jedem dritten Gästetisch ebenfalls diese Stangen befestigt waren. Es gab also eine Bühnenshow, die im Eintrittpreis enthalten war und gegen entsprechendes Geld Tanzvorführungen unmittelbar beim Kunden. Sie erfuhr von den Kollegen, dass es den Gästen verboten war, die Tänzerinnen anzufassen. In dieser Bar sollte sich der Kunde „Appetit" holen, Sex gab es nur in den Verrichtungszimmern auf den Etagen. Weil Sarah keinen konkreten Auftrag hatte, ging sie danach durch die einzelnen Etagen. Ihr kamen immer wieder Kollegen der Bereitschaftspolizei entgegen, die bereits überprüfte Freier aus dem Objekt begleiteten. Peinlich berührt, wie beim Onanieren erwischte Schuljungen, trotteten die Bordellgäste mit gesenkten Köpfen neben den Polizeibeamten her. Sarah staunte nicht schlecht, als sie sogar die eine oder andere Persönlichkeit aus dem Fernsehbereich wiedererkannte.

Auf den Fluren fielen Sarah das schummrige Licht und dieser muffige, parfumdurchtränkte Geruch auf, der überall in der Luft lag. Vor den Zimmern standen Hocker auf denen die Damen saßen, wenn sie nicht gerade in ihren Zimmern einen Freier „verwöhnten". Auch jetzt sah sie einige in String-Tangas und mit BHs, die mehr zeigten als verhüllten. Diesen Prostituierten wurde Suzis Fahndungsfoto gezeigt und Sarah hoffte inständig, jemand würde die Thailänderin erkennen und könnte einen Hinweis auf ihren Aufenthaltsort geben.

Sie trug eine Armbinde mit der Aufschrift Polizei und konnte daher ungehindert an den Kollegen vorbeigehen. Die Damen musterten sie kritisch und machten hin und wieder anstößige Bemerkungen.

„Hey Süße, ich mach's auch mit Frauen!"

Sarah blieb cool und reagierte nicht. Entschlossen ging sie weiter, als sie wenige Meter weiter eine Hand auf ihrer Schulter spürte. Sie drehte sich um und sah in das Gesicht einer völlig überschminkten, in die Jahre gekommenen Nutte, die nach Alkohol und billigem Parfum roch und ihre faltigen Hängetitten in einen schwarz-durchsichtigen BH gezwängt hatte. Lallend und ungeniert sprach sie die junge Polizistin an: „Ooh, eine Kommissarin! Für 30 Euro leck ich deine Muschi, wie du es noch nie erlebt hast."

Angewidert schob Sarah die Frau beiseite: „Kein Bedarf, Lady, da war heute schon jemand schneller!", sagte sie kühl und ging schnellen Schrittes weiter. Nur nicht rot werden jetzt, dachte sie, während die männlichen Kollegen sich köstlich amüsierten.

Am Ende des Flures ging sie in ein Zimmer, das deutlich größer schien als die anderen. Hier kam sie sich vor wie im Mittelalter: An den Wänden hingen Folterwerkzeuge wie Peitschen, Ketten und Handschellen. Auf einer alten Kommode lagen ein schwarzer Ganzkörperanzug aus Gummi oder Kautschuk und mehrere Gesichtsmasken. An dem schwarzbraunen Eichenbett waren überall Metallringe angebracht, an denen man die Handschellen und Ketten befestigen konnte. Vor dem Bett stand eine so genannte Schandgeige, ein aufgeklapptes Holzgestell, in welches der Freier seinen Kopf und seine Hände stecken musste. Wurde die andere Hälfte dann zugeklappt und verschlossen, war der Freier seiner Domina hilflos ausgeliefert. Sarah schüttelte nur den Kopf, als Hermann Deusenberg das Zimmer betrat und ihr erklärte, auf jeder Etage würde sich ein Themenzimmer befinden. Dies sei die Folterkammer. Es gebe noch einen Heuboden, da wäre das ganze Zimmer mit Heu ausgelegt. Andere Themenzimmer seien eingerichtet wie eine Zahnarztpraxis, ein Kinderzimmer, ein Büro, ein Kino oder ein Eisenbahnwaggon. In einem Zimmer wurde Sand aufgeschüttet, um eine Strandatmosphäre zu schaffen. Es gab auch Zimmer, in denen keine Betten standen, aber stattdessen ein PKW mit Liegesitzen oder ein Whirlpool den Raum ausfüllte.

Sarah dachte an Albert. Ob der schon einmal in einem Bordell war? Das konnte sie sich nicht vorstellen. Sie sah sich noch zwei weitere Etagen an, verzichtete aber auf die Saunaetage im zwölften Stock. Sie war froh, als sie wieder im Eingangsbereich war und dort auf Kid traf.

„Nichts!" sagte Kid. „Bei mir hat niemand diese Suzi auf dem Foto erkannt."

„Bis jetzt habe ich auch noch keine positive Rückmeldung, aber hier dauert die Razzia ja noch an. Hör mal Kid, sind in jedem dieser großen Laufhäuser Themenzimmer?“

Kid musste lachen. „Sag bloß, du hast dir diese Zimmer alle angesehen. Nein, in meinem Objekt gab es solche Zimmer nicht. Bei mir waren die Etagen nach Nationalitäten eingeteilt.“

„Und, auf welcher Etage hast du dich am wohlsten gefühlt?“, fragte Sarah schmunzelnd.

„Du weißt, ich bin glücklich verheiratet, habe zwei Kinder und bin immun gegen leicht bekleidete junge Frauen. Ich habe mich vollkommen zufällig überwiegend auf der Südamerika-Etage aufgehalten!“, antwortete Kid mit einem bierernsten Gesichtsausdruck.

***

Zur gleichen Zeit wurde Jacky auf seinem Handy angerufen. „Sie machen Razzien im ‚Konsul‘ und im ‚Paradies‘ und zeigen überall das Foto dieser thailändischen Tussi herum!“ sagte der Mann am anderen Ende der Leitung.

„Mach dir keine Gedanken, dort weiß keiner von ihr. Sie ist natürlich jetzt wertlos für uns. Wir müssen sie schnell loswerden. Ich kümmere mich darum.“

„Sie hat mich damals gesehen, als ich sie aus der Hütte holte. Sie darf auf keinen Fall festgenommen werden. Außerdem haben wir Verdienstausfall, seit sie in der Wohnung festgehalten wird. Du hast gesagt, sie würde nur zwei bis drei Tage dort bleiben.“

„Bleib ruhig, ich habe schon mit Boris Kontakt aufgenommen!“ log Jacky. „Die Schlampe wird nach Barcelona verkauft und danach taucht sie nie wieder hier auf. Boris wird sie in den kommenden Tagen abholen.“

„Hoffentlich kannst du mit ihr noch Kohle machen. Mit diesen Flecken im Gesicht will die doch keiner vögeln.“.

„Mach dir keine Sorgen, Günther. Unter der spanischen Sonne wird dieser Ausschlag schnell wieder heilen. Ansonsten müssen die spanischen Freier ihr ein Handtuch über das Gesicht legen!“ Beide lachten lauthals.

Günther betreute Jackys Wohnungsbordelle im Herkuleshochhaus. In der Hochhaussiedlung am Kölnberg besaß Jacky noch weitere solche

Etablissements, die von Werner verwaltet wurden. Beide waren Jackys engste und treueste Mitarbeiter. Sie wären für ihn durchs Feuer gegangen, wenn es hätte sein müssen. Dafür wurden sie auch fürstlich entlohnt.

Freitag bis Sonntag, 03. – 05.11.2006

Ausgeschlafen und gut gelaunt fuhr Sarah nach Belgien. Sie war unheimlich gespannt auf das Wochenende mit Albert. Ob er weiterhin so schüchtern bleiben würde?

Albert begrüßte Sarah an seiner Wohnungstür dezent mit einem Küsschen auf die Wange. Er war ein guter Gastgeber. Bis zu ihrer Abfahrt zum Brüsseler Flughafen überbrückten sie die Zeit mit Kaffee und Kuchen, den Albert selbst gebacken hatte. Sarah erzählte ihm ausführlich von ihren bisherigen Ermittlungsergebnissen, insbesondere von den Einsätzen am Kölnberg und in dem Bordell.

***

Nachmittags saßen sie zusammen und Kid berichtete über die Razzien in den Laufhäusern. Die Kommissionsmitglieder wirkten erschöpft und enttäuscht. Bis auf die eine ominöse SMS hatte die Telefonüberwachung noch keine brauchbaren Ermittlungsansätze gebracht. Bei den Razzien wurden einige ausländische Frauen wegen illegalem Aufenthalt und ein Freier aufgrund eines gegen ihn bestehenden Haftbefehls festgenommen. In dem Strafverfahren der MK Mama kamen sie jedoch keinen Schritt weiter. Niemand hatte Suzi auf dem Fahndungsplakat erkannt.
Am Ende der Besprechung sagte Fisch:

„Hoffentlich meldet sich unser Barek unter Caesar, wie es in der SMS stand.“

Mit diesen Worten entließ er alle ins Wochenende. Danach nahm er sich seine Sporttasche und ging zur Rückenschule in Alis Sportstudio.

***

Jacky fragte sich, ob die Bullen Boris schon als Mörder identifiziert hatten.

Er wusste aufgrund seiner langjährigen Erfahrungen, wie die Bullen arbeiteten. Die schleusten Undercover-Leute in die Szene und hörten ständig die Telefone der Milieugrößen ab. Er war sich der Loyalität seiner Mitarbeiter zum Glück recht sicher. Erstens bezahlte er sie immer gut und zweitens kannten sie auch die Konsequenzen eines Verrats. Vor Jahren wollte eines seiner Mädels aussteigen und gegen ihn aussagen. Am nächsten Tag fand man sie mit einer Überdosis Heroin im Rheinpark. Die Polizei ging von einem Selbstmord oder Unfall aus. Mit solchen Sanktionen verschaffte er sich Respekt in diesem harten Gewerbe. Vor einer Überwachung seiner Mobiltelefone hatte er keine Angst. Er wechselte jeden Monat seine SIM-Karte und nur seine engsten Vertrauten bekamen diese Rufnummer. Zudem benutzte er Prepaid-Handys, bei denen er nicht als Anschlussinhaber erfasst war. Sobald er nur vermutete, dass seine Telefonnummern der Polizei in die Hände gefallen sein könnten, sendete er seinen Vertrauten eine SMS mit dem Hinweis, sich bei Caesar zu melden. Caesar war ein Code und bedeutete, sie sollten über ein neutrales Telefon seinen Rechtsanwalt anrufen, um dort seine neueste Rufnummer zu erfahren. Die Telefone von Rechtsanwälten durften in der Regel nicht abgehört werden. Jacky wunderte sich, warum Boris sich mit dem Rückruf so viel Zeit ließ.

***

Sarah war glücklich und enttäuscht zugleich. Sie genoss es, Albert ständig so nahe zu sein; sie war aber auch irritiert, weil Albert bisher noch keinen ernsthaften Annäherungsversuch gewagt hatte.

Sie buchten sich in einer kleinen Pension am Stadtrand von Barcelona ein. Sarah war erstaunt, als sie Albert Spanisch sprechen hörte. Er verhandelte mit der Besitzerin, die ihm dann die Schlüssel von zwei nebeneinander liegenden Zimmern gab. Die Pension erschien sauber und sehr einladend. Sarah musste grinsen, als sie die Verbindungstür zwischen den beiden Zimmern sah und daran dachte, wie lange Alberts Gespräch mit der Vermieterin dauerte. *Ganz schön raffiniert, hätte ich ihm gar nicht zugetraut.*

Der erste Abend verlief sehr romantisch. Albert lud sie in ein kleines spanisches Restaurant im Stadtteil Barceloneta, einem ehemaligen Fischerviertel, ein. Ihnen wurde ein kleiner Tisch am Fenster zugewiesen und Albert gab in Spanisch die Bestellung auf. Sie hatten sich gemeinsam für ein Fischgericht entschieden, er bestand aber darauf, das Menü für beide auszuwählen. Sarah hatte keine Einwände; sie ließ sich gerne überraschen. Bei einer andalusischen Fischsuppe zur Vorspeise genossen sie den Blick auf den Strand und das Meer. Aus den Lautsprechern hörte man dezente Flamenco-Musik.

Albert war gut auf diesen Ausflug vorbereitet. Im Stile eines Reiseführers beschrieb er die bekanntesten Sehenswürdigkeiten Barcelonas und überließ Sarah die Entscheidung, welche davon sie morgen besichtigen wollte. Ihr war das vollkommen egal. Sie hätten auch im Zimmer bleiben können.

Als der Kellner das Hauptgericht brachte, kam Sarah aus dem Staunen kaum heraus. Er servierte ihnen eine riesige Fischplatte vom Grill und erklärte Albert stolz die unterschiedlichen Fisch-filets vom Lachs, Seewolf, Sepia, Red Snapper und Thunfisch. Außerdem bekamen sie große Gambas in Knoblauchöl, Grillkartoffeln und einen Beilagensalat. An Sarahs Blicken erkannte Albert, dass er nicht schlecht gewählt hatte. Dazu tranken sie Rotwein aus der nahe gelegenen Region Tarragona. Mit zunehmendem Alkoholgenuss wurden die Gespräche immer persönlicher und als der Abend sich dem Ende zuneigte, hatten beide das Gefühl, sich schon sehr lange zu kennen.

Sie verzichteten auf ein Dessert und fuhren gegen Mitternacht mit einem Taxi wieder zu ihrer Pension zurück. Albert gab ihr noch einen Gutenachtkuss auf die Wange und beide gingen in ihre Zimmer.

Sarah lag anschließend noch eine Stunde wach im Bett, weil sie fest davon überzeugt war, der schüchterne Albert würde unter irgendeinem Vorwand an die Verbindungstür klopfen, um zu ihr zu kommen. Sie hatte diese Tür bewusst nicht abgeschlossen.

***

Zwei Tage nach dem Unfall und nach seinem Ausraster, der zum Tode von Heinz-Peter führte, hatte Boris fluchtartig sein Appartement in Belgien verlassen müssen. Er war sich sicher, dort keine Spuren hinterlassen zu haben. Die Werkzeuge in der gemieteten Halle musste er leider zurücklassen. Jetzt war für ihn nur eines wichtig: Schleunigst für ein paar Wochen unterzutauchen.

Den Verlust des Sattelzuges konnten Jacky und er noch verschmerzen. Ihn ärgerte es aber, dass nun seine Scheinidentität in Belgien aufgeflogen war. Er brauchte neue Dokumente mit Falschpersonalien, um sich damit wieder ein Zimmer in der Nähe von Köln anmieten zu können. Jacky bat ihn, in Spanien wieder einen gebrauchten LKW oder Sattelzug zu organisieren, während er selbst sich um eine neue Unterkunft für die Thailänder kümmern würde.

Boris war jetzt eine Woche bei seinem Freund Miguel in einem kleinen Kaff im spanischen Hinterland. Miguel besaß eine Werkstatt mit angrenzendem Schrottplatz und handelte mit gebrauchten Fahrzeugteilen. Boris' Fiesta wurde zerlegt und er bekam einen Ford Mondeo.

Erst auf der Rückfahrt zu seiner Eigentumswohnung in Barcelona hatte Boris wieder Empfang und konnte die SMS lesen. Er rief Jackys Anwalt von einer öffentlichen Telefonzelle aus an und versuchte danach vergeblich, Jacky unter seiner neuen Nummer zu erreichen. Abends bekam er immer noch keine Verbindung; vermutlich waren die Leitungen nach Deutschland überlastet.

***

Samstagabend hatte Boris endlich eine Verbindung ins deutsche Telefonnetz. Jacky erzählte ihm von dem Polizeieinsatz am Kölnberg und dass die Tschechen zunächst Verständnis für ihre Situation hatten, jetzt aber wieder Druck ausübten. Wenn sie nicht innerhalb der nächsten vier Wochen Thais nach Spanien schleusen würden, wären sie aus dem Geschäft raus. Boris versprach ihm, in circa zwei Wochen wieder einen neuen, umgebauten Sattelzug zur Verfügung zu haben.

„Okay!“ antwortete Jacky. „Wenigstens ein Lichtblick! Ich habe allerdings noch keine Unterkunft für die Thailänder. Die ersten Transporte müssen wir wieder wie früher organisieren, als wir die Hütte noch nicht hatten. Du kommst mit dem Sattelschlepper zum Autobahnrastplatz zwischen Euskirchen und dem Bliesheimer Kreuz und übernimmst dort nach Einbruch der Dunkelheit die Leute. Das Entdeckungsrisiko ist gering, weil auf der Strecke nachts kaum was los ist.

Ich habe aber noch ein anderes Problem. Die Thailänderin, an der

Heinz-Peter rumgebaggert hat, wird mit Fahndungsplakaten gesucht. Ich kann sie hier nicht einsetzen und auch nicht verkaufen. Ich möchte, dass du sie nach Spanien holst. Du kannst sie umsonst haben, sie darf nur nicht zurückkommen."

„Fernando kann sie bestimmt in seinem Luxusbordell gebrauchen. Ich weiß nur nicht, wie ich sie ohne Risiko dorthin bekomme. Ich rufe dich in den nächsten Tagen zurück."

„Beeil dich aber, es ist wirklich dringend."

***

Bis zum Nachmittag hatten sich Sarah und Albert die interessantesten Sehenswürdigkeiten der Stadt angesehen. Anschließend machten sie sich gutgelaunt zum Strand auf. Hier fasste sich Albert ein Herz. In einem Moment, wo Sarah ihm nicht ganz zufällig sehr nahe gegenüberstand, umfasste er ihre Schultern und küsste sie voller Leidenschaft.

In dem Augenblick vergaßen beide alles um sich herum und ahnten nicht im Geringsten, dass ihr gesuchter Mörder nur wenige Kilometer von ihnen entfernt mit Jacky telefonierte...

Den Abend verbrachten sie in einer Tapas-Bar, tranken Portwein und turtelten miteinander.

Das Glück, das beide ausstrahlten, entging auch dem Restaurantbesitzer nicht. Zum Abschied schenkte er ihnen eine Flasche Portwein und wünschte schmunzelnd noch einen angenehmen Abend.

Sie saßen eng ineinander verschlungen auf dem Gästesofa in Alberts Zimmer und tranken bis zwei Uhr nachts den Wein. Als die Flasche, aus der sie selbst nur ein Glas getrunken hatte, leer war, küsste Sarah Albert und sagte, sie sei müde und gehe ins Bett. Sie ging durch die Verbindungstür in ihr Zimmer und anschließend direkt ins Bad. Während sie sich dort kämmte und leicht schminkte, hoffte sie, er wäre ihr zwischenzeitlich gefolgt und würde sie in ihrem Zimmer erwarten. Sie war lediglich mit einem Panty und einem hauchdünnen Negligé bekleidet, als sie wieder ihr Zimmer betrat. Doch Albert war nicht da. *Dieser Feigling.....*

Albert, der den Alkohol mittlerweile deutlich spürte, wusste nicht, wie er ihr Verhalten deuten sollte. Sie hatten einen ausgesprochen romantischen Abend verbracht und dann verabschiedete sie sich sang-

und klanglos in ihr Zimmer. Auf einmal gewann seine Schüchternheit wieder die Oberhand. Erwartete sie, dass er einfach hinterher ging? Er wäre jetzt gerne mit ihr zusammen, wollte aber nicht gleich alles kaputt machen, indem er sie bedrängte. Unsicher wie er war, machte er sich ebenfalls im Bad fertig und legte sich dann auf sein Bett. Wie sollte man Frauen verstehen, wenn die sich nicht klar ausdrücken?

Während dieser Gedanken ging die Verbindungstür auf und Sarah stand in einem durchsichtigen Nachtgewand im Türrahmen. Er starrte auf den halbnackten, makellosen Frauenkörper und war sprachlos. Er sah ihre tadellos geformten Brüste, die er in seinen Träumen schon zig Mal berührt hatte.

„Gefalle ich dir nicht oder warum lässt du mich solange warten?“

***

Die Gäste kannten die Polin nur unter ihrem Künstlernamen Rosi. Mit 39 Jahren war sie die älteste Tänzerin in der Tabledance-Bar. Als die Polizisten in der Bar die Razzia durchgeführt und ihnen das Fahndungsfoto der Thailänderin gezeigt hatten, war sie wieder an ihre Vergangenheit erinnert worden. Eine Vergangenheit, die sie jeden Tag verdrängte.

Mit 18 Jahren hatte sie auf ein Zeitungsinserat geantwortet, welches gute, seriöse und lukrative Beschäftigungs- und Verdienstmöglichkeiten als Fotomodell, Animierdame oder Stripteasetänzerin in Deutschland versprach. Einen Tag, nachdem sie dort angerufen und sich als Fotomodell beworben hatte, kam ein polnischer Landsmann zu ihr, um sie zu fotografieren. Er sagte, die Aufnahmen müssten zunächst in Deutschland begutachtet werden. Zwei Wochen später bekam sie die Rückmeldung, sie habe den Job. Überglücklich erschien sie zum nächsten Termin in einem Kölner Hotel, wo Jacky und sein Partner sich als ihre neuen Manager vorstellten. Sie war so stolz gewesen als man ihr erzählte, sie sei aus tausend Frauen ausgewählt worden, um einen Vertrag als Fotomodell zu bekommen. Jacky hatte ihr im Hotelzimmer ein Kompliment nach dem anderen gemacht und ihr die Sterne vom Himmel versprochen. Man hatte ihr Champagner angeboten und auf sie, als zukünftiges Topmodell, angestoßen. Die beiden Männer tranken ihre Gläser in einem Zug leer und sie tat es ihnen einfach nach. Es dauerte nur wenige

Minuten bis die Drogen in ihrem Champagner Wirkung zeigten. Auf einmal sah sie Jacky und den anderen Mann nur noch schemenhaft und hörte ihre Stimmen verzerrt. Sie erinnerte sich noch daran, wie sie kicherte, als man sie auf das Hotelbett legte. Erst als man sie auszog und sie die fremden Hände auf ihrem Körper spürte, merkte sie, dass man etwas Verbotenes mit ihr tat und sie wollte laut um Hilfe schreien. Doch ihre Stimme versagte, sie war nicht in der Lage zu schreien, geschweige denn, sich zu wehren.

Rosi konnte sich bis heute nicht daran erinnern, wie oft sie vergewaltigt wurde. Sie wusste aber noch, dass die Wirkung der Droge nachließ und ihr Bewusstseinszustand sich wieder normalisierte, als Jacky von ihr stieg und lächelnd zu ihr sagte: „Wenn du jemals einem davon erzählst, bist du tot."

Aus Angst vor weiteren Vergewaltigungen, Schlägen und nicht zuletzt durch die Morddrohungen gegenüber ihren Angehörigen in Polen ließ sie sich auf alles ein. Sie wurde noch am gleichen Tag in einem Kölner Hochhaus direkt der Prostitution zugeführt. Man sagte ihr, sie habe zunächst die entstandenen Kosten abzuarbeiten, bevor sie selbst viel Geld verdienen könne. Ihr angeblicher Schuldenberg wuchs dann durch überhöhte Kosten für Kleidung, Unterbringung und Verpflegung.

Erst nach drei Jahren wurde sie mit zehn Prozent an ihren eigenen Einnahmen beteiligt. Irgendwann war sie so tief in dem Milieu verwurzelt, dass sie nicht mehr aussteigen konnte.

19 Jahre war sie für Jacky anschaffen gegangen. Sie würde niemals vergessen, wie sie zusehen musste, als er einer seiner Prostituierten eine Überdosis Heroin spritzte und anschließend mahnte, dies würde jedem widerfahren, der es wage, ihn zu verpfeifen.

Seit mittlerweile zwei Jahren tanzte Rosi nun an den Stangen der Tabledance-Bar auf eigene Kasse. Von hier aus gingen viele Gäste – oft waren es Touristen und Messegäste – zu den Prostituierten ins angrenzende Eroscenter. Als dann gegenüber das zweite, neu eröffnete Laufhaus mit Schwarzafrikanerinnen und günstigen Angeboten warb, entstand ein interner Machtkampf im Rotlichtmilieu, was wiederum zu deutlichen Einnahmeverlusten in manchen Wohnungsbordellen führte. Jacky versuchte diesen Verlusten entgegenzuwirken, indem er sich auf Thailänderinnen spezialisierte. Bei Rosi, die er nach all den Jahren für eine absolut loyale Mitarbeiterin hielt, hatte Jacky eine Ausnahme gemacht. Allerdings musste sie bei den Gästen in der Tabledance-Bar Werbung für die jungen Thaimädchen in seinen Wohnungsbordellen machen.

Bisher war es Rosi gelungen, ihre wahren Gefühle gut zu verbergen. In Wahrheit hasste sie Jacky, wie man einen Menschen nur hassen konnte. Sie war sich sicher, dass er mit dem Verschwinden der auf dem Fahndungsplakat abgebildeten Thailänderin zu tun hatte. Sie gab sich einen Ruck, nahm den Telefonhörer in die Hand und wählte die Telefonnummer der Kölner Kriminalpolizei.

***

Samstagmorgen berieten Senna und Kid beim Frühstück, wann sie endlich ihre geplante Hollandtour mit dem Wohnmobil starten könnten.

„Das ist jetzt schon das vierte Wochenende, an dem wir wegen deiner Rufbereitschaft nicht fahren können. Wofür haben wir uns so ein teures Gefährt angeschafft, wenn wir es sowieso kaum nutzen können?", fragte Senna in einem vorwurfsvollen Ton.

„Sind wir wieder bei deinem Lieblingsthema. Ich kann doch nichts dafür. In meinem Job hat man eben nicht jedes Wochenende frei."

„Aber diese Sarah aus deinem Team durfte nach Barcelona fliegen?"

„Das ist auch nur eine Ausnahme, schließlich ist sie verliebt."

„Aha, du bist also nicht verliebt?"

„Senna, das ist doch etwas ganz anderes. Natürlich liebe ich dich, ich ermittle hier aber in einem Mordfall und kann mir meine Dienstzeiten nicht immer aussuchen. Ich möchte darüber jetzt nicht weiter diskutieren. Sobald der Fall geklärt ist, fahren wir nach Holland, versprochen."

„*Sobald der Fall geklärt ist* – ich kann den Satz nicht mehr hören! Mir fällt hier langsam die Decke auf dem Kopf. Luzie hat es gut, die fährt heute mit Jockel nach Paris."

„Sieh das positiv und freu dich, dass dieser nervende Jockel uns dieses Wochenende nicht über den Weg laufen wird. Hast du ihr eigentlich erzählt, was für ein Arschloch dieser Kerl ist?"

„Ich treffe Luzie am Donnerstag, aber es wird nicht einfach. Sie ist total vernarrt in ihn!"

„Du schaffst das schon!" antwortete Kid und wechselte dann abrupt das Thema. „Was haben wir heute eigentlich vor?"

Senna kramte einen Zettel aus ihrer Hosentasche und hielt ihn Kid wedelnd vors Gesicht.

„Hier dein Auftragszettel vom letzten Wochenende. Der letzte Punkt wurde noch nicht abgehakt."

„Mist, ich hatte gehofft, wir könnten uns darauf einigen, das Treppengeländer erst im Frühjahr zu streichen."

„Pech gehabt, wenn wir wegen dir schon nicht ans Meer fahren können, solltest du die Zeit hier wenigstens sinnvoll nutzen."

Und so machte sich Kid ans Werk.

Montag, 06.11.2006

Um 09:00 Uhr hatte Fisch seine komplette Mannschaft im Konferenzraum versammelt. Alle schienen sich an ihrem freien Wochenende von den Strapazen der letzten Wochen erholt zu haben. Insbesondere Sarah strahlte von einem Ohr zum anderen.

„Na, wie war es, Sarah, erzähl mal?"

Bei dieser Frage Fischs wandten sich alle Sarah zu und lächelten sie erwartungsvoll an. Natürlich hatte es sich herumgesprochen, dass sie mit Albert in Barcelona war.

„Ja, sag schon, ist zwischen euch was gelaufen?", fragte Judith sensationslüstern.

„Ich musste mir mein Glück hart erarbeiten", antwortete Sarah vielsagend.

„Und habt ihr…?"

„Das geht euch nichts an."

„Komm, sag schon."

„Du nervst! Ich hatte ein ereignisreiches, tolles Wochenende. Mehr sage ich nicht, der Rest ist Privatsache!"

Als Sven gerade auch seinen Senf dazugeben wollte, hob Fisch die Hand, um diese kurze Debatte zu beenden und das Thema zu wechseln.

„Ich hoffe auf einen baldigen Ermittlungserfolg der Kollegen in Prag. Nach Auskunft des BKA würden die tschechischen Ermittler jedoch frühestens in drei Wochen offen gegen ihre Schleuserbande vorgehen.

Ich habe da aber noch einen vagen Hinweis. Gestern Abend hat auf der Kriminalwache eine Frau anonym angerufen und dem Kollegen Willi Schuster mitgeteilt, die Thailänderin auf dem Fahndungsplakat sei möglicherweise in den Händen eines Ferdinand Keiler, genannt Jacky. Auf Nachfrage, wie sie darauf käme, antwortete sie, dieses Schwein würde viele Thailänderinnen besitzen. Anschließend hat sie aufgelegt. Die Anruferin sprach Deutsch mit starkem osteuropäischen Akzent. Kid, du und Sarah, ihr überprüft das bitte."

Sarah und Kid lasen sich die Telefonnotiz noch einmal in Ruhe durch und versuchten, Rückschlüsse auf die Identität der anonymen Anruferin zu ziehen.

„Die Anruferin kann nur selbst eine Prostituierte sein. Warum sollte sie sonst einen Jacky kennen, der Thailänderinnen besitzt?", fragte Sarah.

„Das liegt nahe. Vielleicht ist es ihr Zuhälter und er bevorzugt eines seiner anderen Mädchen. Ich musste mal die Chefin eines Saunaclubs als Zeugin anhören. In ihrem Club waren zahlreiche Prostituierte beschäftigt. Als ich mit der Chefin sprach, saßen die Damen an der Theke neben einem Whirlpool und warteten auf Gäste. Ihre Zuhälter konnten nur über ein neben der Theke hängendes Wandtelefon mit ihnen sprechen. Du kannst dir nicht vorstellen, was los war, als dieses Telefon klingelte. Sechs Prostituierte sprangen gleichzeitig kreischend auf und wollten zuerst am Hörer sein, weil sie hofften, ihr Zuhälter wäre am anderen Ende der Leitung. Von der Chefin hörte ich, die Mädels würden damit prahlen, wie oft ihr Zuhälter anruft."

„Gott, wie kann man als Frau nur so blöde sein, sich so erniedrigen zu lassen!?"

„Ich werde mal den Namen Ferdinand Keiler und den Spitznamen Jacky durch unseren Computer jagen. Vielleicht ist er ja in Köln bekannt. Du könntest zwischenzeitlich bei der Sitte nachfragen, ob die eine Person mit diesem Namen kennen."

***

Boris saß auf dem Balkon seiner Wohnung, beobachtete das rege Treiben in den Straßen von Barcelonas Altstadt und dachte über das Gespräch mit Jacky nach. Seinem Freund musste schnell geholfen werden, aber wie sollte er die Thailänderin in kurzer Zeit und dann noch möglichst ohne Risiko nach Spanien holen? Er brauchte zunächst einmal ein geeignetes Transportmittel.

Bei diesem Gedanken fiel ihm das alte Wohnmobil hinter Miguels Werkstatt ein. Miguel kannte er mittlerweile einige Jahre, obwohl dieser mit dem Rotlichtmilieu nicht unmittelbar zu tun hatte. Kontakt hatte er über Miguels Bruder Fernando bekommen, der ein gut gehendes Bordell im katalonischen Hinterland betrieb und manchmal Prostituierte von Boris bekam.

Er rief Miguel an und als er zwei Minuten später auflegte, hatte er das Wohnmobil für 2000 Euro gekauft.

„Hier ist Boris. Ich hol die Thailänderin mit einem Wohnmobil, muss es nur noch umbauen, dauert ein paar Tage. Fernando freut sich schon darauf, mich wiederzusehen. In seinem Bordell in El Paso ist die Kleine gut aufgehoben."

„Okay, das hört sich prima an, die Kleine macht nämlich langsam Zicken. Ruf mich an, wenn du losfährst."

„Geht klar und denk bitte daran, ihr genug Schlaftabletten zu verabreichen. Die darf bei einer Kontrolle keinen Lärm machen."

***

Suzi saß auf ihrem Bett und dachte nach. Wie lange wollten diese Männer sie noch hier festhalten? Seit sie versucht hatte, aus dem Fenster zu springen, hatte man sie angekettet. Zum Glück hatte sie das verschlossene Fenster nicht öffnen können, denn unmittelbar nach der Vergewaltigung wäre sie auf jeden Fall in den Tod gesprungen. Jetzt aber wollte sie unbedingt überleben, um ihren Vergewaltiger zu töten. Als er sie vom Fenster weggerissen hatte, schrie sie so laut sie konnte, doch in diesem Hochhaus schien das niemanden zu interessieren. Sie wurde stundenlang geknebelt, bis sie sich beruhigt hatte.

Im Nebenraum waren ständig Personen; sie hörte Musik, den Fernseher und manchmal auch Stimmen. Dreimal täglich brachte ein maskierter Mann oder eine Frau ihr etwas zu essen und zu trinken. Der Mann sprach kaum und war sehr unfreundlich. Die Frau ließ sich auch auf kein Gespräch ein, sprach ihr aber hin und wieder aufmunternde Worte zu. Die Mahlzeiten stellten sie ihr mitten in den Raum, als ob sie ein

Tier füttern würden. Die ersten beiden Tage hatte sie nichts gegessen, doch das interessierte ihre Bewacher nicht. Sie nahmen einfach den alten Teller mit und stellten das neue Essen auf den Boden. Sobald sie eine Flasche mit Wasser geleert hatte, bekam sie eine neue.

Die Langeweile bekämpfte sie damit, sich vorzustellen, wie sie ihren Peiniger umbringen würde. Körperlich war sie dem Mann in allen Belangen unterlegen. Sie brauchte also eine Waffe. Sie stellte sich vor, wie sie ihm eine Schere durch sein Auge ins Gehirn stieß. Dann dachte sie darüber nach, wie sie sich ihm zum Schein hingab und ihm während des Vorspiels den erigierten Penis mit der Schere abschnitt. In ihren Phantasien sah sie, wie sie die Schere immer wieder in seine Hoden stieß.

***

Leo Kramer, Leiter des KK 12, saß Sarah gegenüber, lehnte sich entspannt in seinen Bürostuhl zurück und sagte: „Natürlich kenne ich Ferdinand Keiler. Jacky war früher eine Größe im Kölner Rotlichtmilieu. Er war erst Türsteher und ließ später zahlreiche Mädels für sich anschaffen. Bei Vernehmungen war der total abgezockt und kam immer direkt mit seinem Anwalt. Seine Prostituierten haben nie gegen ihn ausgesagt. Hier saßen Mädels, die grün und blau geschlagen wurden und dann aussagten, sie seien gestürzt. Mann, war der ein arrogantes Arschloch! Einmal erwiderte er den Tatvorwurf mit der Frage, ob es verboten sei, mehrere Freundinnen zu haben. Ich habe aber lange nichts mehr von ihm gehört. Wir werden zugeschüttet mit Vergewaltigungen, Missbrauch von Schutzbefohlenen, Exhibitionisten und so weiter. Das KK 26 bearbeitet Menschenhandel, vielleicht können die dir mehr sagen."

„Ferdinand Keiler, gibt es den noch? Der war mal ein bekannter Zuhälter in Köln, das ist aber schon lange her. Keine Ahnung was der macht, wir ermitteln fast nur noch gegen Türken, Albaner und neuerdings gegen Russen." Seine Mimik und Betonung machten deutlich, dass Hermann Deusenberg lieber gegen ein anderes Klientel ermitteln würde.

„Also ist unsere Thailänderin höchstwahrscheinlich in den Händen von Russen, Türken oder Albanern."

„Das will ich so nicht sagen. Es gibt auch deutsche Menschenhändler, die Osteuropäer drängen die anderen aber immer mehr aus dem Geschäft. Ich erzähle dir mal ein paar grundsätzliche Dinge zum internationalen Frauenhandel. Das ist ein Industriezweig, der wie eine Einbahnstraße von den armen zu den reichen Ländern verläuft. Dieser Markt hat starke Zuwachsraten. Man schätzt, dass bereits 300.000 bis 500.000 Frauen zwecks Prostitutionsausübung nach Westeuropa geschleust wurden. In Deutschland haben wir ca. 60.000 offiziell registrierte Prostituierte, vorsichtig geschätzt sind etwa 400.000 Frauen in diesem Gewerbe tätig. Die Umsätze werden auf 10 bis 40 Milliarden Euro pro Jahr geschätzt. Das ist alles nicht verwunderlich, wenn eine durchschnittliche Prostituierte zwischen 50.000 und 200.000 Euro pro Jahr erwirtschaftet. Eine Edelprostituierte bringt es auf über 500.000 Euro. Ausländische Frauen, die zur Prostitution gezwungen wurden, sind im Milieu besonders beliebt, weil sie leicht ausbeutbar sind. Man untersagt ihnen jegliche sozialen Kontakte und isoliert sie dadurch. Im Kölner Rotlichtmilieu liegt der Anteil von Ausländerinnen bei bestimmt 75 Prozent."

„Wie werden die eingeschleusten Frauen denn untergebracht?", fragte Sarah. „Wenn die sich gegen ihren Willen hier aufhalten, müssen die doch irgendwie die Möglichkeit haben, sich bei der Polizei zu melden."

„Wir unterscheiden hier in Köln grob vier Prostitutionsbereiche. Da gibt es zum einen den Straßenstrich, auf dem überwiegend drogenabhängige deutsche Prostituierte arbeiten. Daneben haben wir die offiziellen Bordelle bzw. Laufhäuser. Zudem arbeiten viele Frauen in Clubs und Bars. Hier führen wir regelmäßig Kontrollen durch und haben auch oft Festnahmen. Zu guter Letzt ist da noch die so genannte Modellprostitution durch überwiegend illegale Ausländerinnen. Der Begriff entstand, weil sich die Frauen in den Zeitungen früher als "Modelle" angeboten haben. Eigentlich ist es die typische Wohnungsprostitution, die aufgrund der Vielzahl der Wohnungen kaum polizeilich kontrolliert werden kann. Hier werden meistens die Frauen festgehalten, die gegen ihren Willen zur Prostitution gezwungen wurden."

„Wie hält man denn Frauen über einen längeren Zeitraum in diesen Wohnungen fest, ohne dass die Polizei davon erfährt?"

„Deutsche Prostituierte werden meist subtil zur Prostitution veranlasst, indem die Zuhälter ihnen Zuneigung und finanzielle Vorteile versprechen. Bei den eingeschleusten Ausländerinnen wird psychische und physische Gewalt angewendet. Diese Frauen sind teilweise massiven Misshandlungen bis hin zu Massenvergewaltigungen ausgesetzt. Die Menschenhändler nutzen die Sprachschwierigkeiten, das fehlende soziale Umfeld und vor allen Dingen den illegalen Aufenthaltsstatus der Frauen aus und fördern deren Hilflosigkeit durch Passabnahmen oder vorgegaukelte Zusammenarbeit mit der Polizei. Darüber hinaus halten die Zuhälter ihre Frauen durch überhöhte Schulden in einer finanziellen Abhängigkeit. Diese Schulden begründen sie mit den hohen Ausgaben für die Einschleusung, Vermittlungsgebühren oder durch hohe Tagesmieten für ihre Verrichtungszimmer. Ihnen wird bis auf ein Taschengeld der gesamte Verdienst abgenommen. Was glaubst du, warum es so wenig verurteilte Menschenhändler in Deutschland gibt? Weil die Opfer vor Gericht und auch bei der Polizei nicht aussagen."

„Also ist es am wahrscheinlichsten, dass unsere Thailänderin sich in einem Wohnungsbordell befindet?"

„Davon bin ich überzeugt, wenn sie nicht schon ins Ausland verkauft wurde."

Dienstag, 07.11.2006

Das Grundstück, auf dem Jackys Bungalow stand, war umfriedet mit einer 2,50 Meter hohen Bruchsteinmauer. Lediglich durch das schmiedeeiserne Tor konnte man einen Blick auf die Villa inmitten einer kleinen, sehr gut gepflegten Parkanlage werfen. Wenn man genauer hinsah, entdeckte man Kameras, die am Gebäude installiert waren, um jeden Winkel des Grundstücks überwachen zu können.

Sarah und Kid standen am Tor und suchten nach einem Klingelschild. Auf dem linken Pfeiler war eine Überwachungskamera und auf dem rechten Pfeiler ein aus Bronze gegossenes Wildschwein mit riesigen Hauern montiert. Unterhalb dieser Skulptur befand sich eine ebenfalls in Bronze eingefasste Klingel.

„Wir sind hier richtig", sagte Kid zu Sarah. Er deutete auf den Pfeiler mit dem Wildschwein: „Ferdinand *Keiler*! Zum Glück heißt er nicht Ferdinand Floh, dann würden wir ..."

„Komm, jetzt wirst du albern, lass uns lieber klingeln! Ich möchte wissen, wie er auf unser Erscheinen reagiert."

„Ich bitte Sie, was wollen Sie mir da unterstellen?", fragte Ferdinand Keiler empört, nachdem er Sarah und Kid in die Lounge geführt hatte. Kid antwortete ruhig:

„Herr Keiler, wir wollen Ihnen nichts unterstellen. Wir haben Ihnen lediglich gesagt, dass jemand Sie mit der gesuchten Thailänderin in Verbindung gebracht hat und es unsere Pflicht ist, solchen anonymen Hinweisen nachzugehen. Könnten Sie sich denn vorstellen, wer Interesse daran hätte, Sie in Misskredit zu bringen?"

Kid hatte die Frage bewusst so formuliert. Ferdinand Keiler sollte annehmen, sie würden dem anonymen Hinweisgeber nicht viel Beachtung schenken und lediglich Hinweise im Rahmen ihrer Fahndung nach der Thailänderin abarbeiten.

„Natürlich habe ich viele Neider, sehen Sie sich nur mein Haus und mein Grundstück an. Wer Geld besitzt, der hat auch Feinde."

Kid hakte nach.

„Wer käme denn als Feind in Frage? Trauen Sie Ihren Geschäftspartnern solche hinterhältigen Praktiken zu?"

„Geschäftspartner, Geschäftspartner… Ich weiß nicht, worauf Sie hinauswollen. Ich habe keine Geschäftspartner. Ich habe mein Geld an der Börse und durch Immobilienkäufe gemacht."

„Vielleicht wollte sich einer Ihrer Mieter für eine zu hohe Nebenkostenabrechnung rächen. Wir könnten ja mal die Mieter Ihrer Immobilien überprüfen."

„Nein, ich werde mich selbst darum kümmern. Falls ich herausfinde, wer die anonyme Hinweisgeberin ist, werde ich Ihnen Bescheid geben."

„Wie kommen Sie auf eine Hinweisgeberin? Wir haben ganz neutral von einem anonymen Hinweisgeber gesprochen."

Das hatte Jacky noch gefehlt! Jemand hatte über seine Geschäfte mit Thailänderinnen geplaudert. Das konnte nur eine dieser Nutten gewesen sein! Seine Männer waren hundertprozentig loyal, schließlich bezahlte er sie verdammt gut. Er musste der Befragung ein Ende machen, bevor er etwas Unbedachtes sagte.

„Oh, ich war ganz sicher, Sie hätten von einer Hinweisgeberin gesprochen. Sie müssen entschuldigen, aber wenn ich solche Anschuldigungen höre, fallen mir meine zahlreichen Exfreundinnen ein. Vielleicht wollen die mir eins auswischen, weil ich ihnen den Laufpass gegeben habe. Kam der Hinweis jetzt von einer Frau oder von einem Mann?", fragte Jacky. Er war froh, noch gerade, wie er glaubte, die Kurve bekommen zu haben.

„Herr Keiler, wir dürfen Ihnen in einem laufenden Ermittlungsverfahren keine näheren Hinweise geben. Selbstverständlich versuchen wir den Hinweisgeber zu identifizieren, um jeglichen Verdacht gegen Ihre Person auszuräumen. Sollten Sie bei Ihren Recherchen schneller an sachdienliche Informationen kommen, dann rufen Sie uns doch bitte an", sagte Kid und reichte ihm eine Visitenkarte. „Falls wir vorher Neuigkeiten haben, werden wir Sie natürlich informieren. Könnten Sie uns Ihre Handynummer geben?"

Beim Durchqueren des Flures hatte Kid auf einem Sideboard in einer Schale drei Handys entdeckt, ein weiteres trug Ferdinand Keiler in einer Ledertasche an seinem Gürtel. Kid hatte so ein Gefühl, dass die aktuelle Handynummer dieses Verdächtigen für die weiteren Ermittlungen von Bedeutung werden könnte.

Diesmal war Jacky jedoch auf der Hut. Die Bullen durften auf keinen Fall seine jetzige Handynummer erfahren. Nicht jetzt, wo er ständig auf einen Anruf von Boris wartete. Also antwortete er nach kurzer Überlegung: „Ich nutze mein Handy nur zu geschäftlichen Zwecken und schalte es nach Feierabend immer ab. Bitte rufen Sie mich unter meiner Festnetznummer an. Wenn ich nicht zu Hause sein sollte, dann sprechen Sie auf den Anrufbeantworter. So, jetzt muss ich Sie leider bitten zu gehen Ich habe noch Geschäftstermine."

Auf der Fahrt zum Polizeipräsidium wiederholte Sarah noch einmal die Worte von Ferdinand Keiler:

„*Vielleicht war es eine meiner zahlreichen Exfreundinnen, denen ich den Laufpass gegeben habe.* Was ist das doch für ein Macho-Arschloch! Der ist ja richtig widerlich!"

Kid lachte über ihren kleinen Gefühlsausbruch.

„Ich gebe dir völlig Recht, der Mann ist nicht nur unsympathisch, der lügt auch, ohne rot zu werden. Der hat doch direkt gedacht, dass ihn eine seiner Prostituierten verpfiffen hat. Hast du gesehen, wie er zögerte, uns seine Telefonnummer zu geben?"

„Ja, ist mir auch aufgefallen. Glaubst du, wir bekommen einen Beschluss zur Überwachung seines Telefons?"

„Nein, nicht aufgrund des anonymen Hinweises. Außerdem nutzt uns seine Festnetznummer nichts, der führt die wichtigen Gespräche bestimmt über das Handy, das er am Gürtel trägt. Ich habe vorher bei den Providern abgefragt, ob unter seinem Namen ein Mobiltelefonvertrag abgeschlossen wurde. Dies ist nicht der Fall, also arbeitet er mit diesen Prepaid-Handys, die wir im Flur gesehen haben. Vermutlich wechselt er ständig die Rufnummer. Für mich ist er auf jeden Fall ein Tatverdächtiger. Wir sollten ihn mal eine Zeit lang observieren lassen."

***

Jacky war auf dem Weg zu seiner Stammkneipe, um Black Jack zu spielen. Er brauchte mal wieder etwas Entspannung, also hatte er 2000 Euro aus seinem Tresor genommen und sich in seine Jackentasche gesteckt. Das sollte für ein paar Stunden reichen. Auf der Fahrt dachte er noch einmal über das Gespräch mit den Bullen nach.

Irgendjemand aus seinem Umfeld musste denen einen Tipp gegeben haben. Natürlich kannten die Beamten seine Akte und wussten über ihn Bescheid. Aber er war die letzten Jahre nicht mehr mit dem Gesetz in Konflikt geraten. Vielleicht glaubten sie, er habe sich zur Ruhe gesetzt. Warum hatten sie ihn eigentlich nicht auf seine Milieukenntnisse angesprochen? Das Gespräch war schon merkwürdig. Vielleicht sollte er mal ein paar Tage in Urlaub fahren und abwarten, bis sich die Lage hier in Köln beruhigt hatte. Während er sich diese Gedanken machte, klingelte sein Handy.

„Ja?"

„Hier ist Boris."

„Auf deinen Anruf hab ich gewartet!"

„Ich könnte am Freitag mit dem Wohnmobil kommen. Bis dahin habe ich die Kiste umgebaut und wenn ich nachmittags losfahre, wäre ich gegen Mitternacht in Deutschland."

„Gut, Boris, wir müssen das Ding auch schnell über die Bühne bringen. Vorhin waren die Bullen bei mir, weil irgendeiner behauptet, ich hätte was mit der gesuchten Thailänderin zu tun."

„Wo ist die Kleine denn zurzeit?"

„In einer Wohnung im Herkuleshochhaus. Günther passt auf sie auf."
„Vielleicht hat ein Nachbar dich angeschwärzt?"
„Nein, kann nicht sein. Die wissen doch nicht, wer Eigentümer der Wohnung ist. Ich sollte jetzt jedenfalls erstmal einige Tage verreisen, bevor mir die Bullen noch weitere blöde Fragen stellen. Daher überlege ich, dich auf der Rückfahrt nach Spanien zu begleiten. Natürlich separat mit meinem eigenen Auto, dann fallen wir auf keinen Fall auf."
Boris antwortete nach einer kleinen Pause:
„Wenn ich so darüber nachdenke, dann finde ich die Idee gar nicht schlecht. Bei einer Kontrolle könntest du die Bullen zur Not ablenken. Ich hätte auch noch eine Bitte: Könntest du eine Begleiterin für mich organisieren? In einem Wohnmobil fällt man am wenigsten auf, wenn man als Paar unterwegs ist."
„Geht in Ordnung, ich werde schon was Passendes für dich finden. Ich kann dir ja schlecht so eine 20-jährige Nutte an die Seite stellen. Dann würdest du erst recht Aufsehen erregen."
„Okay, ich rufe dich dann Freitag von unterwegs an. Denk daran, die Thailänderin muss schlafen, wenn ich sie übernehme. Ich hab keinen Bock auf Geschrei oder Geheule mitten in der Nacht."
„Sie wird schon entsprechend präpariert sein. Bis Freitag!"

***

Günther und Dorothea galten als das Traumpaar der Kölner Rotlichtszene. Günther, der in Zuhälterkreisen als Draufgänger und Schläger bekannt war, erregte vor Jahren Aufmerksamkeit im Milieu, als er eine seiner Prostituierten heiratete. Wer ihn kannte, musste annehmen, er habe bei der Verteilung der Intelligenz bescheiden in der zweiten Reihe gestanden und sich dann bei der Vergabe von Muskeln nach vorne gedrängelt. Früher konnte man sich mit ihm nur über Autos, Krafttraining und Sex unterhalten. Dorothea war wahrscheinlich der erste Mensch, der versucht hatte, mit ihm über ernstere Dinge zu sprechen. In den ersten Jahren hatte er sie noch einfach benutzt, wenn ihm danach war. Dorothea war das grundsätzlich egal. Für sie war Prostitution ein Geschäft, bei dem man auch reich wurde, wenn der Zuhälter mitkassierte. Wenn Günther am Ende ihres Arbeitstages noch mit ihr schlafen wollte, dann fühlte sie sich sogar geschmeichelt. Günther hatte mehrere Nutten am Laufen, doch meistens kam er zu ihr. Anfangs suchte er bei ihr den schnellen, brutalen Sex. Später hatte sie ihn soweit, sich gegenseitig zu verwöhnen bevor man übereinander herfiel. Letztendlich kam es zu einer echten Liebesheirat.

Günther passte jetzt schon über zwei Wochen auf die Thailänderin auf. Er wurde fast wahnsinnig. Einer musste immer in ihrer Nähe sein, damit die Kleine keine Dummheiten machte. Wenigstens schrie sie nicht mehr, seit ihr klar war, dass sie ansonsten einen Knebel verpasst bekommen würde. Er wechselte sich bei der Bewachung immer mit seiner Frau ab. Sie ging nur noch selten anschaffen und auch eigentlich nur, weil sie nymphoman veranlagt war. Günther betreute die Nutten in Jackys Wohnungen und mit seinem Einkommen konnten er und Dorothea sehr gut leben. Ihm war es egal, wenn seine Frau mit anderen Männern ins Bett ging; er war überzeugt, dass sie nur ihm ihre wahren Gefühle zeigte. Dorothea hatte auch nichts dagegen, wenn er hin und wieder junge Mädels vögelte und sie auf ihre Aufgaben vorbereitete.

Heute Abend war er unterwegs und seine Frau war bei der Thailänderin. Endlich mal wieder eine Gelegenheit, richtig einen draufzumachen! Günther ging in die Tabledance-Bar, wo er als Stammgast keinen Eintritt zahlen brauchte. Er setzte sich an den ihm zugewiesenen Tisch, bestellte eine Flasche Champagner und betrachtete die leichtbekleideten Damen, die sich an den Stangen auf der Bühne räkelten. Überrascht sah er, wer ihm den Champagner brachte.

„Rosi, du bedienst hier? Ich dachte, du würdest nur tanzen!"

„Du weißt doch, man kann mich überall einsetzen. Ich vertrete aber nur eine Stunde unsere Kellnerin, weil die heute nicht rechtzeitig kommen konnte. Wenn du ein paar Scheine über hast, dann tanze ich gleich für dich."

Günther saß an einem Tisch mit Stange und stellte sich vor, wie Rosi vor seinen Augen lasziv ihren Körper bewegte. Auch mit ihren 39 Jahren zog Rosi noch immer die Blicke der jüngeren Männer auf sich. Schlank, braungebrannt, große Brüste – als Günther sie betrachtete, musste er zwangsläufig an Sex denken. Sein Blick wanderte von ihren Brüsten zurück zu ihren Augen:

„Für dich habe ich nicht nur ein paar Scheine übrig. Sag deiner Chefin, du würdest nachher für mich tanzen und mit mir Champagner trinken."

„Sie wird nichts dagegen haben, solange du bei ihr den Schampus bestellst", antwortete Rosi, während sie gleichzeitig überlegte, wie sie bei dieser Gelegenheit auch etwas über die gesuchte Thailänderin erfahren könnte. Günther und Jacky waren schließlich schon seit Jahren Geschäftspartner.

Kein Mensch wusste, wie sehr sie Jacky hasste. Günther kannte zwar ihre Vorgeschichte, weil er schon damals für Jacky gearbeitet hatte, aber er hielt sie für eine einfache Nutte, die immer das machte, was man von ihr verlangte. Rosi verspürte keinen Hass auf Günther, sie mochte ihn aber auch nicht sonderlich. Eigentlich empfand sie nichts für ihn. Er war einfach nur stark und dumm.

***

Dorothea saß auf der Couch und sah sich im Fernsehen einen Liebesfilm an. Sie hatte sich schon selbst darüber gewundert, warum sie so leidenschaftlich gerne Liebesfilme sah. In den Filmen erlebte sie den totalen Gegensatz zu ihrem eigenen Leben. Wenn sie noch mal wählen könnte, würde sie aber wieder den gleichen Weg gehen, schon alleine, um ihr ewiges Verlangen nach Sex ausleben zu können – und mit Günther hatte sie den richtigen Partner gefunden. Er wollte auch täglich Sex und war tolerant, wenn sie noch andere Männer verwöhnte.

Sie dachte an die Thailänderin im Nebenraum, der ein normales Liebesleben verwehrt blieb. Wie oft hatte sie schon junge Mädchen erlebt, die gegen ihren Willen der Prostitution zugeführt wurden. Dieses Mädchen war besonders widerspenstig. Jacky wollte sie unbedingt loswerden und Günther musste sie bis zu ihrer Ausreise aus dem Verkehr ziehen.

Dorothea war froh, dass die Kleine in den nächsten Tagen abgeholt werden sollte. Irgendwie tat ihr das junge Mädchen leid. Ihr Leben war schon verpfuscht, bevor es richtig angefangen hatte.

Als der Film zu Ende war, zog Dorothea sich die Sturmmaske über den Kopf und brachte der Thailänderin eine Flasche Mineralwasser und eine Schüssel mit Nudelsalat. Da beide keine gemeinsame Sprache beherrschten, sagte sie wie jedes Mal mit ihren bescheidenen Englischkenntnissen: „Is it okay? Any problems?"

Normalerweise schüttelte die Thailänderin nur ihren Kopf und antwortete manchmal auch mit dem Wort „okay". Diesmal sprach sie Thailändisch, vermischt mit einigen englischen Vokabeln. Dorothea verstand immer wieder die Namen Heinz und Peter. Das Mädchen sah sie mit ihren großen Augen flehend an und imitierte mit ihren Händen, wie sie einen großen LKW steuerte. Dorothea wusste sofort, wen sie meinte und machte sich keine weiteren Gedanken, als sie lapidar antwortete:

„Heinz-Peter ist nicht mehr. Tot, du verstehen? Heinz-Peter tot." Bei diesem Satz führte sie ihre Hand quer über ihren Hals – ein Zeichen, das in jedem Land für Tod oder Mord stand.

„Du gehen nach Spanien, okay?", sagte sie noch, um irgendwas Nettes gesagt zu haben.

Anscheinend mochte sie diesen Heinz-Peter, denn als sie das Zimmer wieder verließ, brach das Mädchen in Tränen aus.

***

Mit einem String-Tanga und einem Oberteil, das kaum mehr verbarg als ein Streifen Tesafilm, tanzte Rosi unmittelbar vor Günthers Augen um die Chromstange. Er hatte mittlerweile die zweite Flasche Champagner bestellt und klatschte rhythmisch in die Hände. Seine Augen klebten förmlich an ihren großen Brüsten. Bereits viermal hatte er ihr einen 20-Euroschein in den String-Tanga gesteckt. Rosi wusste: Er hatte jetzt nur noch Sex im Kopf. Seit sie nicht mehr Jackys Nutte war, konnte er sich jedoch nicht mehr einfach bedienen, sondern musste ihr wie ein kleiner Junge den Hof machen. Diesen Umstand musste Günther respektieren. Zum Glück ahnte keiner etwas von ihrem Hass auf Jacky, sonst hätte sie nie die Chance gehabt, von Günther Informationen zu bekommen.

Als Günther lallend auch die dritte Flasche bestellte, fragte sie ihn, ob sie sich zu ihm setzen könne. Er nickte, goss ihr ebenfalls ein Glas ein und begann, ein paar Plattitüden vom Stapel zu lassen. Man konnte sich nur schwer mit Günther unterhalten, da er zu dumm war, eigene Gedanken zu entwickeln. Wenn er etwas von sich gab, dann plapperte er die Meinungen anderer nach. Er schimpfte regelmäßig über die Türken und Albaner, weil die das Zuhälter-Geschäft kaputt gemacht hätten. Diese Sätze hatte er von Jacky aufgeschnappt. Rosi wollte endlich das Thema in die von ihr gewünschte Richtung lenken:

„Wie geht es eigentlich Jacky? Der war schon ein paar Wochen nicht mehr hier."

Günther antwortete mit mittlerweile glasigem Blick:

„Jacky hat viel um die Ohren. Die Geschäfte laufen nicht so gut."

Rosi wurde hellhörig:

„Welche Geschäfte machen ihm denn Probleme?"

Günther sah sie durchdringend an:

„Was gehen dich Jackys Geschäfte an? Lass uns woanders hingehen, damit du wieder auf andere Gedanken kommst."

Rosi fluchte innerlich. Obwohl er schon sehr betrunken war, ließ er sich nicht überrumpeln. Früher gab es so eine Art Zuhälterkodex: *Mit Bullen und Nutten spricht man nicht über Geschäfte.* Sie wollte aber auf keinen Fall mit ihm auf ein Zimmer gehen. Noch einmal versuchte sie, ihn weiter ins Gespräch zu verwickeln:

„Eure Geschäfte interessieren mich nicht, ich will aber auch nicht schuld an euren Problemen sein. Nicht, dass ihr denkt, ich würde hier keine Werbung mehr machen. Ich weiß ja nicht, wie viele Kunden dieser Bar anschließend wirklich zu euren Nutten gehen."

Rosi hatte bewusst immer *eure* gesagt. Sie wollte Günther den Eindruck vermitteln, sie sehe ihn auf einer Höhe mit Jacky.

Günther fühlte sich tatsächlich geschmeichelt: „Ist schon okay, Rosi, du bist schwer in Ordnung. Die jungen Hühner können dir echt nicht das Wasser reichen. Die werden immer zickiger, vor allem diese ausländischen Nutten."

„Ich empfehle den Kunden hier immer eure Thailänderinnen. Die können ihren Job doch besonders gut oder sind die auch aufmüpfig?" Rosi prostete ihm zu.

„Grundsätzlich hast du Recht, bis auf eine sind die alle pflegeleicht."

„Gerade du und Jacky, ihr wisst doch, wie man den Mädchen die Flausen aus dem Kopf treibt. Ich kann mir kaum vorstellen, dass ihr euch so eine Respektlosigkeit gefallen lasst. Ich jedenfalls möchte nicht in der Haut dieser zickigen Nutte stecken."

„Aber hallo! Kennst mich doch, wer mich verarscht, bekommt was auf die Mütze! Jacky hat mich aber zurückgehalten, er will die thailändische Schlampe nach Spanien bringen. Da können die Zuhälter mit ihren Mädels noch machen, was sie wollen. Wenn dort eine zickig ist, wird nicht lange diskutiert. Ruck zuck ist die Nase gebrochen. Hab gehört, ein paar Nutten wurden sogar zu Tode gefoltert. Da genießen die Zuhälter wirklich Respekt, ey!"

Günther übertrieb gerne, insbesondere, wenn er getrunken hatte. Rosi war sich jetzt aber sicher: Mit der thailändischen Schlampe meinte er das Mädchen vom Plakat. Sie wollte noch mehr Informationen aus ihm herauslocken und versuchte, das Gespräch weiter in diese Richtung zu lenken:

„Deswegen respektiere ich dich auch besonders! Bei dir weiß man noch, woran man ist. Du sagst, was du willst und wenn man sich daran hält, wird man gut behandelt. Was erlaubt sich diese Thailänderin eigentlich? Schließlich sind wir hier in Deutschland!"

Damit hatte sie ins Schwarze getroffen.

„Rosi, da sachste was! Nicht nur die ausländischen Zuhälter, auch die ausländischen Nutten machen uns das Geschäft kaputt. Die sprechen doch alle kaum Deutsch. Die meisten können nur „Blasen", „Ficken" und „50 Euro" sagen. Wenn ich so einer Schlampe mal sagen muss, was sie zu tun hat, dann guckt die mich an wie ein Honigkuchenpferd. Verdammt noch mal, jetzt werden sogar schon Chinesinnen auf den Markt gebracht! Das wird immer schlimmer! Zum Glück sprechen meine Thaimädchen einigermaßen Deutsch und die eine wird ja am Wochenende nach Spanien gebracht. So, lass uns über angenehmere Dinge sprechen. Du siehst ja echt immer noch geil aus! So jung wie heute kommen wir nie wieder gemeinsam ins Bett. Ich sag deiner Chefin Bescheid, dann hast du sofort Feierabend."

Rosi wusste, dass sie keine weiteren Informationen über diese Thailänderin bekommen würde. Jetzt musste sie den Rückzug antreten. Auf keinen Fall wollte sie mit diesem hirnlosen Macho in die Kiste.

„Tut mir leid, Günther, das geht heute nicht. Ich habe mir so einen blöden Pilz gefangen und muss die nächsten zwei Wochen auf Sex verzichten."

Rosi sah, wie er seine Stirn in Falten zog:

„Willst du mich verarschen!? Was für'n Pilz? Und wenn schon, den werde ich dir wegvögeln! Du kannst mich doch hier nicht geil machen und dann die Arschbacken zusammenkneifen. So läuft das nicht! Ich werde mal zu deiner Chefin gehen und dann verschwinden wir zwei."

Rosi rückte näher an Günther heran und flüsterte ihm ins Ohr:

„Günther, du bist stark, schlau und siehst verdammt gut aus. Jede Frau träumt von Sex mit dir. Ich will nur ehrlich zu dir sein, obwohl es mir sehr peinlich ist. Das bleibt aber bitte unter uns. Ich habe eine ansteckende Geschlechtskrankheit. Wenn du mich fickst, wird dein Schwanz wie ein Blumenkohl aufquellen. Wenn dir das egal ist und du das Risiko, dich anzustecken, eingehen willst, dann gehe ich gerne mit dir."

Günther wich die Röte aus dem Gesicht:

„Du hast sie wohl nicht mehr alle! Mach, dass du Land gewinnst, du blöde Kuh!"

Als Rosi süffisant lächelnd zur Bar zurückging, sah sie noch, wie Günther Geld auf den Tisch knallte, aufstand und durch die Verbindungstür nebenan ins Eroscenter „Sultan" ging. Wahrscheinlich würde er sich jetzt seinen Frust bei einer kleinen Nutte wegvögeln.

Mittwoch, 08.11.2006

Fisch war schlecht gelaunt, weil die überwachten Telefone offensichtlich nicht mehr benutzt wurden. Die Fahndungsmaßnahmen brachten auch keine sachdienlichen Hinweise. Die letzte vernünftige Spur, die sie noch hatten, war dieser Ferdinand Keiler. Fisch teilte die Auffassung seiner Kollegen, was diesen Mann betraf. Für die Überwachung seiner Telefone würden sie aufgrund dieses anonymen Hinweises aber kaum richterliche Beschlüsse bekommen. Vielleicht wäre aber eine staatsanwaltschaftliche Genehmigung zur längerfristigen Observation dieses Zuhälters möglich. Fisch griff zum Telefonhörer, um die zuständige Staatsanwältin vorab zu fragen.

***

Suzi heulte die ganze Nacht. Heinz-Peter war tot, das hatte diese Frau ihr eindeutig zu verstehen gegeben. Andernfalls hätte er sich auch längst um sie gekümmert. Heinz-Peter und die Männer, die sie aus dem Waldversteck geholt hatten, mussten sich aber gekannt haben. Wie konnte er nur mit solchen Verbrechern zusammenarbeiten?

Je mehr sie über ihre Situation nachdachte, umso klarer wurde ihr Entschluss. Sie musste ihren Peiniger töten. Einmal hatte sie im Nebenraum seine Stimme hören können und ihr Aufpasser sagte in dem Gespräch mehrfach *Jacky*. Das könnte sein Name sein, dachte Suzi.

Die Aufpasserin hatte ihr gestern etwas von Spanien gesagt und mit dem

Finger auf sie gezeigt. Möglicherweise wurde sie doch noch freigelassen und durfte nach Spanien. Sie malte sich aus, wie sie ihren Bruder wieder umarmte und anschließend alles gut werden würde. Sie durfte ihrem Bruder nichts von ihrem Schicksal erzählen, sonst würde er durchdrehen und sich selbst in Gefahr bringen. Sollte er jemals von der Vergewaltigung erfahren, würde er, genau wie sie, dieses Schwein umbringen wollen. Nein, nur sie hatte das Recht, bei diesem Mann Gott zu spielen. Dieses Recht ließ sie sich von keinem nehmen, dachte sie und betete um Vergebung für etwas, das sie in ihren Träumen schon tausendmal getan hatte.

***

Rosi hatte gestern Abend genug erfahren. Sie war nun davon überzeugt, dass Jacky die gesuchte Thailänderin in seiner Gewalt hatte und Günther davon wusste. Sie fragte sich nur, wo das Mädchen versteckt gehalten wurde. Nach ihren Kenntnissen verwalteten Günther und ein gewisser Werner – ebenfalls ein Arschloch – die Wohnungsbordelle von Jacky. Ihr war bekannt, dass Jacky über Strohmänner zahlreiche Eigentumswohnungen in den Hochhäusern am Kölnberg und im Herkuleshaus besaß. Früher war sie schließlich selbst dort anschaffen gegangen. Rosi wollte der Polizei auf jeden Fall noch einen Tipp geben, damit dieses arme Mädchen gefunden und Jacky festgenommen werden konnte. Sie überlegte, was sie genau der Polizei anonym mitteilen könnte. Es durfte auf keinen Fall bekannt werden, wer die Hinweisgeberin war. Dann würde Jacky oder einer seiner Handlanger sie in jedem Fall töten.

Ihrem letzten Hinweis wurde anscheinend keine Bedeutung beigemessen. Diesmal, dachte Rosi, werde ich einen Brief auf dem Computer schreiben. Sie ging in Gedanken noch einmal das gestrige Gespräch mit Günther durch. Welche Fakten konnte sie der Polizei mitteilen? Eigentlich wusste sie nur, dass Jacky das Mädchen versteckt hielt und er sie am Wochenende nach Spanien bringen wollte. Also tippte sie folgende Zeilen in ihren Computer:

> Hallo Polezei,
> ich meine Name nicht sagen. Thaifrau von Plakat am Wochenende Spanien. Du musst gucken Ferdi Keiler, das sein Zuhälter mit den Spitzename Jacky

Zufrieden las sie den Text noch mal durch. *Genauso spricht Abdullah von der Dönerbude nebenan. So kommt keiner auf mich.* Bevor sie das ausgedruckte Blatt aus dem Drucker nahm, zog sie sich ihre seidenen Handschuhe über, um auf dem Papier keine Fingerabdrücke zu hinterlassen. Dann steckte sie das Blatt gefaltet in ein Blanko-Kuvert. Wie konnte sie der Polizei diese Information schnellstens zukommen lassen? Ihr fiel die Polizeikantine ein, die für die Bevölkerung ebenfalls zugänglich war. Sie hatte mal mit einer Freundin, die auf Uniformen stand, dort Kaffee getrunken. Sie konnte sich jetzt daran erinnern, dass sich am Haupteingang des Polizeipräsidiums ein Briefkasten befand. Sie rief ihre Freundin an und überredete sie, mit ihr noch einmal in die Polizeikantine zu gehen. In der Hoffnung, einen attraktiven Uniformierten zu treffen, sagte die Freundin sofort zu. Sie verabredeten sich vor dem Haupteingang des Präsidiums.

Rosi fuhr direkt zum Treffpunkt und wartete am Briefkasten auf ihre Freundin. Sie trug immer noch ihre Handschuhe und hielt den Briefumschlag einmal gefaltet in ihrer Hand. Sie lehnte sich rücklings an den Briefkasten an, öffnete unauffällig die Einwurfklappe und ließ den Brief hineinfallen. Danach blieb sie angelehnt dort stehen, bis ihre Freundin kam und sie gemeinsam in die Kantine gingen.

***

„Das Miststück wird wie besprochen Freitagnacht abgeholt, Günther."

„Na endlich ist es soweit, Jacky! Die Schlampe nervt mich jetzt schon lange genug und außerdem möchte Dorothea das Zimmer gerne wieder für ihre eigenen Kunden nutzen."

„Kannst du mir die entsprechenden Tabletten für die Kleine besorgen?"

„Kein Problem, Rohypnol habe ich noch da. Fährst du eigentlich mit nach Spanien?"

„Ja, die Bullen waren schon bei mir zu Hause. Ich wollte mich mal zwei Wochen aus der Schusslinie bringen. Wenn diese Thailänderin versorgt ist, komme ich zurück. Boris sucht noch eine weibliche Begleitung, damit er bei Kontrollen als Paar unauffälliger wirkt. Hast du eine Idee, wen wir ihm mitgeben können? Es darf keine von den jungen Hühnern sein, das wäre zu auffällig. Hast du keine Bekannte zwischen 35 und 50, die ein paar Tage Urlaub in Spanien machen möchte?"

„Jacky, wir arbeiten doch nur mit Frischfleisch und nicht mit Omas." Günther musste lauthals lachen.

„War ja nur ne Frage. Du siehst übrigens beschissen aus! Lange Nacht gestern?"

„Hör mir damit auf! Ich hab gestern in der Tabledance-Bar einen gesoffen und als ich Rosi abschleppen wollte, erzählte die mir was von Geschlechtskrankheit. Du kannst dir vorstellen, wie sauer ich war. Da freut man sich auf diese dicken Titten und dann so was."

Typisch Günther, dachte Jacky abends. Er hatte schon immer eine Vorliebe für große Brüste und in dieser Hinsicht passte Rosi ganz klar in sein Beuteschema. Sie war damals Jackys bestes Pferd im Stall. Mit ihr konnte man sehr gutes Geld verdienen, aber der Trend ging halt bei der Kundschaft zu den ganz jungen Dingern. Egal, dachte Jacky, Rosi hatte ihre Schulden mehrfach abgearbeitet und leistete ihm in dieser Bar auch weiterhin noch gute Dienste.

Plötzlich hatte er die Idee. Warum war er nicht direkt darauf gekommen? Rosi könnte Boris nach Spanien begleiten. Jackys Laune besserte sich. Morgen würde er sie in der Tabledance-Bar aufsuchen.

Donnerstag , 09.11.2006

> Hallo Polezei,
> ich meine Name nicht sagen.Thaifrau von Plakat am Wochenende Spanien. Du musst gucken Ferdi Keller, das sein Zuhälter mit den Spitzename Jacky

Schon wieder ein Hinweis auf diesen Jacky. Fisch massierte sich nachdenklich die Augenhöhlen. Die Spurensicherung konnte weder an dem Brief noch am Umschlag Fingerspuren feststellen. Der Brief war heute Morgen ohne Briefmarke in der Post gewesen. Jemand wollte keine Zeit verlieren und hatte ihn persönlich eingeworfen. Die Thailänderin wird also in den nächsten drei Tagen nach Spanien gebracht, dachte Fisch.

Gestern hatte er noch mit der Staatsanwältin telefoniert und die war bereit, aufgrund des anonymen Hinweises einen Observationsantrag zu genehmigen. Für eine Telefonüberwachung bräuchte sie jedoch mehr Indizien. Dieser Brief könnte der ausschlaggebende Faktor sein.

Fisch teilte den Kommissionsmitgliedern die neuesten Erkenntnisse mit und beauftragte Kalle und Sven, die Anregungen für eine längerfristige Observation, den Einsatz eines Imsi-Catchers und GPS-Senders zu schreiben und persönlich zur Staatsanwältin zu bringen. Kid sollte nachfragen, welches mobile Einsatzkommando kurzfristig zur Verfügung stand. Sollte die Thailänderin wirklich in Köln sein und an diesem Wochenende nach Spanien gebracht werden, mussten sie jetzt schnell handeln.

Nach der Besprechung ging Sarah ins Nachbarbüro, wo Sven gerade die Anträge für die Staatsanwältin schrieb.

„Störe ich oder darf ich dich mal was fragen, Sven?"

„Du störst nie, womit kann ich dir helfen?"

„Was ist ein Imsi-Catcher? Bitte mach's kurz und verständlich!"

„Die normalen Telefonüberwachungen beziehen sich ja immer auf die SIM-Karte. Wenn der Beschuldigte also die Karte in ein anderes Handy steckt, stört das die Überwachung nicht. Mit Hilfe des Imsi-Catchers haben wir dagegen die Möglichkeit, ein bestimmtes Mobiltelefon unabhängig von der benutzten SIM-Karte zu überwachen. Der Begriff IMSI steht für eine netzinterne Kennung, die in der SIM-Karte gespeichert ist. Um überhaupt eine drahtlose Verbindung herstellen zu können, haben die einzelnen Netzbetreiber Sendemasten aufgestellt, in denen sich eingeschaltete Handys automatisch einloggen. Mit diesem Catcher überwachen wir diese Masten und erfahren so, welches Handy sich dort eingeloggt hat. Wir können dann die Telefonnummer ermitteln und das Handy wie gewohnt überwachen."

Sarah bedankte sich und ging ins Büro von Fisch und Kid. Kid telefonierte gerade mit einem mobilen Einsatzkommando.

„Das war schon mal negativ. Das Kölner MEK steht uns am Wochenende nicht zur Verfügung."

„Frag mal nach, welches Kommando Landesrufbereitschaft hat. Die sollen sich ab Freitag für uns bereithalten. Allein wegen dem Einsatz des IMSI-Catchers brauchen wir eine Observationseinheit", entgegnete Fisch.

Die Stimmung unter den Mitgliedern der MK Mama hellte sich allmählich wieder auf. Alle waren überzeugt, ihren Mörder über diesen Jacky zu finden. Die weitere Vorgehensweise wurde abgesprochen. Primäres Ziel war es jetzt, die aktuelle Handynummer von Jacky zu ermitteln und dann einen Beschluss zur Überwachung dieses Anschlusses zu erwirken.

Während der Besprechung bekam Kid endlich einen lang ersehnten Rückruf. Es wurde still im Büro. Alle hörten gebannt zu, wie Kid seinem Gesprächspartner antwortete:

„...scheiße.

...und da ist wirklich nichts zu ändern?

...okay, das wäre zumindest ein Anfang, vielleicht reichen drei Tage ja aus.

...könntest du mit deinen Leuten sofort zum Präsidium nach Köln kommen?

...also in zwei Stunden seid ihr hier. Bis gleich, Tecki!"

Kid legte auf und sah in die neugierigen Gesichter seiner Kollegen. „Das war Tecki, der Leiter vom mobilen Einsatzkommando des Landeskriminalamtes."

„Tecki?" Kalle guckte ungläubig. „So heißt der Dackel von meinem Nachbarn!"

„Heißt eigentlich Rolf, aber er wurde früher wegen seines körperbetonten Einsatzes beim Fußball so genannt. *Tackling*, ihr versteht schon. Jedenfalls kann er mir wegen anderer Einsätze seine Observationseinheit nur für drei Tage anbieten. Aber wenn wir Glück haben, reichen die drei Tage aus, um zumindest Jackys Handynummer zu erfahren und den GPS-Sender anzubringen."

***

Boris war wieder bei Miguel in Katalonien. Der Ausbau des Wohnmobils ging schneller voran als vermutet. Eigentlich hätte Boris heute Abend schon nach Deutschland fahren können. Aber warum sollte er den Zeitplan umschmeißen? Außerdem wollte er vorher richtig ausschlafen, morgen würde er bestimmt nicht dazu kommen. Er dachte an die 2500 Kilometer, die er zurücklegen musste.

Nachdem der Umbau fertig war, bat Boris Miguel, einmal Probe zu liegen. Miguel zog den 1,60 Meter breiten Bettkasten fast ganz heraus. Man sah zwei Kammern; die hintere war auf einer Breite von knapp einem Meter mit einer Matratze ausgelegt. In den vorderen Bereich sollte ein Federbett gestopft werden. So würde man beim Herausziehen des Bettkastens zumindest auf den ersten 60 bis 70 Zentimetern das Versteck nicht sehen. Miguel legte sich auf die Matratze und Boris schob den Bettkasten wieder ganz unter das Bett. Alles funktionierte einwandfrei; selbst mit den 50 Kilogramm des kleinen Miguel ließ sich der Kasten leicht schieben. Er bekam durch einen fünf Zentimeter breiten Spalt zwischen Matratze und Wand auch reichlich Sauerstoff.

Boris war rundum zufrieden. Anschließend unternahm er mit Miguel eine Probefahrt. Nach einer halben Stunde waren sie wieder zurück und wollten gerade auf das Schrottplatzgelände auffahren, als eine rote Warnleuchte am Armaturenbrett aufleuchtete. Miguel hielt an und öffnete die Motorhaube. Starker Qualm kam ihm entgegen.

***

Takin Sheery und die anderen geschleusten Thailänder waren jetzt schon über zwei Wochen in dem Asylbewerberheim in der Kölner Südstadt. Ihr eigentliches Zielland Spanien hatten sie noch nicht aus den Augen verloren. In der ersten Woche hatten sie mehrfach vergeblich versucht, die Handynummer anzurufen, die sie nach Angaben der Schleuser auswendig lernen sollten. Man hatte ihnen vor der Abreise gesagt, man würde sie im Falle ihrer Festnahme innerhalb weniger Tage abholen und weiterschleusen. Nach so langer Zeit rechnete jetzt aber keiner mehr damit. Sie saßen in Takins Zimmer und berieten ihr weiteres Vorgehen. „Ihr könnt es ja auf eigene Faust versuchen, ich werde in Deutschland bleiben, bis ich weiß, was mit meiner Schwester passiert ist. Wir hatten vereinbart, unseren Onkel in Thailand anzurufen, wenn wir aus irgendeinem Grund getrennt werden würden. Suzi hat sich bisher aber nicht bei ihm gemeldet. Ich werde auf jeden Fall noch eine Woche warten, weil ich glaube, sie wird hier in Deutschland festgehalten. Gibt es noch Informationen, die wir der Polizei mitteilen könnten?“

Jeder überlegte, was ihm noch einfallen könnte. Als einer sich an eine Tätowierung des größeren Schleusers – ein Symbol eines Halbkreises in Höhe des Handgelenks – erinnerte, horchte Takin auf. Diese Tätowierung hatte er bei der polizeilichen Vernehmung nicht angegeben! Er zeichnete das Symbol auf einen Zettel und entschloss sich, morgen zum Polizeipräsidium zu fahren.

***

Gegen 16:00 Uhr waren die zwölf Beamten des mobilen Einsatzkommandos vom Landeskriminalamt im Polizeipräsidium Köln eingetroffen. Anschließend wurden alle Kräfte in die Lage eingewiesen. Kid übergab seinem Freund sieben Einsatzmappen, die Judith zuvor in Windeseile zusammengestellt hatte. Die Mappen enthielten folgende Informationen:

- eine kurze Zusammenfassung über den Ermittlungsstand der MK Mama
- Beschreibung und Foto von Ferdinand Keiler / Jacky
- eine Auflistung der auf ihn zugelassenen Fahrzeuge
- ein Kartenausschnitt mit seiner genauen Adresse
- Beschlüsse des Amtsgerichtes Köln für die längerfristige Observation und den Einsatz technischer Hilfsmittel

Jacky wollte gerade sein Haus verlassen, um Rosi in der Tabledance-Bar einen Besuch abzustatten, als sein Handy klingelte.

„Hey Jacky, ich bin mit dem Wohnmobil liegen geblieben und kann morgen nicht kommen!"

„Boris, das kannst du nicht machen! Die Kleine muss aus Deutschland raus. Finde eine andere Transportmöglichkeit!"

„Miguel meint, es wäre die Ölpumpe. Wenn wir Glück haben, hat er den Schaden bis Samstag repariert."

„Also Samstagnacht. Ich wollte mich gerade um deine Begleiterin kümmern."

„Wer soll es denn werden?"

„Lass dich überraschen! Du kennst sie von früher."

Das Einsatzkommando fuhr mit sieben Zivilfahrzeugen durch Köln. Als das Führungsfahrzeug in die Bungalowsiedlung, in der Jacky sein Domizil hatte, einbog, kam ihnen ein Geländewagen entgegen. Sofort glichen sie Kennzeichen und Fahrer mit den Daten ihrer Einsatzmappe ab. Kein Zweifel, sie hatten ihre Zielperson gefunden. Der Beifahrer des Einsatzfahrzeugs sprach in sein Mikrophon:

„Hier ist Charlie, die Zielperson verlässt Siedlung in einem silbergrauen Rover-Freelander, Fahrtrichtung Auffahrt BAB."

Sofort übernahm ein anderes Observationsfahrzeug die Verfolgung und meldete ständig die aktuelle Position der Zielperson. Da im Rahmen der weiteren Verfolgung die Observationsfahrzeuge laufend ihren Standort wechselten, schöpfte Jacky in seinem Geländewagen keinen Verdacht.

Um 18:00 Uhr parkte Jacky seinen Geländewagen vor der Tabledance-Bar. Er ging durch die Eingangstür und sah, wie Rosi hinter der Theke gerade Gläser polierte.

„Rosi, mein bestes Stück! Hast du mal einen Moment Zeit für mich?"

Rosi erstarrte, als sie Jacky erblickte. Warum kam er ausgerechnet heute in die Bar? Wusste er etwa, dass sie ihn anonym verdächtigt hatte? Sie musste unweigerlich daran denken, wie er der Kollegin die Spritze mit dem Rauschgift gesetzt hatte. Blut schoss ihr in den Kopf. Mit unsicherer Stimme antwortete sie: „Jacky, du um diese Uhrzeit hier!? Die Show fängt erst um 19:00 Uhr an."

„Die Show interessiert mich heute nicht, ich wollte mich mal mit dir unterhalten. Hast du zehn Minuten Zeit?"

Rosi musste sich konzentrieren, damit er ihre Aufregung nicht bemerkte. „Setz dich da vorne an den Tisch, da können wir ungestört reden. Ich gehe gerade noch mal für kleine Mädchen."

Auf der Toilette kühlte sie ihr Gesicht mit kaltem Wasser. Sie fragte sich, ob die Polizei Jacky bereits verhört hatte. Hatte man bei dem Telefonat vielleicht ihre Stimme auf Band aufgenommen und ihm vorgespielt? Bei diesem Gedanken bekam sie noch mehr Angst. Dann wiederum fragte sie sich, warum die Polizei so etwas tun sollte. Es gibt ja schließlich so etwas wie einen Opfer- oder Zeugenschutz. Wahrscheinlich hatte sein Besuch einen ganz anderen Hintergrund. Langsam beruhigte sie sich wieder. Sie atmete mehrmals tief durch, schminkte sich noch etwas nach und ging dann mit vorgetäuschtem Selbstbewusstsein zu Jacky an den Tisch.

***

Kid und Sarah hatten sich bereit erklärt, während der laufenden Observation im Präsidium zu bleiben, um eventuell anfallende Überprüfungen vornehmen zu können. Nach einiger Zeit kam ein Anruf von Tecki.

„Die Zielperson ist seit dreißig Minuten in der Tabledance-Bar. Er ist dort eingetroffen, als die Bar öffnete. Seitdem haben keine weiteren Personen den Laden betreten. Die Tanzshow beginnt laut Aushang erst um 19:00 Uhr. Wenn die ersten Gäste eintreffen, werde ich einen meiner Männer reinschicken."

„Vergiss nicht, Fotos zu machen, wenn Personen die Bar verlassen oder betreten. Ich will wissen, mit wem er sich dort getroffen hat."

„Du siehst hinreißend aus, Rosi!"

Rosi, ihre Gefühle mittlerweile vollkommen im Griff, antwortete kess: „Danke, aber du besuchst mich doch nicht, um mir den Hof zu machen. Rück raus, was soll ich für dich machen?"

„Du musst nichts machen, ich wollte dir einen Gefallen tun. Wann warst du zum letzten Mal im Urlaub?"

„Schon länger her. Warum fragst du?"

„Du kennst doch noch meinen Geschäftspartner Boris. Er hat ein paar Schwierigkeiten und will am Wochenende zurück nach Spanien fahren. Er ist mit einem Wohnmobil hier und damit er bei Kontrollen nicht so auffällt, braucht er eine weibliche Begleitung. Es wäre jetzt zu kompliziert, dir alle Umstände zu erklären. Ich fände es gut, wenn du ihn begleitest und dich bei Kontrollen als seine Lebensgefährtin ausgibst. Du kannst anschließend in Spanien Urlaub machen und nach ungefähr zwei Wochen mit mir zurückfahren. Ich übernehme natürlich alle Spesen."

Jetzt wusste Rosi, was Jacky im Schilde führte. Boris sollte die Thailänderin mit dem Wohnmobil nach Spanien bringen und er brauchte sie zur Tarnung. Im Grunde genommen hatte sie keine Wahl. Jacky bekam immer, was er wollte. Wenn sie ablehnte, würde Jacky es ihr irgendwann heimzahlen. Sie dachte angestrengt nach und überlegte dann, ob sie auf diese Art und Weise der Thailänderin vielleicht sogar helfen konnte. Ihr würde auf der Fahrt schon was einfallen.

Als ihm die Pause zu lange wurde, hakte Jacky nach: „Was überlegst du denn so lange? Ist doch eine tolle Idee. Sonne, Meer, shoppen…"

Rosi antwortete zögerlich: „Ich trau der Sache nicht. Sei ehrlich, wenn du mich dort in ein Bordell stecken willst."

„Rosi, was denkst du von mir? Ich garantiere dir, du musst dort nicht anschaffen. Außerdem kannst du noch so attraktiv sein, auch die spanischen Freier stehen ausschließlich auf das junge Gemüse."

Jacky hatte das in seiner uncharmanten Art wieder auf den Punkt gebracht. Die meisten Männer wollten Prostituierte benutzen wie ein Pferd, das man reitet oder einen Hund, dem man ein Stöckchen zuwirft. Daher bevorzugten sie die jungen, noch naiven Mädchen. Vor einer erfahrenen Frau hatten sie meistens Angst. Deshalb gehörte man als Prostituierte ab 30 zum alten Eisen.

„Okay, ich bin dabei, wenn meine Chefin mir Urlaub genehmigt."

„Die wird schon tun, was ich ihr sage. Boris wird Augen machen, wenn er dich nach so langer Zeit wiedersieht."

Um 18:45 Uhr verließ Jacky die Bar und fuhr ins Zentrum, um beim bekanntesten japanischen Restaurant der Stadt essen zu gehen. Aufgrund der horrenden Preise speisten hier nur Leute mit höherem Einkommen. Jacky ging hier oft alleine essen, um in Ruhe über seine Geschäfte nachzudenken. An einem Wochentag wie heute waren nur wenige Gäste im Restaurant.

Jacky setzte sich an einen kleinen Tisch am hinteren Ende des Raumes, bestellte Sushi und dachte wieder an seine Problemthailänderin. Wenn die erst einmal in Spanien war, würde alles wieder gut. Spätestens in drei bis vier Wochen würden die Bullen die Fahndungsplakate von ihr abhängen und ein weiterer ungelöster Fall würde in den Aktenkeller wandern. Dann konnte er sich endlich um seine tschechischen Geschäftspartner kümmern.

Als der Kellner das Sushi brachte, fiel Jacky ein Pärchen auf, das sich an einen Tisch am Fenster gesetzt hatte. So wie die beiden gekleidet waren, hatten die sich in der Lokalität geirrt. Die werden sich wundern, wenn sie die Preise auf der Speisekarte sehen, dachte er amüsiert und aß genüsslich sein Sushi.

„Die Zielperson hat die Bar verlassen, bevor ich einen meiner Männer reinschicken konnte. Sie parkt jetzt in der Innenstadt, vor dem japanischen Restaurant Daitokai. Die Straße ist hier zu belebt, da können wir unmöglich den GPS-Sender am Fahrzeug montieren. Ich werde aber zwei von meinen Leuten in das Lokal schicken", sagte Tecki am Telefon zu Kid.

„Konntet ihr seine Handynummer ermitteln?"

„Nein, hier loggen sich zu viele Personen in die Sendemasten ein. Da kann man unsere Zielperson nicht rausfiltern. Warte ab, unsere Chance wird noch kommen."

Tecki hatte zwei Beamte als Pärchen getarnt in das Restaurant geschickt. Die beiden entdeckten Jacky sofort an einem der hinteren Tische und setzten sich deshalb weiter vorne an einen Fenstertisch. Wie in zahlreichen Observationen in der Vergangenheit spielten sie das verliebte Pärchen.

Es waren erst wenige Gäste, aber bereits viel Personal im Lokal und ihnen fiel sofort das anspruchsvolle Ambiente der Inneneinrichtung auf. Ein Blick in die Speisekarte bestätigte ihren Verdacht: Qualität hatte ihren Preis. Als der Kellner sie nach ihren Wünschen fragte, bestellten sie zwei Gläser Wasser und jeweils einen Salat. Ein normales Hauptgericht hätten sie niemals mit ihren Fahndungskosten abrechnen können.

Nach dem Essen bestellte Jacky sich einen Cappuccino. In Gedanken war er noch immer bei der Thailänderin. Er fragte sich, ob er bis Samstag noch etwas vorbereiten musste. Vielleicht sollte er noch mal den Übergabeort am Bliesheimer Kreuz überprüfen. Früher hatte Boris mit seinem Sattelzug immer hier geparkt, um die Schleusungswilligen aufzunehmen. Der Parkplatz eignete sich besonders gut, da der hintere Bereich von der Autobahn aus wegen der Bepflanzung nicht einsehbar war. Jacky kramte sein Handy hervor und wählte.

„Hallo, Günther, ich muss dich noch mal wegen der Kleinen anrufen. Du sollst doch am Wochenende mit ein paar Leuten den Übergabeort am Bliesheimer Kreuz sichern. Als du letztens die Thailänderin aus der Hütte geholt hast, bist du ja an dem Rastplatz vorbeigekommen. Ist dort noch alles so wie früher?"

„Tja…", antwortete Günther zögerlich. „Ich denke schon. Ich glaube, da war eine Baustelle. Aber ehrlich, ich habe nicht darauf geachtet."

„Ich werd selbst mal hinfahren", sagte Jacky und legte auf.

Als Jacky seinen Landrover bestieg, wusste Tecki bereits, dass er alleine im Restaurant gesessen hatte und nach einem Anruf abrupt aufgebrochen war. Er instruierte seine Kollegen über die aktuellen Ereignisse.

Jacky fuhr aus der Innenstadt hinaus in Richtung Kölner Westen. Um nach Hause zu fahren, hätte er südlich fahren müssen. Außerhalb des Stadtgebietes stieg die Chance, sein Handy identifizieren zu können.

Die Verfolgung zog sich weiter in Richtung Brühl und Euskirchen. Vor dem Bliesheimer Kreuz setzte die Zielperson den Blinker und fuhr auf den dortigen Rastplatz. Kein Einsatzfahrzeug durfte unmittelbar hinter der Zielperson auf den Parkplatz fahren. Das wäre zu auffällig gewesen. Also fuhren die ersten beiden Verfolgungsfahrzeuge weiter und parkten unmittelbar vor dem Bliesheimer Kreuz auf dem Seitenstreifen. Die anderen Fahrzeuge hielten noch vor dem Parkplatz ebenfalls auf dem Seitenstreifen. Tecki schickte einen Beamten zu Fuß in Richtung Zielperson. Der Beamte teilte über Handy mit, der Parkplatz sei aufgrund einer Baustelle zu einem großen Teil gesperrt und vollkommen leer. Die Zielperson habe das Fahrzeug verlassen und die Örtlichkeit inspiziert.

Kein weiteres Fahrzeug stand auf dem Parkplatz. Ausgezeichnet, dachte Tecki und schaltete den Imsi-Catcher ein. Der Erfolg ließ nicht lange auf sich warten.

Tecki rief Kid an: „Bingo, wir haben die Kennungen von seinem Handy."

„Super, jetzt müssen wir nur noch den entsprechenden Provider ermitteln."

Tecki nahm ein anderes Gespräch entgegen.

„Die Zielperson fährt in diesem Moment wieder auf die Autobahn", teilte ihm seine Fußstreife mit.

Das mobile Einsatzteam reagierte sofort und verfolgte die Zielperson, bis der Landrover in die Einfahrt zu Jackys Villa fuhr.

Nachdem Jacky in der nächsten Stunde sein Grundstück nicht mehr verlassen hatte, brach Kid die Observation gegen 23:30 Uhr ab. Kid hoffte, dass Jacky kein Frühaufsteher war und ordnete an, die Überwachung am nächsten Tag um 08:00 Uhr fortzuführen.

Freitag, 10.11.2006

Takin gab dem Pförtner im Polizeipräsidium seine befristete Aufenthaltserlaubnis und zeigte anschließend auf die Visitenkarte von Kriminalhauptkommissar Makele. Der Pförtner rief Fisch in seinem Büro an.

Eine halbe Stunde später kam die Dolmetscherin und Kid konnte mit der Anhörung beginnen.

Takin schilderte aufgeregt: „Uns ist noch ein Detail eingefallen, womit man einen der Entführer meiner Schwester identifizieren könnte. Einer der beiden Männer hatte am Handgelenk ein Symbol tätowiert. Es war klein, man konnte es kaum erkennen. Es sah aus wie ein halber Kreis."

„Können Sie die Tätowierung genauer beschreiben?"

„Sie war unterhalb der Armbanduhr am linken Handgelenk, ungefähr da, wo die Pulsadern sind. Sie war in dunkler Farbe und nicht größer als einen Zentimeter."

Er kramte umständlich den Zettel mit seiner Zeichnung aus der Hosentasche und reichte ihn Kid.

„Das könnte ein D sein, vielleicht der Anfangsbuchstabe von einem Namen. Das ist ein guter Hinweis. Sind Ihnen noch weitere Details eingefallen?"

Nachdem Takin den Kopf schüttelte, entschuldigte sich Kid für einen Moment und verließ sein Büro, um Sarah zu bitten, die individuelle Tätowierung über das digitale Netz des Erkennungsdienstes recherchieren zu lassen. Vielleicht ließe sich dieses Merkmal einer Person zuordnen.

Kid hatte gerade sein Büro verlassen, als das Handy der Dolmetscherin klingelte. Es war ihr neuer Freund. Sie nutzte die Gelegenheit, um kurz ungestört mit ihm zu reden und verließ ebenfalls das Büro. So kam es, dass Takin alleine in Kids Büro saß. Neugierig sah er sich um und entdeckte auf dem Schreibtisch einen Stapel mit Fahndungsplakaten, auf denen seine Schwester abgebildet war. Daneben lag ein roter Aktendeckel mit ihrem Namen. Ohne groß zu überlegen, beugte sich Takin über den Schreibtisch und klappte die Akte auf. Darin lagen zahlreiche Schriftstücke, die er nicht lesen konnte. Beim Blättern entdeckte er aber ein ausgedrucktes Farbfoto, das seine Aufmerksamkeit erregte. War das der Entführer seiner Schwester? Er nahm das Blatt, faltete es zusammen und steckte es in seine Hosentasche. Dann fiel ihm ein vergrößertes Bild von dem gleichen Mann an einer Pinnwand auf. Am Bildrand stand ein Name, den er auch auf dem Ausdruck gelesen hatte: Ferdinand Keiler (Jacky). Die thailändische Sprache hatte ein anderes Alphabet, doch zum Glück hatte Takin recht gute Englischkenntnisse.

Während er versuchte, sich einen Reim auf diese Informationen zu machen, kam die Dolmetscherin in das Büro zurück. Takin fragte sie, was die deutschen Wörter „Tatverdächtiger" und „Zuhälter" in fetter Schrift am Rande des Bildes bedeuten würden.

Gerade, als sie mit ihrer Erklärung fertig war, kam Kid wieder ins Büro zurück und erzählte, man könne diese Tätowierung leider auf die Schnelle keiner Person zuordnen, aber diese Information sei für die weiteren Ermittlungen von besonderer Bedeutung.

Takin erkundigte sich höflich, was mit ihnen jetzt passieren würde.

„Durch Ihr Asylbegehren legalisieren Sie für die Dauer des Asylverfahrens Ihren Aufenthalt. Das bedeutet aber auch, dass Sie in keinem anderen Schengenstaat gleichzeitig ein Asylverfahren betreiben können. Auf Ihrem Zettel stand zwar, Sie sollten unter Falschpersonalien Asyl sagen und würden später dennoch in Ihr Zielland gebracht werden. Das ist aber Quatsch. Durch den Abgleich Ihrer Fingerabdrücke würden die Spanier von Ihrem Asylantrag in Deutschland erfahren und hätten Sie sofort zurückgeschoben."

Takin war sehr bedrückt, als er das Polizeipräsidium verließ und zurück zu seiner Unterkunft ging. Sie alle konnten jetzt in Spanien keinen Asylantrag mehr stellen. Und ein anderer Gedanke beschäftigte ihn noch viel mehr: Suzi war in der Gewalt eines Zuhälters! Er hatte sein Foto und kannte seinen Namen. Entsetzt dachte er an die Prostituierten und Zuhälter in seinem Heimatland. Hass erfüllte ihn bei der Vorstellung, dass seine Schwester möglicherweise gezwungen wurde, sich zu prostituieren. Wie konnte er Suzi helfen? Er konnte nicht einfach warten, bis die Polizei seine Schwester gefunden hatte. Er musste einen Weg finden, den Mann auf dem Foto ausfindig zu machen.

***

Fisch gab die aktuellsten Informationen an seine Mitarbeiter weiter. Jackys Handy wurde seit 10:14 Uhr überwacht. Bisher erfolgte noch keine Gesprächaufzeichnung, man konnte aber an den Standortdaten erkennen, dass das Handy sich in seiner Villa befand.

Fisch ordnete für alle Kollegen an, sich am kommenden Wochenende in Bereitschaft zu halten, da aufgrund des anonymen Hinweises jederzeit mit der Ausreise der Thailänderin zu rechnen sei. Sarah dachte an das bevorstehende Wochenende mit Albert und rümpfte die Nase. Diesmal hatte sie ihre kastanienbraunen Haare zu einem Zopf gebunden und hinten durch eine Schirmmütze gezogen.

Um kurz vor fünf verabschiedete sich Fisch für eine Stunde und ging gegenüber ins Sportstudio.

Kid wollte gerade Tecki anrufen, als er bemerkte, dass er soeben eine SMS empfangen hatte.

Auf dem Display las er: „Meld dich mal!"

Es war Senna, die er seit gestern Morgen nicht mehr gesehen oder gesprochen hatte. Er wählte direkt ihre Nummer.

„Hi, Senna."

„Hi, habe im Halbschlaf diese Nacht mitbekommen, wie du dich an mich gekuschelt hast. War es wieder spät geworden?"

„Ja, du hättest dich ja noch mal zu mir umdrehen können!"

„Ich war hundemüde. Komm demnächst einfach früher nach Hause."

„Jaja, hör schon auf! Warum sollte ich mich eigentlich melden?"

„Luzie will sich von Jockel trennen."

„Sag bloß! Hast du sie überzeugen können?"

„So war es nicht. Luzie ist völlig am Boden zerstört. Sie kam heulend zu mir und sagte, sie hätte sich noch nie in einem Menschen so getäuscht."

„Was ist denn passiert?"

„In Paris ist es zum Eklat gekommen. Jockel muss sich wie ein Arsch verhalten haben. Und Luzie hatte sich so auf ein romantisches Wochenende gefreut. Das fing schon damit an, dass er eine ganz billige Absteige abseits vom Zentrum gebucht hatte. Am ersten Abend waren sie zum Essen in einer Frittenbude, weil Jockel meinte, man müsse das Geld nicht unbedingt zum Fenster hinauswerfen. Am nächsten Tag bestand er auf eine Stadtrundfahrt, weil man auf diese Art und Weise fast alle Sehenswürdigkeiten schnell und preiswert sehen könne. Auf Luzies Vorschlag, doch lieber entlang der Seine spazieren zu gehen, meinte er, dafür sei er nicht nach Paris gefahren, denn spazieren gehen könne man auch in Köln am Rhein. Luzie hatte nach diesem Wochenende die Schnauze voll. Sie hat ihm am Sonntag gesagt, dass sie ihn erstmal nicht mehr sehen möchte."

„Die soll froh sein, wenn sie ihn nicht mehr sehen muss. Was für ein unromantischer Geizkragen! Ich wäre mit dir stundenlang, was sage ich da, tage- und nächtelang wäre ich mit dir an der Seine …"

„Hör auf, irgendwann wäre ich dann auch gerne mit dir im Hotelzimmer gelandet."

„Du bist immer so direkt."

„Dafür liebst du mich doch, oder?"

„Nicht nur dafür. Ich versuche mal, heute etwas früher hier wegzukommen. Du kannst mir dann ja mehr von eurem Gespräch erzählen. Bis später."

***

Sollte er seinen Freunden von dem Tatverdächtigen und dem Foto erzählen? Takin war sich nicht sicher. Die Suche in diesen Zuhälterkreisen war gefährlich – und warum sollte er seine Freunde unnötig in Gefahr bringen? Er entschied sich, alleine diesen Mann von dem Foto zu suchen. Später konnte er die anderen immer noch um Unterstützung bitten.

Rosi hatte die letzte Nacht kaum geschlafen. Wie konnte sie der armen Thailänderin helfen? Auf jeden Fall würde sie nicht unvorbereitet mitfahren. Es sollte dieses Wochenende losgehen, also packte sie vorsorglich heute am Freitag schon einmal die wichtigsten Utensilien in ihre Reisetasche. In dieser hatte sie vor langer Zeit in einem Seitenfach einen doppelten Boden mit eingenähtem Klettverschluss befestigt. Diesen Stauraum konnte man nur ertasten, wenn man mit viel Fingerspitzengefühl die kleine Bodenplatte seitlich aus der Verklettung zog. Bei einer oberflächlichen Durchsuchung der Reisetasche würde das Versteck nicht auffallen.

Rosi steckte ihren handlichen Elektroschocker und ein kleines Fläschchen Liquid Ecstasy in dieses Fach. Einige Tropfen davon im Getränk deines Peinigers und dieser würde plötzlich in einen narkotischen Schlaf fallen. Eine Kollegin, die vor Jahren mal von einem Freier vergewaltigt wurde, hatte Rosi auf die Idee mit diesen Tropfen gebracht. Bei geschickter Verwendung von Liquid Ecstasy könnte man eine Vergewaltigung schon im Ansatz unterbinden, davon war sie überzeugt. Man musste den Mann nur in ein Gespräch verwickeln und ihm zu verstehen geben, er habe mehr davon, wenn sie sich ihm freiwillig hingäbe. Sie würde ihn dann zu einem Drink überreden und heimlich die Tropfen verwenden.

Rosi wusste nicht, ob ihre Kollegin jemals die KO-Tropfen verwendet hatte. Das war ihr auch egal. Sie fühlte sich etwas sicherer, wenn sie ein paar Vorsichtsmaßnahmen traf.

***

Takin war wild entschlossen, seine Schwester aus der Gewalt dieser Zuhälter zu befreien. Er nahm sich aus einer Mülltonne eine Tageszeitung und blätterte darin herum. Auf einer Seite fand er Annoncen, neben denen barbusige Damen abgebildet waren. Er riss die Seite aus der Zeitung und steckte sie in seine Hosentasche. Den Straßennamen in dem größten und auffälligsten Inserat hatte er sich gemerkt.

Nachdem er sich mehrfach bei Passanten nach dem Weg erkundigt hatte, erreichte Takin gegen 17:30 Uhr die Tabledance-Bar und das angrenzende Eroscenter „Sultan".

***

Tecki observierte jetzt seit mehreren Stunden mit seinen Leuten Jackys Villa. Nur ein Team hatte ständigen Blickkontakt zum Haus. Die anderen Einsatzkräfte des mobilen Einsatzkommandos standen mit ihren Zivilfahrzeugen in den Seitenstraßen. Ein Team ging in dem Bereich – als Pärchen getarnt – Fußstreife.

Nach einiger Zeit rief Tecki Kid an, um ihn routinemäßig über den Stand der Observation zu informieren: „Den GPS-Sender konnten wir leider immer noch nicht an einem seiner Fahrzeuge anbringen. Die Autos stehen wahrscheinlich in seiner Garage. Hast du neue Erkenntnisse aus der Telefonüberwachung?"

„Bis jetzt noch kein Anruf. Wenn sich bis 19:00 Uhr nichts tut, machen wir Schluss."

***

Am Eingang des Eroscenters standen drei muskelbepackte Bodyguards mit vor der Brust verschränkten Armen. Sie beobachteten die Straße und inspizierten jeden Kunden, der das Gebäude betrat.

Takin konnte anhand der Reklame an den Außenwänden sofort erkennen, dass in diesem Hochhaus Prostituierte ihrem Gewerbe nachgingen. An einer Litfasssäule gegenüber vom Eingang entdeckte er ein Fahndungsplakat mit dem Bild seiner Schwester. Er fühlte sich bestätigt, hier seine Suche zu beginnen.

In einiger Entfernung blieb er stehen und sah, wie regelmäßig Männer in das Haus gingen, ohne von den Muskelmännern am Eingang kontrolliert zu werden. Während er noch überlegte, ob er auch einfach an den Männern vorbei in das Gebäude gehen sollte, sah er, wie einem jungen Mann der Eintritt verwehrt wurde. Der Mann holte einen Ausweis aus seinem Portemonnaie und händigte diesen den Türstehern aus. Nach einer kurzen Prüfung durfte er ins Haus.

Vermutlich musste man 18 oder sogar 21 Jahre alt sein, um eingelassen zu werden, dachte Takin. Er nahm seinen ganzen Mut zusammen und ging selbstbewusst hinüber zum Eroscenter. Er war an dem ersten Türsteher schon vorbei, als der zweite ihn an der Schulter zurückhielt. Takin konnte zwar nicht verstehen, was der Mann sagte, aber ihm war klar, dass er seinen Ausweis vorzeigen sollte. Stattdessen zog Takin das Foto aus der Hosentasche, zeigte es dem Türsteher und versuchte, ihm in Englisch zu erklären, dass er diese Person suche.

Die Männer sahen sich erstaunt an und einer zog Takin am Kragen mühelos in die Höhe. Er brüllte Takin an und schleuderte ihn mit einem kräftigen Armstoß zwei bis drei Meter von sich weg. Takin wusste, dass an diesen Muskelmännern kein Weg vorbeiführte. Als er weit genug von ihnen entfernt war, zeigte er mit dem Finger auf das Fahndungsplakat mit dem Bild seiner Schwester und rief ihnen zu, er würde sie trotzdem finden.

Enttäuscht machte Takin sich anschließend auf den Rückweg zu seiner Unterkunft.

Axel war seit zehn Jahren Türsteher im Eroscenter „Sultan“. Mit 15 Jahren hatte er nach der achten Klasse die Hauptschule verlassen, weil er sich einbildete, die Lehrer könnten ihm sowieso nichts mehr beibringen. Seine Mutter hatte ihm immer wieder gut zugeredet, er solle doch wenigstens den Hauptschulabschluss machen, sonst würde er nie einen Ausbildungsplatz bekommen. Axel hatte jedoch keinen Bock mehr auf Schule und so verdiente er sich zunächst mit Gleichgesinnten sein Geld durch Diebstähle, kleinere Raubdelikte und Dealerei. Seit seinem 17. Lebensjahr ging er regelmäßig ins Fitnessstudio zum Bodybuilding und eignete sich inzwischen mit seiner stattlichen Figur bestens für einen Türsteherjob.

Natürlich kannte Axel auch Jacky, der im Kölner Rotlichtmilieu bekannt war wie ein bunter Hund. Jackys Mitstreiter Günther und Werner kannte er aber noch besser, weil er sie regelmäßig im Fitnessstudio traf.

Als dieser kleine Thailänder Axel das Foto zeigte, ahnte er, dass hier etwas nicht stimmte. Jacky hatte sich auf thailändische Huren spezialisiert und nun erschien so ein Bengel und fragte nach ihm. Und dann zeigte dieser Junge beim Gehen auf das Fahndungsplakat dieser Thailänderin und schimpfte in seiner Heimatsprache.

Da Axel die Telefonnummer von Jacky nicht kannte, rief er seinen Kumpel Werner an und erzählte von dem Vorfall.

***

Um 18:55 Uhr wurde das erste Gespräch auf dem überwachten Anschluss von Jackys Handy aufgezeichnet. Sven stellte sofort auf laut, um live mitzuhören:

„Jacky, ich bin es, Werner!“

„Du sollst diese Nummer doch nur im Notfall anrufen!“

„Ich denke, das ist ein Notfall! Man erkundigt sich nach dir, da war so ein kleiner…“

„Nicht am Telefon, lass uns irgendwo treffen. Bist du am Kölnberg?“

„Ja, aber wir treffen uns besser bei Rosi, du weißt schon, wo…“

„Okay, ich bin in zwanzig Minuten dort. Bis gleich!“

Sven rief Kid an und informierte ihn über dieses Gespräch, damit er die mobile Einheit vor Ort unterrichten konnte.

Tecki erhielt den Anruf gerade, als er die Observation für den heutigen Tag beenden wollte. Nach wenigen Minuten meldete das Team mit dem Blickkontakt zum Haus, die Zielperson würde in seinen Mercedes SLK 200 steigen und vom Grundstück fahren.

Rosi stand mit einer Kollegin hinter der Theke und stellte gerade Spirituosen in die Regale, als Werner um 19:15 Uhr den Raum betrat. Er setzte sich weit entfernt von der Theke an einen Tisch und grüßte Rosi mit einer lässigen Handbewegung. Rosi wunderte sich, denn normalerweise kam Werner direkt an die Theke und brüllte lauthals nach den Mädels.

„Hi, Werner, willst du dir bei uns Appetit holen oder was treibt dich so früh hierhin?"

„Spar dir die blöden Sprüche, bring mir lieber 'n Wasser!", antwortete er in barschem Ton.

Rosi brachte ihm seine Bestellung und ging wortlos zur Theke zurück. Was lief denn hier für eine Nummer ab?

Sie staunte noch mehr, als zehn Minuten später Jacky in die Bar kam und sich zu ihm setzte. Ohne Werner eines Blickes zu würdigen, ging sie zu Jacky, um seine Bestellung entgegenzunehmen. Er sah sie freundlich an: „Schätzchen, ich nehme einen Orangensaft. Hast du eigentlich schon gepackt?"

„Ich wäre innerhalb einer Stunde abfahrbereit", erwiderte Rosi.

Jetzt kam sie richtig ins Grübeln. Was hatte das zu bedeuten? Warum war Werner dermaßen schlecht gelaunt und warum traf er sich hier mit Jacky? Ob das auch mit dieser Thailänderin zu tun hatte?

Tecki rief Kid an: „Ich weiß, was der Anrufer mit ‚Lass uns bei Rosi treffen!' meinte. Die Zielperson ist gerade in diese Tabledance-Bar gegangen. Ich kann leider keinen Kollegen hinterher schicken, das wäre zu auffällig. Die Eingangstür steht offen und als ein Team vorbeifuhr, konnten sie nur einen Gast erkennen. Die Zielperson hat sich zu ihm an den Tisch gesetzt."

Kid überlegte kurz und antwortete dann: „Okay, versucht bitte, diesen anderen Mann ebenfalls zu observieren, wenn er die Bar verlässt."

„Kid, das kann ich mir nicht leisten. Um vernünftig zu observieren, muss ich mit mindestens vier bis sechs Fahrzeugen an einer Zielperson bleiben."

„Versuch wenigstens festzustellen, mit welchem Fahrzeug dieser Mann gekommen ist. Vielleicht gelingt es dir ja, ihn durch uniformierte Kollegen unter dem Vorwand einer Verkehrskontrolle überprüfen zu lassen. Dann hätten wir seinen Namen und Adresse."

„Ich werde es versuchen, aber Priorität hat die andere Zielperson."

***

Takin verspürte starke Schmerzen. Durch den Schlag des Zuhälters auf seinen Brustkorb hatte er sich wahrscheinlich eine Rippe geprellt; vielleicht war sie sogar gebrochen. Auf dem Heimweg kaufte er sich in einer Apotheke Schmerz- und Schlaftabletten. Nachdem er von jeder Sorte zwei genommen hatte, saß er in seinem Zimmer und grübelte. Kein Zweifel, er war zu gutgläubig an die Sache herangegangen! Wie konnte er ernsthaft glauben, die Prostituierten in diesem Haus befragen zu können, bis irgendeine ihm einen Hinweis geben würde! Takin überlegte, ob er seine thailändischen Wegbegleiter darüber informieren sollte, entschied sich dann aber dagegen. Die würden ihn für waghalsig und dumm halten. Er hoffte inbrünstig, die Polizei würde mehr Erfolg als er haben. Als die Tabletten ihre Wirkung zeigten, legte er sich hin und schlief bereits gegen 20:00 Uhr ein.

***

Werner war sichtlich genervt. „Wir haben nur Ärger mit dieser Thailänderin! Wenn die bei der Polizei aussagt und Günther und ich identifiziert werden, dann wandern wir in den Knast. Da habe ich keinen Bock drauf. Die Alte muss mundtot gemacht werden!"

„Immer mit der Ruhe, Werner. Die wird in den nächsten Tagen nach Spanien gebracht und unsere dortigen Freunde werden schon dafür sorgen, dass sie sich an ihren Deutschlandaufenthalt nicht mehr erinnern wird. Warum wolltest du mich so dringend treffen?"

„Axel, der vorne die Tür macht, hat mich vorhin angerufen. Da war eben so ein kleiner Thailänder, der ins „Sultan" wollte. Er hatte ein Foto von dir dabei und hat nach dir gefragt. Außerdem zeigte er auf das

Fahndungsplakat von der Thailänderin. Woher hat dieser Typ deinen Namen?“

Jacky war geschockt. Irgendwas lief hier verdammt schief! Nun wurde bereits zum zweiten Mal sein Name in Verbindung mit der verschwundenen Thailänderin gebracht. Hatte die Polizei wirklich etwas gegen ihn in der Hand? Trotz seiner Aufregung versuchte Jacky, Werner gegenüber ruhig und gelassen zu wirken.

„Was für ein Foto?“

„Weiß nicht, Axel hatte es ihm nicht abgenommen.“

„Dieser Trottel! Keine Ahnung, wie der Junge auf meinen Namen gekommen ist, aber für alles wird es eine Erklärung geben. Der sprach also Deutsch und nannte meinen richtigen Namen?“

„Nein, nein, der sprach überhaupt kein Deutsch. Er redete wohl Englisch und auf dem Foto stand dein Name. Axel hat ihm klar gemacht, er solle sich verpissen. Nach Axels Beschreibung könnte es der Bruder von unserem Thaimädchen sein. Der hatte sich in der Hütte schon gesträubt, als wir seine Schwester mitnahmen. Der würde Günther und mich natürlich wiedererkennen.“

„Okay, wir müssen uns wirklich darum kümmern. In der Zeitung stand, die Thailänder aus der Hütte hätten Asylanträge gestellt. Die werden also mit Sicherheit in einem dieser Asylbewerberheime untergebracht worden sein. Kannst du herausfinden, wo?“

„Kein Problem, ich kenne da jemanden bei der Stadt Köln, der mir noch einen Gefallen schuldig ist.“

„Okay, Werner, wenn du was rausgefunden hast, dann besuchst du den Kerl zusammen mit Günther. Nehmt diesen Axel noch mit, damit ihr auch sicher den Richtigen verarztet. Ich möchte wissen, wie er auf meinen Namen gekommen ist. Danach möchte ich nie wieder was von diesem Typen hören! Hast du mich verstanden?“

„Wenn ich heute noch erfahre, wo der Kerl sich aufhält, dann ist die Sache morgen erledigt! Der Typ wird auspacken und anschließend bekommt er einen extrastarken Drogencocktail. Du kannst dich auf mich verlassen.“

„Deswegen arbeiten wir ja auch schon so lange zusammen“, sagte Jacky, während er aufstand und sich verabschiedete. Rosi rief er zu, er werde sich die Tage bei ihr melden.

Als Jacky in seinen Mercedes stieg und den Motor startete, betätigten hundert Meter hinter ihm und in den angrenzenden Nebenstraßen Teckis Leute ebenfalls die Anlasser an ihren Einsatzfahrzeugen. Zwei seiner Teams blieben jedoch weiterhin vor Ort, in direkter Sichtposition zur Bar.

Jacky, der von alldem nichts bemerkte, fuhr kreuz und quer durch die Innenstadt Kölns, bis er gegen 20:00 Uhr vor einer Kneipe im Halteverbot parkte.

Während Jacky ziellos durch die Stadt fuhr, überlegte er, wie dieser Thailänder nur auf ihn kommen konnte. Hatte er einen Fehler begangen? Wenn ihn einer verpfiffen hätte, dann würde die Polizei ihn doch vorladen oder sogar festnehmen. Es war unheimlich wichtig, zu erfahren, wie dieser kleine Thailänder, der noch nicht einmal Deutsch sprach, auf seinen Namen gekommen war. Auf Werner, Günther und diesen Axel konnte er sich verlassen. Die würden ihm die Antworten liefern. Werner war ein richtiger Spezialist im Verhören von Personen. Im Mittelalter hätte er einen hervorragenden Scharfrichter abgegeben. Natürlich könnte bei dieser Aktion auch etwas schief gehen. Jacky selbst musste auf jeden Fall ein Alibi haben. Er entschloss sich deswegen, in seine Stammkneipe zu fahren und den restlichen Abend Black Jack zu spielen.

***

Sarah und Kid tranken Kaffee. Als Kid ihre ständigen Blicke zur Uhr bemerkte, fragte er: „Wann wollte Albert denn heute bei dir sein?"

„Gegen halb elf, aber eigentlich wollte ich uns noch eine Kleinigkeit kochen. Wir lieben beide Fisch und ...."

In diesem Moment betrat Fisch das Büro und fragte schmunzelnd: „Habe ich richtig gehört? Da gibt es Leute, die mich lieben?"

Sarah errötete und erwiderte: „Nein, nein, um Gottes Willen! Ich habe Kid gerade erklärt, das Albert und ich gerne Fisch essen und ich für heute Abend extra frischen Heilbutt gekauft habe."

„Soll das heißen, du liebst mich nicht?"

„Du passt nicht in mein Beuteschema!", antwortete Sarah frech.

„Schade und ich hatte schon mit dem Gedanken gespielt, dich früher gehen zu lassen..."

Fisch konnte sich nicht schnell genug wegdrehen, da fiel ihm Sarah schon um den Hals.

„Oh, Fisch! Wie sehr habe ich auf ein Zeichen von dir gewartet! Ein reifer Mann, der mein Herz begehrt und meine Liebe erwidert, ich …"

Langsam wurde Fisch die Unterhaltung peinlich: „Sarah, sieh zu, dass du zu deinem Albert kommst. Wir sind hier genug Leute, um einzugreifen, wenn unsere Zielpersonen uns einen Grund dafür geben sollten. Grüß mir diesen Albert, aber bleib bitte über Handy erreichbar. Ich hab so das Gefühl, als wenn an diesem Wochenende noch etwas passieren würde."

Sein Gefühl sollte ihn nicht täuschen.

Nach 14 Stunden Dienst und nur vier Stunden Schlaf in der letzten Nacht fühlte Kid sich müde und erschöpft. Um 20:15 Uhr schrieb er Senna in einer SMS, es würde doch wieder später werden.

***

Unmittelbar nachdem Jacky die Bar verlassen hatte, rief Werner seinen Bekannten von der Stadt Köln an. Da der Fall von den in der Eifel aufgegriffenen Thailändern in der lokalen Presse groß aufgemacht wurde, war jedem Bediensteten des Ausländeramtes der Stadt bekannt, in welchem Übergangsheim die Asylsuchenden untergebracht waren.

Anschließend wählte er Günthers Nummer, jedoch ohne Erfolg. *Na klasse, wenn man ihn braucht, ist er nicht zu erreichen! Dann zieh ich das Ding mit Axel eben alleine durch!*

***

Tecki teilte Kid telefonisch mit, dass Jacky immer noch in der Zockerkneipe war und die Zielperson 2 kurz auf die Straße kam, einen Türsteher vom Laufhaus nebenan ansprach und mit ihm anschließend zurück in die Bar ging.

Kid sprach sich mit Fisch ab und beide überlegten, ob sie das mobile Einsatzkommando, das mittlerweile über zwölf Stunden im Dienst war, noch weiterhin vor Ort lassen konnten.

Fisch rieb sich nachdenklich das Kinn.

„Wir sind in der Zwickmühle. Wenn wir heute dran bleiben, haben wir morgen kein Observationsteam. Ich würde sagen, wir brechen jetzt ab und setzen morgen neu an. Wir können ja jederzeit Jackys Standort über sein Handy ermitteln."

Kid war mit dieser Entscheidung nicht zufrieden: „Ich werde Tecki fragen, wie lange sie noch observieren können und wann sie morgen wieder einsatzbereit sind."

Anschließend einigten sie sich, die Observation noch eine Stunde, bis 22:00 Uhr, fortzuführen und morgen um 11:00 Uhr wieder zu beginnen.

***

Axel hörte gespannt zu, als Werner ihm den Job erklärte: „Wenn wir ihn in diesem Asylantenheim gefunden haben, werden wir in seinem Zimmer mit ihm reden. Anschließend hältst du ihn fest und ich setze ihm die Spritze. Sollten noch andere in dem Zimmer untergebracht sein, werden wir mit ihm einen Spaziergang machen, das Asylantenheim grenzt ja direkt an den Stadtpark. Wir werden Langhaarperücken tragen, damit uns später keiner dieser Schlitzaugen identifizieren kann. Wir treffen uns in einer Stunde am Eingang des Stadtparks."

Axel rieb sich vor Freude die Hände: „Das wird ein Spaß! Ich werde in einer halben Stunde dort sein."

***

Werner fuhr mit seinem Mazda MX 5 auf direktem Weg zum Kölnberg. Aufgrund des regen Verkehrs bemerkte er die beiden Zivilfahrzeuge des mobilen Einsatzkommandos nicht, die ihn vom Eroscenter aus verfolgten. Er parkte seinen Wagen in der Tiefgarage des Hochhauses und fuhr mit dem Aufzug zu seiner Eigentumswohnung in der 28. Etage.

Kid ermittelte über das Kennzeichen die Personalien des Halters, der am Kölnberg amtlich gemeldet war. Fisch und er gingen davon aus, dass der Mazdafahrer die Wohnung am Kölnberg in absehbarer Zeit wahrscheinlich nicht verlassen würde. Sie entschieden daher, die Observation abzubrechen.

Um 21:55 Uhr teilte Tecki seinen Leuten die Entscheidung der Einsatzführung mit.

Um 21:57 Uhr verließ das letzte Einsatzfahrzeug den Wohnpark am Kölnberg.

Um 21:58 Uhr fuhr Werner mit seinem Mazda wieder aus der Tiefgarage.

Um 22.15 Uhr parkte er am Stadtpark, circa drei Minuten Fußweg vom Asylantenheim entfernt.

Axel wartete bereits dort und lief ungeduldig hin und her. Werner gab ihm noch die letzten Instruktionen, bevor beide sich die Langhaarperücken aufsetzten.

Werner ärgerte sich jetzt darüber, nicht verkleidet oder maskiert gewesen zu sein, als Günther und er die Thailänderin aus der Hütte geholt hatten. Günther hatte sich mit der Begründung, er sei doch kein Weib, gegen eine Perücke strikt gewehrt. Heute wollte Werner es umso besser machen. Diesmal sollte kein potentieller Zeuge von ihnen eine vernünftige Personenbeschreibung abgeben können.

Werner und Axel beobachteten eine Zeit lang die Umgebung. Als sie sicher waren, dass sich kein Passant in der Nähe aufhielt, stiegen sie aus dem Auto und gingen schnellen Schrittes zum Asylantenheim.

Die Eingangstür des dreigeschossigen Heims stand offen. Im Eingangsbereich befand sich der Treppenaufgang zu den beiden oberen Stockwerken. Das gesamte Gebäude sah heruntergekommen aus. Überall waren die Wände beschmiert oder mit ausländischen Parolen beschrieben. Der Boden im Treppenhaus war übersät mit ausgetretenen Zigarettenkippen. Vor vielen Türen standen zerschlissene Leder- und Turnschuhe, die eigentlich in den Müll gehörten. Es roch widerlich nach Schweiß, abgestandenem Qualm und exotischen Gewürzen.

Werner überlegte, was sie jetzt tun könnten. Sie wussten weder Namen noch Zimmernummer des Thailänders. Entschlossen betrat er den ersten Flur und schritt die einzelnen Zimmertüren ab. Axel trottete ihm in einigem Abstand hinterher. An den Zimmertüren waren lediglich fortlaufende Zahlen, aber keine Namen angebracht.

Als sie beinahe das Ende des Flurs im Erdgeschoss erreicht hatten, öffnete sich eine Tür und eine Schwarzafrikanerin kam heraus. Sie erschrak, als sie die beiden langhaarigen Männer sah und wollte direkt wieder zurück in ihr Zimmer. Werner stellte schnell einen Fuß zwischen Tür und Türrahmen und fragte, ob sie Deutsch spreche. Die Frau sah ihn verängstigt mit großen Augen an und antwortete in gebrochenem Englisch, sie würde nichts verstehen. Er sagte das Wort *Thailänder* und zeigte mit seiner Hand in Richtung der einzelnen Zimmertüren. Doch die Schwarze schien noch immer nicht zu begreifen. Werner gab auf und nahm seinen Fuß wieder weg.

Sie gingen zurück ins Treppenhaus. Werner war davon ausgegangen, die Asylanten auf den Fluren oder in einem Gemeinschaftsraum anzutreffen. Zumindest hatte er angenommen, jeder angetroffene Asylant könnte ihm sagen, wo die Thailänder ihre Zimmer hatten. Während er über den nächsten Schritt nachdachte, ob sie nun an jede Tür klopfen sollten oder nicht, hörte er eine laute Toilettenspülung im ersten Stock. Sie liefen die Treppe hoch und sahen, wie ein junger Mann einen Raum in der Mitte des rechten Flures verließ und in das Zimmer nebenan ging.

Beide hatten den Mann nur einen kurzen Augenblick von der Seite und von hinten zu Gesicht bekommen. Axel meinte aber, es könnte durchaus der Thailänder gewesen sein.

Auf jeder Flurseite gingen neun Türen ab. Sie gingen zu der mittleren Tür, die nicht nummeriert war. Als Werner die Tür öffnete und ihm der ekelhafte Geruch von Exkrementen entgegenschlug, musste er einen plötzlich eintretenden Würgereflex unterdrücken. Er hielt die Luft an und verschaffte sich einen raschen Überblick. Er sah drei total verdreckte Toiletten, eine vom Schimmelpilz befallene Duschkabine und zwei völlig versiffte Waschbecken. An der Decke erkannte er eine vergilbte Ablüftungsanlage. Fenster gab es nicht.

Werner verließ den Sanitärraum und horchte an der danebenliegenden Tür. Er konnte nichts hören, obwohl er sich sicher war, dass die Person gerade hier hineingegangen war.

Takin wachte auf und musste dringend zur Toilette. Auf dem Rückweg zu seinem Zimmer bemerkte er die beiden langhaarigen Männer im Treppenhaus. Obwohl er noch schlaftrunken war, klingelten bei ihm die Alarmglocken. Diese Männer gehörten nicht in dieses Heim! Die suchten jemanden. Es war falsch gewesen, auf eigene Faust nach diesem Jacky zu ermitteln, aber jetzt war es zu spät. Jemand öffnete die Tür zu den Toiletten. In diesem Moment war er sich sicher: Sie suchten ihn! Was konnte er machen? Sein etwa zehn Quadratmeter großes Zimmer befand sich im ersten Obergeschoss. Zur Flucht musste er aus seinem Fenster ungefähr drei Meter tief springen. Während er noch nachdachte, klopfte jemand an seine Zimmertür mit einer Heftigkeit, die ihn kurzzeitig vor Angst erstarren ließ. Doch als Takin sich sicher war, dass diese Männer gleich seine Tür eintreten würden, eilte er schnurstracks Richtung Fenster.

Mit seinen mächtigen Pranken klopfte Werner immer heftiger gegen die Zimmertür und horchte anschließend, ob irgendwelche Geräusche aus dem Zimmer kamen.

Plötzlich schrie er Axel an: „Die Sau will durch das Fenster abhauen! Lauf runter und lass ihn nicht entkommen!"

Er ging einen Schritt zurück und trat mit voller Wucht gegen die Tür. Sie sprang sofort auf, so dass Werner das Gleichgewicht verlor und ins Zimmer fiel. Durch das weit geöffnete Fenster konnte er gerade noch erkennen, wie der Thailänder durch dichtes Buschwerk in den Stadtpark lief. Wenige Augenblicke später erschien Axel in seinem Blickfeld, der nicht genau wusste, in welche Richtung er weiterlaufen sollte. Werner zeigte ihm die Stelle, an der Takin den Park betreten hatte.

Ob er ebenfalls noch in den Park laufen sollte? Nein, die beiden könnte er jetzt sowieso nicht mehr einholen. Axel würde den Thailänder schon alleine überwältigen. Durch den Lärm aufgeschreckt, traten die Bewohner der angrenzenden Zimmer auf den Flur und redeten in fremden Sprachen auf Werner ein. Dieser wusste sich nicht anders zu helfen, als „Polizei, Policia, go go…" zu brüllen. Er war selbst überrascht, dass die Bewohner tatsächlich auf ihre Zimmer verschwanden. Wahrscheinlich hatte man sich in diesen Häusern an Polizeikontrollen und eingetretene Türen gewöhnt, dachte Werner. Trotzdem hoffte er, es würde nicht doch noch einer misstrauisch werden und die richtigen Bullen anrufen.

Er sah sich schnell in Takins Zimmer um und nachdem er nichts Brauchbares fand, verließ er das Wohnheim, um den beiden in den Stadtpark zu folgen.

Noch während des Sprunges hörte Takin das laute Krachen seiner zerberstenden Zimmertür. Er landete auf dem Rasen an der Gebäuderückseite und rollte sich gekonnt ab.

Mit schnellen Schritten lief er in den angrenzenden Park. Nachdem er durch das dichte Buschwerk gesprungen war, drehte er sich um und sah den Mann mit den langen Haaren an seinem Fenster stehen. Gleichzeitig sah er den zweiten Mann um das Gebäude kommen. Der Mann am Fenster rief ihm etwas zu und zeigte grob in seine Richtung.

Jetzt musste er um sein Leben laufen. Es war relativ dunkel, nur der Mondschein warf etwas Licht auf die Wege im Stadtpark. Er lief den Waldweg entlang und nach kurzer Zeit hörte er, wie sein Verfolger ebenfalls durch das Buschwerk sprang und in seine Richtung lief.

Takin entschied sich, den Weg zu verlassen und in den dichten Wald zu laufen. Der Waldboden war jedoch sehr uneben und er kam nur langsam voran. Er hörte seinen Verfolger immer noch deutlich. Das Licht wurde immer diffuser. Der Mann war höchstens noch dreißig Meter hinter ihm. Als Takin in eine flache Senke sprang, knickte er mit seinem Fuß um. Beim Aufrichten spürte er einen ziehenden Schmerz im rechten Fußgelenk. Mit verstauchtem Fuß humpelte er langsam weiter und hörte, wie sein Verfolger immer näher kam. Plötzlich sah er vor sich einen Stapel mit Holzstämmen. Hinter diesen Stämmen verlief wieder ein Fußweg. Er konnte mit seiner Verletzung nicht mehr weit laufen, also beschloss er, auf den Stapel zu klettern. Oben angekommen, legte er sich flach hin und versuchte, seinen keuchenden Atem unter Kontrolle zu bekommen.

Nachdem Werner Axel zugerufen hatte, in welche Richtung der Thailänder geflüchtet war, nahm Axel die Verfolgung auf. Nach ein paar Minuten blieb er kurz stehen und konzentrierte sich auf die Geräusche im Wald. Kein Zweifel, er konnte hören, wie der Thailänder über das am Boden liegende Geäst lief. Bald würde er ihn einholen; die Geräusche waren höchstens zwanzig Meter von ihm entfernt.

Dann war es plötzlich ruhig. Axel horchte.

Nichts. Totenstille.

Der Thailänder musste sich irgendwo versteckt haben. Axel ärgerte sich, keine Taschenlampe mitgenommen zu haben. Er ging im Zickzack vorsichtig weiter, bis er auf einen Weg stieß. Hier war es etwas heller. Er ging den Weg ein Stück entlang und verharrte dann an einem großen Holzstapel.

Takin lag ausgestreckt auf dem Rücken und bewegte sich nicht. Sein Verfolger kam näher und ging um den Holzstapel herum. Takin hielt den Atem an. Während er sich auf jedes Geräusch konzentrierte, nahm er den intensiven Geruch des frisch geschlagenen Holzes wahr. Der Mann war in unmittelbarer Nähe. Er könnte Takin nur sehen, wenn er auf den Stapel kletterte. Takin atmete jetzt so leise wie möglich und überlegte, ob die Stämme den Mann begraben würden, wenn er fest gegen einen träte und dadurch eine Lawine in Gang brächte. Er würde dann jedoch ebenfalls mit dem Stapel stürzen und sich wahrscheinlich schwer verletzen. Möglicherweise hatte der Mann auch noch genug Zeit, um zur Seite zu springen. Dann hätte er auf jeden Fall verloren.

Während Takin seine Chancen abwog, wurde ihm die Entscheidung abgenommen. Der Mann kletterte an der Längsseite die Baumstämme hoch.

Ebenfalls auf dem Waldweg im Stadtpark angekommen, konnte Werner weder Axel noch den Thailänder entdecken. Er ging in die Richtung, in die er eben Alex geschickt hatte. Nach ungefähr hundert Metern kam eine Biegung. Er blieb einen Moment stehen und lauschte in den Wald hinein. Komisch, dachte Werner, man müsste doch die beiden hören können. Er wollte jedoch nicht laut nach Axel rufen, um nicht unnötig Aufmerksamkeit zu erregen. Er ging noch weitere hundert Meter in die gleiche Richtung und entschied dann, Axel auf dem Handy anzurufen.

Axel war sich sicher: Der Thailänder musste ganz in seiner Nähe sein. Wo hätte er sich versteckt, wenn er selbst der Gejagte gewesen wäre? Sein Blick fiel auf das Schild an dem Holzstapel mit der Aufschrift „Betreten verboten“. Das war die Antwort.

Axel ignorierte das Schild und kletterte vorsichtig den Stapel hinauf. Er hatte gerade einen Fuß auf den zweiten Stamm gesetzt, als zwei Dinge beinahe gleichzeitig passierten. Zunächst klingelte sein Handy. In dem Moment, als er das Telefon aus seiner Hosentasche ziehen wollte, hörte er über sich einen Aufschrei und die Holzstämme gerieten in Bewegung. Er geriet ins Straucheln. Während er noch versuchte, zur Seite zu springen, verfing sich sein rechter Fuß zwischen den heranrollenden Baumstämmen und er fiel rückwärts. Obwohl er hart mit dem Hinterkopf auf dem Waldboden aufschlug, blieb er bei vollem Bewusstsein. Dadurch musste er mit ansehen, wie die Baumstämme, jeder mit einem halben Meter Durchmesser, auf ihn zurollten. Er riss den Mund auf, um laut aufzuschreien, doch es kam kein Ton heraus. Als die ersten Stämme über seine Knie rollten, spürte er, wie seine Kniescheiben zerbrachen. Instinktiv versuchte er, mit den Händen sein Gesicht zu schützen. Doch gegen diese rollende Tonnenlast hatte er nicht den Hauch einer Chance. Nach wenigen Sekunden wurde er von dem Gewicht regelrecht zerdrückt.

Takin schaffte es im letzten Moment, seitwärts vom Stapel zu springen. Er landete auf seinem verstauchten Fuß und schrie vor Schmerzen auf. Er sah wie die Stämme über seinen Verfolger rollten und ihn komplett begruben. Nachdem es wieder ruhig war, stieß Takin ein kurzes Dankesgebet dafür aus, dass kein Stamm ihn erwischt hatte.

Seine Freude war allerdings nur von kurzer Dauer. Er hörte, wie jemand in seiner Nähe laut den Namen Axel rief.

Unmittelbar nachdem er Axels Handynummer angewählt hatte, konnte Werner aus einiger Entfernung ein lautes Tosen und Gedröhne hören. Er rannte sofort in Richtung des Lärms und rief fortlaufend nach Axel. Je tiefer er in den Wald eindrang, desto langsamer kam er voran. Die dichten Baumkronen ließen nur wenig Licht durch und er musste genau darauf achten, wohin er trat. Nach wenigen Minuten blieb er stehen und lauschte. Nichts. Der Lärm hatte sich gelegt und auf sein Rufen wurde nichts erwidert. Er wählte noch mal Axels Handynummer und hörte nur das Besetztzeichen. Vielleicht versucht er gerade, mich anzurufen, dachte Werner und legte auf. Nach einer Minute versuchte er es erneut, doch es war immer noch besetzt.

Langsam wurde Werner richtig sauer. Er schlich durch den Wald, bis er wieder auf einen Weg kam. Hier war die Sicht etwas besser. Er sah in einiger Entfernung Baumstämme auf dem Weg liegen. Je näher er kam, desto mehr wurde ihm klar, woher dieser tosende Lärm vorhin kam.

Takin angelte sich mit den Händen an einem Ast hoch und versuchte mit dem verletzten Fuß aufzutreten, doch es ging nicht. Die Schmerzen waren unerträglich. Er sah die Silhouette eines Mannes, der immer näher auf ihn zukam. Völlig verängstigt robbte er auf allen vieren in den Wald hinein und sah sich nach einem geeigneten Versteck um. Der

Boden war mit Laub, Moos und kleinen Ästen übersät. Da er nur langsam vorankam, legte er sich schon nach wenigen Metern in eine leichte Mulde und bedeckte sich mit den herumliegenden Blättern und Ästen. Es dauerte nicht lange, bis er einen kurzen Aufschrei hörte. Wahrscheinlich hatte der Mann seinen Verfolger unter den Baumstämmen entdeckt.

Takin legte noch mehr Laub über sein Gesicht und betete, nicht entdeckt zu werden.

Als Werner aus dem Wald auf den Weg trat, war er wütend. Er war wütend auf Axel, weil er ihm die Schuld dafür gab, dass die Beseitigung des Thailänders so lange dauerte. Dann, als er durch die Stille der Nacht in Richtung der Baumstämme ging, bekam er ein mulmiges Gefühl. So kannte er sich selbst nicht! Schritt für Schritt ging er weiter. Als er an dem ersten Baumstamm angekommen war, wurde seine Vermutung zur Gewissheit. „Verdammte Scheiße!", schrie er unvermittelt, als er ein paar Meter weiter mehrere Stämme über einem Körper liegen sah. Eine Hand ragte zwischen den Stämmen hervor, die ein Handy umklammerte. Werner wusste direkt, wem es gehörte. Für einen Moment vergaß er das Atmen. Nur mit größter Schwierigkeit unterdrückte er den inneren Impuls, einfach davonzurennen.

Sein Kumpel war nicht mehr zu retten. Zwischen den Stämmen, wo der Arm herausragte, konnte Werner einen Teil von Axels Gesicht erkennen. Dort, wo einmal Augen und eine Nase gewesen waren, sah man jetzt eine blutige, breiartige Masse, aus der Knochen hervortraten.

Werner hatte an diesem Abend das zweite Mal das Gefühl, sich übergeben zu müssen.

Nur sehr schleppend setzte allmählich wieder sein Verstand ein. Für Axel konnte er nichts mehr machen. Wichtig war vielmehr, dass er jetzt schnell diesen Thailänder zu fassen bekäme. Er ging weiter und hoffte, ihn ebenfalls zerquetscht unter den Stämmen zu finden. Fehlanzeige. Ob der Junge mittlerweile über alle Berge war? Bei dem Lärm hätte er natürlich einfach weglaufen können. Andererseits hätte Werner dann, nachdem der Krach sich gelegt hatte, irgendwelche Geräusche im Wald hören müssen. *Nein, der Typ ist nicht weg! Er hat sich hier in der Nähe versteckt. Solange hier keine andere Menschenseele auftaucht, werde ich die Gegend absuchen.* Die Vorstellung, den Thailänder schnell zu finden, ließ ihn seinen Schockzustand überwinden. In Gedanken malte er sich aus, wie er diesen Kerl umbringen würde. Das war er Axel schuldig.

Er ging zu der Stelle, wo die meisten Baumstämme – zum Teil noch aufeinander gestapelt – lagen. Von hier aus sah er sich nach allen Seiten um. Der Thailänder war ihm nicht entgegengekommen. Er musste entweder in die andere Richtung weggelaufen sein oder sich hier in unmittelbarer Nähe versteckt haben. Werner ging ein Stück in den Wald hinein und sah hinauf zu den Baumkronen. Obwohl ihm Thailand kaum ein Begriff war, hatte er ein Bild vor Augen, wie kleine schlanke Thailänder in ihrem Land auf Palmen kletterten und Kokosnüsse pflückten. Er stellte sich vor, wie dieser kleine Drecksack oben in den Baumkronen hing und sich über ihn lustig machte. Nach oben schauend bewegte er sich rückwärts über den laubbedeckten Waldboden genau auf Takins Versteck zu.

Takin lag in seinem Versteck auf dem Rücken und hoffte, dass er sich gut genug getarnt hatte. Sein Gesicht war nicht vollständig mit Laub bedeckt, so dass er zumindest nach oben etwas sehen konnte. Als er Schritte in seiner unmittelbaren Nähe hörte, hob er den Kopf leicht an und sah, wie sich der Mann langsam rückwärts auf ihn zubewegte. *Wenn er die Richtung beibehält, wird er genau über mich laufen*, dachte Takin und überlegte, welche Möglichkeiten er dann hätte. Weglaufen kam nicht in Frage. Als der Mann nur noch zwei Meter von seinen Füßen entfernt war, hob Takin seinen Kopf ganz aus dem Laub und sah sich links und rechts nach einem Gegenstand um, mit dem er sich verteidigen könnte. Seine Hoffnung auf einen größeren Stein erfüllte sich nicht.

Als er wieder nach vorne blickte, wusste er, dass ihm jetzt sowieso keine Zeit mehr blieb.

Der Mann trat in der Rückwärtsbewegung auf Takins Schuhe, knickte dabei mit seinem Fuß um und geriet ins Stolpern. Im Fallen drehte er sich instinktiv um seine eigene Achse, um den Sturz besser kontrollieren zu können. Wenn er durch das Stolpern schon geschockt war, so erhöhte sich sein Adrenalinspiegel noch, als er das Gesicht des Thailänders zwischen den Blättern sah! Im Fallen registrierte er, wie der Thailänder nach etwas griff. Keine Sekunde später bohrte sich etwas in Werners Hals.

Als Takin in seiner Verzweiflung nach dem nächstbesten Gegenstand griff, erwischte er einen etwas dickeren abgebrochenen Ast, den er reflexartig vor sich hielt. Es war Zufall, dass ausgerechnet die Seite mit der scharfkantigen Bruchstelle nach oben zeigte, als der Mann mit aufgerissenen Augen auf ihn zufiel. Takin hielt den Ast mit aller Kraft fest, als dieser seitlich in den Hals des Mannes eindrang.

Werner war nicht sofort tot. Während das Blut aus seiner Halsschlagader spritzte, ging ihm ein letzter, grotesker Gedanke durch den Kopf. Er hatte in seinem Leben schon hunderte Frauen flachgelegt und Homosexuelle regelrecht verabscheut. Jetzt im Sterben lag er in einer typischen Missionarsstellung auf einem Mann. Als ihm langsam seine Sinne schwanden, musste er darüber lächeln.

Takin konnte vor Angst kaum atmen. Der schwere, leblose Körper auf ihm tat sein Übriges. Ein aufdringlicher Geruch aus Schweiß und Aftershave drang ihm in die Nase, während noch immer Blut aus der Halsschlagader des Toten tropfte. Takin erkannte ihn jetzt wieder. Es war einer der Männer, die seine Schwester aus der Hütte verschleppt hatten. Der Schock wich aus seinen Gliedern und ein Gefühl der Genugtuung überkam ihn.

Nach einer kurzen Verschnaufpause nahm er alle seine Kräfte zusammen und stieß den Mann von sich. Sein Fuß schmerzte immer noch unerträglich. Mittlerweile war es kurz vor Mitternacht.

Samstag, 11.11.2006

Kalle war seit 09:00 Uhr im Polizeipräsidium. Seine erste Maßnahme war die Überprüfung der Telekommunikationsüberwachungsanlage. Enttäuscht stellte er fest, dass in der Nacht keine Gespräche aufgezeichnet worden waren. Anschließend frühstückte er in seinem Büro und las die Zeitung. Sobald ein relevantes Gespräch stattfand, sollte er sofort Fisch und Tecki informieren.

Kalle war gerade in den Sportteil seiner Zeitung vertieft, als ihn um 09:44 Uhr ein lautes Knacken alarmierte. In diesem Augenblick wurde eine Verbindung zum überwachten Handy hergestellt und zeitgleich blinkte eine rote Warnleuchte. Kalle drückte sofort den Knopf mit der Bezeichnung *Live-Schaltung* und wurde Zeuge von folgendem Gespräch:

„Ja!"

„Boris hier. Mein Schrauber hat das Ersatzteil eingebaut. Ich könnte direkt losfahren."

„Mach das, hier brennt langsam die Luft."

„Was ist los? Gibt es Probleme?"

„Die Bullen waren schon bei mir und haben blöde Fragen gestellt. Ich glaube, es ist besser, wenn ich mal eine gewisse Zeit von hier verschwinde."

„Glaubst du, die haben mich auch auf dem Kieker?"

„Nein, das sind nur Routineüberprüfungen. Die haben nur herausgefunden, für wen die meisten thailändischen Nutten in Köln arbeiten. Mach du dir keine Gedanken, die Bullen haben keine Ahnung, was hier abgeht. Wie lange wirst du brauchen?"

„Ungefähr 13 bis 14 Stunden. Treffen wir uns am üblichen Ort?"

„Nein, diesmal nicht. Auf dem Rastplatz befindet sich zurzeit eine Baustelle, man kann nur vorne an der Autobahn parken und da steht man auf dem Präsentierteller. Wir treffen uns bei Günni in der Tiefgarage. Ruf eine Stunde, bevor du in Köln bist, noch mal bei mir an."

„Alles klar, ich fahre jetzt gleich los."

***

Die MK Mama-Mitglieder standen im Halbkreis hinter Kalle und hörten sich das Gespräch an. Anschließend las Fisch für alle noch mal den anonymen Hinweis vor:

„Hallo Polezei, ich meine Name nicht sagen. Thaifrau von Plakat am Wochenende Spanien. Du musst gucken Ferdi Keiler, das sein Zuhälter mit den Spitzename Jacky."

Da gab es nicht viel zu überlegen. Dieser Boris würde heute Nacht die Thailänderin holen und Jacky wollte verschwinden; wie es schien, wollte er mitfahren.

„Kid, meinst du, Tecki und seine Leute könnten aufgrund der neuen Lageentwicklung einen Tag länger für uns arbeiten?"

„Nein, die sind ab morgen in einem anderen Einsatz, die können wir heute Nacht nicht mehr einsetzen. Ich könnte höchstens mal bei der Bundespolizei nachfragen. Ich kenne dort einige Kollegen, unter anderem den Leiter des Ermittlungsdienstes. Hier geht es ja auch um ein grenzüberschreitendes Delikt."

„Okay", antwortete Fisch, „ich werde unsere Staatsanwältin anrufen und fragen, ob sie eine Observation, notfalls bis nach Spanien, genehmigen würde. Wir dürfen schließlich das Leben dieser Thailänderin nicht gefährden. Die Staatsanwältin wird mich natürlich fragen, wie sicher die Erkenntnisse sind, dass die Frau in einem bestimmten Fahrzeug einer unserer Verdächtigen transportiert wird. Da ist mal wieder Überzeugungsarbeit angesagt. Unter Umständen müssen wir sie durch halb Europa verfolgen. Es wäre dann natürlich wesentlich einfacher für uns, wenn das von Jacky benutzte Fahrzeug einen Sender hätte. Tecki soll jede Gelegenheit nutzen, um heute noch die GPS-Sender an die Fahrzeuge der Zielperson anzubringen."

Auf dem Flur traf Fisch seinen Chef Arndt Siebert und einige Kollegen von seinem Kommissariat. „Was macht ihr denn hier? Jetzt sagt nicht, unsere Dienststelle hat ein neues Tötungsdelikt zu bearbeiten."

„Doch, man hat heute Morgen zwei Leichen im Stadtpark gefunden. Sehr dubiose Geschichte, zwei Männer mit Perücken, der eine von Baumstämmen erschlagen, der andere mit einem Ast erstochen. Die Identifizierung läuft noch. Zurzeit durchkämmen Beamte der Bereitschaftspolizei den Park und suchen nach Spuren."

„Das klingt wirklich dubios! Halt mich mal auf dem Laufenden, bei mir wird es heute wahrscheinlich auch noch spannend. Ich muss los!", erwiderte Fisch und ging weiter in sein Büro.

***

Auf einen Ast gestützt, machte Takin sich auf den Rückweg zum Asylbewerberheim. Er kam nur langsam voran, weil er den verletzten Fuß kaum belasten konnte. Als er gegen 1.00 Uhr völlig erschöpft an seinem Ziel eintraf, war es im Gebäude absolut still. Die Zimmer seiner Landsleute befanden sich im zweiten Obergeschoss auf der anderen Flurseite, sie hatten deshalb zum Glück nichts von diesen Schlägertypen mitbekommen.

In seinem Zimmer angekommen, begutachtete er zunächst den Schaden an seiner Tür. Das Schließblech am Türrahmen war so stark verbogen, dass die Schnappverriegelung nicht mehr funktionierte. Das Türblatt selbst war nicht beschädigt. Takin zog die Tür zu und stellte einen Stuhl von innen unter die Türklinke. Anschließend schluckte er wiederum zwei Schmerz- und zwei Schlaftabletten und legte sich ins Bett.

Am Samstagmorgen wurde er gegen 10:00 Uhr aufgrund des lauten Stimmengewirrs im Heim wach und stellte erleichtert fest, dass die Schwellung und die Schmerzen etwas nachgelassen hatten. Die lauten Stimmen kamen vom Flur. Takin konnte sich denken, worüber seine Mitbewohner diskutierten. Er schaute aus dem Fenster, sah durch die Baumkronen blinkende Blaulichter und erkannte uniformierte Polizeibeamte, die bei strömendem Regen den Stadtpark durchkämmten.

Er hatte sich gestern Nacht überhaupt nicht die Mühe gemacht, irgendwelche Spuren zu verwischen. Wieso auch, fragte er sich, er hatte sich doch nur verteidigt. Er konnte sich glücklich schätzen, nicht selbst tot im Wald zu liegen. Sollten diese Männer seiner Schwester etwas angetan haben, dann war ihr Tod zumindest eine kleine Genugtuung für ihn. Takin überlegte, ob er sich der Polizei stellen sollte. Aber würden sie ihm glauben? Wenn er ins Gefängnis käme, würde er seiner Schwester überhaupt nicht mehr helfen können. Er entschied sich, erstmal abzuwarten, nahm eine weitere Schmerztablette und legte sich wieder ins Bett.

***

Tecki musste unbedingt heute noch den Sender einbauen. Aber wie sollten seine Leute an Jackys Fuhrpark herankommen? Zwei Fahrzeuge standen in der Garage, nur der Daimler stand draußen. Die Zielperson war heute Morgen alleine im Haus. Während Tecki überlegte, meldete sich sein Mann aus der A-Position.

„Die Zielperson verlässt mit einer Sporttasche das Haus und öffnet das Garagentor. Er hat einen Tennisschläger in der Hand. Jetzt steigt er in seinen Porsche."

Das war die Chance, jetzt konnten sie das kalkulierte Risiko eingehen!

„Bis auf Team 3 gehen alle anderen in die Observation. Team 3, ihr versucht, den Sender an die vor Ort verbliebenen Fahrzeuge anzubringen."

„Verstanden, Ende."

Tecki wusste, seine Leute brauchten keine weiteren Erklärungen. Die Zielperson hatte zwar sein Haus, aber nicht das ganze Grundstück mit einer Alarmanlage gesichert. Im Eingangsbereich befand sich zwar eine Kamera, mit der man die Einfahrt bis zum Außentor beobachten konnte. Glücklicherweise stand der Daimler aber unter einem Carport neben der Doppelgarage und wurde somit nicht von der Kamera erfasst.

Mit einer Klappleiter gelang es Team 3 problemlos, die 2,50 Meter hohe Außenmauer des Grundstücks zu überwinden. Geduckt schlichen sie in Richtung Garage. Für den Fall, dass doch noch unvermittelt ein Spätaufsteher die Tür oder ein Fenster öffnete, hatten sie ihre Sturmmasken aufgesetzt, wodurch sie wie konventionelle Einbrecher aussahen. Als sie am Carport ankamen, begann ein Beamter damit, den Sender unter dem Daimler Benz SLK 200 zu montieren. Nach drei Minuten war ihr Auftrag zu 50 Prozent erledigt: In die Garage gelangten sie leider nicht, da das Tor alarmgesichert war.

Nachdem sie Tecki informiert hatten, fuhren sie zur nahe gelegenen Tennishalle, wo sie sich in die Observationsglocke ihrer Kollegen eingliederten.

Die Zielperson hatte den Porsche vor der Tennishalle in einer Parktasche geparkt. Tecki betrachtete die hochwertigen Autos auf dem Parkplatz. Mit einem Polizistenlohn würde man in diesem Club nicht Tennis spielen können. Er überlegte, wie seine Männer an den Porsche herankommen konnten, ohne von dem gegenüberliegenden Clubrestaurant aus beobachtet zu werden. Das Restaurant war bereits gut besucht und einige Gäste saßen mit Blickrichtung zum Parkplatz an ihren Tischen. Tecki fragte sich, ob Menschen bei Regen grundsätzlich häufiger aus dem Fenster sahen als bei anderen Witterungsverhältnissen. Zumindest jetzt hatte er das Gefühl, dass die am Fenster sitzenden Gäste ständig nach draußen guckten.

Wenn er mehr Zeit gehabt hätte, würde er einen LKW anmieten und diesen vorübergehend vor den Restaurantfenstern als Sichtschutz parken. Bis er das aber organisiert hätte, wäre die Zielperson wahrscheinlich längst über alle Berge. Hier am helllichten Tage gab es eigentlich nur zwei taktische Varianten, Sichtschutz oder Ablenkung. Plötzlich hatte er eine Idee, wie man diese beiden Varianten miteinander verbinden könnte.

Unmittelbar nachdem sie von ihrem Chef informiert worden waren, setzten die Beamten des zweiten Teams Teckis Idee um. Sie fuhren in der Nähe des Parkplatzes eine Stelle an, an der sie ungesehen Luft aus ihrem linken Vorderreifen lassen konnten. Anschließend kehrten sie um, fuhren langsam zurück und ließen sich ausrollen, bis sie sich auf dem Parkplatz in der Höhe des abgestellten Porsches der Zielperson befanden. Hier, wo die Nobelkarossen der reichen Geschäftsleute abgestellt waren, täuschten sie vor den Augen der Restaurantbesucher wild gestikulierend eine Reifenpanne vor.

Die Besucher, die in ihre Blickrichtung saßen, mussten den platten Reifen bei der Anfahrt bemerkt haben. Jetzt beobachteten sie, wie die beiden Männer lauthals diskutierten und anschließend aus dem Kofferraum einen Wagenheber und das Reserverad holten. Sie gingen beide auf der vom Restaurant nicht einsehbaren Fahrerseite in die Hocke, um den Reifen zu wechseln. Was die neugierigen Gäste nicht sehen konnten, war die Tatsache, dass nur ein Mann den Reifen wechselte, während der andere unter den dahinter geparkten Porsche kroch und den Sender montierte. Nach knapp zehn Minuten war der Reifen gewechselt und Team 2 verließ wieder den Parkplatz.

Tecki informierte Fisch und Kid über die beiden präparierten Fahrzeuge der Zielperson. Hinsichtlich des Rover-Freelander, der in der alarmgesicherten Garage stand, musste man auf Lücke setzen und hoffen, die Zielperson würde diesen Wagen nicht benutzen.

***

Fisch hatte mit der zuständigen Staatsanwältin telefoniert und mit ihr jede denkbare Entwicklung des Falles durchdiskutiert. Sollten gesicherte Erkenntnisse auf den Aufenthaltsort der gesuchten Thailänderin vorliegen, hätte ihre Befreiung oberste Priorität. Hinsichtlich des Wortes *gesichert* würde es ausreichen, wenn man bei der Observation feststellte, dass in der Nacht eine Asiatin in ein Fahrzeug verbracht würde. Solange man dies jedoch nur annehmen konnte, ordnete die Staatsanwältin die weitere Observation bis maximal zur Landesgrenze an. Spätestens da sollte dann eine fingierte Zollkontrolle stattfinden.

Fisch hakte nach: „Was wäre denn, wenn lediglich dieser Jacky bei der Ausreise in Richtung Spanien observiert werden könnte? Dann müssten wir ja davon ausgehen, dass die Thailänderin in einem anderen Fahrzeug ebenso außer Landes gebracht wird."

„Im Bereich der Beneluxstaaten wird das kein Problem sein. In Frankreich oder Spanien dürfen wir jedoch keine strafprozessualen Maßnahmen mehr treffen. Da könnten wir höchstens über Rechtshilfeersuchen mit den zuständigen Landesbehörden zusammenarbeiten."

An dieser Stelle hatte Fisch nicht weiter nachgehakt. Die Staatsanwältin konnte ihnen keinen Freibrief für eine Observation in Frankreich und Spanien geben, hatte aber in dem Gespräch mehrfach betont, dass die Gesundheit der Thailänderin absolute Priorität habe. Bei diesem Gedanken hielt Fisch sich die Möglichkeit offen, diesen Zuhälter notfalls doch bis nach Spanien zu observieren.

Anschließend suchte Fisch Arndt Siebert in dessen Büro auf, um ihn über den neuesten Stand der Dinge zu unterrichten und mit ihm das weitere Vorgehen in seinem Fall abzusprechen. Siebert war aber wegen der Stadtparkleichen völlig im Stress und für neue Informationen nicht mehr aufnahmefähig. Er gab Fisch vollkommen freie Hand bei seinen Entscheidungen.

Nachdem Kid vergeblich versucht hatte, den Leiter des Ermittlungsdienstes der Bundespolizei anzurufen, stellte ihn die Vermittlung der Bundespolizeidirektion zu Georg „Schorsch" Hack, dem Leiter der mobilen Fahndungseinheit der Bundespolizei, durch. Kid kannte ihn noch von früher. Als ehemaliger Truppführer der GSG 9 war er seinerzeit an der *Operation Feuerzauber* in Mogadischu beteiligt und hatte anschließend das Bundesverdienstkreuz erhalten. Kid war froh, diesen persönlichen Kontakt zur Bundespolizei zu haben. Wenn Schorsch von einer Sache überzeugt war, konnte er es sich leisten, Entscheidungen spontan am Telefon zu treffen, ohne noch erst einen schriftlichen Auftrag zu verlangen.

„Na, du oller Held, hat man dich immer noch nicht zur Ruhe gesetzt?", begann Kid das Gespräch.

„Ich und Ruhe, ich hab später in der Truhe genug Ruhe. Was willst du alter Landesbulle von mir?“, erwiderte Schorsch.

Nachdem Kid ihn kurz in die Fahndungslage eingewiesen hatte, antwortete Schorsch in Anspielung auf den heutigen Beginn der Karnevalssession:

„Do simmer dabei, dat es prima! Das passt wunderbar, ich habe zufällig an diesem Wochenende Dienst. Ich komme mit meinem besten Techniker, mehr Kräfte kann ich so kurzfristig allerdings nicht stellen.“

Nach diesem Gespräch schickte Kid alle Mitglieder der MK Mama nach Hause. Sie sollten um 20:00 Uhr möglichst ausgeruht zum Dienst erscheinen.

Bevor Kid danach seine Frau anrief, überlegte er sich noch besänftigende Worte. Wenn er weiter soviele Überstunden machen sollte, könnte er bald die Koffer packen.

„Hi, Schatz, heute wird es wieder länger werden. Tut mir leid!“

Stille. Warum antwortete sie nicht? Kid zählte langsam bis zehn. Gleich würde sie ausflippen.

„Nicht schlimm, wird es denn viel länger?“, fragte Senna kichernd.

„Wahrscheinlich muss ich die ganze Nacht arbeiten. Du klingst ja heiter! Was ist los?“

„Hört man mir das an? Luzie ist gerade hier. Wir zwei trinken Sekt, lästern über die vielen blöden Männer dieser Welt und durchforsten die Partnerschaftsbörsen im Internet. Es ist echt verrückt, wie viele Leute in unserem Alter auf der Suche sind.“

„Hat Luzie nicht erstmal die Schnauze voll von Männern?“

„Doch, aber es macht Spaß und lenkt ab, wenn man die vielen Inserate liest. Ach übrigens, wenn du heute sowieso nicht nach Hause kommst, könnte Luzie doch hier schlafen. Die wird sich bestimmt freuen, wenn sie Samstagabend nicht alleine ist.“

„Nur, wenn ich zwischen euch in der Mitte liegen darf!“

„Träum du nur weiter. Du schläfst dann im Gästezimmer. Wir werden vorsichtshalber die Tür abschließen.“

„Spielverderber! Bestell Luzie liebe Grüße von mir, ich muss wieder an die Arbeit.“

„Nehmt endlich euren Mörder fest.“

***

Jetzt hielt sich Jacky schon drei Stunden in diesem Tennisclub auf! Das mobile Überwachungsgerät hatte Tecki auf seinem Schoß liegen und auch schon gecheckt. Das Signal wurde eindeutig empfangen. Um 21:00 Uhr sollte seine Einheit von einem Team der Bundespolizei abgelöst werden. Schon frustrierend, wenn man drei Tage eine Person observiert hatte und dann das Nachfolgeteam die Festnahme durchführte! Bevor er sich weiter darüber ärgern konnte, hörte Tecki über Funk, dass die Zielperson den Club verlassen hatte und zu seinem Porsche ging. Die Zielperson fuhr zurück zu seiner Villa.

***

Um 20:00 Uhr trafen sich alle im Konferenzraum und hörten gespannt Kids Ausführungen zu. Er stellte seinen Kommissionsmitgliedern zunächst die beiden Bundespolizeibeamten Schorsch und Pit vor, die unmittelbar nach der Besprechung Tecki und seine Observationseinheit ablösen sollten. Pit versah seit 25 Jahren seinen Dienst bei den mobilen Fahndungseinheiten der Bundespolizei. Er wurde von Kid als erfahrener Observant und gleichzeitig als Techniker vorgestellt. Nicht ohne Stolz teilte Pit den Kollegen mit, er habe für alle Fälle weitere Peilsender und andere technische Observationshilfen in seinem Einsatzkoffer mitgebracht.

Nach einer kurzen Diskussion über das aufgezeichnete Gespräch und die daraus resultierenden möglichen Einsatzmaßnahmen erläuterte Fisch die rechtlichen Probleme bei einer grenzüberschreitenden Observation. Anschließend benannte er die Teams und erteilte ihnen Aufträge.

Als Fisch nach der Besprechung sein Büro wieder betrat, klingelte sein Telefon.

„Ja?"

„Ich mache Feierabend", sagte Arndt Siebert, „und wollte dir nur noch mitteilen, die Spurensuche im Stadtpark wurde wegen des Dauerregens abgebrochen. Die Kollegen machen morgen früh weiter. Du bleibst doch diese Nacht im Präsidium?"

„So sieht es aus."

„Ich habe dem Leiter der Kriminalwache deine Telefonnummer gegeben. Er soll dich zuerst verständigen, falls es wegen der Stadtparkleichen etwas Neues gibt. Ich bin jetzt total platt und fahr nach Hause."

„Geht in Ordnung, bis morgen."

***

Die drei neuen Observationsteams trafen um 21:00 Uhr auf einem Parkplatz ein, circa 200 Meter von Jackys Anwesen entfernt. Tecki brauchte nicht lange, um Schorsch und Pit in die Bedienung des Peilsenders einzuweisen.

Die Zielperson hatte sein Haus seit der Rückkehr vom Tennisclub nicht mehr verlassen. Da auch keine anderen Personen in das Haus gegangen waren, konnte man davon ausgehen, dass Jacky zurzeit alleine war.

Auf einem Stadtplan zeigte Tecki Schorsch, welche Standorte sich für die Observationsfahrzeuge hier in der Villengegend bewährt hatten. Danach verabschiedete Tecki sich und wünschte allen viel Erfolg. Man sah ihm an, dass er diese Observation nur ungern abbrach.

Schorsch studierte den Stadtplan und wies den drei Teams ihre Positionen zu.

Sonntag, 12.11.2006

Als Jacky vom Tennisclub zurückkehrte, rief er Rosi an und sagte, sie solle sich ab Mitternacht in der Tabledance-Bar mit gepacktem Koffer bereithalten, er würde sie dort abholen. Anschließend legte er sich ein paar Stunden schlafen, um für die lange Fahrt nach Spanien fit zu sein. Nach dem anstrengenden Tennis-Match schlief er binnen kurzer Zeit ein.

Um 01:05 Uhr wurde er vom Klingeln seines Handys geweckt. Sofort war er hellwach.

„Ja?"

„Ich bin in Deutschland und werde in ungefähr einer Stunde bei Günni sein!"

„Ich bin auch in einer Stunde dort", antwortete Jacky und legte auf.

Nachdem Jacky kalt geduscht hatte, fühlte er sich wach genug, um nonstop mit dem Auto nach Spanien fahren zu können. Seine Reisetasche hatte er schon gestern gepackt. Er entschied sich für den Porsche. Um 01:55 Uhr verließ er sein Grundstück und fuhr in Richtung Innenstadt.

Fisch informierte die Observationskräfte von dem aktuell aufgezeichneten Gespräch.

Um 01:55 Uhr gab Sven, der mit Kalle in A-Position stand, über Funk durch: „Die Zielperson ist auf dem Weg zur Garage. Sie ist bekleidet mit einer hellen Hose und einem dunklen Jackett. Sie geht zu dem Porsche. Fahrzeug setzt sich jetzt in Bewegung."

Er fuhr mit dem präparierten Fahrzeug! Alle waren erleichtert. Sofort hatte Pit den Peilsender auf den Porsche justiert. Die Verfolgung konnte beginnen.

***

Nachdem Rosi eingestiegen war, gab Jacky ihr die wichtigsten Informationen zu der anstehenden Spanienreise. Er erklärte ihr, es handele sich um eine kombinierte Geschäfts- und Urlaubsreise. Auf der Hinfahrt müsse sie Boris in seinem Wohnmobil begleiten und sich bei Kontrollen als seine Lebensgefährtin ausgeben.

Rosi tat bewusst überrascht und antwortete entsetzt: „Wenn Boris eine Fickpartie braucht, hättest du ihm doch eine von deinen Nutten mitschicken können. Was soll das?"

„Rosi, mir ist es scheißegal, ob du dich von Boris vögeln lässt oder nicht! Er bringt 'ne Nutte für mich nach Spanien und du begleitest ihn. Mehr brauchst du nicht zu wissen. Du machst mir doch keine Schwierigkeiten? Danach hast du auch, wie versprochen, Urlaub. Alles klar, Schätzchen?"

Rosi wusste, wie Jacky mit Leuten umging, die sich seinen Anordnungen widersetzten. Sie antwortete ihm besänftigend:

„Du kannst dich auf mich verlassen."

Damit war das Thema für Jacky erledigt.

***

In großem Abstand folgten die drei Observationsfahrzeuge dem Porsche. Sie hatten die Villengegend der Zielperson gerade verlassen, als Fisch Kid anrief und ihm mitteilte, Jacky hatte gerade eine Rosi angerufen und sich mit ihr vor der Tabledance-Bar verabredet.

Kid kannte Köln wie seine Westentasche. Sofort nahm er alle ihm bekannten Schleichwege, teilweise unter Missachtung von Einbahnstraßen, um vor der Zielperson an dieser Bar einzutreffen.

Am Wochenende war der Gehweg vor dem Laufhaus und der angrenzenden Tabledance-Bar gerade nachts zwischen 02:00 und 03:00 Uhr stark frequentiert. Zu diesem Zeitpunkt verließen oder wechselten die meisten Gäste diese Etablissements. So war es gar nicht auffällig, als Kid um 02:07 Uhr den Zivilwagen schräg gegenüber dem Laufhaus parkte und im Fahrzeug sitzen blieb.

Zwischen den betrunkenen Männern und Türstehern erspähte Sarah sofort eine Frau, die mit einer Reisetasche im Eingangsbereich der Bar wartete. Das musste diese Rosi sein, die Jacky vorhin angerufen hatte! Sarah machte mehrere Digitalfotos von der Frau.

Sie hatten gerade zwei Minuten vor der Bar gestanden, als der Porsche vorfuhr und die Frau einstieg. Jacky winkte lässig den Türstehern zu und fuhr dann sofort weiter.

Während Sarah die Kamera an den portablen Drucker anschloss, gab Kid über Funk eine Beschreibung der Frau durch. Bei der nächsten Gelegenheit würden sie die Bilder an die anderen Teams verteilen.

***

Jacky parkte seinen Porsche auf einem Parkplatz vor dem Herkuleshochhaus. Boris war bereits bei Günther eingetroffen. Nach einer kurzen, herzlichen Begrüßung zeigte Jacky auf Rosi.

„Hier ist deine Begleitung! Was sagst du?“

Boris musterte sie von oben bis unten, bevor er antwortete:

„Die gute alte Rosi, immer noch eine Augenweide. Gute Wahl.“

Rosi hätte kotzen können. Dezent lächelnd erwiderte sie:

„Schön, dich mal wieder zu sehen.“

Anschließend tranken sie gemeinsam Espresso und besprachen den weiteren Ablauf.

„Boris, bist du nach der langen Fahrt überhaupt noch fit genug?", fragte Jacky.

„Ich sage nur Hallo-Wach-Pille und Kaffee, eine unschlagbare Kombination. Ich werd bestimmt die nächsten 24 Stunden nicht schlafen können."

„Wenn du müde wirst, lässt du Rosi fahren! Günther, was ist mit der Kleinen? Ist sie für die lange Fahrt vorbereitet?"

„Selbstverständlich, Dorothea hat ihr vor einer Stunde soviel Rohypnol in eine Tasse Tee gemischt, die wird mindestens die nächsten acht Stunden schlafen."

Anschließend besprachen sie die Fahrtroute und legten Zwischenstopps fest. Jacky wollte auf keinen Fall gemeinsam mit dem Wohnmobil in eine Kontrolle geraten und entschied deshalb, vorauszufahren und an den verabredeten Rastplätzen auf Boris und Rosi zu warten.

Gegen 03:00 Uhr nahmen Dorothea und Rosi die schlafende Suzi in ihre Mitte und trugen sie wie eine Betrunkene zum Aufzug. Boris und Günther gingen voraus, während Jacky hinterher schlenderte. Sie fuhren bis ins zweite Untergeschoss, ohne jemandem zu begegnen und brachten sie unbemerkt zum Wohnmobil. Suzi wurde in dem Bettkasten wie in einem Sarg eingebettet.

***

Um 03:12 Uhr teilte Pit den Observationskräften über Funk mit, die Zielperson sei alleine aus dem Gebäude zurückgekommen und fahre jetzt ohne seine weibliche Begleitung wieder los. Schorsch vergewisserte sich bei Kid, ob sie an dem Porsche dranbleiben oder vor dem Hochhaus warten sollten.

Kid gefiel diese Entwicklung nicht. Wenn sie jetzt den Porsche verfolgten und die Zielperson damit nach Hause fuhr, während die Thailänderin von anderen Personen aus dem Gebäude gebracht würde, hätten sie keine Chance, die Täter zu fassen.

Er durfte kein Risiko eingehen. Wenn Jacky nicht nach Hause fuhr, mussten sie auf jeden Fall an ihm dranbleiben. Er antwortete daher Schorsch, er und das Team Kalle/Sven sollten den Porsche verfolgen. Er selbst würde noch einen Moment vor dem Hochhaus warten, um zu sehen, ob Jackys Begleiterin aus der Tabledance-Bar ebenfalls das Gebäude verlassen würde.

Kid kam ins Grübeln. Der Porsche kam für den Transport der Thailänderin nicht in Frage. Möglicherweise sollte sie von hier mit einem anderen Fahrzeug außer Landes gebracht werden.

Er wurde aus seinen Gedanken gerissen, als Schorsch ihm mitteilte, dass Jacky stadtauswärts fuhr. Okay, dachte er, der Weg zu der gesuchten Thailänderin führt nur über Jacky. Da mittlerweile seit zehn Minuten kein Fahrzeug die Tiefgarage oder einen angrenzenden Parkplatz verlassen hatte, wollte er keine wertvolle Zeit verstreichen lassen. Er entschied sich, die Observation vor dem Herkuleshochhaus abzubrechen und ebenfalls loszufahren. Unter Missachtung der vorgeschriebenen Geschwindigkeitsbeschränkungen versuchte er, seine Teams wieder einzuholen.

Hätte er weitere fünf Minuten gewartet, wäre ihm das Wohnmobil aufgefallen, das mitten in der Nacht die Tiefgarage verließ.

***

Fisch war besorgt, als er hörte, Jacky würde auf der Autobahn 4 in Richtung Aachen fahren. Es ging also offensichtlich ins Ausland und noch hatten sie keinen Hinweis auf die Thailänderin bekommen. Er hatte eben ein längeres Gespräch mit Schorsch geführt, der ihm versicherte, grenzüberschreitende Observationen im Schengengebiet durch die Bundespolizei würden mittlerweile regelmäßig durchgeführt. Die entsprechenden Genehmigungen könnte man im Nachhinein einholen, da jetzt zur Nachtzeit sowieso keine Entscheidungsträger zu erreichen wären.

Der hat gut reden, dachte Fisch. Wenn etwas schief geht, muss ich als Verantwortlicher den Kopf hinhalten. Aber was hatte er schon zu verlieren? Mit einer Beförderung konnte er aufgrund der knappen Haushaltslage sowieso nicht mehr rechnen und in ein paar Jahren stand seine Pension an, wenn ihn seine Raucherei nicht schon vorher unter die Erde brachte. Hier ging es um ein Menschenleben und um die Aufklärung eines Mordes, also genehmigte er den Grenzübertritt. Seine Leute sollten solange an Jacky dranbleiben, bis sie sichere Kenntnisse über das Versteck der Thailänderin hatten. Morgen würde er über das BKA deren

Verbindungsbeamten in Spanien informieren lassen. Dann konnte man auch offiziell im Rahmen der Rechtshilfe mit den spanischen Behörden zusammenarbeiten.

***

Die Zielperson verließ am Autobahnkreuz West die A 4 und fuhr auf der A 1 in Richtung Euskirchen weiter. Kurz vor Blankenheim hatten Kid und Sarah die beiden anderen Teams wieder eingeholt. Jacky hielt sich mit seinem Porsche auffällig genau an alle Geschwindigkeitsbeschränkungen; offensichtlich hatte er es nicht eilig. In Blankenheim verließ er die Autobahn und fuhr auf der Bundesstraße 51 weiter in Richtung Luxemburg. Da um diese Uhrzeit fast keine Fahrzeuge in der Eifel unterwegs waren, vergrößerte Schorsch den Abstand zum Porsche bis auf einen Kilometer.

Kid ging in Gedanken die Strecke durch. Wahrscheinlich nahm Jacky die typische Südroute zum Mittelmeer. Doch was war mit der Thailänderin? Würde es noch zu einem Kontakt zwischen Jacky und ihr kommen oder würde das Mädchen zu einem anderen Zeitpunkt außer Landes gebracht? Kid hoffte, Jacky würde noch in Deutschland über Telefon Absprachen treffen. Sobald das überwachte Handy in einem ausländischen Netz eingeloggt war, konnten keine Gespräche mehr aufgezeichnet werden.

***

Rosi war bemüht, eine freundliche Atmosphäre zu schaffen. „Was ist eigentlich mit Jacky? Wann treffen wir ihn?“, fragte sie beiläufig.

„Er wird bereits in Luxemburg sein. Wir treffen ihn in Dijon oder Lyon, mehr musst du nicht wissen“, antwortete Boris gereizt.

Obwohl Boris schlecht gelaunt schien, behandelte Rosi ihn übertrieben freundlich und bot ihm regelmäßig Getränke und Snacks während der Fahrt an. Sie wollte sein Vertrauen gewinnen und hoffte, dadurch zu einem späteren Zeitpunkt mit der Thailänderin Kontakt aufnehmen zu können. Ansonsten unterhielten sie sich wenig und wenn, dann erzählte Rosi Geschichten über Kunden aus der Tabledance-Bar. Anfangs war Boris sehr reserviert, aber allmählich legte er seine Unfreundlichkeit ab.

Inzwischen war die Sonne aufgegangen und die Straßen wurden voller. Boris und Rosi waren mit dem Wohnmobil mittlerweile in Frankreich kurz vor Nancy, als sie Geräusche aus dem Bettkasten vernahmen. Zuerst hörten sie ein leises Stöhnen, dann ein immer lauter werdendes Klopfen. Suzi war also wach geworden. In Rosi keimte Hoffnung auf. Vielleicht ergab sich ja bald die Gelegenheit, die Thailänderin zu befreien.

Dieser Gedanke beschäftigte sie, als Boris einen kleinen, kaum besuchten Parkplatz anfuhr und ihr befahl, sich ans Steuer zu setzen. Widerwillig kam sie dieser Anordnung nach und sah im Rückspiegel, wie Boris den Bettkasten herauszog. Die Thailänderin stammelte unverständliche Worte und schlug nach Boris. Der gab ihr unbeeindruckt zwei kräftige Ohrfeigen und flößte ihr eine Flüssigkeit ein.

Suzi hatte keine Chance, das aufgelöste Rohypnol wieder auszuspucken, weil Boris ihr mit seinen kräftigen Händen die Nase zu und den Mund offen hielt. Anschließend fesselte er ihre Hände und Füße mit Schlaufen, die an den Innenwänden des Bettkastens angebracht waren. Sie hatte nun keine Möglichkeiten mehr, laute Klopfgeräusche von sich zu geben. Als er den Bettkasten wieder zurückschob, schien das starke Schlafmittel bereits zu wirken; zumindest hörte Rosi nun keine Schreie mehr.

***

Gegen 09:00 Uhr stellte Jacky zufrieden fest, dass er Dijon in Kürze passieren würde. Es war mit Boris abgesprochen, sich auf dem nächsten Rastplatz hinter Dijon zu treffen. Langsam spürte er die Müdigkeit in den Knochen und war froh, dieses Etappenziel bald erreicht zu haben. Er hatte ungefähr eine Stunde Vorsprung vor dem Wohnmobil. Diesen wollte er sinnvoll nutzen und sich zumindest eine halbe Stunde lang im Auto auf's Ohr legen.

Um 09:25 Uhr erreichte er endlich den Rastplatz. Jacky betankte zunächst seinen Porsche und fuhr dann auf einen Parkplatz unmittelbar gegenüber der Gaststätte. Wäre er fünfzig Meter weiter gefahren, hätte er den Kölner Audi bemerkt, der dort auch in einer Parknische abgestellt stand.

Jacky drehte seinen Sitz soweit wie möglich zurück und machte die Augen zu.

***

Ein sichtlich aufgeregter Arndt Siebert stürzte zu Fisch ins Büro.

„Ich glaube, euer Fall wird jetzt etwas komplizierter! Ich komme gerade aus dem Stadtpark und habe Erkenntnisse, die euch interessieren dürften."

Fisch sah seinen Dienststellenleiter mit müden Augen an und sagte: „Uns interessieren zurzeit nur unsere entführte Thailänderin und natürlich unser Mörder. Ansonsten wären wir noch an Schlaf interessiert. Was kannst du uns davon bieten?"

„Nichts, aber ich könnte euch eventuell eine Verbindung der Stadtparkleichen zu eurem Täterklientel bieten."

„Jetzt spann uns nicht auf die Folter! Was sollen denn die als Frauen verkleideten Leichen mit unserem Fall zu tun haben?"

„Die waren nicht als Frauen verkleidet. Die waren unrasiert und einer hatte sogar einen Schnäuzer. Nach bisherigem Stand der Ermittlungen trugen sie die Perücken nur, um nicht erkannt zu werden. Sie sahen eher aus wie Hardrocker aus den 70er Jahren.

Interessant sind aber zwei andere Aspekte. Erstens wurden die Leichen identifiziert – es sind Milieugrößen aus der Kölner Rotlichtszene – und zweitens führen Spuren zu dem Asylbewerberheim, das unmittelbar an den Stadtpark angrenzt!"

Arndt sah abwechselnd in die verständnislosen Augenpaare von Judith und Fisch.

„Ach so, und weil wir auch im Rotlichtmilieu ermitteln, stellst du eine Verbindung her?", fragte Fisch. Seine Mimik machte deutlich, wie viel er von diesen Schlüssen hielt.

Arndt wartete einen Augenblick, bis er sich der Aufmerksamkeit der beiden wieder sicher war und erwähnte dann betont beiläufig: „Vielleicht hätte ich noch erwähnen sollen, dass in dem Asylbewerberheim eure geschleusten Thailänder untergebracht sind und zumindest eines der Opfer ein Geschäftspartner von eurem Jacky war."

Das hatte gesessen. Fisch und auch Judith wussten, mit einem schnellen Ermittlungserfolg war jetzt nicht mehr zu rechnen. Womöglich musste Arndt jetzt zwei getrennt arbeitende Mordkommissionen zu einem Team verschmelzen.

Als ob Arndt ihre Gedanken gelesen hätte, teilte er weiter mit: „Tomtom leitet die Ermittlungen im Stadtpark. Zurzeit lässt er das Asylbewerberheim beobachten und versucht, Kräfte der Einsatzhundertschaft für eine Durchsuchung zu bekommen. Das ist an einem Sonntag aber gar nicht so einfach. Zunächst wird getrennt an den beiden Fällen weitergearbeitet, nur solltet ihr euch regelmäßig austauschen. Sollten die beiden Fälle nachweislich zusammengehören, werden wir deine Mordkommission personell mit Tomtoms Leuten aufstocken."

„Langsam wird es ja richtig interessant. Ich rufe Tomtom morgen an, um mich mit ihm abzusprechen."

„Mach das, bis morgen dann."

Fisch atmete erleichtert auf, als Arndt das Büro wieder verlassen hatte. „Ich hatte schon befürchtet, er würde fragen, wo unsere Observationsteams zurzeit sind."

„Arndt hätte dir bestimmt keinen Strick daraus gedreht", antwortete Judith.

„Das nicht, aber ich fühle mich im Moment auch nicht so fit, um mit ihm heute noch längere rechtliche Diskussionen zu führen. Außerdem ließe es sich leichter diskutieren, wenn es uns gelänge, die Thailänderin zu befreien", erwiderte Fisch, drehte dabei demonstrativ seine Stuhllehne zurück und streckte sich. Judith verstand dieses Zeichen und verließ sein Büro unaufgefordert.

Fisch schloss die Augen und dachte darüber nach, was sein Chef ihm gerade erzählt hatte. Er war froh, dass Tomtom die andere Kommission leitete. Tomtom, der seinen Spitznamen aufgrund seiner favorisierten Navigationssysteme erhalten hatte, war ein aufstrebender fleißiger Hauptkommissar, den er sehr schätzte, weil er ihn für ehrlich und kompetent hielt.

***

Rosi fragte sich, ob die Thailänderin überhaupt noch am Leben war. Seit Boris ihr das Rohypnol gegeben hatte, war kein Ton mehr aus dem Bettkasten zu hören. Sie hatte Boris gegenüber ihre Befürchtungen geäußert, doch der erwiderte nur lapidar, die von ihm verabreichte Dosis würde keinen Menschen umbringen. Natürlich bliebe ein Restrisiko, aber das müsse man halt in Kauf nehmen. Im Übrigen könne er jetzt sowieso nichts mehr ändern.

Rosi fuhr hinter Dijon verabredungsgemäß die nächste Tankstelle an und parkte anschließend das Wohnmobil auf einem LKW-Stellplatz. Als Boris ausstieg, blieb sie einfach sitzen, doch er bestand darauf, dass sie ebenfalls mit in die Gaststätte kam.

Jacky und Boris besprachen die weitere Fahrtstrecke und beschlossen, sich das nächste Mal auf dem ersten Rastplatz in Spanien wiederzutreffen.

***

Eine halbe Stunde lang hatten Kalle und Sven den schlafenden Jacky in seinem Porsche beobachtet, als dieser plötzlich aus dem Schlaf hochschreckte und auf seinem Handy einen Anruf entgegennahm. Anschließend verließ er sein Fahrzeug und ging zur Gaststätte auf dem Rastplatz. Sofort gaben sie diese Information an Kid weiter. Der schickte Sarah und Pit in die Gaststätte, um von dort die Zielperson im Auge zu behalten.

Sarah erkannte Rosi sofort wieder. Es war eindeutig die Frau, die vor der Tabledance-Bar in Jackys Porsche gestiegen war. Jetzt waren sie also auf der richtigen Spur. Der fremde Mann neben der Frau musste derjenige sein, den Jacky bei einem Günni hatte treffen wollen. Die aufgezeichneten Gespräche konnte man eigentlich nur so interpretieren, dass die beiden dazugekommenen Personen die Thailänderin in ihrem Fahrzeug mitführten. Sarah war sich nun sicher, dass ihre Verfolgungsfahrt bald ein Ende haben würde. Für einen kurzen Moment schweiften ihre Gedanken zu Albert, den sie vielleicht heute noch wiedersehen könnte.

Sie ging zur Damentoilette, um von dort aus mit Kid zu telefonieren.

Kid gab Kalle und Sven eine Beschreibung der beiden neuen Zielpersonen und erteilte ihnen den Auftrag, das Paar nach dem Verlassen der Gaststätte zu observieren.

***

Boris und Rosi verließen als erste die Gaststätte und schlenderten gemütlich zum Wohnmobil zurück. Boris wollte jetzt wieder selbst fahren und schlug Rosi vor, sich auf das Bett zu legen und ein bisschen auszuruhen. Rosi war mit diesem Vorschlag einverstanden, weil sie zum einen erschöpft war und zum anderen sofort mitbekommen wollte, wenn die Thailänderin wach wurde.

Sie nahm allerdings als Vorsichtsmaßnahme heimlich den Elektroschocker und das Ecstasy aus ihrer Reisetasche und versteckte die Sachen in der Innentasche ihrer Jacke, die neben dem Bett an der Garderobe hing.

Boris war so vom Fahren und vom Autoradio abgelenkt, dass er nichts davon mitbekam. In Rosis Kopf nahm langsam ein Plan Gestalt an. Sie wollte Boris entweder mit dem Schocker überwältigen, sobald er der Thailänderin wieder Drogen verabreichte oder sie würde ihm bei der nächsten Pause die KO-Tropfen in ein Getränk mischen. Bei diesem Gedanken konnte sie sich etwas entspannen und schlief ein.

***

„Die besteigen ein Wohnmobil, das ist unsere Chance! Sollen wir sie kontrollieren, bevor sie auf die Autobahn fahren?", fragte Kalle bei Kid an.

„Gibt es irgendeinen konkreten Hinweis darauf, dass sich die Thailänderin in dem Wohnmobil befindet?"

„Nein, aber wo sollte sie sonst sein? Noch können wir das Fahrzeug gefahrlos anhalten und eine Kontrolle durchziehen."

Kid überlegte und rang einen Moment mit seiner Entscheidung, sagte dann aber entschieden: „Nein, ich möchte mir sicher sein, bevor ich unsere Tarnung aufgebe. Ihr bleibt an dem Wohnmobil dran und ich werde zu euch aufschließen, sobald Sarah aus der Gaststätte zurück ist. Schorsch und Pit werden den Porsche dann alleine weiter verfolgen, die haben es wegen des Senders ja einfacher, weil sie einen großen Abstand zum Zielfahrzeug einhalten können. Bei nächster Gelegenheit müssen wir versuchen, unter dem Wohnmobil ebenfalls einen Sender zu montieren. Ich schaue mal, ob ich eine fingierte Verkehrs- oder Grenzkontrolle arrangieren kann."

***

Kid überlegte, wie er die französischen Behörden am heutigen Sonntag zu einer ungenehmigten Zusammenarbeit bewegen konnte. Sie mussten das Wohnmobil möglichst schnell durchsuchen lassen. Er rief Schorsch an.

„Hör mal, alter Kumpel, du mit deinen internationalen Beziehungen kennst doch bestimmt irgendeinen französischen Polizisten, der für uns mal das Wohnmobil unter die Lupe nehmen könnte?“

Schorsch dachte nach: „Ich kenne unseren grenzpolizeilichen Unterstützungsbeamten im Hafen von Marseille, aber wahrscheinlich fahren unsere Zielpersonen nicht in diese Richtung. Alternativ könnte ich dir zwei Kumpels aus Barcelona anbieten. Bernardo und Juan waren damals bei einer spanischen Spezialeinheit, vergleichbar mit unserer GSG 9. Sie haben zwei Monate bei uns hospitiert und sprechen auch deutsch. Wenn ich mich richtig erinnere, arbeitet Juan jetzt auf einer Dienststelle, die für die Überwachung der Landesgrenzen zuständig ist. Wenn Juan noch die gleiche Rufnummer hat, könnte ich über ihn bestimmt eine Kontrolle an der spanisch-französischen Grenze arrangieren.“

„Das wäre super. Wenn nichts dazwischen kommt, werden wir in etwa vier Stunden an der Grenze sein. Hoffentlich bekommst du das bis dahin geregelt.“

***

„Wo sind wir?“, fragte Rosi, als sie wach wurde.

„Wir sind gleich an der spanischen Grenze, du hast ganz schön lange geschlafen.“

„Wie spät ist es?“

„Halb fünf. Wir machen hinter der Grenze eine Pause.“

Rosi blieb einen Moment ruhig liegen und lauschte, ob sie Geräusche von der Thailänderin hörte. Nichts.

„Ich höre aus dem Bettkasten keinen Mucks, die Kleine ist bestimmt hin“, sagte sie in einem saloppen Ton, damit Boris nicht auf den Gedanken kommen konnte, sie sympathisiere mit der Thailänderin.

„Nee, das glaube ich nicht. Sie wird noch ein paar Stunden schlafen. Ich habe mal ’ne Nutte betäubt, die hat bei gleicher Dosierung dreizehn Stunden am Stück geschlafen.“

Verdammt, dachte Rosi, dann kann ich die Sache mit dem Schocker erstmal vergessen. Sie setzte sich auf den Beifahrersitz. Aber als sie durch die Frontscheibe blickte, keimte wieder Hoffnung in ihr auf. Zwei spanische Grenzpolizisten winkten das vor ihnen fahrende Wohnmobil heraus.

Jetzt Ruhe bewahren, dachte Boris und fuhr in Schrittgeschwindigkeit weiter. Er glaubte schon, man ließe ihn passieren, als der zweite Beamte ihm doch noch das Zeichen gab, rechts anzuhalten.

„Was ist das denn für eine Scheiße!? Hier hat noch nie eine Kontrolle stattgefunden!“, brüllte Boris. Anschließend griff er an seinen Knöchel und zog eine Handfeuerwaffe aus einem Holster. Er entsicherte die Pistole und steckte sie zurück.

„Kein falsches Wort gegenüber diesen Grenzbullen, sonst muss ich die beiden abknallen. Danach bist du dann dran. Haben wir uns verstanden?“

Rosi blickte in seine Augen. Kein Zweifel, er meinte es ernst!

***

Schorsch hatte Juan erreicht. Er war zwar nicht im Dienst, wollte aber sofort seine Kollegen an der Grenze über den hier vorliegenden Verdacht des Menschenhandels informieren und ihnen Kennzeichen und Beschreibung des Wohnmobils durchgeben. Schorsch hatte ihn auch darüber informiert, dass zwei Zivilfahrzeuge der deutschen Polizei hinter dem Wohnmobil herfuhren.

Als Kid vier Fahrzeuge hinter der Zielperson 2 auf die Grenzstation zufuhr, wurde er nervös. Zufällig fuhr vor ihrem Zielfahrzeug ein anderes Wohnmobil mit deutschem Kennzeichen. Hoffentlich bekamen die Spanier das auf die Reihe!

Als sie sich ungefähr 50 Meter vor der eigentlichen Grenze befanden, traten zwei Uniformierte auf die Straße und gaben dem ersten Wohnmobil eindeutige Handzeichen, an den rechten Fahrbahnrand zu fahren. Kid drehte bald durch. Er beruhigte sich erst wieder, als auch das zweite Wohnmobil rechts ranfahren musste. Gar nicht so dumm, jetzt sieht das wie eine Routinekontrolle aus!

Erleichtert fuhren er und das zweite Team hinter dem Grenzgebäude auf den Parkplatz. Sie wollten sich nicht in die Kontrolle einmischen und beobachteten deshalb aus einiger Entfernung, wie die spanischen Grenzpolizisten die Wohnmobile betraten.

***

Boris unterhielt sich mit dem Grenzbeamten auf Spanisch. Rosi verstand kein Wort und hoffte nur, dieser Horror würde bald ein Ende haben. Nach einigen Minuten übersetzte Boris, der Beamte würde das Fahrzeug angeblich nach Rauschgift durchsuchen. Rosi sah in Boris Augen, dass er dieser Aussage nicht traute. Er baute sich an der offenen Eingangstür auf und beobachtete jeden Handgriff des Grenzbeamten.

Rosi war ausgestiegen und sah ebenfalls zu, wie der Mann jedes Behältnis öffnete und inspizierte. Als er die Matratze hochhob, zuckte sie zusammen. Sie betete, die Thailänderin möge jetzt kein Geräusch von sich geben. Nachdem er die Matratze zurückgelegt hatte, klopfte er die Wände und den Boden ab. Dann zog er den Bettkasten ein Stück heraus und klopfte das Federbett ab. Rosi stockte der Atem. Sie sah, wie Boris in seine Gesäßtasche griff und ein kleines Klappmesser herauszog. Er hatte also noch eine Waffe, mit der er lautlos töten könnte. Wollte Boris den Beamten jetzt ausschalten? Sie hatte wahnsinnige Angst. Ihre Nerven waren bis aufs Äußerste gespannt. Falls der Beamte noch mal an dem Bettkasten zog, wäre sein Todesurteil besiegelt.

***

Kid und Sarah gingen durch einen Seiteneingang in das Grenzgebäude. Sie wurden von einem spanischen Grenzpolizisten empfangen, der ihnen, nachdem sie sich ausgewiesen hatten, zu verstehen gab, dass er in die laufende Durchsuchungsmaßnahme eingewiesen war. Sarah erklärte ihm mit ihren bescheidenen Spanischkenntnissen, sie würden von hier aus die Aktion gerne beobachten, um gegebenenfalls auch schnell eingreifen zu können.

Sie sahen mittlerweile seit zwanzig Minuten gebannt auf die Szene, die sich vor ihren Augen abspielte. Die Frau aus der Tabledance-Bar trat etwas unruhig von einem Fuß auf den anderen. Ihr bulliger Begleiter stand im Eingangsbereich und unterhielt sich mit dem spanischen Beamten. Kid vermutete die Thailänderin in der Heckgarage und fragte sich deshalb, warum der Spanier im Innenraum soviel Zeit verbrachte. Na ja, wenigstens war er gründlich. Der zweite Grenzbeamte hatte mittlerweile das erste Wohnmobil zur Weiterfahrt aufgefordert und begab sich ebenfalls zum Fahrzeug der Zielperson 2.

***

Auch die Durchsuchung der Heckgarage führte nicht zum Auffinden der Thailänderin. Kid konnte es nicht fassen. So nervös, wie die Frau war, hätte er schwören können, die Thailänderin wäre im Wohnmobil. Entweder hatten sie das Opfer besonders gut im Wohnmobil versteckt oder das Ganze war ein Ablenkungsmanöver, weil sie vermuteten, überwacht zu werden. Dann würde das Mädchen wahrscheinlich in einem anderen Transportmittel nach Spanien gebracht

Wie mit Kid abgesprochen brachten die Grenzbeamten die Zielpersonen zur Passkontrolle in einen hinteren Raum. Sven hatte jetzt die Möglichkeit, den Sender unauffällig am Fahrgestell des Wohnmobils anzubringen.

Kid informierte Schorsch und erfuhr hierbei, dass sich Jacky in einer Gaststätte hinter der spanischen Grenze aufhielt.

***

Takin hatte den ganzen Samstag im Bett gelegen und die meiste Zeit geschlafen. Draußen regnete es nach wie vor in Strömen und die Polizei durchkämmte noch immer den Stadtpark. Sollte er sich der Polizei stellen? Seine Gedanken schweiften zu seiner Schwester. Nein, verdammt, er musste weiter nach ihr suchen! Er hatte bereits an der richtigen Stelle angefangen. Beim nächsten Mal musste er aber unbedingt vorsichtiger vorgehen. Auf keinen Fall durfte er jetzt festgenommen werden!

Takin sah sich in seinem Zimmer um und überlegte, was ihn verraten könnte, falls die Polizeibeamten hier auftauchten. Er kontrollierte das verbogene Schließblech an der Tür und kam schnell zu dem Ergebnis, dass er es nicht reparieren konnte. Was soll's, der Schaden könnte auch schon älter sein. Dann fiel sein Blick auf die verschmutzten Klamotten und er wusste, was er tun musste. Er nahm Jacke, Jeans, Schuhe und

Waschpulver, packte alles in eine große Plastiktüte und schlich damit über den Flur ins Gemeinschaftsbad. Es kostete ihn Überwindung, sich länger in diesem ekelhaft stinkenden Raum aufzuhalten. Er schloss sich in der Dusche ein, ignorierte den Schimmelpilz an den Wänden und wusch den Dreck aus seinen Sachen. Anschließend ging er zurück und hängte alles über einen Stuhl in die Nähe der Heizung. Jetzt konnte er nur noch hoffen, die Polizei würde erst kommen, nachdem seine Sachen wieder trocken waren.

***

Boris und Rosi trafen sich wie verabredet mit Jacky in dem Gasthof 20 Kilometer hinter der Grenze. Nach einer halbstündigen Pause fuhren sie weiter, diesmal hintereinander, da sie mit keiner weiteren Kontrolle mehr rechneten. Ungefähr 40 Kilometer vor Barcelona verließen sie die Autobahn. Auf katastrophalen Straßenbelägen ging es in Richtung katalonisches Hinterland. Je weiter sie ins Gebirge kamen, desto weniger Verkehr herrschte auf den Straßen. Ohne Sender hätten die Verfolger jetzt keine Chance gehabt, den Fahrzeugen unauffällig zu folgen.

Nach ungefähr zwei Stunden Fahrt erreichten sie eine spanische Kleinstadt mit dem Namen El Paso und Schorsch meldete, die Signale würden sich nicht mehr bewegen.

Die Zielpersonen machten entweder noch eine Pause oder – was wahrscheinlicher war – sie hatten ihr Ziel um 19:45 Uhr erreicht.

***

Etwa zur gleichen Zeit betrat Tomtom Fischs Büro, zog sich fluchend seine Regenjacke aus und setzte sich anschließend schwerfällig auf den nächstgelegenen Stuhl. Judith und Fisch brachen ihr Gespräch über die neuesten Entwicklungen der Observationsmaßnahme in Spanien ab und sahen den völlig durchnässten Tomtom an.

„Na, regnet es eigentlich noch?"

„Nee, Fisch, du Witzbold, ich war duschen und habe vergessen, mir die Klamotten auszuziehen. Das hat mir noch gefehlt, dass ihr Stubenhocker euch über mich lustig macht. Ich hoffe, ihr habt nichts dagegen, wenn ich mal meine Schuhe ausziehe", sagte Tomtom, nahm seine

Lederschuhe in die Hände und schüttete demonstrativ einige Milliliter Regenwasser in den Blumentopf, der vor Fisch auf dem Schreibtisch stand. Anschließend entledigte er sich seiner nassen Socken und wrang diese ebenfalls über dem Blümchen aus.

Fisch ging lachend zu seiner Sporttasche, holte ein Paar frische Socken heraus und reichte sie Tomtom.

„Hier. Und jetzt erzähl mal. Arndt hat uns schon kurz in deinen Fall eingewiesen und gesagt, die Spuren würden ins Asylbewerberheim am Stadtpark führen."

Nachdem er die Socken angezogen und Judiths Angebot einer heißen Tasse Kaffee angenommen hatte, legte Tomtom los.

„Also, wir wissen immer noch nicht, ob es sich hier um Mord, Totschlag oder vielleicht sogar in einem Fall um ein Unglück handelt. Ein Spaziergänger hat die Polizei angerufen und mitgeteilt, in einem Holzstapel im Stadtpark läge eine Leiche. Das Team der Kriminalwache stellte bei einer Leichenschau keine Auffälligkeiten fest und ging von einem Unglücksfall aus. Die Spurenlage ließ für die Beamten nur den Schluss zu, dass das Opfer von einem oder mehreren Baumstämmen regelrecht erschlagen wurde. Vermutlich wollte die Person den Holzstapel erklimmen und dann gerieten die Stämme ins Rollen. Soweit so gut, bis dann ein Kollege den Ort weiträumiger nach Spuren absuchte. Hierbei entdeckte er in unmittelbarer Nähe eine weitere männliche Leiche, die offensichtlich keines natürlichen Todes gestorben war. Dieses Opfer lag auf dem Rücken und hatte einen fingerdicken Ast im Hals stecken. Eine entsprechende Blutlache deutete auf eine durchtrennte Halsschlagader hin.

Ihr könnt euch ja vorstellen, was das bei diesem Sauwetter für ein beschissener Tatort war. Trotzdem konnten wir auf dem Erdboden Blut- und an der Opferbekleidung Kontaktspuren sichern. Ach ja, und wir haben Fußabdruckspuren von mindestens drei Personen. An den beiden Leichen befanden sich Schuhe der Größe 44 und 45. Neben der Leiche im Wald fanden wir aber noch Abdrücke der Schuhgröße 42. Diesen Abdruck konnten wir bis zu dem Fußweg in Höhe des Asylbewerberheims zurückverfolgen und zwar in beiden Richtungen. Diese Person ist also durch den Wald zu dem Holzstapel gegangen und hat den gleichen Weg auch wieder zurückgenommen. Auffällig war, dass die Schrittlänge auf dem Rückweg kürzer war, sie sich also deutlich langsamer fortbewegte. Möglicherweise hat sich die Person am Tatort verletzt. Außerhalb des Waldes hat der Regen alle weiteren Spuren zunichte gemacht. Die Person hat den Stadtpark entweder in Höhe des Asylbewerberheimes verlassen oder ist in dieses Gebäude geflüchtet."

Tomtom machte eine Pause und trank genüsslich an seinem Kaffee.

„Der Todeszeitpunkt wurde von Dr. Elmer auf Freitag gegen Mitternacht datiert. Zwei Tage, in denen der mutmaßliche Mörder hätte fliehen können. In Absprache mit dem Staatsanwalt werden wir morgen früh um 07:00 Uhr das Gebäude durchsuchen. Vorher bekommen wir keine Kräfte der Einsatzhundertschaft.

So, ich werde jetzt abhauen, damit ich noch ein paar Stunden Schlaf bekomme. Übrigens, ihr seht auch recht müde aus. Habt ihr länger nicht mehr geschlafen?", fragte Tomtom schmunzelnd.

Noch bevor Fisch die auf dem Boden liegenden nassen Socken zum Werfen aufheben konnte, war Tomtom winkend durch die Tür entschwunden.

***

Fernando Romeo de Vittoria war schon seit Jahren ein zuverlässiger Geschäftspartner von Boris. Sie hatten sich vor dreizehn Jahren auf Ibiza kennengelernt und pflegten seitdem geschäftliche Beziehungen. Seit mittlerweile sieben Jahren besaß Fernando ein Luxusbordell im katalonischen Hinterland, außerhalb der Stadt El Paso. In diese Einöde verschlug es selten Touristen, was Fernando sehr recht war, denn seine zahlungskräftigen Kunden wollten möglichst anonym bleiben.

Fernando wurde vor 55 Jahren in El Paso geboren und kannte hier praktisch jede Person, die etwas zu sagen hatte. Mit den meisten kommunalen Politikern war er aufgewachsen oder war mit ihnen zur Schule gegangen. Der Bürgermeister war seit Kindesalter sein bester Freund. Diese freundschaftlichen Beziehungen waren der Grundstein für sein jetziges Nobeletablissement.

Fernando ging als 18-Jähriger nach Barcelona, um Geld für sich und seine Familie zu verdienen. Es war reiner Zufall, dass er Leute aus dem dortigen Rotlichtmilieu kennenlernte und sein erstes Geld als Türsteher verdiente. Er arbeitete sich später als Zuhälter hoch und zog vor zehn Jahren zurück nach El Paso. Als mittlerweile vermögender Mann eröffnete er hier ein kleines Bordell, in dem seine „alten" Freunde nicht unerhebliche Vergünstigungen bekamen. Im Laufe der Jahre machte er sich insbesondere bei den korrupten Stadt- und Landespolitikern einen Namen als absolut diskreter Geschäftsmann.

Nachdem Fernando sein Vermögen weiter vermehren konnte, kaufte er vor acht Jahren von der Erbengemeinschaft eines spanischen Millionärs eine Luxusvilla und baute sie als Edelbordell mit zwölf Verrichtungszimmern um. Zwei Jahre später ließ er auf seinem Grundstück noch zusätzlich sechs kleine Bungalows mit jeweils einem Zimmer und Bad errichten. Sein Anwesen hatte jetzt den Charme einer kleinen Ferienanlage.

Dieser Charme sowie die Diskretion des Betreibers und die Anonymität im Hinterland hatten sich herumgesprochen und so suchten mittlerweile nur gut situierte Geschäftsleute und Politiker dieses Etablissement auf. Sogar Staatsgäste zählten zu Fernandos Kunden.

Der Polizeichef Adolfo Luis Pereira war weder sein Freund noch gehörte er zu seinen Kunden. Pereira war seit zehn Jahren im Amt und erhielt schnell den Ruf eines strengen Gesetzeshüters. Als gläubiger Katholik war er ein absoluter Gegner des Prostitutionsgewerbes. Die Bekämpfung der Rotlichtkriminalität in El Paso, wo Straßenprostitution gesetzlich verboten war, lag ihm daher besonders am Herzen. Bereits in den ersten Monaten seiner Amtszeit hatte er Beamte in Zivil in die so genannten sündigen Meilen von El Paso geschickt, um zum Schein als Freier die dort am Straßenrand in typischer Dirnenkleidung stehenden Damen anzusprechen. Sobald die Damen ein Angebot unterbreiteten, wurden sie verhaftet und eine Nacht in Gewahrsam genommen. Ein halbes Jahr später gab es keinen Straßenstrich mehr in El Paso.

Fernando nutzte dann mit Hilfe seiner guten Anwälte und seinen Beziehungen zu Kommunalpolitikern eine Gesetzeslücke aus und durfte völlig legal sein Bordell am Stadtrand von El Paso eröffnen.

Da er sein Bordell ganz offiziell angemeldet hatte und auch regelmäßig seine Steuern zahlte, konnte der Polizeichef ihm und den Freiern nicht viel anhaben.

Fernando saß an seinem Mahagoni-Schreibtisch und dachte schmunzelnd an seinen alten Weggefährten, den Bürgermeister von El Paso. Er hatte sich für morgen angesagt und wollte wie immer einen Bungalow weit abseits von der Hauptvilla haben.

Die ersten Prostituierten, die für ihn anschaffen gingen, waren 18- bis 20-jährige illegal eingeschleuste Mädchen aus dem Ostblock. Eigentlich war es ihm immer egal gewesen, ob die Mädchen freiwillig oder unter Zwang für ihn arbeiteten. Hier in El Paso musste er jedoch wegen Pereira etwas vorsichtiger sein. Dennoch wollte er seinen alten Geschäftspartner Boris nicht im Stich lassen, als dieser ihn anrief und fragte, ob er eine thailändische Nutte, die in Deutschland wohl Schwierigkeiten gemacht hatte, zu ihm bringen könnte. Es kam Fernando sogar ganz gelegen, weil sich für die nächste Woche ein Direktor einer texanischen Ölgesellschaft angekündigt hatte und einen asiatischen Abend in seinem Etablissement verbringen wollte. Fernando wollte die Thailänderin die ersten Tage in einem Verrichtungszimmer im Untergeschoss einsperren und dann mal testen, ob sie wirklich so schwierig war. Vielleicht fände sie ja doch Spaß an dem Job und würde fest bei ihm anfangen. Ansonsten würde sie nach Barcelona gebracht, wo ihr seine Kollegen die Zicken schon austreiben würden.

Während dieser Gedanken klopfte sein persönlicher Leibwächter an der Bürotür und teilte mit, dass Fernandos Gäste eingetroffen seien.

Nach einer herzlichen Begrüßung stellte Boris seinem Gastgeber Jacky und Rosi vor. Anschließend übersetzte er für die anderen.

„Fernando sagt, wir seien seine Gäste und uns ständen hinten im Gästetrakt die drei Zimmer mit den Nummern 4, 6 und 8 zur Verfügung. Die Schlüssel stecken auf den Türschlössern. Er könne verstehen, wenn wir nach der langen Reise erst einmal schlafen wollten. Falls wir Hunger hätten, sollten wir uns an seine Köchin Maria wenden. Die Küche befindet sich im gegenüberliegenden Trakt, das letzte Zimmer auf der linken Seite. Wir sollten ihm vorher noch die Thailänderin bringen – er will sie zunächst in einem Verrichtungszimmer im Keller einsperren."

„Also, ich werde mich direkt hinlegen. Ich bin hundemüde und habe auch keinen Hunger mehr. Ich werde direkt das erste Zimmer nehmen", sagte Jacky und ging in Richtung Gästetrakt.

Rosi, die von Fernando genau gemustert wurde, sagte zu Boris: „Wenn du möchtest, helfe ich dir, die Kleine aus dem Wohnmobil zu holen."

„Ist vielleicht keine schlechte Idee. Wenn ich sie mir schnappe, wird sie schreien und zicken und wir könnten sie nicht durch den Empfangsbereich des Bordells bringen, ohne Aufmerksamkeit zu erregen. Wenn du mütterlich tröstend auf sie einredest, wird sie sich hoffentlich ruhig verhalten."

„Zuerst Bar?", fragte Fernando in gebrochenem deutsch und lächelte dabei Rosi erwartungsvoll an.

Rosi lächelte zurück und schüttelte den Kopf. *Ich werde den Teufel tun! So wie du mich die ganze Zeit anstierst, willst du mich sowieso nur flachlegen. Da hast du dich aber getäuscht, ich stehe nicht auf euch kleine Südländer.*

Zu Boris gewandt sagte sie dann: „Ich gehe kurz auf mein Zimmer und mache mich frisch. Ich bin in zehn Minuten zurück und dann können wir das Mädchen aus dem Wohnmobil holen."

Boris nickte ihr zu und sagte dann auf Spanisch zu Fernando: „Wir zwei werden gleich einen trinken und uns dann um die Thailänderin kümmern." Anschließend rieb er sich laut lachend demonstrativ im Schritt.

Nach ungefähr einer Viertelstunde kam Rosi zurück und ging direkt mit Boris zum Wohnmobil, um Suzi zu holen.

***

Kalle und Sven standen auf einer Anhöhe hinter einem alten, knorrigen Olivenbaum und sahen von dort etwa 40 Meter entfernt eine große Villa, die weitläufig von mehreren kleinen Bungalows umgeben war. Zu ihrem Glück war es noch hell genug, um mit einem normalen Fernglas das Anwesen beobachten zu können.

Kid, der sich mit den anderen um Verstärkung und Unterkünfte kümmern wollte, hatte sie vorgeschickt, um festzustellen, wo sich die Zielfahrzeuge mit den Peilsendern befanden. Zunächst waren sie auf der Landstraße an dem umzäunten Villengelände vorbeigefahren. Als sie das Nachlassen des Peilsignals bemerkten, parkten sie ihr Fahrzeug verdeckt im gegenüberliegenden Olivenhain und stiegen dann zu Fuß auf die Anhöhe. Von hier aus hatten sie die Villa genau im Blickfeld und beobachteten, wie der Porsche und das Wohnmobil vor dem Hauptgebäude parkten.

Während Kalle und Sven darüber grübelten, ob es sich hier um eine Ferienanlage oder ähnliches handeln könnte, fuhr ein silberner Volvo vor das Rolltor am Eingangsportal. Der Fahrer stieg aus seinem PKW und ging zu einer gemauerten Säule am Rande der Einfahrt. Erst jetzt bemerkte Kalle die auf der Säule montierte Überwachungskamera. Der Mann drückte eine Sprechtaste. Nach einem kurzen Dialog öffnete sich das Tor automatisch. Anschließend fuhr er den Volvo links an einer Art Wachhäuschen vorbei und parkte vor einem dieser kleinen Bungalows. Als die Bungalowtür sich öffnete, wussten Kalle und Sven, dass sie hier keine normale Ferienanlage observierten.

„Schau mal einer an", sagte Sven, „die ganze Anlage ist wahrscheinlich ein großes Bordell."

„Da braucht man kein Prophet sein, die Sache ist wohl eindeutig. Guck mal, in einigen anderen Bungalows brennt auch nur so ein diffuses, rötliches Licht. Ich möchte nicht wissen, was du hier für ein Schäferstündchen hinlegen musst", erwiderte Kalle.

***

Als Boris und Rosi das Wohnmobil betraten, hörten sie ein leises Gewimmer; Suzi war offensichtlich aufgewacht! Während Boris den Bettkasten hervorzog, wurde aus dem Wimmern ein lautes Schreien. Und als Boris ihre Hände und Füße aus den Schlaufen befreit hatte, schlug und trat sie nach ihm und schrie noch lauter. Boris holte in einem Reflex aus und schlug ihr seine Faust hart ins Gesicht. Ihre Lippe sprang auf und blutete sofort. Suzi war so überrascht und geschockt, dass sie für einen Moment jegliche Gegenwehr aufgab. Doch als Boris sie aus dem Kasten hieven wollte, wehrte sie sich erneut und schrie lauter denn je. Rosi sah in ihre angsterfüllten Augen und zog Boris von ihr weg. Danach sprach sie beruhigend in Englisch auf sie ein. Es dauerte einige Minuten, bis sie sich beruhigt hatte und weinend an Rosi anlehnte. Boris stand mit verschränkten Armen ungeduldig im Türrahmen. Rosi gab ihm ein Zeichen, zu verschwinden und sagte ihm, sie könne die Thailänderin allein unauffälliger durch das Foyer der Villa in ihr Zimmer bringen. Es hielten sich schon einige Kunden im Kontakthof und an der Bar auf und da der Kontakthof an das Eingangsfoyer angrenzte, zog Boris sich zurück.

Rosi redete noch eine Viertelstunde mit der Thailänderin, ohne dass einer von beiden die Sprache des anderen wirklich verstand. Für Suzi war es eigentlich nur wichtig, jemanden an ihrer Seite zu wissen, der ihr Hoffnung gab. Rosi sprach ruhig und langsam auf sie ein und streichelte ihr hin und wieder behutsam durchs Haar. Sie gab ihr dann mit Handzeichen und in einfachen englischen Vokabeln zu verstehen, sie solle mit ihr in das Haus gehen. Als Rosi immer noch die Angst in ihren Augen sah, machte sie ihr erneut mit verständlichen Zeichen deutlich, dass ihr nichts passieren und sie bei ihr bleiben würde. Suzi hatte entweder in der kurzen Zeit Vertrauen zu Rosi gewonnen oder sah keinen anderen Ausweg aus ihrer Situation; sie stieg aus dem Bettkasten und ging mit Rosi in die Villa.

***

Kalle und Sven hatten Boris und Rosi sofort beim Verlassen der Villa erkannt. Als Rosi und Suzi dann gemeinsam das Wohnmobil verließen, informierten sie umgehend Kid.

Kid, Sarah, Schorsch und Pit besichtigten gerade ihre Zimmer im Hotel Plaza de España, als Sven die neuesten Erkenntnisse fernmündlich durchgab.

Kid beauftragte ihn, weiterhin die Villa zu beobachten. Dann legte er auf und wandte sich wieder den anderen zu. „Sarah und Pit, ihr fahrt auch zur Villa und unterstützt das andere Team. Schorsch, mit dir wollte ich zum örtlichen Polizeirevier fahren und die Kollegen um Unterstützung bitten. Eventuell brauchen wir ja deine guten Verbindungen zur spanischen Grenzpolizei. Hoffentlich versteht auf der Wache einer unsere Sprache."

***

Rosi hätte es nicht übers Herz bringen können, die Thailänderin jetzt alleine zu lassen. Fernando hatte sie im Untergeschoss zu einem am Flurende gelegenen Zimmer geführt und gab dann der Asiatin zu verstehen, sie solle eintreten. Doch sie blieb einfach im Flur stehen und klammerte sich an Rosi fest. Bevor Fernando sie gewaltsam losreißen konnte, drehte Rosi sich zwischen die beiden und sagte, es nutze doch keinem etwas, wenn man das Mädchen jetzt verletzte und sie Blessuren davontrüge. Welcher Freier stehe denn heute noch auf Nutten mit einem blauen Auge? Es sei doch besser fürs Geschäft, wenn sie die erste Nacht bei ihr bleiben würde! Dann wandte sie sich augenzwinkernd zu Boris und sagte, die Thailänderin habe bereits Vertrauen zu ihr und bis morgen könne sie entsprechend auf sie einwirken, damit sie dann auch tadellos funktioniere.

Boris, der im Wohnmobil miterlebt hatte, wie schnell Rosi und das Mädchen einen Draht zueinander gefunden hatten, übersetzte Rosis Worte und fügte hinzu, dass er die Idee nicht schlecht fände.

Fernando, der zunächst überrascht war, als Rosi sich ihm entgegenstellte, war einverstanden, bestand jedoch darauf, beide in dem Zimmer einzuschließen.

„Diese Rosi ist ganz schön mutig und vorlaut. So hat noch nie eine Angestellte mit mir geredet! Gehört sie zu dir oder zu Jacky?"

Boris lachte: „Rosi hat jahrelang für Jacky gearbeitet, jetzt ist sie Tänzerin in einer Bar. Fernando, mir kannst du nichts vormachen, ich habe doch gesehen, wie du die ganze Zeit auf ihre Brüste gaffst. Du bist doch nicht etwa scharf auf Rosi?"

„Die Titten sind ja auch wirklich nicht zu übersehen! Naja, lass uns jetzt aber erst an die Bar gehen und unser Wiedersehen begießen."

***

Ein typisch modernes Verrichtungszimmer, dachte Rosi als sie das Zimmer betrat und einen dezenten Rosenduft wahrnahm. Sie machte alle Lampen an und stellte enttäuscht fest, dass der Raum fensterlos war. Eine Fluchtmöglichkeit weniger, dachte sie. An der Stirnwand stand mittig ein großes Himmelbett, an der rechten Wand befanden sich ein schwarzer Kleiderschrank und eine Kommode mit Spiegel. Vor der Kommode stand ein lederner Ohrensessel. Rechts neben der Eingangstür hingen zwei schwarze, seidene Bademäntel an Kleiderhaken.

Rosi wandte ihren Blick nach links und sah dort eine weitere Tür. Rechts daneben befand sich ein Torbogen, der zu einem anderen Raum führte. Sie öffnete die Tür und entdeckte dahinter ein extravagant eingerichtetes Badezimmer mit Whirlpool, Dusche, Bidet und zwei Waschbecken. Bei dieser gehobenen Sanitärausstattung wurde offenbar nicht am Geld gespart!

Anschließend ging sie durch den offenen Torbogen in ein angrenzendes kleines Zimmer und fühlte sich ins Mittelalter zurückversetzt.

Hier befand sich eine so genannte Folterkammer; ein Themenzimmer, wie sie es auch aus den deutschen Laufhäusern kannte.

Rosi wandte sich konsterniert ab und wollte gerade in ihr Zimmer zurückkehren, als sie die Thailänderin mit großen Augen im Torbogen stehen sah. Offensichtlich konnte sie sich auf diese Gerätschaften keinen Reim machen. Rosi nahm Suzi bei der Hand und führte sie zurück in das andere Zimmer. Nachdem sich beide auf das Bett gesetzt hatten, sackte Suzi regelrecht in sich zusammen und lehnte sich weinend an Rosis Schulter. Rosi streichelte ihr über den Kopf und sprach wieder beruhigend auf sie ein.

***

Es war bereits 22:00 Uhr, als Kid und Schorsch das Polizeirevier im Zentrum El Pasos betraten. Leider mussten sie sogleich feststellen, dass keiner der anwesenden Polizeibeamten Deutsch sprach. Also erkundigte Kid sich auf Englisch nach dem verantwortlichen Leiter des Reviers. Der spanische Kollege erwiderte, er könne seinen Chef zu Hause anrufen, wenn ein entsprechend wichtiger Grund vorläge.

Kid erzählte ihm in groben Zügen von der Thailänderin, die man nach Deutschland ein- und von dort gegen ihren Willen nach Spanien ausgeschleust hatte, um sie hier offensichtlich der Prostitution zuzuführen.

Anschließend telefonierte der spanische Beamte mit seinem Chef Adolfo Luis Pereira und reichte dann Kid den Hörer.

Hätte ich doch damals in Englisch besser aufgepasst, dachte Kid, während er sein Gedächtnis nach Englischvokabeln durchforstete.

„Hello, my name is André Moritz, I am a policeman from Cologne in Germany…"

„Was wollen Sie in meiner Stadt? Mein Wachleiter hat mir eben gesagt, dass Sie drei Tatverdächtige in zwei Fahrzeugen von Deutschland aus bis in meinen Zuständigkeitsbereich verfolgt haben! Was fällt ihnen ein?"

„Äh, sie sprechen deutsch?"

„Ist das verboten? Ich bin seit 20 Jahren mit einer Berlinerin verheiratet. So und nun reden sie, was haben Sie hier zu suchen?"

„Also, wir haben die ganze Nacht drei Personen verfolgt, die eine Thailänderin gegen ihren Willen in einem Wohnmobil transportierten…"

Als Kid die bordellartige Ferienanlage am Stadtrand erwähnte, wurde

Pereira merklich aufmerksamer und freundlicher. Er hinterfragte diese Örtlichkeit genauer und erklärte dann, dass es sich hier um ein Luxusbordell handelte und er an diesen Informationen sehr interessiert sei.

„Wegen den Zuständigkeiten muss ich zu meiner Entschuldigung sagen, wir....“, sagte Kid abschließend und wurde sofort unterbrochen.

„Herr Moritz, was kümmern mich die albernen Zuständigkeiten? Hier ist doch offensichtlich ein Menschenleben in Gefahr, also gilt es jetzt zu handeln und nicht zu diskutieren. Wir werden das später klären! Ich bin in dreißig Minuten auf der Wache.“

Kid reichte den Hörer weiter und informierte Schorsch von dem Gespräch.

„Dieser Polizeichef führt sich zwar wie ein Provinzfürst auf, wirkt aber kompetent und entschlossen. Dieses Bordell scheint der hiesigen Polizei ein Dorn im Auge zu sein.“

„Das kann uns nur recht sein“, erwiderte Schorsch.

***

An der Bar saßen zwei ältere Herren mit jungen Frauen. Links neben der Bar befand sich eine kleine Tanzfläche, auf der vier leicht bekleidete Damen zu lateinamerikanischer Musik anmutig tanzten.

Bevor Fernando die Bungalows auf seinem Grundstück errichten ließ, kamen fast alle seiner Kunden zunächst in die Bar und suchten sich bei einem Drink eine Dame von der Tanzfläche aus. Mittlerweile hatte er überwiegend Kunden, denen absolute Diskretion so wichtig war, dass sie ihre Lieblingsdamen unmittelbar in einem Bungalow aufsuchten und so auch keinem anderen Kunden über den Weg liefen. Da aber seit einigen Monaten das Geschäft im Haupthaus immer schlechter lief, schlossen die Bar und der Empfangsbereich in der Woche schon gegen Mitternacht. Das Sicherheitspersonal überwachte ab diesem Zeitpunkt nur noch diskret die Außenanlage und das Eingangstor. Sie bekamen täglich von Fernando eine Kennzeichenliste, damit sie wussten, welche Fahrzeuge sie unkontrolliert auf das Gelände fahren lassen konnten.

Einigen Prostituierten wurde ein eigener Bungalow zugewiesen, andere, insbesondere die, die keine Stammfreier hatten, arbeiteten überwiegend im Haupthaus.

Inzwischen hatten Fernando und Boris sich an das andere Ende der Bar gesetzt und Caipirinhas bestellt. Sie tranken zügig einen nach dem anderen und diskutierten intensiv darüber, in welchem Land es die schärfsten Frauen gab. Auch wenn man zu keinem eindeutigen Ergebnis kam, so wusste Boris gegen Mitternacht, dass sein Freund auf blonde Frauen mit großen Brüsten stand. Boris war natürlich klar, dass Fernando von Rosi schwärmte. Umgekehrt wusste Fernando seit dem vierten Caipirinha von Boris Vorliebe für nordafrikanische Frauen.

„Lass uns doch runter zu den beiden gehen! Du kannst das Thaimädchen haben“, sagte Fernando mit lallender Stimme.

„Nee, lass mal stecken, ich hab heute keinen Bock auf Stress“, antwortete Boris und wandte seinen Blick von Fernando ab, um zwei Frauen zu beobachten, die von der Tanzfläche kamen und in den gegenüber liegenden Flur gingen.

Fernando folgte seinem Blick und sagte: „Das sind die Zwillinge Salia und Mahadia. Sie kommen aus Marokko und arbeiten schon seit ewigen Zeiten für mich. Ich könnte da was für dich regeln, wenn du willst.“

Da Boris nicht antwortete, aber weiter nach den Frauen starrte, stand Fernando auf und ging den Damen hinterher. An ihren Zimmertüren holte er sie ein und sprach mit ihnen.

„Salia und Mahadia erwarten dich gleich in Zimmer 13. Sie waren mir sowieso noch einen kleinen Gefallen schuldig“, sagte Fernando, als er wieder an der Bar war.

„Das hört sich verdammt gut an. Lass uns vorher aber noch einen letzten Cocktail trinken, so jung kommen wir nie wieder zusammen“, erwiderte Boris und trank sein halbvolles Glas in einem Zug leer.

***

Rosi konnte sich, trotz anfänglicher Schwierigkeiten, inzwischen recht gut mit der Thailänderin unterhalten. Fehlende englische Vokabeln wurden durch entsprechende Mimik und Handzeichen ersetzt. Rosi hatte von ihr erfahren, wie und warum sie nach Deutschland geschleust wurde und dass sie mit ihrem Bruder und Freunden eigentlich in Spanien leben wollte. Bei dem Gedanken an ihren Bruder weinte Suzi und Rosi versprach ihr, sie würden gemeinsam von diesem Ort fliehen und nach ihrem Bruder suchen.

Um ihr weitere Hoffnung zu geben, holte Rosi den Elektroschocker aus ihrer Manteltasche und erklärte ihr die Wirkungsweise. Sie zeigte ihr auch das Fläschchen mit den KO-Tropfen. Suzi hörte interessiert zu und schlug dann vor, den Elektroschocker sofort zu benutzen, wenn jemand die Tür öffnete. Rosi riet davon ab. Es wäre besser, sie würden verschiedene Pläne für unterschiedliche Szenarien schmieden. Alles hing davon ab, wann und mit wie vielen Leuten ihre Gegner kommen würden. Zunächst einigten sie sich auf die Vorgehensweise für den Fall, dass nur ein Täter käme. Suzi sollte ihn in diesem Fall ablenken und Rosi den Elektroschocker von hinten an seinem Nacken oder Kopf auslösen. Dann könnten sie durch das Haus ins Freie flüchten. Wie es dann weitergehen sollte, wollte man spontan entscheiden. In unmittelbarer Nähe war eine größere Stadt und vermutlich auch eine Polizeistation.

Bei zwei Männern war ihr Plan, die Männer zu bezirzen und ihnen ein besonderes Sexabenteuer in Aussicht zu stellen. Sollten sie sich auf dieses Abenteuer einlassen, würde Rosi ihnen vorschlagen, eine Flasche Sekt aus der Hausbar zu öffnen. Das würde sie schon hinkriegen, schließlich arbeitete sie in einer Bar, wo ihr Job darin bestand, geile Männer zum Trinken zu animieren. Dann müsse man nur eine Möglichkeit finden, die KO-Tropfen in die Getränke zu bekommen. Letztendlich hatte sie Suzi davon überzeugen können, dass der Plan nur gelingen könnte, wenn sie entsprechend sexy wirkten. Rosi zog ihre Hose, den Pullover und ihren BH aus und räkelte sich dann demonstrativ im String-Tanga und T-Shirt auf dem Bett. Suzi zog sich widerwillig ebenfalls bis auf den Slip und T-Shirt aus und legte sich neben Rosi.

Für den Fall, dass mehrere Männer auftauchten, würde es schwierig werden. Mehr als zwei Männer könnten sie nicht überwältigen. In dem Fall müsste man halt auf einen besseren Zeitpunkt warten.

Es war schon nach Mitternacht, als Suzi erschöpft einschlief. Rosi hatte sie liebevoll zugedeckt und überlegte jetzt, wie sie ihr Versprechen einhalten konnte. Langsam bekam sie ernsthafte Zweifel an ihrem Plan. Was wäre, wenn dieser Fernando nur zwei Handlanger schickte, um sie zu holen? Die würden einen Teufel tun und sich mit ihnen einlassen. Und selbst wenn: Was wäre, wenn einer von beiden nichts trinken wollte? Und wie konnte sie annehmen, alle Männer hätten morgens Lust auf Sekt und Sex? Zur Not würde sie einfach laut schreien und den Elektroschocker gegen jeden ihr entgegentretenden Mann einsetzen.

Während dieser Gedanken schweifte ihr Blick durch das Zimmer und blieb an dem Hängeschrank über der Minibar haften. Sie ging hin, öffnete die Schranktüren und nahm zwei Sektkelche, zwei Weingläser und zwei Cocktailgläser aus dem Schrank. Anschließend nahm sie das Fläschchen mit dem Liquid Ecstasy aus ihrer Tasche und füllte in jedes Glas zehn Tropfen –gerade mal soviel, dass der Boden mit der Flüssigkeit bedeckt war. Danach stellte sie die Gläser zurück. Jetzt musste sie noch das Fläschchen verstecken. Sie ging ins Badezimmer, sah sich kurz um und da ihr nichts Besseres einfiel, wickelte sie das Fläschchen in Toilettenpapier ein und legte das Papierknäuel in den Mülleimer neben dem Bidet.

Rosi wusste aus eigener Erfahrung, was Jacky, Boris und dieser Fernando mit Suzi vorhatten. Sie verspürte Ekel und Hass, weil sie wieder daran denken musste, wie sie als junges Mädchen von Jacky und einem anderen Mann brutal vergewaltigt worden war. In ihrer Vorstellung sah sie Jacky alleine den Raum betreten, um sich mit der Thailänderin zu vergnügen. Dann würde sie die Chance ergreifen und ihm alles dreifach zurückzahlen, was er ihr angetan hatte. Ihm hatte sie ihr verpfuschtes Leben zu verdanken – dafür sollte er büßen! Rosi war fest entschlossen, jetzt ihrem Leben eine Wende zu geben. Viel zu lange hatte sie sich diesem Milieu aus Angst unterworfen. Doch als sie die gleiche Angst in Suzis Augen sah, wurde ihr eines klar: Ihr Hass war stärker als ihre Angst.

***

Jacky wurde mitten in der Nacht von dem anhaltenden Klingeln seines Handys geweckt. Seine Handynummer kannten nur seine engsten Vertrauten und die würden ihn nur anrufen, wenn etwas Wichtiges vorgefallen wäre.

„Günther hier, tut mir leid, dass ich so spät anrufe. Aber es ist wichtig. Werner und Axel sind tot."

Für einen Moment war Jacky sprachlos. Was konnte passiert sein? Sie hatten den Auftrag, diesen Thailänder mundtot zu machen. Irgendwas musste da schief gelaufen sein.

„Was ist passiert?"

„Den ganzen Samstag und heute berichteten die Nachrichten im Radio und Fernsehen von zwei Stadtparkleichen, die Samstag früh gefunden worden sind. Eben hat mich Axels Frau angerufen und mitgeteilt, ihr Mann sei von Baumstämmen erschlagen und Werner mit einem Ast erstochen worden. Sie ist mit den Nerven völlig am Ende und wollte von mir wissen, was die beiden nachts im Stadtpark gemacht haben. Die Polizei habe das auch von ihr wissen wollen. Ich konnte ihr nicht weiterhelfen."

Werner hatte ihn also nicht in den Plan eingewiesen! Der hatte schon gewusst, warum. Günther war einfach zu einfältig, um zu merken, wenn ihn die Bullen im Gespräch austricksten. Besser, man sagte ihm nichts.

„Gott, ich hab auch keine Ahnung, was zum Teufel die zwei im Stadtpark zu suchen hatten! Gab es vielleicht Ärger mit unserer türkischen und albanischen Konkurrenz?", fragte Jacky scheinheilig.

„Kann ich mir kaum vorstellen. Wir haben uns den Kölner Markt doch immer gut aufgeteilt!"

„Okay, Günther, ich werde morgen Werners Frau anrufen und ihr mein Beileid aussprechen. Lass uns jetzt nicht mehr so viel am Telefon erzählen. Melde dich, wenn du was Genaues weißt. Ich bleibe noch ein bis zwei Wochen in Spanien."

Jacky überlegte, was in Gottes Namen passiert sein könnte. Er konnte sich einfach nicht vorstellen, dass sich dieser kleine Thailänder gegen Werner und Axel hätte wehren können. Von Baumstämmen erschlagen – hörte sich eher nach einem Unfall an. Aber Werner sollte erstochen worden sein! Konnte man ihn damit in Verbindung bringen? Andererseits, warum sollte er sich darüber weiter Gedanken machen? Die beiden, die davon wussten, waren tot. Das Problem mit der Thailänderin hatte sich jetzt hoffentlich auch erledigt. Eigentlich musste er nach wie vor nur abwarten, bis Gras über die Sache gewachsen war. Etwas entspannter ging er an seine Zimmerbar, um sich einen Whiskey zu genehmigen. Doch der gehörte offenbar nicht zur Getränkeauswahl der Minibar. Da fiel Jacky die Bar im Foyer ein. Er zog sich Jeans und T-Shirt über.

Als er auf den Flur trat, hörte er von weitem schon das Gelächter von Boris. Er setzte sich zu ihm und Fernando an die Bar, ließ sich einen Jack Daniels einschenken und erzählte anschließend von seinem Telefonat mit Günther. Nach dem ersten Schock fasste sich Boris schnell wieder. Er schlug vor, erstmal ein paar Gläser zu trinken und sich morgen weitere Gedanken zu machen. Nach drei Whiskeys auf Ex hatte Jacky ungefähr den Alkoholpegel der beiden anderen erreicht.

Boris erzählte ihm von seinem Date mit den marokkanischen Zwillingen und von Fernandos Absicht, Rosi aufzusuchen.

„Ob das mal gut geht?", warf Jacky fragend in den Raum.

„Du kannst ja mitgehen und ein gutes Wort für ihn einlegen. Außerdem sollte man sich mal um die Thailänderin kümmern, die haben wir ja nicht zum Spaß hierhin gebracht!" erwiderte Boris.

„Doch, aber nicht zu ihrem Spaß!" antwortete Jacky und prostete Boris und Fernando laut lachend zu.

„Morgen ist auch noch ein Tag. Ich glaube, ich kriege heute keinen mehr hoch. Ich trink jetzt noch zwei, drei Whiskey und haue mich dann hin."

„Du wirst alt, Jacky. Früher haben wir problemlos vier bis fünf Weiber pro Nacht flachgelegt", sagte Boris schmunzelnd.

Anschließend gingen Boris und Fernando ins Kellergeschoss.

***

Um 22:45 Uhr erschien Adolfo Luis Pereira auf der Polizeistation. Er bat Kid und Schorsch in sein Büro und ließ sich von ihnen noch mal schildern, aus welchem Grund sie die Fahrzeuge bis zu Fernandos Edelbordell observiert hatten.

Kid merkte während des Gespräches schnell, dass Pereira Fernando um jeden Preis loswerden wollte: „Ich kann einfach nicht zusehen, wie die Armutsrate in meiner Stadt steigt, während am Stadtrand ein Krimineller in Saus und Braus lebt! Vor Jahren hat sich dieser Fernando in Barcelona als Zuhälter und Menschenhändler ein Vermögen erwirtschaftet. Dann hat er diese Luxusanlage hier aufgebaut und nach und nach die kommunalen Politiker korrumpiert. Und mich haben sie angeschissen, weil ich ihm wegen einer Geschwindigkeitsüberschreitung den Führerschein abnehmen wollte. Mir sind leider die Hände gebunden, weil alle bisher kontrollierten Prostituierten angaben, freiwillig für diesen Fernando zu arbeiten. Und nach außen hin ist er ein Saubermann. Zahlt pünktlich seine Steuern und lässt sich auch ansonsten nichts zu Schulden kommen."

Als Kid abschließend das Thema Zuständigkeiten noch mal ansprechen wollte, winkte Pereira ab und sagte, er müsse sich darüber seitens der spanischen Behörden keine Gedanken machen. Sie würden jetzt den Sachverhalt zu Papier bringen und er könne dann eine Gefahr im Verzuge begründen, womit er das Recht habe, auf Fernandos Anwesen eine Razzia durchzuführen. Bei diesen Worten konnte sich Pereira ein zufriedenes Lächeln kaum verkneifen.

Kid informierte seine Kräfte über die bevorstehende Razzia und die Möglichkeit, nun bald durch die spanischen Kollegen abgelöst zu werden. Die MK-Mama-Mitglieder bestanden jedoch alle darauf, weiter an diesem Einsatz teilzunehmen, schließlich wollten sie jetzt die Früchte ihrer Arbeit auch ernten.

Kid konnte seine Leute gut verstehen. Er hätte den Zugriff auch nicht verpassen wollen. Dennoch war er nach all den Strapazen froh, dass Pereira die Verantwortung für die weiteren Maßnahmen übernommen hatte.

Montag, 13.11.2006

Es war mittlerweile 01:30 Uhr und Rosi lag mit hinter dem Kopf verschränkten Armen neben Suzi auf dem Doppelbett, als die Tür aufgeschlossen wurde. Sofort war sie hellwach und kuschelte sich an Suzi. Sie wollte den Blick der eintretenden Männer auf ihren fast nackten Hintern lenken und damit hoffentlich ihre Phantasien anregen. Gespielt verschlafen blickte sie zur Tür. Als sie Boris erkannte, war sie jedoch alles andere als begeistert. *Scheiße, ausgerechnet der! Warum konnte es nicht Jacky sein?*

Mittlerweile war auch Suzi wach. Zu Rosis Verwunderung hielt sie sich tatsächlich an den abgesprochenen Plan. Zunächst räkelte sie sich total verschlafen und dehnte dabei ihren Brustkorb so stark, dass sich ihre Brustwarzen deutlich im T-Shirt abzeichneten. Anschließend lächelte sie den beiden Männern zu.

Boris und Fernando blieben vor dem Bett stehen und waren offensichtlich überrascht. Zumindest brachten sie sekundenlang keinen Ton heraus.

Rosi nutzte diesen Moment, sprang aus dem Bett und fragte, an Boris gewandt:

„Na, wollt ihr uns Gesellschaft leisten? Meine neue Freundin fühlt sich mittlerweile ganz wohl in ihrer neuen Umgebung, da sollten wir doch drauf anstoßen!“

Boris, der sich eigentlich auf eine langwierige Diskussion mit Rosi eingestellt hatte, konnte es kaum fassen. Jetzt sah er, wie hübsch diese kleine Thailänderin war, die dort erwartungsvoll, nur mit Slip und T-Shirt bekleidet, lag. Er wandte sich wieder an Rosi und antwortete in leicht lallendem Ton:

„Du bist unbezahlbar! Wie hast du die Kleine so hinbekommen?“

„Unter uns, die steht auf mich“, antwortete Rosi.

„Soll das heißen, sie hat nichts für Männer übrig?“, fragte Boris, während Fernando Rosi regelrecht anstarrte.

„Nein, wenn ich dabei bin, macht sie alles, glaub mir.“

„Schade, ich habe jetzt noch einen anderen Termin. Ich bin mitgekommen, weil dir Jacky ausrichten lässt, du sollst dich ein bisschen um unseren Gastgeber kümmern. Das ist doch kein Problem, oder?“ Die leichte Drohung in seiner Stimme war nicht zu überhören.

Das läuft ja prima, dachte Rosi. Wenn sie aber jetzt plötzlich das Liebchen spielte, das mit allem einverstanden war, würde sie bestimmt Verdacht erregen.

„Ich bin nicht mehr Jackys Nutte, ich kann selbst entscheiden, was ich machen will!“, antwortete sie empört.

„Ich brauche dich wohl nicht daran zu erinnern, was Jacky mit Frauen macht, die nicht gehorchen. Du kannst froh sein, dass er dich deine eigenen Geschäfte machen lässt. Ist das klar?“

„Was regst du dich denn so auf? Wir werden Fernando schon verwöhnen, irgendwie sieht er ja auch schnuckelig aus“, antwortete Rosi und dachte genau das Gegenteil. Sie fand Fernando einfach nur eklig, wie er da mit seinen O-Beinen schwankend im Türrahmen stand. Boris erklärte ihm, Rosi sei ein Profi und er könne sich auf eine abwechslungsreiche Nacht mit beiden Frauen freuen.

Nachdem Boris das Zimmer verlassen hatte, schloss Fernando die Tür wieder ab und ging auf Rosi zu. Sie tänzelte spielerisch um ihn herum, ging zur Minibar und nahm dort eine Flasche Champagner heraus. Sie gab ihm zu verstehen, er solle sich bequem aufs Bett legen. Während er seine Schuhe auszog, öffnete Rosi die Flasche und füllte drei Gläser mit Champagner. Anschließend reichte sie den beiden ihre Gläser, wobei sie darauf achtete, dass Fernando das Präparierte bekam.

Fernando nippte an seinem Glas, hielt kurz inne und prustete dann laut schimpfend die Flüssigkeit wieder aus. Rosi wurde kreidebleich. Wie konnte er nur was gemerkt haben, so betrunken wie er war? Hätte sie jetzt doch bloß den Elektroschocker zur Hand!

Fernando stand auf, riss die Tür der Minibar auf und holte sich eine Flasche Wodka und Orangensaft aus dem Kühlschrank.

Rosi und Suzi sahen sich konsterniert an. Erst jetzt wurde ihnen klar, weshalb Fernando das Getränk ausspuckte. Offensichtlich schmeckte ihm der Champagner nicht, er bevorzugte einen Longdrink. Enttäuscht stellte Rosi fest, dass er ein nicht präpariertes Glas aus dem Schrank nahm, sich selbst einen Wodka Orange mixte und dann wieder zum Bett ging. Er legte sich wie ein Pascha auf den Rücken und rief Rosi zu sich. Sie deutete ihm an, sie müsse mal ganz kurz im Bad verschwinden. Suzi, die sich denken konnte, was Rosi jetzt vorhatte, versuchte Fernando in ihrer unerfahrenen, naiven Art abzulenken. Sie beugte sich zu ihm und wollte ihm aus seinem Jackett helfen. Dies ließ er jedoch nicht zu; er setzte sich auf und zog es selber aus. Als sie das Schulterhalfter und die Waffe sah, wusste Suzi, warum. Bevor er sich von seinem Halfter befreite, zog er die Waffe heraus und legte sie unter sein Kopfkissen. Anschließend begab er sich wieder auf das Bett und deutete gegenüber Suzi an, sie könne ihn jetzt verwöhnen. Sie kniete sich auf ihn und knöpfte langsam sein Hemd auf.

Währenddessen drehte Rosi im Bad den Wasserhahn auf. Dieses Geräusch ermöglichte es ihr, unbemerkt das versteckte Liquid Ecstasy hervorzuholen. Sie überlegte, wie sie es unauffällig ins Schlafzimmer bringen konnte. Der String-Tanga war diesmal von Nachteil, ansonsten hätte sie die Flasche hinten in ihrem Slip deponieren können. Also nahm sie die kleine Flasche, verdeckte sie in ihrer Hand und ging in das Zimmer zurück.

Rosis Blick fiel auf Fernandos Glas, welches er auf dem kleinen Schränkchen neben dem Bett abgestellt hatte. Suzi kniete auf seinem Bauch und massierte ihm gerade die stark behaarte Brust. Als Rosi zu ihr Blickkontakt hatte, sah sie in ihren Augen, wie sehr sie sich vor dem Mann ekelte und welche Überwindung es sie kostete, ihn zu berühren.

Während Fernando die Streicheleinheiten mit halbgeschlossenen Augen genoss, gab Rosi ihr ein Zeichen und stellte das Fläschchen auf dem Fußboden neben dem Bett ab. Ihr war klar, dass sie Suzi jetzt ablösen musste, sonst würde ihr Fernando früher oder später die Abneigung anmerken.

Rosi wollte die Sache professionell angehen, schließlich hatte sie jahrelange Erfahrung in der Verführung und Täuschung von Männern. Sie streifte sich ihr T-Shirt über den Kopf und schubste Suzi spielerisch von Fernando. Dieser riss die Augen auf und starrte wie hypnotisiert auf Rosis große Brüste. Sie beugte sich noch tiefer zu ihm herunter, bis ihr Busen völlig sein Gesicht bedeckte. Gleichzeitig zeigte sie hinter ihrem Rücken auf das Schränkchen, wo sein halbgefülltes Glas stand.

Suzi reagierte blitzschnell. Sie war heilfroh, keine weiteren Intimitäten mit diesem Mann austauschen zu müssen. Sie nahm das Fläschchen und füllte etwa zwanzig Tropfen in das Glas. Rosi nickte ihr aufmunternd zu, während sie gleichzeitig mit heftigen Bewegungen ihren Oberkörper durch Fernandos Gesicht zog. Der genoss dieses Spektakel und krallte seine Finger in Rosis Pobacken. Um sich aus seinem Griff zu lösen, rutschte Rosi weiter nach unten und spürte deutlich seine Erregung. Als er mit seinen Händen versuchte, nach ihren Brüsten zu greifen, wich sie zurück und zeigte ihm lächelnd ihren drohenden Zeigefinger.

Suzi nutzte diese kurze Unterbrechung und reichte beiden ihre Gläser. Rosi nahm ihren Champagner dankend entgegen und prostete Fernando augenzwinkernd zu. Dieser ignorierte jedoch Rosis Blicke, richtete sich stattdessen wutschnaubend auf und brüllte Suzi auf Spanisch an. Rosi zuckte zunächst vor diesem spanischen Temperamentsausbruch zurück, besann sich aber wieder, als Fernando Suzi mit eindeutigen Gesten ins Nebenzimmer verwies.

Ihr war klar, dass Fernando hauptsächlich an ihr Interesse hatte; auf den Dreier war er gar nicht so scharf. Sie nahm den Longdrink von Suzi entgegen und nickte ihr aufmunternd zu, als diese in die "Folterkammer" ging. Um Fernando wieder in die richtige Stimmung zu bringen, tropfte sie etwas von ihrem Champagner über ihre Brüste und hielt sie ihm provozierend entgegen. Der Stimmungsumschwung war an seinen Augen sofort erkennbar. Wie hypnotisiert beugte er sich zu ihr und leckte den Alkohol genüsslich von ihren Brustwarzen.

Rosi, die in jeder Hand ein Glas hielt, musste gut aufpassen, damit ihr der Longdrink nicht aus dem Glas schwappte. Als Fernando gerade nach Luft schnappte, nutzte sie die Gelegenheit, um ihm sein Glas in die Hand zu drücken. Sie hoffte dabei inständig, er würde es ihr in seiner Erregung nicht sofort aus der Hand schlagen.

Wahrscheinlich wollte er den Geschmack des Champagners schnell loswerden, jedenfalls nahm er sein Glas dankend entgegen, leerte es in einem Zug und warf es danach einfach zur Seite, um sich sofort wieder um Rosis Brüste zu kümmern.

Diesmal stieß Rosi ihn aber zurück auf das Bett, um ihrerseits seine Brust sanft und erotisch zu massieren. Gleichzeitig rutschte sie mit ihrem Unterkörper soweit nach hinten, bis sie seine Erektion an ihrem Unterleib spürte. Mit gelernten, rhythmischen Hüftbewegungen steigerte sie seine Lust und sah, wie er heftiger atmete und seine Augen genussvoll schloss.

Sie drehte sich nach links und sah Suzi erwartungsvoll im Torbogen stehen. Sie gab ihr ein Zeichen, sich noch etwas zu gedulden.

Fernandos Atmen wurde ruhiger und seine Augen blieben offen. Sie stoppte ihre Hüftbewegungen und beobachtete ihn genau, während sie weiter seinen Brustkorb streichelte. Allmählich nahmen seine Augen einen glasigen Ausdruck an und Rosi sah, wie er mehr und mehr gegen die Müdigkeit ankämpfte…

Die Tropfen wirkten innerhalb von zehn Minuten. Fernando lag mit ausgestreckten Armen und Beinen wie ein Ohnmächtiger auf dem Bett.

Schnell zogen sich Rosi und Suzi wieder an und überlegten, wie sie Fernando fesseln könnten. Da sie keine brauchbaren Stricke oder ähnliches fanden, zogen sie Fernando ganz aus und benutzten seine Kleidung als Fesseln. Sie steckten ihm seinen Slip in den Mund und fixierten diesen Knebel mit seinem Hemd, das sie am Hinterkopf verknoteten. Mit seinem Gürtel banden sie ihm die Hände hinter dem Rücken zusammen. Während sie ihm mit seiner Tuchhose die Füße fesselten, bemerkte Rosi den Schlüsselbund in seiner Hosentasche und nahm ihn an sich.

Rosi sah sich im Zimmer um und überlegte, ob sie etwas vergessen hatten. Das Liquid Ecstasy und den Elektroschocker hatte sie in ihren Jackentaschen verstaut. Das wird es wohl gewesen sein, dachte Rosi. Sie gab Suzi ein Zeichen zum Gehen.

Rosi hatte gerade die Eingangstür aufgeschlossen und wollte in den

Flur treten, als sie Suzi plötzlich noch einmal ins Zimmer zurückzog. Sie sah den Schlüsselbund in ihren Händen und hatte eine Idee.

***

Kid war überrascht, wie viele uniformierte Polizeibeamte sich gegen 01:00 Uhr im Hof der Polizeistation versammelten. Die Einsatzkräfte waren in fünf Kleinbussen vorgefahren. Die jeweiligen Beifahrer gingen in die Station, um an der Einsatzbesprechung teilzunehmen.

Pereira holte aus seiner Aktentasche ein großes Foto und hängte es hinter sich an die Magnettafel. Auf dieser Luftaufnahme war Fernandos Luxusbordell mit den gesamten Nebengebäuden und Zufahrtstraßen abgebildet. Ganz so unvorbereitet war er wohl nicht auf diesen Zugriff!

Nachdem Pereira Schorsch und Kid vorgestellt hatte, hielt er eine kurze Ansprache. Anschließend zeichnete er mit einem schwarzen Stift den Grundstücksverlauf von Fernandos Anwesen auf die Magnettafel. Analog zu der Luftaufnahme skizzierte er mit einem grünen Stift die einzelnen Gebäude an den entsprechenden Stellen. Zum Schluss machte er mit einem roten Stift zahlreiche Kreuze an die Gebäude und an die Grundstücksgrenzen. Danach sprach er einzelne Beamte an und schrieb deren Namen an einige Kreuze.

Zu Kid gewandt sagte er:

„Sicherlich konnten Sie sich denken, was ich gesagt habe. Uns stehen leider nur 38 Beamte für die Absperr- und Durchsuchungsmaßnahmen zur Verfügung. Aus diesem Grund möchte ich gerne Ihre Beamten mit in die äußere Absperrung einbinden, auch wenn das formell nicht ganz rechtens ist."

„Klar, wir beteiligen uns gerne an dem Einsatz. Es muss ja nicht jeder davon erfahren. In Deutschland sagt man, der Zweck heiligt die Mittel", entgegnete Kid.

„Das habe ich nicht anders erwartet. Trotzdem werden wir nicht lückenlos absperren können, dafür haben wir zu wenig Personal. Vier von meinen und vier von ihren Leuten sollen Fernandos Grundstück so umstellen, dass sie jeweils Sichtkontakt zum nächsten haben."

„Das ist okay. Nach den Feststellungen meiner Aufklärungskräfte vor Ort wird die gesuchte Thailänderin in dem Hauptgebäude festgehalten."

„Deswegen will ich auch mit möglichst vielen Kräften dieses Gebäude durchsuchen. Ich erwarte gleich noch drei Hundeführer, die ich zur inneren Absperrung im Hauptgebäude einsetzen werde. Sie beide können bei mir mitfahren. Ich glaube, bei ihnen in Deutschland nennt man das mobile Einsatzleitstelle oder liege ich da falsch?"

„Sie könnten morgen bei uns anfangen. Sie kennen die Fachbegriffe und arbeiten taktisch ähnlich wie wir. Mit so einer guten Zusammenarbeit hätte ich im Traum nicht gerechnet. Falls dieser Einsatz ein glückliches Ende findet, werden wir alles dran setzen, Sie zu einer Einsatznachbesprechung nach Köln einzuladen."

„Vielen Dank für die Einladung, aber da fällt mir ein deutsches Sprichwort ein: Erst die Arbeit, dann das Vergnügen."

***

Rosi hielt den Schlüsselbund in den Händen und betrachtete die einzelnen Schlüssel genauer. Lediglich ein Schlüssel hatte die Größe, um damit ein Türschloss öffnen zu können. Der Schlüssel passte auf diese Zimmertür und da Fernando keine weiteren Schlüssel mitführte, war das vermutlich ein Hauptschlüssel, der auch auf seine Büro- und Zimmertür passte.

Ihr war eine Idee gekommen, wie sie zwei Probleme gleichzeitig lösen könnte.

Zu Fuß hatten sie kaum eine Chance, aus dieser ländlichen Gegend zu fliehen. Sie mussten sich deshalb ein Fahrzeug besorgen. Da sie Jackys Zimmernummer kannte, entschied sie sich, die Schlüssel von seinem Porsche zu holen. Und ihr kam noch eine Idee. Sie griff unter das Kopfkissen, holte Fernandos Waffe hervor und steckte sie hinten in ihren Hosenbund.

Jetzt war der Moment gekommen, es Jacky heimzuzahlen. Sie spürte das kalte Metall der Schusswaffe in ihrem Rücken und hoffte, dass das Ding auch geladen war. Sie hatte noch nie in ihrem Leben mit einer echten Waffe geschossen, dachte aber, dies dürfte nicht so schwierig sein. Mit diesen Gedanken hakte sie sich bei Suzi unter und verließ mit ihr das Zimmer. Sie schlichen vorsichtig durch den Flur zur Treppe, um nach oben ins Erdgeschoss zu gehen.

***

Sarah, Kalle, Sven und Pit beobachteten jetzt schon seit Stunden das Treiben in der Bordellanlage. Ihre Zielpersonen und die Thailänderin hatten sie nicht mehr gesehen, seit sie in das Haupthaus gegangen waren. Allerdings sahen sie fast stündlich, wie Luxuslimousinen die kleinen Bungalows anfuhren und leicht bekleidete Mädchen die Türen öffneten, um die Fahrer zu empfangen.

***

Rosi und Suzi schlichen auf leisen Sohlen die Treppe hinauf. Hoffentlich ist die Bar nicht mehr besetzt, dachte Rosi und blieb an der letzten Stufe stehen, weil sie von irgendwoher Stimmen hörte. Sie konnte nicht genau erkennen, aus welcher Richtung sie kamen. Die Bar war aber Gott sei Dank nicht mehr beleuchtet.

Sie konnte sich noch daran erinnern, dass Fernando ihnen die Zimmer 4, 6 und 8 in dem Trakt hinter der Bar zugewiesen hatte. Jacky wollte das erste Zimmer nehmen. Je näher sie der Bar kamen, desto lauter ertönten die Stimmen. Rosi konnte nun ein lustvolles Stöhnen heraushören.

An der ersten Tür auf der rechten Seite stand in einem roten Herz die Zahl 15. Auf der gegenüberliegenden Seite war das Zimmer mit der Nummer 14. Dann wird Jacky das Zimmer 8, weiter hinten auf der linken Seite haben, dachte Rosi und nickte Suzi aufmunternd zu. Sie gingen weiter, blieben aber am nächsten Zimmer mit der Nummer 13 stehen. Rosi lauschte an der Tür und gab Suzi zu verstehen, dass die Geräusche von hier kamen. Offensichtlich war hier ein Freier noch schwer zu Gange. Sie wollte gerade weitergehen, als sie deutsche Worte vernahm.

„…werde ich es euch besorgen…“

Rosi zuckte zusammen. Das war Boris, da war sie sich sicher! Sie hielt ihr Ohr noch mal an die Tür, konnte jetzt aber nur noch weiteres Stöhnen vernehmen. Hoffentlich verlässt Boris nicht ausgerechnet dann das Zimmer, wenn wir gleich hier wieder vorbeikommen. Suzi zog an Rosis Ärmel, um ihr klar zu machen, dass die Zeit drängte.

Rosi ging schnellen Schrittes weiter in den Gang und blieb vor Zimmer 8 stehen. Erst jetzt wurde ihr bewusst, dass sie überhaupt keinen konkreten Plan hatte, wie sie Jacky ausschalten könnte.

***

Um 02:25 Uhr verließen die Einsatzfahrzeuge den Innenhof der Polizeistation und fuhren ostwärts zur Stadtgrenze. Fernandos Anwesen lag an der Hauptausfahrtstraße, inmitten eines Kiefern- und Pinienwaldes. Wie zuvor besprochen parkten die Fahrzeuge auf einem Waldparkplatz, der für Wanderer angelegt war und nur 250 Meter von der Bordellanlage entfernt lag. Von hier aus konnten die Kräfte für die äußere Absperrung in wenigen Minuten ihre Positionen durch den Wald zu Fuß erreichen. Sobald das Gelände umstellt war, sollten die anderen Beamten mit ihren Fahrzeugen direkt auf das Grundstück fahren.

Sarah, Kalle, Sven und Pit wurden bereits telefonisch von Kid über diesen Einsatz unterrichtet. Sie sollten die rückwärtige Grundstücksgrenze sichern, weil sich dort kein Ausgang befand und man für eine Flucht einen hohen Zaun hätte überwinden müssen. Pereira wollte seine ausländischen Kollegen nicht unnötig in Gefahr bringen.

***

Rosi steckte den bei Fernando gefundenen Schlüssel in das Türschloss und tatsächlich: Es war ein Hauptschlüssel! Sie traten ein und Rosi ließ die Tür leise wieder ins Schloss fallen. Beide verharrten auf der Stelle. War Jacky noch wach? Keiner wagte zu atmen. Sie hörten Schritte auf dem Flur, die sich schnell in Richtung Foyer bewegten. Erst jetzt trauten sie sich, wieder auszuatmen. Rosi versuchte, sich zu orientieren. Sie und Suzi standen in fast völliger Dunkelheit. Als das Flurlicht bei ihrem Eintreten ins Zimmer fiel, hatte Rosi die quadratische Diele ein oder zwei Sekunden lang erkennen können. Gegenüber der Eingangstür befanden sich rechts von ihnen weitere Türen. Appartement 8 war anscheinend genauso aufgeteilt wie Nummer 4, wo sie sich nach ihrer Ankunft frisch gemacht hatte. Demnach musste sich rechts das Bad und geradeaus das Schlafzimmer befinden. Rosi schaute an dieser Tür durchs Schlüsselloch und konnte die Umrisse des großen Doppelbettes erkennen. Wahrscheinlich hatte Jacky die Jalousien nicht heruntergelassen, weshalb das Mondlicht durch ein Fenster in den Raum schien. Ob Jacky in diesem Bett lag, war aber von hier nicht auszumachen. Sie legte ein Ohr an die Tür. Nach einer Weile hörte sie ein leises Schnarchen. Glück gehabt, dachte sie, er schläft seelenruhig. Sie drehte sich kurz zu Suzi um und hielt ihr den Zeigefinger auf die Lippen, bevor sie die Schlafzimmertür öffnete.

Rosi nahm Fernandos Pistole in die rechte Hand und drückte mit der linken Hand die Türklinke so vorsichtig wie möglich herunter. Danach stieß sie die Tür soweit auf, bis sie den gesamten Raum überblicken konnte. Sie sah die gleiche Aufteilung wie in ihrem Zimmer. Links an der Wand stand das Bett und auf jeder Seite eine Kommode. Direkt rechts von ihr sah sie einen Kleiderschrank. An der angrenzenden Wand, gegenüber vom Doppelbett, hing ein riesiger Spiegel. Leise ging sie einen Schritt vor und sah Jackys Jacke an der Garderobe hängen. Über einem Stuhl hingen säuberlich Hose, Hemd und Socken.

Sie suchte mit ihren Augen weiter das Zimmer ab. Die Fahrzeugschlüssel lagen nirgends offen herum. Er hatte sie wahrscheinlich in der Jacken- oder Hosentasche.

Die ganze Zeit hatte sie Jacky nicht aus den Augen gelassen. Er lag, nur mit einem Bettlaken bedeckt, mit offenem Mund auf dem Rücken und schnarchte leise vor sich hin. Sie gab Suzi ein Zeichen, Jackys Hosentaschen zu durchsuchen. Sie selbst fühlte mit einer Hand in die Jackentaschen.

Nichts! Sie drehte sich zu Suzi und sah sie fragend an. Die zuckte mit den Schultern; auch in den Hosentaschen waren keine Schlüssel.

Rosi sah sich noch einmal im Raum um und entdeckte eine spaltweit geöffnete Schublade in der rechten Nachtischkommode. So war das also! Jacky hatte Portemonnaie und Schlüssel in der Kommode verstaut! Sie nahm von der linken Bettseite das Kopfkissen und hielt es vor den Lauf der Waffe. Jetzt war der entscheidende Moment gekommen! Sie zielte mit der Waffe auf Jackys Stirn. Ein Druck auf den Abzug und Jacky würde keine weiteren Leben mehr zerstören können. *Los, Rosi, schieß!*

Doch jetzt im Schlaf wirkte Jacky friedlich und unschuldig. Sie wünschte sich, er würde wach werden und eine Waffe auf sie richten, damit sie ihn in Notwehr erschießen konnte. Je mehr sie nachdachte, umso mehr Zweifel kamen ihr. Jahrelang hatte sie sich diesen Moment herbeigesehnt. Sie wäre jahrelang hierfür ins Gefängnis gegangen – und jetzt hatte sie doch Skrupel! Sie ließ die Waffe wieder sinken. Eine Träne lief ihr über die Wange.

Suzi stand mit angsterfülltem Blick neben der Tür und sah sie erwartungsvoll an.

Sofort verdrängte sie ihre Tötungsabsicht und konzentrierte sich auf die Flucht. Sie zog die Schublade ein Stück weiter heraus, um an die Fahrzeugschlüssel zu kommen. *Scheiße, das war ein Fehler! Bei dem Knarren und Quietschen muss man doch wach werden!*

In der gleichen Sekunde schrak Jacky nach oben. Kerzengerade im Bett sitzend starrte er die beiden Frauen erschrocken an.

***

Sarah hatte sich auf einen Baumstumpf vor dem hohen Zaun gehockt und blickte mittlerweile seit einer halben Stunde auf die Rückseite der Luxusvilla. Pit und Sven standen irgendwo links und rechts neben ihr. Die Sichtverhältnisse auf Fernandos Anwesen waren durch den Vollmond recht gut; zu ihren Kollegen hatte sie jedoch wegen des dichten Baum- und Buschbewuchses keinen Blickkontakt. Auf dem Außengelände liefen mindestens zwei Männer in blauen Uniformen Patrouille. Sie hatte die Männer, die eben unmittelbar am Zaun entlanggingen, spät wahrgenommen und sich erst im letzten Moment hinter einem Holunderstrauch verstecken können. Ausgerechnet in diesem Moment klingelte ausgerechnet ihr Diensthandy. Obwohl der Klingelton auf sehr leise eingestellt war und sie reaktionsschnell das Handy an ihren Körper presste, um den Ton zu dämpfen, kam ihr dieses Geräusch wie ein lauter Alarm vor. Als sie dann den Ausschalter drückte, konnte sie nur hoffen, dass die Männer das Klingeln nicht gehört hatten.

Es dauerte jedoch nicht lange, bis sie Stimmen hörte. Die Männer unterhielten sich und kamen zu der Stelle am Zaun zurück, wo Sarah sich versteckt hatte. Sie lag jetzt ungefähr drei Meter von ihnen entfernt und hielt ihren Atem an. Einer der Männer rief in Spanisch etwas in ihre Richtung; vermutlich fragte er, ob dort jemand wäre. Plötzlich sah sie den Lichtstrahl. Sie leuchteten mit einer Taschenlampe in ihre Richtung. Zu ihrem Glück war der Lichtkegel weiter in den Wald gerichtet und traf sie noch nicht. Sie spürte die Anwesenheit der Männer in ihrer unmittelbaren Nähe. Würde man sie sofort entdecken, wenn der Lichtstrahl sie traf? Sie sah an sich herunter. Immerhin entsprach ihre Garderobe, eine schwarze Jeans und ein dunkelbrauner Blazer, zumindest ansatzweise den Erdtönen.

Da! Das Licht traf sie durch den Holunderbusch wie ein Blitz! Jetzt ist alles vorbei, dachte Sarah. Wie durch ein Wunder vernahm sie aber im gleichen Moment ein Rascheln weiter hinten im Wald und der Lichtstrahl wurde in diese Richtung gelenkt. Kurz danach stieg ein kleiner Schwarm Vögel auf und sie hörte, wie die Männer laut miteinander redeten. Zum ersten Mal wagte sie, wieder den Kopf zu heben und zum Zaun zu gucken und sah, wie einer der Männer dem Vogelschwarm hinterher zeigte. Anschließend setzten sie ihren Patrouillengang fort. Sarah war erleichtert. Offensichtlich hatten die Männer den dumpfen Klingelton der einheimischen Tierwelt zugeordnet.

Später erfuhr sie, dass Sven die gefährliche Situation erkannt hatte. Geistesgegenwärtig warf er, nachdem er den Klingelton gehört hatte, Steine in den Wald, um Tiere aufzuscheuchen und die Männer abzulenken.

Um 02:50 Uhr rief Kid bei Sarah an, um nachzufragen, wie viele beleuchtete Zimmer sie auf der Gebäuderückseite sehen konnte. Pereira brauchte Anhaltspunkte, um die Anzahl der Freier zu schätzen, die sich eventuell noch im Haupthaus aufhielten.

Direkt nach dem ersten Klingeln wurde die Verbindung unterbrochen. Entweder ist sie versehentlich an den Ausschalter gekommen oder sie konnte gerade nicht reden, dachte Kid. Obwohl er sich große Sorgen machte, wartete er eine Minute auf ihren Rückruf. Da sie sich aber nicht meldete, rief er vorsichtshalber Sven an, der ihm flüsternd die aktuelle Situation erklärte und ihm gleichzeitig mitteilte, dass nur ein Zimmer im Erdgeschoss beleuchtet sei.

Um 03:01 Uhr gab Pereira über Funk das Startzeichen und alle Einsatzfahrzeuge fuhren mit hoher Geschwindigkeit die letzten 250 Meter zum Einsatzort.

***

Nachdem Jacky den ersten Schock überwunden hatte, schrie er Rosi an: „Hast du sie noch alle?? Was soll das???“

Rosi warf das Kissen beiseite, nahm die Waffe in beide Hände und zielte mit dem Lauf auf seine Stirn.

„Jacky, du mieses Schwein! Jetzt werde ich dir heimzahlen, was du mir, ihr und anderen Frauen angetan hast."

Als er in den Lauf sah, fühlte sich Jacky vom einen auf den anderen Moment stocknüchtern.

„Rosi, bist du verrückt geworden? Was ist denn auf einmal mit dir los? Hast du vergessen, wie viel Kohle du durch mich gemacht hast? Komm, gib mir die Waffe und wir vergessen die Sache."

„Jacky, ich bin nicht verrückt, ich bin bei vollem Verstand. Klar hab ich viel Geld verdient, aber nicht halb so viel wie du! Du musstest nicht jeden Tag für schwitzende, ekelhafte Männer die Beine breit machen. Du musstest keine Schwänze lutschen und du wurdest auch nicht in den Arsch gefickt. Du hast die Hand aufgehalten und Geld kassiert..."

„Jetzt mach aber mal halblang! Du hast doch alles freiwillig gemacht. Als du aufhören wolltest, habe ich dich in der Tabledance-Bar untergebracht. Ohne Ausbildung und Lehre hättest du doch nie einen anderen Job bekommen! Du solltest mir dankbar sein!"

„Dass ich nicht lache! Du hattest doch nur deine Kunden im Blick, denen ich als Fickobjekt zu alt war. Und freiwillig bin ich auch nicht eine von deinen Nutten geworden. Hast du etwa vergessen, wie ihr mich damals vergewaltigt habt? Jeden Tag habe ich gebetet, Gott möge mir eine Chance geben, mich an dir rächen zu können. Du hast mein Leben auf dem Gewissen und dafür wirst du büßen."

Jacky wurde langsam hysterisch. *Scheiße, die alte Schlampe will mich wirklich abknallen! Ich muss sie weiter in ein Gespräch verwickeln. Vielleicht ergibt sich eine Gelegenheit, ihr die Waffe abzunehmen.*

„Okay, vielleicht war ich nicht immer fair. Aber ich wollte mich sowieso aus dem Geschäft zurückziehen! Was meinst du, warum ich dich ausgewählt habe, mich hier nach Spanien zu begleiten?"

„Hör auf, mir so eine Scheiße zu erzählen. Du denkst doch immer nur an dich!"

„Rosi, jetzt mal im Ernst, ich will mich wirklich hier in Spanien zur Ruhe setzen. Ich habe in Erwägung gezogen, so ein Luxusbordell wie das hier auf Mallorca zu eröffnen. Ich kann mir dich gut als Geschäftsführerin vorstellen."

Das war Rosi jetzt endgültig zuviel. Seine schleimige Art ließ bei ihr das Fass zum Überlaufen bringen. Diesmal war sie sein Lächeln satt. Sie würde ihn jetzt töten. Als sie sich nach dem Kissen bückte, ging alles sehr schnell.

***

Gegen 03:00 Uhr waren die beiden Wachleute nach ihrem Rundgang wieder am Eingangstor eingetroffen. Routinemäßig gingen sie in das Wachhäuschen, um sich mit ihren beiden Kollegen auszutauschen.

„Wir machen jetzt Feierabend. Der letzte Freier hat gerade das Gelände verlassen und es hat sich auch keiner mehr angekündigt. Jetzt dürften keine Typen mehr im Haupthaus oder in den Bungalows sein."

„Stimmt, in den Bungalows haben wir auch kein Licht mehr gesehen. Dann sind wir ja passend zum Feierabend hier eingetrudelt."

Während sich das schwere Rolltor durch Knopfdruck automatisch schloss, vernahmen die Wachleute den Lärm herannahender Autos. Normalerweise verirrte sich um diese Uhrzeit kein Fahrzeug mehr in diese Gegend. Verwundert sahen sie, wie mindestens zehn Polizeifahrzeuge vorfuhren. Der Mann, der aus dem ersten Fahrzeug ausstieg, war jedem Wachmann bekannt. Von ihm hing sogar ein heimlich aufgenommenes Foto im Wachraum, auf dem handschriftlich stand:

„Polizeichef Adolfo Luis Pereira – unerwünschte Person!"

***

Jacky hatte es in ihren Augen gesehen. Sie war wild entschlossen, ihn zu töten. Als sie sich bückte, sah er seine Chance gekommen. Blitzschnell ließ er sein Bein unter der Decke hervorschnellen und trat ihr gegen die Hand mit der Waffe. Der Tritt kam für Rosi so überraschend und schnell, dass sie nicht mehr reagieren konnte. Die Waffe flog im hohen Bogen aus ihrer Hand und landete auf der anderen Seite des Bettes unter der dortigen Kommode.

Jacky, der sich bei dieser Aktion den großen Zeh gestaucht hatte, wälzte sich schnell herum und robbte auf die andere Bettseite. Als er die Waffe auf Anhieb nicht sah, beugte er sich herunter und suchte den Teppichboden unter dem Bett ab.

Suzi, die Jacky direkt an seiner Stimme wiedererkannt hatte, stand wie zu einer Säule erstarrt mit aufgerissenem Mund am anderen Ende des

Bettes. Rosi dagegen reagierte sofort. Als ihr klar wurde, dass Jacky vor ihr an die Waffe herankommen würde, versuchte sie erst gar nicht, um das Bett zu laufen. Stattdessen griff sie in ihre Jackentasche und holte das Elektroschockgerät heraus. Derweil hatte Jacky die Pistole unter der Kommode entdeckt. Als er sich drehen und wieder aufrichten wollte, sah er, wie Rosi mit einem undefinierbaren Gegenstand auf ihn zusprang. Er versucht noch, die Waffe hochzureißen, doch es gelang ihm nicht mehr. Rosi landete auf ihm, drückte ihm den Gegenstand zwischen die Rippen und betätigte den Auslöser.

Die hohe elektrische Ausgangsspannung lähmte Jackys Nervensystem sofort. Seine Muskulatur wurde paralysiert – er war sofort bewegungsunfähig. Die Waffe glitt ihm aus der Hand. Rosi wusste, dass das Gerät ihn nur wenige Minuten außer Gefecht setzen würde. Doch in der Zwischenzeit hatte sich Suzis Lähmung gelöst. Vor ihren Augen liefen die Bilder ab, wie sie gefesselt auf dem Bett lag, er ihr mit der Schere die Hose vom Leib schnitt und ihren Slip vom Körper riss, wie er sie bestieg …

Sie schüttelte die Gedanken beiseite und stürzte auf Rosi zu, die sich gerade benommen aufrichtete. Wild entschlossen entriss Suzi ihr den Elektroschocker und drückte die Kontakte zwischen seine Beine. Trotz seiner körperlichen Lähmung nahm Jacky wahr, was die Thailänderin vorhatte.

Triumphierend sah Suzi seine weit aufgerissenen, angsterfüllten Augen und drückte dann mit voller Genugtuung auf den Auslöser.

Den Schmerz, den Jacky verspürte, hätte er sich im Traum nicht schlimmer ausmalen können. Es war, als hätte man ihm den Hodensack bei vollem Bewusstsein aufgeschlitzt und anschließend seine Hoden unter Strom gesetzt. Ein kurzer gequälter Schrei, ein Aufbäumen, dann stockte ihm der Atem und er wurde ohnmächtig.

Rosi war erstaunt, wie energisch und zielgerichtet Suzi plötzlich vorgegangen war. Als sie ihren hasserfüllten Blick sah, konnte sie sich denken, was Jacky ihr angetan hatte.

Sie mussten sich jetzt beeilen; der Schrei war mit Sicherheit gehört worden. Sie schob Suzi, die vor dem Bett stand und Jacky mit thailändischen Schimpfwörtern anschrie, zum Ausgang.

Obwohl die Zeit drängte, blieben die beiden Frauen noch einen Moment im Türrahmen stehen, um einen letzten Blick auf Jacky zu werfen. Sein Brustkorb hob und senkte sich, während sein Körper in unregelmäßigen Abständen zuckte. Nein, ärgerte sich Rosi, auch wenn er es tausendfach verdient hätte, ich kann einfach nicht auf einen wehrlosen, ohnmächtigen Menschen schießen.

Anschließend rannten Rosi und Suzi über den Flur an der Bar vorbei bis ins Foyer. Verdammt, dachte Rosi, ich habe die Autoschlüssel vergessen. Kurz vor dem Eingang blieb sie stehen und wollte schon wieder zurücklaufen, als sie am Ende des Flures sah, wie sich eine Tür öffnete. Jetzt gab es kein Zurück mehr. Sie mussten versuchen, zu Fuß das Gelände zu verlassen. Die Tür zur Eingangshalle war zum Glück nicht verschlossen.

Als sie im Freien standen, sahen sie in der Einfahrt am Wachhäuschen Fahrzeuge mit aufgeleuchteten Scheinwerfern, um die sich ein Menschenauflauf gebildet hatte. Sofort versteckten sie sich hinter einem riesigen Blumenkübel rechts neben dem Eingang und beobachteten die Szene. Als sich hinter ihnen die Tür vom Haupthaus öffnete und ein Wachmann heraustrat, duckten sie sich tiefer in ihre Deckung. Glück gehabt, der Mann lief nach vorne zum Wachhäuschen.

Plötzlich hörten sie, wie sich das große Rolltor behäbig öffnete. Was konnte das bedeuten? Suzi zitterte vor Angst am ganzen Körper. Hier konnten sie nicht bleiben! Rosi entschied sich, um das Haupthaus herumzugehen. Vielleicht gab es ja irgendwo eine Art Hinterausgang.

***

Pereira war lange nicht mehr hier draußen gewesen. Das Anwesen wirkte auf ihn wie ein Hochsicherheitstrakt. Als er mit seinem Fahrzeug vorfuhr, wurde er das Gefühl nicht los, genau in diesem Moment von Fernando durch eine der zahlreichen Überwachungskameras beobachtet zu werden. Sofort wischte er diesen Gedanke beiseite, ging in Begleitung seiner deutschen Kollegen schnellen Schrittes auf das Wachhäuschen zu und zeigte seinen Dienstausweis durch die Fensterscheibe. Der Wachmann trat durch die zur Straße gelegene Tür heraus und prüfte den Ausweis gewissenhaft, obwohl er Pereira sofort erkannt hatte.

„Öffnen Sie sofort das Rolltor“, brüllte Pereira in einem lauten Befehlston.

„Wir haben schon geschlossen. Ich kann Sie um diese Uhrzeit nicht mehr hereinlassen.“

„Dies ist ein Polizeieinsatz! Wenn Sie nicht sofort das Tor öffnen, werde ich Sie wegen Störung einer Amtshandlung festnehmen lassen."

„Ich muss erst meinen Chef informieren. Warten Sie einen kleinen Moment."

Jetzt wurde es Pereira zu bunt. Bevor der Wachmann hinter sich die Tür schließen konnte, stellte er seinen Fuß dazwischen, gab seinen herbeigeeilten spanischen Kollegen ein Zeichen und betrat mit ihnen und Kid das Häuschen. Pereira sagte keinen Ton, sondern packte den Wachmann am Revers, drückte ihn an die nächste Wand und sah ihm drohend in die Augen. Der Blick dauerte nur wenige Sekunden und als er wieder losließ, drückte der Wachmann einen Knopf und das Rolltor öffnete sich.

Anschließend fuhren die Einsatzfahrzeuge auf das Gelände.

***

Nach wenigen Minuten erwachte Jacky aus seiner Ohnmacht. Sofort spürte er den brennenden Schmerz im Unterleib. Er hielt sich die Hände auf seine angespannten Bauchmuskeln und begann, stoßweise auszuatmen. Die Schmerzen waren kaum auszuhalten. Das wird mir die alte Schlampe büßen, dachte er. Ich werde sie töten. Nein, ich werde sie hinrichten! Er sah die Waffe neben dem Kopfkissen liegen und der Gedanke an Rache ließ ihn für einen Moment seine Schmerzen vergessen. Er nahm die Pistole und wollte sich gerade zur Tür schleppen, als er die beiden Frauen an seinem Fenster vorbeihuschen sah.

Schmerzgekrümmt öffnete er mit letzter Kraft das Fenster und sah noch, wie Rosi und die Thailänderin an der Rückseite des Gebäudes verschwanden.

Als er ein Bein hob, um aus dem Fenster zu steigen, wurde der Schmerz unerträglich. Er musste den Versuch abbrechen. Nun hing er mit gekrümmtem Oberkörper über dem Fenstersims und war nicht in der Lage, sich aufzurichten. Doch an Aufgeben war für Jacky nicht zu denken. Er wollte Rosi töten, also musste er ihr folgen. Er beugte sich weiter nach draußen, bis er sich seitwärts auf der anderen Seite herunterfallen lassen konnte. Ein neuer zusätzlicher Schmerz jagte durch seinen Körper, als er auf seine rechte Schulter fiel. Er biss auf die Zähne, richtete sich mit letzter Willenskraft halbwegs auf und drückte seine Hände in den Unterbauch, um die Schmerzen etwas zu mildern. In dieser gebückten Haltung versuchte er dann, den beiden Frauen zu folgen.

Rosi und Suzi schlichen langsam am Haupthaus entlang zur Rückseite. Dort blieben sie einen Augenblick stehen, um sich zu orientieren. Sie sahen links und rechts vereinzelt Bungalows stehen. Geradeaus befand sich freies Gelände. In ungefähr 30 Meter Entfernung erkannten sie einen hohen Zaun am Waldrand. Vielleicht befand sich dort irgendwo eine Tür, die nicht verschlossen war oder die sie aufbrechen konnten.

In diesem Moment hörten beide, wie hinter ihnen ein Fenster geöffnet wurde. Rosi überlegte nicht lange. Sie stieß Suzi an und rannte in Richtung Zaun. Suzi, die schnelles Laufen nicht mehr gewohnt war, kam kaum nach. Ungefähr auf halber Strecke trat sie in ein Erdloch, knickte mit dem Fuß um und verstauchte sich den Knöchel. Schwerfällig richtete sie sich auf und humpelte langsam weiter. Rosi hatte sich mittlerweile umgedreht und sah, dass Suzi nur schleppend vorankam. Gleichzeitig sah sie weiter hinten einen Mann, der in einer seltsam gebückten Haltung im Stile des Glöckners von Notre Dame ebenfalls in ihre Richtung humpelte.

Rosi eilte zu Suzi zurück, hakte sich bei ihr unter und stützte sie beim Gehen. Beide gingen am Zaun entlang und hofften, bald einen Ausgang zu finden. Als das Keuchen ihres Verfolgers immer lauter wurde, drehte Rosi sich noch mal um. Kaum zu glauben, doch es war tatsächlich Jacky, der sie verfolgte! Rosis Blick fiel auf die Waffe, die er in einer Hand hielt. *Das darf doch nicht wahr sein! Dieses Schwein ist wieder auf den Beinen und hat jetzt auch noch die Waffe, die ich im Zimmer vergessen habe!* Rosi forderte Suzi auf, noch schneller zu gehen.

Jacky, der schon in Sicht- und Schussweite herangekommen war, sah, dass die Frauen noch einen Zahn zulegten. Er dagegen war an seinem Limit angekommen und konnte sich kaum noch auf den Beinen halten. Er blieb stehen, atmete tief durch und zielte mit der Waffe auf Rosi. Beide Frauen waren etwa fünfzehn Meter entfernt, als er abdrückte.

Die Kugel verfehlte Rosi um einige Meter und bohrte sich in einen Zaunpfahl. Rosi und Suzi blieben wie angewurzelt stehen, als sie den Schuss hörten. Die nächste Deckung, ein alter Baum mit dickem Stamm, stand fünf bis sechs Meter rechts von ihnen entfernt.

Rosi überwand als erste den Schreck und lief los. Plötzlich hörte sie den zweiten Schuss und spürte gleichzeitig einen brennenden Schmerz am linken Oberarm. Instinktiv ließ sie sich auf den Boden fallen und tastete mit der Hand die schmerzende Stelle ab. Was sie da fühlte, war eindeutig Blut. Er hatte sie getroffen! Vorsichtig bewegte sie den Arm. Gott sei Dank, das ging noch ganz gut. Es war wohl nur ein Streifschuss. Rosi hob den Kopf etwas an, um zu sehen, wo Suzi geblieben war.

Von Suzi fehlte jede Spur, dafür war Jacky mittlerweile nur noch zehn Meter entfernt. Rosi wollte aufspringen, um wegzulaufen, als der nächste Schuss fiel und ihren Kopf nur knapp verfehlte. Sofort ließ sie sich wieder auf den Boden fallen und blieb auf dem Rücken liegen. Aus dem Augenwinkel sah sie Suzi ebenfalls auf dem Boden liegen und langsam in die entgegengesetzte Richtung robben.

Jackys Keuchen wurde immer lauter. Nun hatte sie keine Chance mehr, ihm zu entkommen. Der nächste Schuss würde sie bestimmt töten. Doch davor hatte sie in diesem Moment keine Angst. Ihr tat es nur unglaublich Leid, die junge Thailänderin nicht gerettet zu haben. Scheiße, warum hatte sie Jacky im entscheidenden Moment nicht einfach abgeknallt!

***

Sarah stand tief in ihrer Deckung und beobachtete aufmerksam das Treiben auf Fernandos Anwesen. Sie hatte sich etwas weiter vom Zaun entfernt hinter einen Baum gestellt. Der Holunderbusch befand sich jetzt genau zwischen Baum und Zaun und bot ihr somit zusätzlichen Sichtschutz.

Plötzlich vernahm sie von der anderen Seite des Grundstückes Motorengeräusche. Jetzt müssten jeden Moment zahlreiche Polizeifahrzeuge auf das Gelände fahren und Beamte die einzelnen Bungalows sichern.

Warum dauerte das alles so lange? Sarah bemerkte auf einmal die beiden Frauen, die an der Ecke des Hauptgebäudes standen und in ihre Richtung sahen. Auf die Entfernung konnte sie die Gesichter durch den Maschendraht nicht erkennen. Wenn sie doch bloß ein Fernglas zur Verfügung hätte! Die Frauen standen unschlüssig an der Hausecke und wussten offensichtlich nicht, was sie tun sollten. Plötzlich liefen sie los und wenige Sekunden später erkannte Sarah die erste Frau an den blonden Haaren. Das war eindeutig Jackys Begleiterin aus der Tabledance-Bar in Köln. Jetzt konnte sie auch die zweite Frau erkennen. Es war eine Asiatin! Gebannt verfolgte sie das Geschehen vor ihren Augen.

***

Jacky ließ alle paar Meter erschöpft seine Arme hängen und fasste sich mit schmerzverzerrtem Gesicht an den Unterbauch. Nach wenigen Sekunden setzte er sich wieder in Bewegung und ging zielgerichtet Schritt für Schritt auf Rosi zu. Als er nur noch wenige Meter vor ihr stand, zielte er mit der Waffe auf ihren Kopf und sagte: „Ihr Nutten seid doch alle hinterhältige Dreckssschlampen. Jetzt werden du und diese zickige Thailänderin für alles büßen. Fahr zur Hölle....“

„Polizei! Nehmen Sie die Hände hoch und lassen Sie die Waffe fallen!“ schrie Sarah Jacky an und bewegte sich weiter aus der Deckung heraus.

Völlig überrascht sah Jacky zu ihr herüber. Auch Rosi drehte ihren Kopf in Sarahs Richtung. Die Szene schien für einen Moment wie eingefroren. Jacky stand mit der Waffe im Anschlag vor Rosi. In seinem hasserfüllten Blick konnte man nun auch Angst und Entsetzen erkennen.

In Rosis Gesicht hingegen war jetzt ein Funken Hoffnung zu sehen.

Sarahs Augen funkelten regelrecht vor Wut.

„Habe ich mich nicht klar genug ausgedrückt? Waffe fallen lassen! Sie haben keine Chance, das gesamte Gelände ist umstellt! Geben Sie auf!“

Jacky sah diese hübsche Frau mit der Waffe hinter dem Zaun stehen. Was hatte denn hier im spanischen Hinterland eine deutsche Polizeibeamtin zu suchen? Die ganzen Ereignisse der letzten Minuten überforderten seinen Verstand. Er sah die wilde Entschlossenheit in den Augen der Polizistin. Die würde ihn bestimmt abknallen, sobald er auf Rosi geschossen hatte. Er suchte verzweifelt nach einer Lösung, doch als er die Geräusche aus dem Dickicht neben der Polizeibeamtin vernahm, wurde ihm klar, dass er verloren hatte. Das Gelände war wirklich umstellt und was er da hörte, waren die herannahenden Schritte ihrer Kollegen.

Jacky lachte manisch: „Wenn du mich kriegen willst, musst du mich schon erschießen und dafür hast du keinen Arsch in der Hose! Schade eigentlich, du hättest auch bestimmt als Nutte ’ne bessere Figur abgegeben.“

Sarah ließ sich nicht provozieren. Sie war sich der verfahrenen Situation bewusst: Solange Jacky auf die Blondine zielte, konnte sie ihn nicht erschießen, weil sonst die Gefahr bestand, dass er im Reflex noch einen Schuss abgab. Sie musste ihn in ein Gespräch verwickeln und warten, bis er die Hand mit der Waffe senkte oder sie in eine andere Richtung hielt. Eventuell konnte sie ihn dann durch einen gezielten Schuss in den Arm kampfunfähig machen.

„Glaubst du wirklich, ich würde für so einen kleinen Zuhälter wie dich arbeiten?", fragte Sarah.

„Du weißt doch gar nicht, wen du hier vor dir hast."

Das war die Chance, ihn richtig in Rage zu bringen! Wenn er die Waffe auf Sarah richtete, würde sie dieses Schwein in Notwehr erschießen.

„Du bist Jacky, dieser kleine Möchtegernzuhälter aus Köln. Über dich erzählt man, du würdest schon seit Jahren keinen mehr hoch bekommen."

Jacky zuckte merklich zusammen, hielt aber weiterhin die Waffe auf Rosi gerichtet. Im Augenwinkel konnte er einen Mann hinter einem Baum erkennen, der ebenfalls eine Waffe auf ihn richtete. Da er seine Waffe nicht mehr lange im Anschlag halten konnte, seine Schmerzen im Unterleib immer unerträglicher wurden und ihm die Ausweglosigkeit seiner Situation bewusst war, fasste er einen Entschluss.

„Weißt du was, Schätzchen? Ich hab langsam die Schnauze voll von euch Schlampen. Ich werde jetzt diese Nutte hier abknallen und du hast dann die Ehre, mich zu erschießen."

„Dazu wird es wohl nicht mehr kommen!", antwortete Sarah und senkte nickend ihren Kopf.

***

Suzi war völlig außer Atem, nachdem sie den alten Baum erreicht hatte. Sie hockte sich dahinter und hielt sich ihren schmerzenden Knöchel.

Als sie den dritten Schuss hörte, zuckte sie ängstlich zusammen und betete inständig, ihrer neuen Freundin möge nichts passiert sein. Vorsichtig lugte sie um den Baum herum und erschrak, als sie Rosi sah, die am Boden lag, während Jacky mit der Waffe immer näher kam. Er schien sich nur auf Rosi zu konzentrieren, jedenfalls sah er nicht ein einziges Mal links hinter sich in ihre Richtung. Sie hörte seine Worte, ohne sie zu verstehen. Dann passierte etwas völlig Unerwartetes. Eine Frau tauchte auf der anderen Seite des Zaunes auf und zielte mit einer Waffe auf den Mann.

Suzi konnte zwar nicht verstehen, worüber die beiden sprachen, wusste aber, dass sich ihre Freundin in äußerster Gefahr befand. Nach all dem, was diese Frau für sie getan hatte, musste sie ihr jetzt auch helfen. Aber wie? Suzi sah sich um und entdeckte den meterlangen Ast auf der anderen Seite des Baumes. Sie robbte dorthin und nahm ihn in die Hand. Er fühlte sich recht massiv an. Vorsichtig richtete sie sich auf, verspürte aber beim Auftreten einen stechenden Schmerz in ihrem Knöchel. Sie atmete noch mal tief durch, biss die Zähne zusammen und schlich so leise wie möglich auf Jacky zu.

Jacky, in das Gespräch mit Sarah vertieft, merkte gar nicht, wie Suzi plötzlich unmittelbar hinter ihm stand. Suzi sah, dass er nur noch mit letzter Willensanstrengung den Arm mit der Waffe hochhalten konnte. Sie hoffte, er würde vielleicht die Waffe fallen lassen und aufgeben. Aber sein Tonfall klang nicht danach. Suzi holte aus und hielt den Ast zum Schlag bereit hinter ihrem Kopf nach unten. Jetzt wartete sie mit angespannten Muskeln nur noch auf den richtigen Moment.

Als dieser kam, handelte sie blitzschnell. Die Frau hinter dem Zaun sah ihr einen kurzen Moment in die Augen und nickte ihr beiläufig zu. Gleichzeitig bemerkte sie ein Zucken am Abzugsfinger ihres Peinigers. Ohne zu überlegen, schmetterte sie den Ast mit voller Wucht auf seinen Hinterkopf.

Suzi hörte das Krachen der Schädeldecke und sah, wie das Blut aus Jackys Kopf spritzte. Dann ließ sie den Ast fallen und fiel voller Erschöpfung in Ohnmacht.

***

Die Razzia lief zügig und geordnet ab. Boris fand man nackt und völlig betrunken neben den Zwillingen im Bett liegend. Als Kid ihn weckte und ihm erklärte, er sei festgenommen, lachte er laut und drehte sich wieder auf die Seite, um weiterzuschlafen. Erst, als man ihm die Handschellen anlegen wollte, wehrte er sich vehement. Zwei kräftige spanische Polizeibeamte brachen diesen kurzen Widerstand schnell, in dem sie ihm einen Arm auf den Rücken drehten und ihn mit dem Schlagstock an seinem Genick aufs Bett zurückdrückten. Erst, als er gefesselt dort lag, wurde ihm bewusst, was hier überhaupt vorging.

Etwa zur gleichen Zeit befand sich Pereira mit anderen Kollegen im Kellergeschoss und fand dort den nackten, gefesselten Fernando schlafend in einem Bett vor. Er musste schmunzeln, als er den Bordellbesitzer mit seinem eigenen Slip geknebelt dort liegen sah. Ein Beamter schoss sofort eine Serie von Fotos und Pereira konnte sich denken, dass die nicht nur für die Ermittlungsakte bestimmt waren. Wahrscheinlich würden die ausgedruckten Digitalbilder nachher beim Biertrinken die Runde machen.

Gegen 05:30 Uhr war die Kontrolle der Prostituierten und Bediensteten in der Anlage beendet. Fernando, Boris, Rosi und Suzi wurden festgenommen und in den Polizeigewahrsam gebracht. Alle anderen angetroffenen und überprüften Personen wurden für die nächsten Tage als Zeugen auf das Polizeirevier vorgeladen. Jacky kam ins städtische Krankenhaus und wurde in der neurologischen Abteilung notoperiert.

Die beiden überwachten Handys wurden beschlagnahmt. Zudem fanden die Ermittler bei Boris den gefälschten tschechischen Reisepass. Kid informierte Fisch über das Ergebnis der Razzia und hatte danach nur noch einen Wunsch: Schlaf.

Fisch erstattete seinem Chef Meldung. Arndt Siebert war erleichtert über die Befreiung der Thailänderin. Gleichzeitig war er entsetzt, dass er über die gerade gehörten Aktionen im Ausland nicht schon früher informiert wurde und hielt Fisch deshalb eine lange Predigt. Er beruhigte sich erst wieder, als Fisch ihm erklärte, die Maßnahme sei mit der Bundespolizei und der Policia Autonomica in Spanien abgestimmt worden.

***

Takin wurde wach, als die Beamten der Einsatzhundertschaft um 07:00 Uhr das Asylantenheim stürmten. Er sprang aus dem Bett und fühlte an seinen Sachen, die er an die Heizung gehängt hatte. Die Hose war trocken, die Jacke noch etwas klamm. Das war aber egal, schließlich regnete es immer noch. Hauptsache, der Dreck war weg. Er ging noch mal schnell mit einem Lappen über die Schuhe und zog sie an. Er fragte sich, ob er an alles gedacht hatte. Das verbogene Schließblech an der Tür würde ihn nicht verraten, dafür gab es zu viele beschädigte Türen in diesem Wohnheim. Ein letzter Blick durch das Zimmer. Nein, wenn ihn keiner aus dem Heim beobachtet hatte, dürfte er auch nicht verdächtigt werden.

Er blickte aus dem Fenster. Inzwischen hatten die Beamten das Gebäude komplett umstellt! Nun blieb ihm also doch nichts anderes übrig, als abzuwarten.

Tomtom hatte seine Kommission schlicht und einfach MK Stadtpark genannt. Um 06:00 Uhr wies er bei der Einsatzbesprechung alle Beamten in die Lage ein.

„Wir suchen eine Person, mit hoher Wahrscheinlichkeit männlich, Schuhgröße 42. Das Profil der Sohle wurde vom Erkennungsdienst abfotografiert, die Fotos stehen jedem Durchsuchungsteam zur Verfügung. Die Schrittlänge vom Tatort weg deutet auf eine am Bein oder Fuß verletzte Person hin. Achten Sie auf entsprechend verschmutzte Kleidung. So, wenn keine Fragen mehr sind, starten wir jetzt."

Tomtom hatte die meisten Kräfte der Bereitschaftspolizei für die innere und äußere Absperrung eingeteilt. Deren Auftrag war klar umrissen: Alle Asylanten durften ihre Zimmer nicht verlassen, bis die Beamten die Durchsuchungen und Personenüberprüfungen durchgeführt hatten.

Er hatte außerdem acht Durchsuchungsteams, bestehend aus jeweils einem Kriminalbeamten seiner Mordkommission und einem Beamten der Bereitschaftspolizei, gebildet. Die Teams sollten in der obersten Etage beginnen. Tomtom schickte jeweils vier Teams in den linken und rechten Flur des zweiten Obergeschosses. Falls die Teams auf ein Klopfen an den Türen keine Reaktion erhalten würden, könnten sie diese mit dem Hauptschlüssel des Hausmeisters öffnen, der auf Wunsch Tomtoms heute den Dienst eine Stunde früher angetreten hatte.

Die Asylbewerber verhielten sich alle gleich; sie sahen die Beamten fragend an und sprachen wild gestikulierend in ihrer Sprache. Mit entsprechenden Handzeichen erklärten die Beamten ihnen, sie sollten ihre Pässe oder sonstige Identifizierungspapiere und ihre Garderobe, insbesondere die Schuhe, vorzeigen.

Die Beamten hatten bereits 35 Personen in 23 Zimmern im zweiten und ersten Obergeschoss überprüft, bis sie endlich nach drei Stunden an Takins Tür klopften.

Takin nickte ihnen freundlich zu, während einer von ihnen nach seiner Aufenthaltsgenehmigung fragte. Warum schaute ihm der eine Beamte dauernd auf die Schuhe? Takin war froh, sie geputzt zu haben. Doch die Freude währte nur einen Augenblick. Der Beamte, der auf seine Schuhe sah, faltete ein Blatt auseinander, auf dem eindeutig ein Schuhabdruck zu erkennen war. Danach ging alles sehr schnell. Er musste einen Schuh ausziehen. Das Profil und die Größe wurden mit dem Abdruck verglichen. Anschließend sollte er im Flur ein Stück weit gehen. Erst jetzt merkte er, dass er mit seinem verletzten Knöchel immer noch nicht richtig auftreten konnte. Die Polizisten nickten sich zu und legten ihm Handschellen an, bevor sie ihn nach draußen führten.

***

Das Hotel Plaza de España lag im Zentrum von El Paso, in unmittelbarer Nähe des Polizeireviers. Nachdem die Beamten um 06:30 Uhr erschöpft dort angekommen waren, verzogen sich alle sofort auf ihre Zimmer. Kid schrieb noch eine kurze SMS an Senna, bevor er todmüde ins Bett fiel.

Um 16:30 Uhr waren Kid und seine Mitarbeiter mit Pereira verabredet. Sie trafen sich im Büro des Polizeichefs und wurden über den Stand der Ermittlungen informiert.

Boris wurde über seine Fingerabdrücke als Vaclav Borivec (Spitzname: Boris), geboren am 16.07.1957 in Budweis identifiziert.

Er gab an, er habe als Tourist Fernandos Bordell aufgesucht. Weitere Fragen würde er nur über seinen Anwalt beantworten.

Während Fernando von seinem Aussageverweigerungsrecht Gebrauch machte, gaben Rosi und Suzi umfassende Berichte ab.

Um 22:00 Uhr waren sie wieder im Hotel. Die Kollegen wollten Kid noch zu einem Drink an der Hotelbar überreden, er hatte aber dankend abgelehnt. Erst jetzt fand er Zeit, um Senna anzurufen. Gott, langsam vermisste er seine Familie tierisch.

Kid machte es sich auf seinem Hotelbett bequem und telefonierte zwei Stunden mit seiner Frau. Senna erzählte von der Gartenarbeit, die sie mit den Kindern zusammen erledigt hatte. Dies war dringend nötig gewesen, da ein Sturm fast das komplette Laub von den Bäumen gefegt hatte und nun Straße und Grundstück mit Blättern übersät gewesen waren. Senna berichtete auch ausführlich von ihrem Wochenende mit Luzie. Man hatte sich wunderbar verstanden und viel gelacht. Bei der Partnersuche im Internet sei Luzie auch fündig geworden. Am Samstagabend habe sie sich nach ausreichendem Alkoholgenuss in mindestens vier Männer verliebt. Einer sei sogar Polizist von Beruf! Am Sonntagvormittag hätten sie sich die Inserate noch mal im nüchternen Zustand angesehen und festgestellt, wenn überhaupt, käme nur einer der Männer als potentieller Partner für Luzie in Frage. Senna war sich nicht sicher, ob Luzie wirklich Kontakt aufnehmen würde, da sie erst einen endgültigen Schlussstrich unter die Beziehung mit Jockel ziehen wollte.

Als Senna wieder mit dem geplanten Hollandurlaub anfing, sagte Kid, sie könne mit den Vorbereitungen beginnen. Nächstes Wochenende würde er bestimmt nicht arbeiten müssen.

Dienstag, 14.11.2006

Obwohl Takin ein umfassendes Geständnis abgelegt hatte, erließ der Richter einen Haftbefehl und der Beschuldigte wurde in Untersuchungshaft in die Justizvollzugsanstalt Köln eingeliefert. Die Staatsanwaltschaft wollte bis zum Haftprüfungstermin sämtliche Tatortspuren aus- und bewerten lassen und dann gegebenenfalls über eine Haftverschonung entscheiden.

Fisch saß in seinem Büro und las die von Kid gefaxten Vernehmungen. Aus der detaillierten Vernehmung Rosis ergaben sich einige neue Ermittlungsansätze. Sie hatte kein Blatt vor den Mund genommen. Die Beamten hatten sich angehört, wie sie nach Deutschland gelockt, hier vergewaltigt und dann gezwungen worden waren, jahrelang in verschiedenen Bordellen anschaffen zu gehen. Sie berichtete über Bedrohungen, Körperverletzungen, Erpressungen und Freiheitsberaubungen im Kölner Rotlichtmilieu. Immer wieder tauchte der Name Jacky auf. Zu ihm machte sie besonders ausführliche Angaben. Die Aussage über den Mord an einer Prostituierten interessierte Fisch besonders. Er konnte sich an den ungeklärten Mordfall noch gut erinnern. Über Boris konnte sie nicht viel berichten, nur dass er ein ganz enger Geschäftspartner von Jacky war.

Nachdem Fisch ihre Aussage gelesen hatte, schickte er sofort zwei Teams der Fahndungsdienststelle zum Herkuleshochhaus, um die Mittäter Dorothea und Günther in ihrer Wohnung festnehmen zu lassen.

Zum Schluss las Fisch den Bericht über Jackys Gesundheitszustand. Suzis heftiger Schlag hatte zu irreparablen Hirnschäden geführt. Die Ärzte diagnostizierten ein Schädel-Hirn-Trauma dritten Grades und setzten ihn in ein künstliches Koma. Sie prognostizierten schon, er müsste, sofern er diese schwere Verletzung überhaupt überlebte, den Rest seines Lebens mit einer starken Bewusstseinsstörung in einem Rollstuhl verbringen. Nicht, dass Fisch Mitleid gehabt hätte; ihn ärgerte aber, dass Jacky seine gerechte Strafe nicht bei vollem Bewusstsein ertragen musste.

Dann dachte er an Boris. Würden die Beweise ausreichen, um ihm den Mord oder Totschlag an Heinz-Peter Basterowski nachweisen zu können? Die Spurenlage vom Tatort in der Eifel war eigentlich sehr gut; trotzdem hatte Fisch ein schlechtes Gefühl für eine Mordanklage, weil es für die eigentliche Tat keine Zeugen gab. Nicht einer der geschleusten Thailänder hatte einen Streit oder eine Auseinandersetzung zwischen Boris und Basterowski beobachtet. Man würde Boris lediglich beweisen können, dass er damals den Sattelschlepper gefahren hatte. Vielleicht würde sich noch der Taxifahrer an ihn erinnern, auch wenn Boris sein Aussehen etwas verändert hatte. Es waren aber noch nicht alle Spuren ausgewertet. Heute stand die Durchsuchung von Boris' Wohnung in Barcelona an. Außerdem mussten die Tatortspuren noch detailliert mit dem neuen Spurenmaterial aus Spanien abgeglichen werden. Vielleicht brachten ja die Faser- oder DNA-Spuren ein erfreuliches Ergebnis.

Mittwoch, 15.11.2006

Kid hatte mit seinen Leuten den letzten Abend gemeinsam mit Pereira und weiteren spanischen Kollegen im besten Restaurant der Stadt verbracht. Pereira gab dabei als Dolmetscher eine gute Figur ab. Es wurde ein feuchtfröhlicher Abschied.

Am Mittwochmorgen hatten sie dann alle ausgeschlafen und ein ausgedehntes, interkontinentales Frühstück zu sich genommen. Die Anwesenheit der MK Mama in Spanien war jetzt nicht mehr erforderlich und so fuhren sie gegen Mittag wieder nach Deutschland zurück.

***

Fisch wollte gerade Feierabend machen, als um 19:00 Uhr sein Telefon klingelte.

„KK 11, Makele am Apparat."

„BKA Wiesbaden, Grubenhofer. Ich möchte Ihnen zu ihrem Erfolg in Spanien gratulieren."

„Die Bundesbehörde ist schon informiert? Ich bin erstaunt!"

„Unser Verbindungsbeamter wurde von den spanischen Kollegen sofort in Kenntnis gesetzt. Ich rufe aber auch aus einem anderen Grund an. Die tschechischen Kollegen waren nicht untätig und haben das Versteck der Schleuser in der Nähe von Prag ermitteln können. Gestern Abend konnten im Rahmen eines Großeinsatzes alle Bandenmitglieder festgenommen werden. Es war eine weitgehend geheimgehaltene Aktion der tschechischen Polizei, weil sich örtliche Polizei- und Kommunalbeamte hatten korrumpieren lassen. Die Schleuser hatten ein altes leer stehendes Weingut unter dem Vorwand gekauft, nach Sanierung dort Ferienhäuser zu erbauen. Die verfallenen Gebäude des Gutes standen einsam in den Bergen und fielen unter die Zuständigkeit der Prager Verwaltung. Es wurden Schmiergelder gezahlt und so konnte die Bande über Jahre hinweg machen, was sie wollte.

Ich muss an dieser Stelle erwähnen, etwa zeitgleich wurde in der Nähe von Moskau ein dortiges Sammellager von russischen Polizeibeamten gestürmt. Man sollte es kaum für möglich halten, aber beide Aktionen waren hervorragend aufeinander abgestimmt. In Russland wurden über hundert Chinesen und Thailänder, die auf ihre Ausschleusung warteten, festgenommen. In Prag wurden zudem acht korrupte Polizei- und Kommunalbeamte verhaftet."

„Das ist doch mal ein internationaler Erfolg! Danke für die Informationen."

Freitag, 17.11.2006

Gegen 15:00 Uhr kam Kid freudestrahlend nach Hause.

„Endlich Urlaub, eine Woche frei! Lass uns packen, in drei Stunden sind wir am Meer!" rief Kid freudig Senna zu.

„Ich will aber nicht mehr nach Holland."

„Ist nicht dein Ernst! Seit Wochen reden wir fast täglich über diesen Urlaub und jetzt hast du keinen Bock mehr? Hast du ein falsches Medikament genommen?"

„Reg dich ab und werd nicht frech. Ich hab nicht gesagt, ich will nicht wegfahren. Ich habe mir die Wetterprognose für Holland im Internet angesehen."

„Und?"

„Miserabel! Die gesamte nächste Woche regnet es an der Küste. Die sagen eine Regenwahrscheinlichkeit von 90-100 Prozent voraus. Außerdem ist es verdammt kalt."

„Um diese Jahreszeit wird es in Nordeuropa überall kalt sein."

„Genau, deswegen hab ich mir auch was anderes ausgedacht."

„Täglich Sauna oder was?"

„Nein, wir fahren morgen mit dem Wohnmobil ins Sauerland nach Winterberg. Dort liegt schon üppig Schnee. Ich habe heute einen Komfortcampingplatz mit Skipass für fünf Tage gebucht. Morgen früh geht's los!"

„Ich bin baff, tolle Idee! Übrigens, gibt's eigentlich was Neues bei Luzie?"

„Mit Jockel hat sie endgültig Schluss gemacht und ist nun wieder auf der Suche. Typisch Luzie, sie kann halt nicht gut alleine sein. Sie hängt jetzt dauernd im Internet rum und hat sich auch schon für einen begeistert. Das ist dieser Polizist, von dem ich dir schon erzählt hatte. Der arbeitet übrigens auch in Köln, aber nicht bei der Kripo. Lothar

Schießmichtot heißt der, vielleicht kennst du den?“
„Glaube ich kaum, in Köln sind über 4000 Polizeibeamte beschäftigt.“

Epilog

Drei Monate später. Fisch hatte alle Mitglieder und Mitwirkende der MK Mama angeschrieben und sie mit ihren Lebenspartnern zur Abschlussfeier in ein Kölner Brauhaus eingeladen.

Auf der Fahrt dorthin sagte Senna zu Kid, wie sehr sie sich auf diese Veranstaltung freute und wie neugierig sie auf seine Kollegen und deren Frauen sei. Kid wunderte sich, da seine Frau früher nie gerne auf solche Polizeifeiern ging. Bei diesen Zusammenkünften würde zuviel über Dienst geredet, hatte sie ihm immer wieder gesagt.

Der reservierte Raum im Keller des Brauhauses füllte sich so langsam, als Senna und Kid eintrafen. Sie gesellten sich zu Fisch, Judith, Sven und Luis Adolfo Pereira, die mit ihren Partnerinnen um einen Stehtisch standen. Pereira stellte ihnen seine deutsche Frau vor, der man ihren Berliner Dialekt nach Jahren immer noch anhörte.

Kurz danach kam Kalle mit seiner neuen Freundin an den Tisch. Mit ihren strahlendblauen Augen und ihrem freundlichen Lächeln wirkte sie auf Anhieb sympathisch. Weitere Punkte sammelte sie durch ihre aufgeschlossene, natürliche Art. Sie macht einen bodenständigen Eindruck, dachte Kid und nickte Kalle heimlich anerkennend zu. Freudestrahlend und sichtlich stolz erwiderte er den Blick.

Während alle sich angeregt unterhielten, schaute Senna ständig zum Eingang. Kid war das aufgefallen und er wollte seine Frau gerade darauf ansprechen, als Björn, Lutz, Frank und Lothar vom Einsatztrupp der Polizeiinspektion Südwest in Begleitung ihrer Frauen den Raum betraten. Er flüsterte Senna zu, dass diese vier Kollegen ihn bei der Befreiung von drei Thailänderinnen aus der Wohnung eines Schleusers am Kölnberg unterstützt hatten. Sie lächelte nur verschmitzt, sah an ihm vorbei und winkte der Gruppe zu. Kid folgte ihrem Blick und jetzt wurde ihm klar, warum seine Frau sich so seltsam verhielt. Jetzt wusste er, warum sie sich schon seit Tagen auf dieses Fest gefreut hatte! Lothar wurde von Luzie begleitet! Kid schaute Senna verblüfft an.

„Das ist Luzies Lothar!? Ich kann es nicht glauben. Warum hast du mir nichts erzählt?“

„Ich habe es auch erst kürzlich erfahren. Die beiden sind seit gut zwei Wochen ein Paar. Wir wollten dich heute überraschen.“

„Das ist euch gelungen!“

Die Unterhaltung wurde in der nunmehr größeren Runde immer lebhafter. Kid war erstaunt, wie viel sich Senna und Luzie zu erzählen hatten, obwohl sie vorgestern noch telefoniert hatten.

Nach einer Weile bat Fisch alle Anwesenden im Saal um Ruhe.

„Ich freue mich, dass ihr alle so zahlreich gekommen seid. Zunächst möchte ich mich im Namen aller Mitglieder der MK Mama bei den Kollegen der Bundespolizei, des Einsatztrupps der Polizeiinspektion Südwest, des mobilen Einsatzkommandos, des Sondereinsatzkommandos, des Erkennungsdienstes und auch bei unserer Staatsanwältin für die Unterstützung bedanken. Unser besonderer Dank gilt der Person, die den weitesten Anreiseweg hatte. Ich begrüße ganz herzlich Herrn Pereira, den Polizeichef von El Paso. Ohne seine spontane, unbürokratische Hilfe würden wir wahrscheinlich heute noch unseren Mörder suchen."

Nachdem der Applaus der Anwesenden abklang, fuhr Fisch fort:

„Bevor ich gleich das Buffet eröffne, möchte ich, wie bei unseren traditionellen Abschlussfeiern üblich, noch mal kurz das Ergebnis unserer gemeinsamen Arbeit zusammenfassen."

Während dieser Worte betraten Sarah und Albert gerade Hand in Hand den Saal.

„Oh, wie ich sehe, ist die alte Mordkommission jetzt komplett und ich darf ergänzend noch einen Kollegen von der belgischen Gendarmerie begrüßen."

Die Anwesenden drehten sich alle spontan zur Eingangstür um und sahen, wie Sarah und Albert ihnen schüchtern zunickten. Insbesondere Albert war es peinlich, während Fischs Ansprache in den Saal zu platzen.

Als seine Zuhörer sich Fisch wieder zuwandten, sprach er weiter:

„Ich beginne mal meine Ergebnisdarstellung mit der Beantwortung einer Frage, die mir ein Kollege vorhin gestellt hat. Er fragte, wieso Boris zu lebenslanger Haft verurteilt wurde, obwohl es keine unmittelbaren Tatzeugen gab und er auch nicht geständig war.

Ganz einfach: Die Indizienlage war zu eindeutig! Dass Boris den Sattelzug zum Unfallzeitpunkt gefahren hat, gab er in der Gerichtsverhandlung auf Anraten seines Rechtsanwaltes noch zu, anhand der erdrückenden Beweislage durch Zeugenaussagen und Fingerabdrucksspuren blieb ihm aber auch nichts anderes übrig. Von einem Mord oder Totschlag distanzierte er sich. Er hatte aber offensichtlich nicht mit unseren heutigen kriminaltechnischen, molekulargenetischen und daktyloskopischen Untersuchungsmöglichkeiten gerechnet. Jedenfalls vergrub er das Gesicht in den Händen, als der Sachverständige vom Landeskriminalamt dem Richter erklärte, die fremde DNA am Kehlkopf des Opfers stamme eindeutig von dem Angeklagten. Und dann war da noch die unmittelbar neben dem Opfer gesicherte Fußspur, die ihm zugeordnet werden konnte. Er wurde wegen Totschlags und schwerem Menschenhandel zu lebenslanger Haft verurteilt.

Kommen wir nun zu den anderen Tatbeteiligten:

Jacky
Die spanischen Ärzte gehen davon aus, dass er nie wieder laufen oder sprechen wird. Aufgrund einer starken Amnesie hat er zurzeit den Geisteszustand eines Kleinkindes. Man kann sagen, hier hat Gott bereits für Gerechtigkeit gesorgt. Ansonsten wäre er als Menschenhändler und Vergewaltiger in zahlreichen Fällen und, nach Aussage dieser Rosi, als Mörder in zumindest einem Fall ebenfalls zu lebenslanger Haft verurteilt worden.

Günther und Dorothea
Die beiden wurden wegen Beihilfe zum Menschenhandel und anderen Delikten gegen die sexuelle Selbstbestimmung zu einer langjährigen Haft verurteilt; Dorothea zu sechs, Günther zu neun Jahren. Ihr Rechtsanwalt versuchte, die Strafen herunterzuhandeln und schob alle Schuld auf Jacky. Er erzählte bei der Hauptverhandlung, seine Mandanten wurden von Jacky bedroht und genötigt, diese Thailänderin zu betreuen. Genutzt hat es ihnen nichts, denn das Gericht ist den Anträgen der Staatsanwaltschaft gefolgt.

Takin
Ja, unser mutiger Takin saß leider auch drei Wochen in Untersuchungshaft, obwohl er eigentlich einen Orden verdient hätte. Die Staatsanwaltschaft hat das gegen ihn geführte Strafverfahren wegen Totschlags eingestellt, nachdem die Spurenauswertung eine Notwehrhandlung bestätigt hat.

Suzi
Hier lag nach dem Tatortprinzip die Zuständigkeit bei den spanischen Justizbehörden. Suzi wurde aber gar nicht erst wegen versuchtem Totschlag oder wegen schwerer Körperverletzung in Haft genommen. Die Ermittlungen liefen direkt in Richtung Nothilfe und sie durfte nach vier Wochen wieder ausreisen. Sie und Takin haben mittlerweile Asyl in Deutschland erhalten.

Rosi
Sie hätte auch einen Orden verdient. Ihre Aussage war sozusagen das Salz in der Suppe. Die hohen Strafen hätte die Staatsanwaltschaft nur mit den Tatortspuren nicht herausholen können. Außerdem führte ihre Aussage nicht nur zur Verurteilung von Boris, Günther und Dorothea, nein, zahlreiche andere Kölner Zuhälter konnten später auch noch festgenommen werden.

Rosi wurde inzwischen ins Zeugenschutzprogramm aufgenommen.

Fernando
Er bekam eine Bewährungsstrafe, darf aber auf Lebenszeit in Spanien kein Gewerbe, egal welcher Art, mehr anmelden.

So, der offizielle Teil ist hiermit beendet. Ihr könnt euch jetzt auf das Buffet stürzen! Denkt bitte daran, hier in diesem Raum darf nicht geraucht werden. Die Raucher können aber den Nebenraum benutzen. Auf meine Gesellschaft müsst ihr dann allerdings verzichten.“

Danksagung:

Uli, David, Nicki – danke für die Inspirationen, die mich zum Schreiben dieses Buches animiert haben!

Danke, Thomas (Brüderchen darf ich ja nicht schreiben), deine positive Rezension hat mich ermutigt, weiter an dem Manuskript zu arbeiten.

Danke, Doreen, ohne dein Lektorat würde mein erster Romanentwurf noch heute in der Schublade liegen.

Danke, Doris, für die Nachhilfe in neuer deutscher Rechtschreibung.

Ein besonderer Dank gilt meinem Kollegen und Autor Bernhard Hatterscheidt, der den Grundstein für Kriminalistenromane gelegt hat. Seine Bewertung, Tipps und aufbauenden Worte haben mich letztendlich überzeugt, mein Buch zu veröffentlichen.

Demnächst:

In der Severinstrasse sterben zwei Menschen durch eine Gasexplosion im Keller ihres Hauses.

Noch während Feuerwehr und Polizei vor Ort sind, stürzt das Gebäude ein. Bei den Räumungsarbeiten wird eine teilskelettierte Leiche entdeckt.

Fisch und Kid von der Mordkommission Köln stehen vor einem Rätsel. Ihr zweiter gemeinsamer Fall führt sie wieder in die Eifel, an einen Ort, wo sich vor Jahren ein unfassbares Familiendrama abspielte.

Krimis von **Inge Lempke** in der **Edition Lempertz**

Ein Mord zuviel

272 Seiten, 125 x 190 mm, Softcover, **9,95 €**
ISBN 978-3-939908-84-5

Hauptkommissar Andreas Montenar und sein Kollege Sascha Piel von der Bonner Mordkommission sollen den Mord an dem bekannten Arzt Dr. Horst Schneyder aufklären. Aber dabei stoßen sie auf erhebliche Schwierigkeiten.

Mörderische Habgier

288 Seiten, 125 x 190 mm, Softcover, **9,95 €**
ISBN 978-3-939908-85-2

Die Hauptkommissare Andreas Montenar und Sascha Piel von der Bonner Mordkommission haben einen kniffligen Fall zu lösen: wie hängen ein Banküberfall, zwei ermordete Männer, zwei tote Frauen und eine Geiselnahme in der Bonner U-Bahn zusammen?

Alles hat seinen Preis

256 Seiten, Softcover, 125 x 190 mm, **9,99 €**
ISBN 978-3-941557-73-4

Ein 13jähriger Junge verschwindet spurlos aus einer Neubausiedlung in Beuel. Während den Ermittlungen stellen Andreas Montenar und Sascha Piel fest, dass die Kindesentführung nicht das einzige Verbrechen in dieser Siedlung ist...

Mord in Bonn – **Der Teufel in uns**

272 Seiten, 125 x 190 mm, Softcover, **9,99 €**
ISBN 978-3-939284-26-0

Bei ihren Ermittlungen zu zwei Mordserien stoßen die Kommissare Andreas Montenar und Sascha Piel auf die neu gegründete Glaubensgemeinschaft des Predigers Jonas Kirch, der verkündet, er sei von Gott nach Bonn gesandt worden, um die Menschen aus den Fängen des Teufels zu retten.